深紅の刻印

おもな登場人物

ネバダ・ベイラー――――探偵事務所の経営者
コナー・ローガン――――大富豪。通称マッド・ローガン
カタリーナ――――ネバダの上の妹
アラベラ――――ネバダの下の妹
バーナード（バーン）――――ネバダのいとこ
レオン――――ネバダのいとこ。バーンの弟
コーネリアス・ハリソン――――ネバダの部下。動物使い
ヴィクトリア・トレメイン――――ネバダの祖母。尋問者
オーガスティン・モンゴメリー――――ネバダの上司。モンゴメリー国際調査会社の経営者
エイブラハム（バグ）――――ローガンの部下。情報収集専門家
リンダ・シャーウッド――――ローガンの元婚約者
ブライアン・シャーウッド――――リンダの夫
エドワード・シャーウッド――――ブライアンの兄
オリヴィア・チャールズ――――リンダの母。故人
ガレン・シェーファー――――尋問者
ヴィンセント・ハーコート――――召喚者
アレキサンダー・スターム――――電光と風の使い手

1

人生が繰り出すパンチはいつも不意打ちだ。それは予想外のタイミングでやってくる。ちょっとした心配事やこれからの予定について思いをめぐらせていたら、次の瞬間痛みから自分を守ろうとして丸くなっている。目がくらみ、パニックになり、恐怖が体じゅうを駆けまわる。

うちのドアにクリスマスリースがかかっていた。わたしはロック解除のキーパッドの上で手を止めた。そう、今日はクリスマスだ。今朝わたしは山荘にいて、ヒューストンでいちばん危険な男と雪の中でたわむれていた。そこにローガンの調査担当から連絡があり、六時間後の今、ここに立っている。髪は乱れ、服は分厚いジャケットの下で皺《しわ》になったままだ。目の前の倉庫はわたしたち家族の家代わりだ。これから中に入り、いやなニュースを伝えなければならない。これからのなりゆきを誰も歓迎しないだろう。最近あんなことがあったせいで、わたしたちは今年はプレゼントを交換しないと決めた。わたしはクリスマスイブを逃しただけでなく、これから最悪のプレゼントを持ち込むことになる。

大事なのはパニックにならないことだ。わたしがうろたえたら、妹たちといとこたちもうろたえる。そして母はこの危機に対する唯一の、筋が通った解決策を考え直すようわたしを説得するだろう。山荘から空港まで、そしてプライベートジェットでのフライトを経て、空港から四ブロック先のヘリポートまでヘリコプターで移動する間、わたしはなんとか感情にふたをした。それなのに恐怖とプレッシャーがいっきに戻ってきた。

わたしは深呼吸をした。周囲は騒がしかった。とはいえ、動物使いであり、今やベイラー探偵事務所のスタッフであるコーネリアス・ハリソンが妻ナリを殺した犯人を捜すのを手伝った数日前ほどではない。それでも静かとは言えなかった。警護に関するローガンの意識は高い。彼はわたしを愛しており、この家では敵の襲撃を食い止められないと考えた。そこで倉庫の周囲五平方キロメートルほどの工業不動産用地を買い取り、私設軍隊の基地に変えた。

誰もが普通の服装をしていたが、人の目はあざむけない。ローガンの部下はなんらかの形で軍に加わった経験を持つ者ばかりで、意味もなくぶらつくことはない。具体的な目的を持ってA地点からB地点に向かう。衣服を清潔に保ち、髪を短く切り、ローガンを少佐と呼ぶ。愛し合ったとき、わたしは彼をコナーと呼んだ。

道のほうから乾いた音がした。デイヴィッド・ハウリングの首を折ったときの記憶がよみがえった。あの男の頭をひねったとき、骨の折れる音が聞こえた。手を離したときに男の体が倒れた様子が頭の中に広がった。わたしはその記憶に身をゆだね、消えるのを待った。ナリ殺しの犯人捜しは凄惨で醜い出来事の連続だった。最後にわたしはナリを殺したオリヴィア・チャールズが、妻の死を悼んで歌うコーネリアスの手によって、生きたままねずみの大群に喰《く》われるのを目のあたりにした。あれからわたしは毎晩のようにあの女の死に様を夢に見た。

あの世界に戻りたくない。ただ……ただもう少しだけ時間がほしかった。

音のしたほうを見ると、元軍人がこちらに歩いてきた。顔に傷のある四十代の男が、細いリードにつないだハイイログマを連れている。熊のハーネスには〝テディ軍曹〟と書かれていた。

元軍人は、はずれた骨を戻そうとするかのように左腕を伸ばしてひねった。乾いた音がして、わたしはまたはっとして身構えた。きっと古傷なのだろう。

熊が足を止めてわたしを見た。

「おとなしくしろ」兵士が熊に言った。「大丈夫です。挨拶したがってるだけなので」

「平気よ」わたしは熊に近づいた。大きな体が前かがみになり、わたしの髪を嗅いだ。

「撫《な》でてもいい？」

兵士はテディ軍曹を見やった。熊は一声低くうなった。

「かまわないと言っています」

わたしは手を伸ばし、そっと首の毛を撫でた。

「どうしてここに？」

「魔力で知能の高い熊を作って戦闘に利用しようと考えた者がいたんです。問題は、知能の高い生物を作れば自我が芽生えてこちらに刃向かうようになることです。テディ軍曹は平和主義者ですよ。リードをつけているのは人を怖がらせないためです。二年前、少佐が軍曹を連れてきました。人であれ熊であれ、道義上戦いに反対する者を無理に戦わせてはならないというのが少佐の考えです」

「でも、ここにいるのね」わたしは軍曹に言った。

軍曹は鼻を鳴らし、チョコレート色の目でわたしを見た。

「アラスカに居心地のいいすみかを用意すると言ってるんですが、軍曹は気に入らないようでね。退屈だというんです」

テディ軍曹は太陽をさえぎるようにして後ろ足で立ち上がり、ふさふさした前足をわたしの肩にまわした。顔が毛に押しつけられた。わたしもハグを返した。しばらくそうしていたあと、軍曹は前足を下ろし、リードを地面に引きずったまま散歩を続けた。

わたしは元軍人を見やった。

「あなたにハグが必要だと感じたんでしょう。軍曹はいつも本部にいますから、訪ねてやってください」元軍人は会釈して軍曹のあとを追った。

わたしは暗証番号を打ち込んだ。巨大で知的な平和主義の熊に抱きしめられたのだから、怖いものはない。なんでもできるはずだ。中に入って家族会議を招集すればいい。どちらにしても夕食の時間だ。日曜だから全員いるだろう。

わたしはドアを開け、ベイラー探偵事務所の小さなオフィス区域に入った。短い廊下の左側にオフィスが三つ、右側には休憩室と会議室がある。オフィスに隠れていたい誘惑が強くて足を止めそうになったけれど、歩き続けた。通路の先にもう一つドアがあり、その先には自宅として使っている三百平方メートル弱のスペースがある。父の病気の治療費を捻出するため家を売ったとき、生活費を切りつめるために倉庫に引っ越した。そして中を三つに区切った。オフィス、居住区域、そして高い壁で区切られた祖母フリーダの車庫。ここで祖母はヒューストン魔力界のエリートのために、装甲車や自走砲の修理をしている。

わたしは靴を脱ぎ、迷路のような部屋の間を抜けていった。壁のあちこちにクリスマスリースが飾ってある。妹たちがせっせと飾りつけたらしい。

キッチンから低い声が聞こえてきた。お母さん……おばあちゃん。よかった、これで手間が省ける。

大きなクリスマスツリーが飾ってある娯楽室を通り過ぎ、キッチンに入ったところでわたしは凍りついた。

母と祖母がテーブルにいた。祖母の隣に若い女性が座っている。ほっそりした美人で、尖《とが》った顎、波打つゴージャスな赤い髪、銀色に見える灰色の目の持ち主だ。

背筋が寒くなった。

リンダ・チャールズ。ローガンの元フィアンセ。オリヴィアの娘。

「わたしのこと、覚えているかしら?」声がおかしかった。目は赤く、顔面蒼白《そうはく》で、唇には血の気がない。「あなたに母を殺されたわ」

わたしはなんとか口に出して言った。「なんの用件でここに?」

リンダは涙を拭き、追いつめられた表情でわたしを見た。「助けてほしいの」


わたしは口を開いたけれど、何も言えなかった。

母はわたしを見て、テーブルのほうにうなずいてみせた。わたしは床にバッグを落として座った。

「お茶を飲みなさい」祖母が湯気の立つマグカップをリンダのほうに押しやった。

リンダはそれを手に取って飲んだが、目はじっとわたしを見つめたままだ。すがるようなその目にパニックが兆した。しまった。

わたしは目を閉じ、お腹《なか》まで息を吸い込んで止めて、ゆっくりと吐き出した。一……二……さあ、落ち着いて……落ち着いて……。

「ネバダ?」祖母がたずねた。

「彼女は〝超一流〟の共感能力者、エンパスなの」わたしは言った。「わたしの動揺が伝わってしまったみたい」

リンダは少し笑ってみせた。その声はオリヴィア・チャールズを思わせるものがあった。五……六……吸って、吐いて……十。これでいいだろう。

わたしは目を開けてリンダを見た。声と感情を抑えなければならない。「あなたのお母さんはローガンの部下たちと四人の弁護士を殺したの。そのうちの二人はあなたと同年代の女性だった。無抵抗の人たちを襲ったの。あなたのお母さんのせいで夫は妻を亡くし、子どもたちは母親を失った」

「人にはいろいろな顔があるわ」リンダはマグカップを置いた。「あなたにとって母は怪物でも、わたしにとっては母親で、わたしの子どもたちにとってはすばらしい祖母だった。母はあの子たちを心から愛したわ。義理の母は見向きもしないのに。あの子たちは祖父母を失ったも同然よ」

「あなたとお子さんは気の毒だと思うし、あんな結果になったのは残念だけど、正当な理由があってのことよ」信じられない。まるで母みたいな言い方をしている。

「わたしは母の最期の様子さえ知らないの」リンダはこぶしを握りしめた。「受け取ったのは骨だけだった。ネバダ、母はどうやって亡くなったの？」

わたしは深呼吸をした。「穏やかでもなかったし、あっという間でもなかった」

「わたしには知る権利がある」その声には鋼の強さがあった。「教えて」

「それは無理。わたしの助けが必要だというからには何か恐ろしいことが起きたのね。それについて話しましょう」

リンダの手が震えた。口元に運んだマグカップが小さく揺れている。彼女は一口紅茶を飲んだ。「夫が行方不明なの」

なるほど。行方不明の夫。なじみの分野だ。「ええと……」ローガンが一度、リンダの夫の名前を口にしたのを聞いたはずだけど、なんだっただろう? 「ブライアンと最後に顔を合わせたのは?」

「三日前。木曜日に出勤して、そのまま帰ってこなかったの。電話にも出ないわ。ブライアンは決まった日課をこなすのが好きで、いつも夕食前に帰宅するの。クリスマスに家を留守にするわけがないのに」リンダの声に取り乱した心が表れていた。「あなたの質問はわかってる。愛人がいたか、結婚生活はうまくいっていたか、酔いつぶれて行方不明になることはなかったか、でしょう? ないわ。あの人はわたしと子どもたちを気にかけている。家に帰らない人じゃないの」

リンダはおそらく警察にも話したのだろう。「失踪届は?」

「出したけど、捜索してくれないそうよ」リンダの声が苦々しくなった。「夫は〝超一流〟で、仕事は一族のもの。それなのにシャーウッド一族は、ブライアンは休みを取っているだけだから大丈夫だと言うの。わたし以外に夫を捜そうとする人は誰もいないし、電話に出てくれる人もいない。ローガンにも会うのを断られたわ」

それはどうだろう。たとえわたしがかんかんに怒ったとしても、ローガンがリンダを拒絶するなんてありえない。二人が話しているところを見たことがある。ローガンはリンダが好きだし、気にかけている。「ローガンはなんて?」

「金曜に会いに行ったら、部下から外出中だと言われたわ。土曜日も同じ。待つと言ったら時間の無駄だ、いつ戻ってくるかわからない、って。わたしは世間知らずかもしれないけれど、愚か者じゃない。これがどういうことなのかはわかったわ。二週間前までは友人がいた。権力があって尊敬されている母の友人たちが。二週間前なら電話一本で街の半分の人がブライアンの捜索にあたってくれたし、警察、市長、テキサスレンジャーに圧力をかけてくれたでしょうね。でも、今は誰もいない。みんな忙しくてわたしには会えないと言うの。わたしの周囲には見えない壁ができた。どんなに叫んだって誰にも声は届かない。みんな会釈して型どおりの言葉をかけるだけよ」

「ローガンはあなたを拒絶したわけじゃないわ。別の州にいたの。わたしといっしょに」

リンダははっとした。「いっしょに?」

嘘《うそ》をついてもしかたがない。「ええ」

「あなたにとって母のことはただの仕事じゃなかったのね?」

「そうよ。あなたのお母さんはわたしが友人と思っている人の妻を殺した。その人は今うちで働いてるわ」

リンダが口に手をあてた。

緊張をはらんだ重い沈黙が続いた。

「ここに来たのが間違いだったのね。子どもたちを連れて帰るわ」

「待って」母が口を開いた。その口調は知っている。軍曹の声だ。まっすぐ座り直したところを見ると、リンダも知っているのだろう。オリヴィア・チャールズに従軍の経験はなかったが、鉄の意志で家族を支配し、逸脱を許さなかったことは三分話せばわかった。

「あなたが助けを求めに来たのは、ほかに頼るところがなかったのと、夫と子どもが心配でしょうがなかったからでしょう。ここに来たのは正解よ。ネバダは行方不明者の捜索を得意としているの。自分で担当するか、もし担当しないならちゃんとした人を紹介してくれるはずよ」

フリーダおばあちゃんは、頭にパイナップルを生やした人を見るような目で母を見た。

「そうね」わたしはリンダの母をこの手で殺したわけではなかったけれど、手を貸したのはたしかだ。そして今、リンダは誰からも相手にされず、たった一人でおびえている。母を失い、夫を失い、友人だと思っていた人々を失った。わたしが助けなければならない。少なくとも正しい方向を教えなくては。

「三人だけで話せるかしら？」祖母がうなるように言った。

「ちょっと失礼」わたしはリンダにそう言って立ち上がった。

祖母は片方の手でわたしの腕を、もう片方の手で母の手首をつかみ、廊下の突きあたりまで引っ張っていった。

「二人とも頭がどうかしたの？」わたしは責めるように言った。「あれは嘘じゃなかった。彼女の夫が失踪したのは本当よ」

「そう言うと思った！」祖母は親指でわたしを指して母をにらんだ。「でも、あなたはもっと分別があると思ってた」

「あの人、ほかに頼る人がないのよ」母が答えた。「ここに来るのにどんな思いをしたと思う？　これはうちの仕事よ。ああいう人たちを助けなきゃ」

「まったく！」祖母が怒った。「あの人は万策尽きて助けてくれる誰かを探しているリッチで無力な美人で、ローガンの元フィアンセでもある。ネバダがこの案件を受けたら、ローガンとリンダが頻繁に顔を合わせるようになるのを止められないわよ」

わたしは祖母をまじまじと見つめた。

「あの人は男を惹《ひ》きつける磁石みたいなもの」祖母は両手を握りしめた。「男は〝か弱いわたしを助けて〟っていう話を鵜《う》のみにするの。彼女の夫がいなくなったのは三日前。逃げたんじゃなければ、たぶんもう死んでるわ。そうなれば慰める人が必要になる。泣く肩を探すのよ、たくましくて広い肩を。はっきり言いましょうか？　あなたは自分の恋人をみずから差し出そうとしてるのよ！」

　たしかにリンダは美人でか弱い。わたしは助けてあげたいと思っている。ローガンも同じだろう。

「それは違うわ。婚約を破棄したのはローガンよ」

　祖母は首を振った。「二人は何年も前からの知り合いだって言ったわね。子どもの頃からの付き合いだって。そういう絆《きずな》は消えないの。ローガンの部下たちもわかってる。だからリンダに何も教えなかったの。あの人に近づいちゃだめ。ほかの人に面倒を見させなさい。〝超一流〟でお金持ちなんだから。あなたが自分から抱え込まない限り、無関係なのよ」

　わたしは母を見やった。

「ルール三」母は言った。

　両親が探偵事務所を始めたとき、ルールは三つしかなかった。その一、支払う人に対して忠実であること。その二、法は破らない。その三、一日の終わりに胸を張って鏡の中の自分と向き合えること。わたしはオリヴィアの死を納得している。あのときの悪夢を見ることはあっても、正当な報いだったと思っている。今、うちのキッチンテーブルにいるリンダを放り出すなんてとても無理だ。リンダにはここ以外、行くところなどない。

「リンダの涙でローガンとわたしがだめになるなら、もともと長続きしない関係だったのよ」

自分でもその言葉をほぼ信じていたけれど、心の中の小さな部分は否定していた。それはかまわない。人間なのだから、多少弱いところがあっても許されるはずだ。だからといって、その弱さで行動を決めたりはしない。

「ありがとう、フリーダおばあちゃん。でも、この仕事は受けるわ」

祖母はやれやれと言わんばかりに両手を上げた。「失恋しても泣きつかないで」

「泣かせてよ」わたしは祖母を抱きしめた。

「もう……」祖母はわたしをたたくふりをしてから、抱きしめ返してくれた。

わたしはオフィスに続くドアを開け、デスクにのっているノートパソコンを取りに行った。

「あれはジェイムズよ」背後で祖母が悲しそうに言った。「常識的な孫たちなのに、ジェイムズの血のせいで自分を殺して人を助けようとするんだから」

母は何も言わなかった。父は七年前に亡くなったけれど、名前を聞くと今でもつらいのだろう。わたしもつらかった。

わたしはノートパソコン、ノート、万が一に備えて新規クライアントのファイルを持ち、キッチンに戻って座り、ノートパソコンを開いた。いくつかキーを打つと、バーンが在宅でネットにログインしているのがわかった。

わたしは急いでメールを送った。〈ブライアン・シャーウッドに関する基本情報を至急送って〉そしてノートパソコンを脇に置き、ノートとペンに持ち替えた。パソコンや録音に比べると、人は紙のノートに警戒心を持ちにくい。リンダにはリラックスしてほしかった。すでに気持ちが張りつめているからだ。

「最初から始めましょう」

「わたしのことが好きじゃないのね」リンダが言った。「舞踏室で初めて会ったときに感じたわ。あなたは嫉妬してた」

「そうよ」エンパスをクライアントにすると決めたら、こうなるのは当然だ。

「家に帰ってきてわたしを見たとき、同情と恐怖があった」

「ええ」

「それでも助けてくれるのね。どうして？　罪悪感じゃないわ。罪悪感は暗い井戸に潜るようなものだし、あれば感じ取れる」

「あなたならわかるはずよ」

リンダが目を細めた。羽根のように軽い魔力が体をかすめるのがわかった。「思いやり」彼女が静かに言った。「義務感。どうしてわたしに義務感を抱くの？」

「仕事をしたことはある？」

リンダは顔をしかめた。「ないわ。これ以上のお金は必要ないから」

うらやましい境遇だ。「趣味は何？　情熱を持って取り組むものは？」

「そうね……彫刻かしら」

「作品を売ることはあるの？」

「それはないわ。たいしたものじゃないから。展覧会に出したこともないし」

「それならどうして作るのをやめないの？」

リンダはまばたきした。「やりがいがあるから」

「わたしにとっては私立探偵がやりがいなの。お金のためだけじゃないのよ。この仕事をしているのは、ときどき人助けができるから。そして今、助けを必要としているのはあなた」

ノートパソコンから音がした。バーンからのメールが受信トレイに届いた。〈ブライアン・シャーウッド、三十二歳、シャーウッド家次男、〝超一流〟の薬草魔術家。主たる事業：シャーウッド・バイオコア社。推定個人資産：三千万ドル。妻：リンダ（旧姓チャールズ）二十九歳。子：ジェシカ六歳、カイル四歳。兄弟姉妹：エドワード・シャーウッド三十八歳、アンジェラ・シャーウッド二十三歳〉

ブライアン・シャーウッドは植物使いだ。リンダはエンパスで、念動力を二次的能力に持つ。この二つは両立しない。〝超一流〟は普通、同じジャンルの能力者と結婚する。ローガンが以前教えてくれたように、一族の魔力を保ち、強めることが〝超一流〟の結婚の大きな目的だ。

わたしはリンダを見返した。「うちの事務所が最良の選択かどうかはまだわからないし、ほかの調査会社に行ったほうがいい結果が得られるかもしれない。でも、それを話し合う前に木曜日のことを教えて。目が覚めてから何をした？」

リンダは集中した。「ベッドから出るとブライアンはもう起きていて、シャワーを浴びたあとだった。わたしは朝食を作って、ブライアンと子どもたちのランチを作ったわ」

「ランチ作りは毎日？」

「ええ。好きだから」

個人資産三千万ドルのブライアン・シャーウッドは、毎日妻が作ったランチを茶色の紙袋に入れて持っていく。食べるのか、ごみ箱に捨てるのかどちらだろう？　問題はそこだ。

「ブライアンはわたしにキスをして、いつもの時間に帰ると言ったわ」

「いつもの時間？」

「六時よ。夕食はステーキだと言うと、フライドポテトもあるかどうかきかれたわ」

リンダは嗚咽《おえつ》をこらえた。

「ジェシカを学校に連れていったのは？」

リンダが驚いてこちらを見た。「どうして娘の名前を知ってるの?」

「いとこがあなたの公的な記録を調べたの」わたしはノートパソコンをリンダのほうに向けた。

リンダはまばたきした。「人生の全部が段落一つだなんて」

「続けて。ジェシカはどうやって学校に行ったの?」

「ブライアンの車でいっしょに。わたしはカイルを散歩に連れ出したの」

嘘だ。

「お昼にブライアンに電話をかけたときはいたわ」

真実だ。

「話の内容は?」

「大事なことはとくに何も」

嘘だ。

「わたしは敵じゃないし、正直に答えてくれたら助けるつもりよ。もう一度きくわね。あなたとカイルはどこに行ったの? 電話の内容は?」

リンダは唇を引き結んだ。

「ここでの話はすべて秘密が守られるわ。弁護士との会話と違って、わたしは法廷での陳述を拒否できないけど、それを除けばどこにももれることはないの」

リンダは両手で顔をおおい、しばらく考え込んでいたが、やがて息を吐き出した。「カイルの魔力がまだ発現しないの。わたしは二歳で、ブライアンは四カ月で、ジェシカは一歳一カ月で魔力が発現したのに、カイルは五歳近いのにまだなのよ。だから専門家に診てもらおうと思って。ブライアンが様子を知りたがるから、診察が終わるたびに電話をかけるの」

〝超一流〟にとって、魔力のない子どもは絶望だ。頭にローガンの声がよみがえった。〝そんなことは気にならないと思っているだろう。だが、いずれ気になり出す。自分の子どもに向かって、あなたたちの才能が水準以下なのは母親の自分が正しい遺伝子の組み合わせを守らなかったからだと説明するところを想像してみればいい〟

「あなたの不安が跳ね上がったわ。どうして？　わたしが言ったことのせい？　専門家が気になったの？」リンダがきいた。

「わたしにもわからない」リンダは難しいクライアントになりそうだ。わたしの感情の起伏をすべて感じ取ってしまう。「そのあとは？」

リンダはため息をついてその日の出来事を追っていった。ジェシカを迎えに行き、二人を食べさせ、本を読んでやり、いっしょにアニメを観《み》た。夕食を作ったが、夫は帰ってこなかった。それからの二時間、携帯電話に何度かかけてみたあと、夫の兄に連絡した。エドワード・シャーウッドはまだ仕事中だった。たまたま窓の外を見たらブライアンがいつもの時間に退社するところで、車に乗るのを見たことは覚えているという。念のため本人のオフィスまで行って、無人なのをたしかめてくれたらしい。エドワードがフロントデスクに電話をかけると、警備員もブライアンが退社したことを裏づけてくれた。記録は六時十五分前。

「バイオコア社から家まではどれぐらい？」

「車で十分。メモリアル・ドライブを通って六キロ弱よ。どんなに道が混んでいても十五分あれば着くわ」

「エドワードは、ブライアンからどこかに寄る話は聞いていた？」

「いいえ。その日の午後に打ち合わせの予定があるとは聞いていなかったそうよ」

「心配そうだった？」

リンダは首を振った。「ブライアンは必ず戻ってくると言っていたわ。だけど、わたしは悪い予感がしたの。絶対におかしい、って」

そのあとは、愛する人がいなくなったときに人が取る一般的な行動が続いた。病院と警察に電話をかけ、車で道をたどって事故車を捜し、職場の同僚に話を聞き、親戚に何か聞いていないかどうかたしかめた。

「ブライアンは帰ってこなかった」リンダの声は生気がなかった。「今朝エドワードに電話をかけたら、心配するなと言われたわ。ブライアンは最近ぴりぴりしていたらしくて、そのうち戻ってくるだろう、って。警察に届けを出すと言ったら、そこまでする必要はないんじゃないか、でもそれで気持ちがおさまるならそうすべきだって言われたの」

「エドワードはどんな様子だった？」

「わたしを心配しているのがわかったわ」

興味深い。「あなたを？　ブライアンじゃなくて？」

「わたしと子どもたちを」

「ご主人がこれまでこういう形でいなくなったことは？」

リンダは答えなかった。

「リンダ？」

「ストレスが限度を超えると、姿を消すことがあるの」リンダは静かに答えた。「何度かあったけれど、この三年はなかったし、こんなに長いのは初めてよ。ブライアンが臆病者じゃないことはわかってほしいの。ただ心を落ち着けたいだけ。穏やかなのが好きなの」

兄がすぐに警報を出さず、総員を戦闘配備につけなかった理由がそれでわかった。「もう少しくわしく話して。最後にブライアンが消えたのは？」

「カイルの一歳のバースデーパーティのあとだった。エドワードにカイルの魔力が現れたかどうかきかれて、まだだと答えたの。そうしたら、それから一年後に亡くなったブライアンの父のジョシュアが、ブライアンとわたしは次の子を作ったほうがいい、ジェシカは母親と同じエンパスだし、役立たずには一族をまかせられないからと言ったの」

孫息子を役立たず呼ばわりするとは、なんという祖父だろう。

「ありがとう」リンダが言った。

「どうして？」

「嫌悪感を抱いてくれて。ブライアンの不安が高まって逃げ出したいという欲求を強く感じたから、わたしがお義父《とう》さんたちに、もう遅いし子どもたちも疲れたからと言ったの。みんな帰ったけれど、ブライアンは戻ってこなかった。車に乗って出かけて、帰ってきたのは翌日の夜。結婚生活で彼がいなくなったのはそのときが最長だったわ」

「どこに行っていたか言った？」

「ただドライブしていただけだ、って。小さなホテルを見つけて泊まったそうよ。でも行くところがないし、わたしや子どもたちが恋しくなって戻ってきたの。夫がわたしを置いていくことはもう二度とないわ。最後に会ったときは落ち着いていたし」

真実だ。

わたしは額をこすった。「この話は警察にもした？」

「ええ」

警察は、ストレスが高じると逃げ出す夫を持ったヒステリックな女のたわごとだと片づけたのだ。

「ブライアンの銀行口座にアクセスできる？」

「ええ」リンダはまばたきした。

「動きがあったかどうか確認してほしいの。この数日カードを使った形跡がないか」

リンダはバッグをつかんで必死に中を探った。「なぜ思いつかなかったのかしら……」

携帯電話を取り出し、ボタンを押した。リンダの顔に落胆がよぎった。「何もないわ」

「リンダ、あなたはご主人を殺した？」

リンダはわたしをまじまじと見つめた。

「答えて」

「いいえ」

「ブライアンの身に何があったか知ってる？」

「いいえ！」

「居場所を知ってる？」

「知らないわ！」

すべて真実だった。

「可能性はいくつかある。まず一つは、一族同士の抗争か仕事がらみでブライアンの身に悪いことが起きた可能性。もう一つは、木曜の仕事中にトラウマになるようなことが起きて、どこかに隠れたくなった可能性。ブライアンの捜索は可能よ。モンゴメリー国際調査会社を推薦してもいいけど」

父が病気になったとき、わたしたちは家業をモンゴメリー国際調査会社とそのオーナーであるオーガスティン・モンゴメリーに売り渡した。それ以来うちにはいろいろなことがあったが、モンゴメリー国際調査会社がベストの選択だという事実は変わらない。

「優秀な調査会社だし、こういう案件を扱う力もじゅうぶんにある。あなたの資力なら支払いも大丈夫。うちは小さな事務所で、使える人材もモンゴメリー国際調査会社とは比べものにならないことを知っておいてほしいの」

リンダは無言で座っている。

廊下から小さな足音がした。

「ママ！」小さな男の子が紙切れを持ってキッチンに駆け込んできた。髪は黒っぽく、目はリンダの銀色の目だ。リンダが両腕を広げると、男の子は紙切れを差し出した。「戦車を描いたの！　ガレージに戦車があるんだよ！」

カタリーナが少し笑いながら入ってきた。「カイルがお母さんに見せたい、って」

「怖い戦車ね」リンダが言った。

「行こう」カタリーナが手を差し出した。「もっとすごいものを見せてあげる」

カイルは母の前に絵を置いた。「ママにプレゼントだよ。パパにも描いてあげるんだ！」

そう言って、カイルは駆け出した。カタリーナはため息をついてそのあとを追った。

リンダは不思議な顔つきで息子を見送った。

「モンゴメリー国際調査会社はもうあたったわ」彼女は唾をのみ込んだ。その目に、母親と同じ容赦ない理性の影が見えた。「断られたの」

オーガスティン・モンゴメリーが関わるのを断った。おもしろい。わたしだけが頼みの綱というわけだ。

「それならわたしがブライアンを捜すわ」

リンダは座り直し、思いきった様子で口を開いた。「契約書を作って」

「了解」

「施しはごめんだわ。ちゃんと支払いたいの」

「そうね」

「プロらしくしっかり条件を決めて」

「もちろん」

「わたしたちの関係は、クライアントとサービス提供者だから」

「そのとおりよ」

ドアが開いた。背後に嵐が現れ、家の中を吹き抜けた。パワーと魔力の塊、ローガンだ。

彼はキッチンの入口まで来て立ちはだかった。広い肩、暗く沈む青い目、牙をむく獰猛《どうもう》なペットのように寄り添う魔力。ローガンのことを知らなければ、あとずさりして銃を取り出していただろう。

「コナー！」リンダが跳び上がり、ローガンに走り寄って抱きついた。

わたしは嫉妬のあまり、心臓を突き刺された気がした。彼はわたしのものなのに。

ローガンはやさしくリンダに腕をまわしたが、青い目はわたしに据えたままだ。「大丈夫なのか？」

「いいえ」リンダは嗚咽をこらえた。「ブライアンが行方不明なの」

ローガンはまだわたしを見ている。わたしはうなずいた。わたしは大丈夫、と。

リンダが彼から体を離した。「誰に相談すればいいかわからなくて……」

「わたしがこの件を担当する予定よ」わたしはローガンに言った。

「ネバダにまかせれば間違いない」その声は完璧に落ち着いていた。

わたしはノートパソコンをチェックした。午後五時四十七分。「リンダ、あなたにサインしてもらう書類を渡すわ。今日は予備的な仕事をして、明日はバイオコア社を訪ねるつもり。あなたが前もって電話をかけて、わたしが行くことを伝えておいてくれると話が早いんだけど」

「わたしもいっしょに行くわ」

「一人で行くのがベストだと思う。あなたの前では言いにくいことも、わたしだけなら言えるだろうから。シャーウッド一族の私的なスペースや制限エリアに入る必要があるときは同行をお願いするわ」

「わたしはどうすればいいの？」リンダはわたしではなくローガンを見た。

「書類にサインして家に帰ればいい。ブライアンが電話をかけてくるかもしれないし、帰ってくるかもしれない。きみは一人じゃない。ネバダが助けてくれる。おれも助ける」

「母を殺したあなたが憎い」リンダの声は張りつめていた。

「わかってる。しかたがなかったんだ」

「何もかもめちゃくちゃになったわ。こんなにもあっけなく壊れてしまうなんて」

「有力一族の宿命だ」

リンダは肩を落とし、わたしを振り向いた。「どこにサインすればいいの？」

わたしは彼女に事務手続きと料金、規約を説明した。リンダはサインして子どもたちを迎えに行った。

ローガンはリンダがいなくなるのを待ってわたしに近づいた。

「リンダには家まで護衛がいるわ。自宅の見張りも」この事件がどう展開するかはわからないけれど、念を入れるに越したことはない。

「それはおれがなんとかする」ローガンはわたしにキスをした。突然の激しく熱いキス。燃える熱さは炎のようだ。

体を離すと、彼の目にドラゴンが見えた。戦場を覚悟している目だ。

「きみのおばあさんがこの街にいる」ローガンはわたしの手にＵＳＢメモリを押しつけた。

「今夜、心を決めてくれ」

そう言うと、背を向けて立ち去った。焼けつくキスの記憶を残して。

わたしは息を吸い込み、ノートパソコンにＵＳＢメモリを差した。

2

家族全員がダイニングテーブルについた。わたしは今回は上座に座った。右側にはファイルがあり、書類が入っている。USBメモリの内容をプリントアウトしたものだ。

両側に座っているのは二人の妹だ。右にカタリーナ、左にアラベラ。あと一週間で十八歳のカタリーナは髪は黒っぽく、落ち着いていてまじめだ。理性で納得できる数学を好み、注目の的にならないためならなんでもする。まだ十五歳のアラベラは金髪で筋肉質、胸もお尻も大きいが、落ち着きなどどこにも見あたらない。好みは法医学と文系科目だ。問題に直面したとき、正面切って反論するのがアラベラの好きなやり方だ。高校の討論クラブは、アラベラが一年生だったこと、定員がいっぱいだったことでアラベラの入部を断るという致命的なあやまちをおかし、死の恐怖におびえている。

カタリーナの隣は、二人のいとこのうち年上のバーンだ。百八十センチを超える長身、狭い戸枠でつっかえそうな肩幅のバーンは、格闘技で生計を立てているかのような体つきだ。高校ではレスリングをやり、今も週に数回柔道に通っているが、本人はコンピュータコードを長時間書いているのでその埋め合わせだと言っている。

バーンの弟レオンは兄とは正反対だ。ほっそりして浅黒いレオンは生意気なことを言うか興奮しているかむっつりしているかのどれかだ。兄を神とあがめているが、自分のことは魔力のない役立たずだと思っている。そういうわけではないことをわたしは知っているけれど、なるべく人には言わないようにしている。なぜならレオンの能力が活用できる仕事は一つしかなく、家族の誰もその仕事をさせたいと思わないからだ。今のところレオンの力を知っているのはローガンの調査担当のバグと母とわたしだけで、母に打ち明けたのはいずれレオンの能力が明るみに出るからだ。そのときわたしがそばにいなかったら、ほかの誰かが対処しなければいけない。遅かれ早かれ、わたしはレオンに告げなければならない。

テーブルの正面には母が座っている。元軍人で、捕虜になったときに脚を悪くして、それからずっと引きずるようになった。父が病気になって亡くなったあと、母が家を支えてくれた。それが母にとってどんなに大変だったか、最近ようやくわかり始めたところだ。

母の隣は祖母。子ども時代の最初の思い出の一つが、大きな車を鼻歌交じりに修理する祖母のそばで、車庫の床に座って小さなモデルカーで遊んでいたことだ。人はエンジンオイルとゴムのにおいで機械工を思い出すが、わたしが思い出すのは祖母だ。

家族。

この全員を愛している。家族の安全を守るためならなんでもする。今日は忘れられないクリスマスになるだろう。

「ヴィクトリア・トレメインがわたしたちのことを嗅ぎつけたわ」

その言葉はれんがのようにテーブルに落ちた。アラベラは青ざめた。カタリーナは唇を噛《か》んだ。バーンは動かなくなった。のんきなレオンは周囲の渋い顔を見て顔をしかめている。誰も何も言わない。

わたしのような尋問者の能力は珍しいものだ。アメリカには尋問者の一族は三つしかない。トレメイン一族はもっとも小さいが、もっとも恐れられている。メンバーは一人しかいない――ヴィクトリア・トレメインだ。ヴィクトリアはうちの家族を狙っている。

「たしかなの？」ようやく母が口を開いた。

「うちのローン債権を買い取ろうとしたの」

母は毒づいた。

「債権者はモンゴメリー一族だと思ってたけど」レオンが言った。

「モンゴメリー一族はうちのビジネスのほうの債権者だ」バーンが辛抱強く言った。「この倉庫のローンは、ローガンが買い取るまで個人銀行のものだった」

「手短に説明すると」わたしは話が脱線する前に話し始めた。「パパはヴィクトリアの一人息子で、魔力がなかったせいで母親に憎まれたの。高校を卒業したパパは家を出てママと出会い、ひっそりと暮らしていたから母親には見つからなかった。でも、こうして知られたというわけ。一族のメンバーはヴィクトリア一人で、彼女が死んだらトレメイン家もおしまいよ」

「ぼく、なんで知らなかったんだろう？」レオンが言った。「知らなかったのはぼくだけ？　みんな知ってて黙ってたの？」

わたしは片手を上げた。「問題は、ヴィクトリア・トレメインがわたしたちをどうしても必要としていること。一族のうちで生きている〝超一流〟は彼女だけなの」

「一族がすべてだ」バーンが静かに言った。「ヴィクトリアは一族を存続させるためにネバダたちに〝超一流〟の認定を受けさせたいと思ってる」

「質問！」レオンが言った。「〝超一流〟が一人しかいないのに、どうして一族を維持できるのさ？」

「〝超一流〟が新しく登録されるたびに、記録局はその一族に二人の〝超一流〟がいるかどうか確認するのよ」カタリーナが言った。「生きている〝超一流〟が二人いると、その家は有力一族として認定される。最後に認定された〝超一流〟が死ぬまで、一族のランクが剥奪《はくだつ》されることはないの」

妹は有力一族について勉強したらしい。

「わたしの能力についてはみんな知ってるわね」

わたしには多くの能力がある。嘘《うそ》を探知できるのはほんの一例でしかない。わたしは人の心をくるみのように割って、必要な情報を引き出せる。割った心をもとに戻す必要もない。

「ヴィクトリアはわたし以上の能力があるし、腕前も上よ。わたしはまだ自分の力の範囲を知ったばかり。ヴィクトリアはチョークを握れるようになって以来ずっと訓練を積んでいるわ。権力もお金も、わたしたちにはない軍隊も持っている。わたしとカタリーナを配下におさめるためだけでも、あらゆる手を使ってくるはずよ」

祖母が口に手をあてた。

いつもは冷静なバーンの目に恐怖があふれている。「カタリーナの才能が手に入ればなんだってできる」

言葉にできないほどひどい行為だ。やさしくて思慮深いわたしの妹は自分を憎むようになるだろう。

「それに、もしアラベラの魔力がばれたら……」わたしの言葉は途切れた。

考えたくもなかった。妹はどこかに閉じ込められ、一生薬漬けになるだろう。二度と日の目を見ることはない。笑うことも、愛することも、生きることもできない。

ヴィクトリアに妹たちに手出しはさせない。わたしが許さない。

カタリーナが身を乗り出した。「わたしたち、どうすればいい？」

　わたしは母の顔をうかがった。母は暗い顔でじっと座っている。

「降伏するという手がある。あなたもわたしもヴィクトリアの言いなりよ。仕事は辞めるしかなくなる」

　カタリーナは顔をしかめた。両親が立ち上げたベイラー探偵事務所をわたしが七年かけて育て上げた。ただの家業ではない。家族の未来であり、芯でもある。

「しばらくはママにもおばあちゃんにもバーンにもレオンにも会えなくなるわね」わたしは続けた。

　全員が恐怖の目でこちらを見た。

「ヴィクトリアの命令に従って、そのとおりに動くことになるわ。わたしは尋問と、記憶の破壊を強要される」わたしは声に感情を出さないようにした。「ヴィクトリアは高齢だから、いつかは死ぬわ。そしてわたしたちはトレメイン一族を引き継ぐことになる」

「それっていつ？」レオンが言った。

「わからない。ヴィクトリアは七十代だから、十年か二十年後？」

「それ以外の道が知りたい」アラベラが言った。

「同感だ」バーンが言った。「そんなこと、できないよ」

「戦うの。ヴィクトリアのほうが財力も兵力も何もかも上だけど」

「でも、こっちにはローガンがいる。でしょ？」アラベラが言った。

わたしは言葉を探した。「ええ。だけど、頼りっぱなしというわけにはいかないわ」

厳密に言うと、これは嘘だ。ローガンはわたしを助けるためならなんでもしてくれるだろう。

「べったりローガンに頼るのは間違ってるわ」母が言った。

全員が母を見た。

「これはローガンの問題じゃなくて、うちの問題なんだから」

「ローガンの助けを受け入れたら、うちは彼と結びつくことになる」わたしは言った。

「ローガンの配下だと見なされるでしょうね。彼の保護は得られるけど、敵も受け継ぐことになる。ローガンには手強《てごわ》い敵がいるの」

「それに、ネバダとローガンの仲がおかしくなったら面倒なことになるね」バーンが言った。

「ええ」

「降伏するのもだめで、邪悪な祖母と戦うのもだめ。三つ目の選択肢はないの?」アラベラがたずねた。

「あるわ。一族を形成するの」

妹たちといとこたちはわたしをまじまじと見つめた。前にもこの可能性について話したことはあったけれど、あのときは殺人事件を解決するのに忙しく、殺されないという大事な目的を達成するのが精いっぱいだった。

「すげえ」レオンがまばたきした。

「だめよ、道はほかにあるはずだわ」母が口を開いた。

わたしは椅子の背にもたれた。「一族を形成すれば、三年間はほかの一族からの攻撃を受けない規約が認められるわ。それだけあれば守りを固められる」

「ヴィクトリアはそのルールに従うと思う?」カタリーナがきいた。

「ローガンは従うだろうと言ってるわ。新興の一族を守るのは魔力界全体の利益にかなうの。そうしないと結婚が危険なものになるからよ。〝超一流〟が絶対に破ろうとしないルールの一つがこれ」

「本気じゃないわよね」母が言った。

「本気よ」

「あの女がルールなんかに従うもんですか。怪物なのよ。ネバダは考えが甘すぎる」

わたしは母の視線をとらえた。「もちろん攻撃してくる可能性はあるわ。でもその場合、正体を悟られないようにする必要がある。一族を形成すれば、ヴィクトリアにとっては攻撃のハードルが上がるの」それに対等な同盟を組むこともできる。

「一族を作るっていう幻想をこの子たちの頭に植えつけるつもりね。真実の姿を教えてやったらどう?　バラノフスキーのことを話してやって」

「ママの言うとおりよ。一族同士の抗争は激しいの。わたしが黒いドレスを着ていった慈善パーティを覚えてる？　あのパーティを主催したのがガブリエル・バラノフスキーで、舞踏室の階段の上でシャンパンを飲んでいたの。デイヴィッド・ハウリングはそのシャンパンをバラノフスキーの喉で凍らせて刃に変え、内側から喉を切り裂いた」

「頭いい」レオンが言った。

全員がレオンを見た。

「エレガントだよ。氷が溶ければ証拠もなくなる。指紋も凶器も何もないんだ」

母が咳払《せきばら》いをした。

「バラノフスキーが自分の血で喉を詰まらせて倒れたとき、誰も助けなかった。叫ぶ人もいなかった。何百人という〝超一流〟が静かに背を向けて出口へと歩き出したの。屋敷が封鎖されたら不便だから、それを避けるためよ」

わたしはこの言葉が子どもたちの頭にしみ渡るのを待った。

「〝超一流〟はあなたが幼くても気にしない。手加減しないわ。わたしたちを利用し、思いどおりに動かし、あるいは倒そうとする。評議会の真ん中で〝超一流〟が狼《おおかみ》の群れを召喚してあなたを引き裂こうとしても、誰も助けてくれないでしょうね。そういう人生が待ってるの」

みんな暗い顔つきだった。わたしは負けを覚悟した。母が味方をしてくれないのは予想していたけれど、妹たちは説得しなければいけない。

「でも一族を作れば、三年間で力を蓄えることができる。ヴィクトリアは今この瞬間もわたしたちを狙ってるわ。攻撃してこないのは、ローガンの部下がわたしたちを守ってくれているから。あの人は必要に迫られない限りローガン一族を敵にまわしたくないのよ」

「荷造りしなさい」母が言った。「五人とも、家を出るの」

アラベラは母を見つめた。「そんなの無理」

「大学は辞めないよ」バーンが言った。

「二人を置いていけるわけないでしょう！」カタリーナが声を張り上げた。「ママとおばあちゃんを見捨てるなんて！」

母の声には鋼鉄の芯があった。「聞こえたでしょう」

「どこに行けっていうの？」祖母がたずねた。ひっくり返りそうなほど高い声だ。

母は祖母のほうを向いた。

「あの女に見つからない場所がどこにあるっていうの？　顔も名前も知られてるのよ。誰からだって真実を引き出せる。あの女の力とお金で捜し出せない場所はこの世にないわ」

「母さん」母は驚いて小声で言った。

「二十六年前に言ったでしょう、彼と結婚するならいつかは代償を払うことになるって。別れなさいって言ったのにあなたは聞かなかった。あなたが戦う子に育て上げたんだから、この子たちが今さら逃げ出すわけがないわ」

「言うことを聞くわよ」母が低い声で言った。「母親はわたしなんだから」

祖母が横目でにらんだ。「へえ、そう。わたしも母親だけれど？」

母は開きかけた口を閉じた。

「一族を形成するにはどうすればいいの？」カタリーナが質問した。

「少なくとも二人がテストを受けて、〝超一流〟として登録しないといけない。確実なのはわたしとカタリーナね」

カタリーナは顔をしかめた。「テストに受からなかったら？」

「あたしが受ける！」アラベラが言った。

「だめ」全員が声を揃《そろ》えた。

「どうして？」

「わかってるでしょう」母が答えた。「またあのドキュメンタリーを見せたほうがいい？」

アラベラは深呼吸をした。黙っている気はないらしい。

「一生隠れて暮らすなんてごめんだわ。誰にも力を見せられないじゃない！」アラベラはこぶしでテーブルをたたいた。「テスト、受けるから」

母の顔を見れば、わたしがさっさとこの場をおさめないと、ぶちぎれして全員を家から追い払うと言い出すつもりなのがわかった。

「魔力をコントロールできる？」

「できる！」

「わたしたちにわかっていても、世の中は知らないわ。あなたと同じ力を持っていた最後の一人は頭がどうかしてしまったから、世間は怖がってる。あなたが自分をコントロールできるとわたしたち全員が証明しない限り、受け入れられないでしょうね。三年待ってくれたら、わたしたちは一族として独立できる。そのときアラベラは十八歳だから、テストを受けられるわ」

「ネバダ！」母が怒鳴った。

「その場合、わたしたちはこれから三年間注目されることになる。衝動的な子どもっぽい行動は慎んでもらわないと」

「そのとおり」カタリーナが言った。「怒りを爆発させたり、怒鳴ったり、人を殴ったり、ツイッターにくだらない投稿をしたりするのもだめ」

アラベラは腕組みした。「いいよ。でも、約束して。ちゃんとしてたら三年後にテストを受けさせてくれるって」

「わかったわ」

母がテーブルをたたいた。

「アラベラはおばさんに似たんだな」バーンがつぶやいた。

「ほかにも手続きがあるの。テストを受ける人は、血縁関係を証明するためにDNAサンプルを提出すること。書類を出したら向こうがテストの日程を決めてくれるから、それを受けて、合格したら一族の成立よ」

「それだけ？」レオンがたずねた。

「ええ」わたしは片手で書類の束を押さえた。「この道を選んだら、もう引き返すことはできない」

「テストに受からなかったら？」カタリーナがきいた。「〝超一流〟になりたがる劣等生みたいに思われる。うちに仕事を頼む人がいなくなるんじゃない？」

「受かるわ。わたしは〝超一流〟で、あなたもそうなんだから」

「わたしの魔力がなんなのかすらわからないかも」カタリーナは言った。「人に対する影響力が消えなかったらどうしよう？　もし――」

「やめてよ」アラベラが口をはさんだ。「雇われ軍人の集団が、幼稚園児みたいに床に座ってカタリーナの話をおとなしく聞いてたけど、今はみんなもとに戻ったでしょ」

「ぼくも登録したいな」バーンが口を開いた。「〝超一流〟じゃないかもしれないけど、最後にテストを受けたときはまだ十歳だった。今ならもっと強くなってる」

レオンが芝居がかった様子で椅子の背に倒れ込んだ。「もうやめてくれよ、魔力の話なんか。ぼくに魔力がないの、知ってるくせに」

わたしは口を開いたが、また閉じた。今はレオンに打ち明けるにはタイミングが悪い。

「ネバダ、ほかにもやり方があるはずよ」母が言った。

「あるとは思えない。ローガンも同感よ。ほかに道があるならそれを選ぶわ、必ず。家族全員の安全を守るには、これしかないの」

「この道を選んだら二度と安全は守れないわ」

「これまでと状況が変わるのはたしかよ」厳密に言うと母への返答にはなっていないが、続けないわけにはいかなかった。「だからこそ、多数決を取りたいの。この決断には全員が責任を負うことになる。結果が決まったら、文句を言わずにみんなが力を合わせること。何か言いたいことがある人は？」

沈黙。

「一族を形成することに賛成の人は手を挙げて」

わたしは手を挙げた。バーン、アラベラ、レオン、祖母が挙手した。

「逃げて隠れることに賛成の人」

母が手を挙げた。

わたしはカタリーナを見た。

「棄権する」

「棄権はなし」アラベラが言った。「今回ぐらい決断しなよ！」

カタリーナは深呼吸をした。「一族を作ることに賛成するわ」

「愚かよ」母が言った。「わたしが育てた子は愚か者ばかり」

「愚か者でもおばさんの子だよ」レオンが言った。

わたしは、サインする箇所にカラフルな付箋を貼った書類を取り上げた。「全員のサインをちょうだい」

「待って！」祖母が携帯電話をつかんだ。「子孫に見せるために写真を撮らなきゃ」

全員がわたしの周囲に集まった。祖母がカメラのタイマーをセットし、書類を前に片手にペンを持ったわたしを中心に写真を撮った。わたしは胸の奥が凍える気がした。

みんなのことが大好きだ。この決断が正しいことを祈るしかない。


記録局が入る黒ガラスの低層ビルは人口統計局の向かいにあった。ローガンがガンメタル・グレーのレンジローバーを駐車場に入れると、ビルの正面が見えた。沈む夕日が黒ガラスに照り映えている。駐車場にある車は五台ほどだ。

「来てくれると思う？」

「ああ」

「クリスマスなのに？」

ローガンがこちらを向いた。「おれが電話をかけて頼んだんだ、来るに決まってる」

わたしはこぶしが白くなるほど強くジップアップ式のファイルをつかんだ。引き返すなら今が最後のチャンスだ。

ローガンが手を伸ばしてきた。彼の魔力が体の周囲を取り巻く。ローガンはわたしの手を握りしめた。

「引き返してほしいのか？」

「いいえ、行きましょう」わたしは唾をのみ込んだ。

車を降り、エントランスに向かう。ドアが静かに開き、わたしたちはモダンなロビーに入った。ロビーの真ん中に、細い金で縁取られた魔法陣が描かれている。警備員がデスクの向こうからこちらを見て会釈した。ローガンはわたしを導き、警備員の横を通ってエレベーターへと向かった。

両手のファイルがとてつもなく重く思える。頭に疑念が渦巻き、消えようとしない。

「これは正しいことよね？」

「家族の安全を守るために唯一残されたまともな選択肢を選ぼうとしているんだ」

「〝超一流〟と認められなかったら？」

「きみは〝超一流〟のコントローラー、オリヴィア・チャールズと対等に戦って勝った」ローガンの声は落ち着いていた。「認められるに決まってる」

「いっしょに来てくれてありがとう」

ローガンは答えなかった。以前ローガンは、ベイラー家が一族になった瞬間にわたしが彼に背を向けるだろうと言った。わたしと自分の魔力は相容《あいい》れないと思っていたのだ。もし二人の間に子どもができても、〝超一流〟は期待できないかもしれない。ローガンはそれを二人の仲が終わる理由になると考えたが、それでも今日はいっしょに来てくれた。わたしがローガンから離れると思っているなら大間違いだ。彼はわたしのもの、わたしのコナーなのだから。

エレベーターのドアが開いた。通路に出ると、そこには十以上のドアが並んでいたが、すべて閉まっていた。いちばん奥にある大きな両開きのドアが開いている。そこから中に入ると、広い円形の部屋があった。壁のカーブに沿った木製の書架に何千という記録簿が並んでいる。部屋の真ん中には、座り心地のよさそうな黒っぽいレザーのソファがいくつか置かれている。その正面、ソファとわたしたちの間に円いカウンターがあった。

カウンターでは老人が座って記録簿を読んでいた。肌はラテン系を思わせる褐色で、髪は白く、スリーピースの灰色のスーツとタータンチェックのボウタイという服装だ。彼は顔を上げてにっこりし、椅子から下りた。大きな眼鏡の奥の目は黒に近く、黒曜石のように輝いている。

「ミズ・ベイラー」その声は知的でやわらかかった。「やっとお会いできましたな」

「休日なのにわざわざすみません」

彼のほほえみが大きくなった。「かまいませんよ、それが仕事ですから。刑事司法センターが崩壊したあのとき、わたしはヒューストン中心街のトンネルの中にいたんです。あなたとミスター・ローガンは命の恩人だ」

壁の暗いくぼみの中から一人の男性が出てきて、音もなく近づいてきた。二十代半ば、高価な靴、しゃれた黒のスーツ、浅黒い肌の上でいっそう白く見えるシャツ、黒のネクタイ。両手と首は黒と灰色のタトゥーでおおわれている。焦げ茶色の髪、ハンサムな面長の顔、ウイスキー色の知的な目。禁酒法時代の葬儀に現れたギャングのように、危険でどこか悲しげだ。

「新興の一族が登録に訪れるのはそうあることではありません」記録係は続けた。身を乗り出し、秘密を打ち明けるようにほほえむ。「尋問者がいる一族となるとなおさらだ。あなたにお会いするのをどれほど楽しみにしていたか。それはマイケルも同じです。そうだろう、マイケル？」

マイケルはうなずいた。

記録係はリネンの手袋をはめて背を向けた。ガラスのふた付きの置き台に大きな記録簿がのっている。彼はふたを開けて重い記録簿を取り出し、カウンターに置いた。複雑な金の紋章が表紙を飾っている。

「きれいですね」

「そのとおり。十八世紀のオランダで作られたものです。テキサスの有力一族は、テキサスが州として成立する前からこの記録簿に記されてきました」記録係はそっと記録簿を開き、白紙のページを見せた。「テストに合格したら、あなたの一族はここに記されます」

記録係は分厚いページをめくり、赤いしおりのところを開いた。四つの名前が美しい字体で記載されている。線で消されているものもある。

「これはテストに通らなかった人たち？」

記録係はうなずいた。「そうです。さて、必要な書類はお持ちいただけましたか？」

わたしはファイルを渡した。彼はそれを開いてざっと目を通した。

「二人目の立会人は？」ローガンがたずねた。

「遅れています。状況を鑑みて、非の打ちどころのない評判の持ち主をと考えましてね。きっとうれしい驚きになるでしょうな」

「新興の一族の立会人には義務がつきものだ」ローガンが小声でわたしに言った。

「義務？」

「アドバイスを求められる」

記録係はサインをたしかめて顔を上げた。

「ミスター・ローガン、あなたのおかげでひどく難しい問題に直面することになりました。尋問者の能力を試すのは非常に困難だが、若いほうのミズ・ベイラーの魔力を確認するのはさらに骨が折れました。妹さんの力は驚くべきものと言わざるをえません。意思系なのは間違いないが、ジャンルは？　人は理性を操るサイオニックに引き寄せられますが、純粋な愛情を引き起こすサイオニックは出現の例がありません。マイケルとわたしはあらゆる保管記録をさかのぼりました。データベースへのアクセスを求め、海外の記録係に相談し、粘り強く調べましたよ。そうだな、マイケル？」

マイケルはまたうなずいた。

「かなり手を広げた末に、ようやくギリシアに求めるものを見つけました。同様の才能を示す記録を持つ一族は、なんとたった一つです。しかも女系のみ。最後に確認されたのは一九四〇年代で、どうやら不愉快な結果に終わったらしい」

「不愉快な結果というと？」わたしはたずねた。

「件《くだん》の女性は、自分の住む小さな町に侵攻してきたソ連軍と戦いました。言い伝えによると、岸からほど近い岩だらけの島にこもり、攻めてきた兵士たちを呼び寄せたそうです。その結果三つの中隊が波にのまれたが、わずかな生き残りがなんとか島にたどりつきました。彼女は引き裂かれましたよ。残念なことに、文字どおりね」

ああ、カタリーナ……。岩場に立つ妹の姿が頭に浮かんだ。カタリーナなら同じことをするだろう。

「身の毛がよだつ力です」記録係はため息をついた。「それ以来、その一族に女性は生まれていません。情報筋によると、偶然ではなく故意によるものだとか」

「女児を堕胎したということか」ローガンの声は冷たかった。

「噂《うわさ》ですが。アドバイスを受けたいという希望を伝えましたが断られました。非常に閉鎖的な一族です。結局我々が自力で考えるほかなく、検討の末、ミズ・カタリーナ・ベイラーに対しては新しいジャンルを設定しました。その声で人を引き寄せたというギリシア神話の生き物、セイレーンです」

カタリーナは気に入らないだろう。

「胸が躍りますよ。あなたの家族にこの能力が認められれば、新たなジャンルの始まりになるわけですから。ごくまれな魔力はレベル分けが一定ではないことがあります。彼女のテストには強力な〝超一流〟のメンタルディフェンダーを招聘《しょうへい》しました」

イージス使いが弾丸などの物理的な攻撃を跳ね返すのと同じく、メンタルディフェンダーは精神的な攻撃に対する防御を専門としている。ともかく、カタリーナはこれを聞いて安心するに違いない。

「どこの一族だろう?」ローガンがたずねた。「スミス家?」

「アレッサンドロ・サグレドです」記録係が答えた。

ローガンは眉を上げた。

わたしは彼を見やった。

「記録上では最強の〝超一流〟メンタルディフェンダーだ」ローガンが言った。

「なりゆきまかせにするわけにはいきませんから」記録係が言った。「ただ残念なことに彼は現在多忙で、二日ほど待つ必要があります。というわけで、あなた方のテストは今からちょうど一週間後の来週日曜に設定しましょう」

一人の男性がつかつかと部屋に入ってきた。壮健な六十代で、黒のズボンと黒のTシャツ、そしてスウェットシャツと呼べなくもない黒い服を着ていた。スーツのように襟があり、うちのローンの支払額より高そうに見える。

肌は日に焼け、波打つ黒髪は白髪交じりだ。広い額、黒い眉、高い鼻、白いものが交じる黒っぽい顎鬚《あごひげ》で隠れた角張った顎。知性が光るヘイゼル色の目にはユーモアがうかがえる。

「ようこそ、ミスター・ダンカン」記録係はにっこりした。

わたしが一族を形成するにあたり、メキシコの虐殺王、狂気のローガン《マッド・ローガン》と、テキサス魔力界を支配する評議会の元議長、ライナス・ダンカンが立ち会ってくれることになった。なんということだろう。

「遅れてすまない」かつてテキサス最高の権力を誇った男性が早足でこちらに近づいてきた。「どうしようもなく頭の固い者がいて手こずったんだ。さて、話はどこまで進んだかね？」

「大事なことはまだそれほど」記録係が言った。

　ダンカンはローガンに会釈した。「少佐」

「大佐」ローガンが答えた。

　記録係は万年筆を取り出し、咳払いをしてわたしを見た。眼鏡の奥で黒い目が輝いている。「マイケル、頼むよ」

　マイケルは前に進み出て、高性能カメラを取り出した。

「宣誓をお願いします」記録係が秘密めいた声で言った。「〝わたし、ネバダ・ベイラーは、テキサス州に対し家族の能力の評価と認定を申請します〟いいですか？」

「はい」

　胸がどきどきする。

　記録係はマイケルにうなずいた。マイケルはカメラのデジタルスクリーンをタップした。

　記録係は万年筆を手に取ってわたしを見た。口がからからだ。わたしはなんとか唇を動かした。

「わたし、ネバダ・ベイラーは、テキサス州に対し家族の能力の評価と認定を申請します」

「ダンカン一族の家長ライナス・ダンカンがこれに立ち会う」ダンカンが言った。

「ローガン一族の家長コナー・ローガンがこれに立ち会う」ローガンも繰り返した。

「では、そのように記録します」記録係はページに今日の日付を書き入れ、続けてこう書いた。〝カタリーナ・ベイラー、バーナード・ベイラー代理人、ネバダ・ベイラー。立会人、ダンカン一族ライナス・ダンカン、ローガン一族コナー・ローガン〟「申請を認めます」記録係が言った。

マイケルはカメラを下げ、横に置いた。

「これで終了です」記録係が言った。

「おめでとう、ミズ・ベイラー」ライナス・ダンカンが声をかけてくれた。

「今日は立ち会いに来てくださってありがとうございました」

「狼の巣に飛び込むつもりなら、味方がいたほうがいい。たとえ年老いて牙の鈍った味方であってもね」

ローガンの頬がぴくりと動いた。彼は何も言わなかったが、ローガンもマイケルも、ライナス・ダンカンがいつ牙とかぎ爪を生やしてもおかしくないという顔をしている。

「成功を祈るよ」ダンカンが言った。

「ありがとうございます」

ハイヒールでつかつかと廊下を歩いてくる女性の足音が部屋に響いた。

「来客の予定があるんですか？」ローガンが言った。

「いいえ」記録係が言った。

ヴィクトリア・トレメインが部屋に入ってきた。スーツ姿の二人の男性が付き従っている。ヴィクトリアはわたしを見て足を止め、まじまじと見つめた。わたしも見返した。録画では見たことがあったが、直接会うのは初めてだ。

瘦身で、身なりは一分の隙もない。高い頬骨、力強いが女らしさもある顎のライン、細い鼻、大きな目。こういう顔立ちなら美人に見えてもおかしくない。でも、わたしの父方の祖母は違った。まるで人の皮をかぶった肉食恐竜のヴェロキラプトルみたいに、いかつく恐ろしげに見える。頼りなさや自信のなさはかけらも感じられない。ヴィクトリアがローガンに目を向けたとき、その横顔に父の面影が見えた。同じ鷲鼻《わしばな》だ。

ローガンがわたしの左に進み出た。ライナス・ダンカンが右に並んだ。

「こんな茶番はたくさんよ」ヴィクトリアが言った。「この子はわたしのもの。うちの一族の一員だわ」

「いいえ」わたしは口を開いた。「わたしはあなたのものでも誰のものでもありません」

「この方はテキサス州に能力の認定を申請しました」記録係が言った。「その名はすでにここに記載されています」

「ライナスは?」祖母が問いかけた。

「立会人です。名誉にかけて彼女を守りますよ、ヴィクトリア。仕組みはよくご存じのはずです」

ヴィクトリア・トレメインは目を細めた。「この子を連れていくわ」

「残念ながらそれは許可できませんな」記録係の目が真っ黒になった。白目がない。記録簿の間のくぼみの暗闇が震えて広がり、壁を這《は》って明かりをのみ込んだ。身の毛がよだつ生きた闇。いにしえの生き物だ。わたしはうなじの毛が逆立った。

マイケルの両手を青い炎が包み、天井を埋め尽くそうとする闇とは反対に明るく輝いている。

「ルールはご承知のはずです、ヴィクトリア」記録係の声には魔力があふれていた。「ベイラー家の誰とも接触することはできません。このテストを邪魔することもできない。不愉快な事態は避けたいでしょう」

祖母の口角が怒りで震えている。彼女はわたしをにらみつけた。「あなたは愚か者よ。きっと後悔するわ」その視線はローガンを突き刺した。「わたしの電話を無視するとは。この子を自分のものにしたつもりだろうけれど、いずれは手放すはめになる。スクロール社にリクエストが入った瞬間、この子はあなたを捨てるでしょうから」

ヴィクトリアは背を向けて出ていった。人間の姿をした番犬たちを従えて。

「ひやひやしたよ」ライナス・ダンカンはそう言って財布からカードを取り出し、わたしに差し出した。名前はなく電話番号だけが書かれている。「助けやアドバイスが必要になったら、いつでも連絡しなさい」

「ありがとうございます」わたしはカードを受け取った。

暗闇は消えた。記録係が笑顔を見せた。「ミズ・ベイラー、お会いできてよかった。注目していますよ。何か問題があればわたしたちがいます。そうだろう、マイケル？」

マイケルはうなずいた。

車まで歩く間、ローガンとわたしは無言だった。日は沈み、底知れないテキサスの空が頭上に広がっている。車に乗り込むとローガンは駐車場を出た。

窓の外に流れる夜の街を眺めながら、わたしは何度もさっきの出来事を頭の中で繰り返した。申請手続き、古い記録簿に美しく書き込まれたわたしの名前、祖母の鋭い目つき、天井を這う生きた暗闇……まるで他人の身に起きたことのようで、現実とは思えなかった。

わたしはローガンを見やった。二人の間には妙なよそよそしさがあった。同じ車内にいるのにローガンはわたしが見知らぬ他人であるかのように殻に閉じこもっている。

「あの人から電話があったの？」ようやくわたしは口を開いた。

「伝言が残してあった」

続きを待ったが、ローガンはそれ以上何も言わなかった。「どんな内容？」

「きみをトレメイン一族のもとに連れてくれれば、おれのものにしていい、と」

「すてきね。わたしが素直に従うと思ったのかしら」

「妹や親を人質に取られたら従うだろう」その声はさりげなかった。

コナーは姿を消し、マッド・ローガンが現れた。冷たく、計算高く、必要とあれば残酷にもなる男。

「スクロール社って？」

「三大データベースの一つだ。きみとカタリーナが姉妹であると証明するために、記録係にDNAサンプルを提出しなければならない。そのときにデータベースを選ぶんだ」

「配偶者候補を抽出するためのマッチングに使うの？」

「基本的にはそうだ。父親の確定のために使うこともある」

ローガンとの間の溝は深くなるばかりだ。彼はまだ子どもやマッチングのことを考えている。わたしに別れる口実を与えようとしているのだろうか？

「止めて」

車が路肩に止まった。わたしはシートベルトをはずし、身を乗り出してローガンにキスをした。その唇は炎のようだ。反応はなかったけれど、彼を味わいたくて舌先で唇をたどり、キスを強めた。

ローガンがシートベルトをはずした。わたしのうなじをつかみ、唇をむさぼる。ローガンの魔力がまわりを取り巻き、わたしの魔力と混じる。わたしは、欲望と力に燃え、人を惹《ひ》きつけて放さない彼の味わいに満たされた。ローガンが舌を我が物顔で動かし、指をわたしの髪にからめて引き寄せる。そのキスにはどこかすごみがあり、ドラゴンの炎を味わった者は二度ともとには戻れないという警告を感じさせた。そう思うと、服を脱いで裸でローガンの上になりたくなった。

魔力が燃えるはちみつのようにうなじを滑り、肌に快楽の跡を残していく。わたしは唇を重ねたままあえいだ。

「おれのものだ」ローガンの声は荒々しかった。「手放すつもりはない」

「誤解が解けてよかった」

「わかってるな、ネバダ？　おれは背を向けない。背を向けることができると思ってたが、できないし、したくないんだ」

わたしは指先でローガンの頬を撫《な》でた。「あなたが背を向けるのを黙って許すと思った？」

ローガンに引き寄せられ、わたしは彼の膝の上にのった。首に唇が触れる。魔力が背筋を撫で、燃え上がらせる。腿の間に、そして中に彼を感じたい……。

背後で青と赤のライトが光った。

ローガンがうめく。

警官が懐中電灯を持って歩いてきた。

わたしは助手席に戻り、顔に手をあてた。

ローガンがウインドウを下ろした。「何か?」

「車の故障ですか、ミスター・ローガン?」

「いや」うなるような声だ。

「それならどかせてください。暗いし、後続車にとって危険です」

驚きだ。ヒューストンで唯一、メキシコの虐殺王を恐れない警官にあたってしまったらしい。

「ミズ・ベイラー、ジョーダン検事がよろしくとのことです」

ジョーダン検事。

「道路の安全のために車を動かしてください」警官は一歩下がった。立ち去る気配はない。

ローガンがウインドウを閉め、それぞれシートベルトを締めると、車は道に戻った。

ハリス郡地方検事レノーラ・ジョーダンは高校生のときのわたしのヒーローだ。高潔で不撓不屈《ふとうふくつ》で、犯罪、とりわけ有力一族の犯罪に対する最後の砦《とりで》だ。数年前、子どもへの性的虐待の罪を認めようとしない〝超一流〟の電光使いに向かって裁判所の階段を下りていく姿をテレビ番組で見たのが最初だった。男の目の前で立ち止まると、レノーラは何もないところから鎖を取り出してカメラの放列の目の前で男を縛り上げ、法廷へと引っ張っていった。

その彼女と会えるなんて思ってもいなかった。イメージどおりの姿を目の前にして、わたしは体が震える思いを味わった。ローガンでさえレノーラの前では飢えた虎に対するような敬意を見せる。

「これはレノーラなりの励まし？　認定の申請を知ってるって伝えたいのかしら？」

「そうだ。今夜はうちに泊まってくれ」

「無理よ。いろいろなことがあったから家族といたいの。きっとみんなききたいことがあるはずだわ」

「待つよ」

「いつになるかわからない」

「待てる」

ローガンといっしょに行けるなら何を犠牲にしてもいいと思った。寝室に連れていかれ、服を脱がされ、何も考えられなくなるまで愛される。そして彼のたくましい腕の中で眠りに落ち、朝、目覚めたらまた愛し合う。そう思うと胸が苦しくなった。「ローガン……」

「ネバダ」彼の唇からその名を聞くと、まるで愛撫《あいぶ》されているかに感じる。

「家族の人生をひっくり返したばかりなのよ。今夜はわたしが家にいないと。夜中の二時に妹が部屋のドアをノックしたら、その場にいて安心させてやりたいの。母が眠れなくて真夜中にわたしの様子をたしかめに来るときのために部屋にいたい。あなたのところに行ったら、それができなくなる。あなたがうちに来るのもだめ。わたしがうめいたり叫んだりしてしまうし、そんな声は家族には聞かせられない」

ローガンは不服そうな顔をしている。

「何を考えてるの？」

「テストまできみを誘拐して閉じ込めておきたくなった」

「それは一度やったでしょう？」

「あの地下室のエアコンを直したよ」

「すてきな鎖がわたしを待ってるの？」

「いや。だが、手錠はいくつか置いてある」

「やめて。いいえ、やっぱりいいかもしれない。手錠をかけられるのはどっち？」

ローガンがにやりとした。

車は倉庫に到着した。

「帰るわ」そう言ったものの、帰りたくなかった。

ローガンが何か言いかけたので、わたしは人差し指で封じた。

「わたしの名前を呼ばないで。名前を呼ばれると車から降りられなくなるから」

人差し指の下でローガンがほほえんだ。悪い男のほほえみ。その顔はハンサムにも悪魔っぽくも見えた。

「ローガン、本気よ。わたしの名前を呼ぶのも、おやすみのキスをするのも、そんな……

そんな目で見るのもやめて。明日、あなたの元フィアンセの夫の失踪事件を調べなきゃいけないから、睡眠が必要なの」

わたしはまだ動けなかった。ローガンは磁石のごとくわたしを引き寄せる。めくるめくセックスとルックスのせいもあるけれど、それより強いのは、わたしが見ていないとき彼がこちらを見る目つきだ。まるで世界の中心を見るようなまなざし。そんな目で見られると、なんでもしてあげたくなる。これほど誰かを愛することができるのが怖くて、わたしはわずかに残された自立心を守ろうと必死になってしまう。

「シーザーの影が見える」ローガンが言った。

わたしも同じだった。でも、なんらかの証拠をつかむまでは結論に飛びつくわけにはいかない。「偶然にしてはできすぎているわ。リンダの母親の死から数週間で、今度は夫が失踪した。だけど、ブライアンはストレスが高じると逃げ出す癖があったみたいね」

彼はいかにもマッド・ローガンらしい目つきでわたしを見つめた。「ブライアンの失踪と例の陰謀につながりがあるとわかったら、知らせてほしい。あとででも都合のいいときでもなく、すぐにだ」

「了解、少佐。おやすみのキスをするつもりだったけど、無理ね。上官になれなれしく振る舞うのはルール違反だから」

「おもしろいことを言うじゃないか」

わたしはドアを開けて外に出た。

「ネバダ」その一言に、ローガンはあふれるほどの約束を詰め込んだ。

わたしは足を止めなかった。

彼の声がわたしを愛撫した。「戻ってこい。おやすみのキスをさせてくれ」

「聞こえない」わたしは入口まで走っていって中に入り、ドアを閉めた。ドアは大きくて分厚いから、ローガンの笑い声が聞こえたはずはない。きっと空耳に決まっている。

廊下を歩いていくと、キッチンに明かりがついていた。話し声が聞こえてきた。みんな起きてわたしを待っていたのだ。

明日はバイオコア社に出向き、リンダの夫の失踪事件の調査を始めなければならない。ローガンともまた顔を合わせるだろう。でも、その前に今夜を乗りきらなければ。わたしはため息をつき、背筋を伸ばして、家族との話し合いに向かった。

3

朝が来た。明るい日差し、晴れ渡った青空、そして頭をがんがん殴られているようなひどい頭痛。わたしは目をこじ開け、すぐに頭痛薬を二錠のんだ。今日はすることがいろいろある。それなのに頭痛は少しもおさまらなかった。

昨夜、家に帰るとあらゆる質問が待っていた。記録局での出来事を話すと、さらに質問が飛び出した。母はヴィクトリア・トレメインのことを知りたがり、レオンはうちが一族を形成したら銃を持てるのかどうか知りたがり、カタリーナはテストのことを知りたがり、アラベラはマイケルがキュートかどうか知りたがった。戦争中に一度ライナス・ダンカンと会ったという祖母は、彼の〝スコットランド人らしいセクシーなヘイゼル色の目〟が変わっていないかどうか知りたがった。全員の質問に答え終わると、もう午前二時近かった。わたしは自室に上がり、服を脱ぎ、うつぶせにベッドに倒れ込んで意識を失った。一時間後にローガンの夢を見て目を覚まし、どうして彼が隣にいないのだろうと思った。朝になり、オフィスに向かう今、体はまるでブルドーザーを引っ張っているように重かった。

コーネリアスはもうデスクにいた。濃灰色のスーツに白のシャツ、黒のネクタイという姿だ。金髪はきちんと梳《と》かしつけてある。疲れきったときでもコーネリアスには凜《りん》としたところがある。小ぎれいで落ち着いている。歌でねずみの大群を操り、人を生きたままむさぼり喰《く》わせた男と同一人物には見えない。

今日はねずみはいないが、鷹《たか》のタロンが書棚の上から琥珀《こはく》色の目でこちらを見つめている。

コーネリアスはノートパソコンから顔を上げた。真剣な青い目を丸くした。わたしはアルマーニの黒のパンツスーツに、高価な淡灰色のブラウスという服装だった。髪は前髪も全部上げてシニョンにまとめてある。顔は持てるスキルのすべてを使ってメイクした。

「中央情報局《CIA》のエージェントみたいだ」コーネリアスが言った。

「CIAのエージェントに会ったことがあるの?」

「ないけど、きっとそういう感じだと思う」

「これは〝クライアントに一目置かせる服〟よ。わたしは高いスーツを二着持っているんだけど、最初の顔合わせで一つを着て、調査終了後に支払いを受けるときにもう一つを着るの。それ以外のときはビニールをかぶせてクローゼットの奥に吊《つる》しておくのよ」

「今日もクライアントに一目置かせるつもりなのかい?」

「一目置かせたいのはクライアントの一族よ。クライアントの夫が失踪して、その家族が関わってるとしたら、わたしのことを危険な相手だと思ってほしいの。クライアントではなく、わたしを見てほしいのよ。あなたもいっしょに来て。いい経験になるし、わたしの信頼度も上がるから」

「もちろんだ」コーネリアスは立ち上がった。

「クライアントはリンダ・シャーウッド。旧姓チャールズ」

コーネリアスが動きを止めた。

「昨日の夜、うちに来たの。夫がいなくなった件で」

コーネリアスはなんとか声を取り戻した。「彼女はあのことを……知ってるのかな?」

「ローガンとわたしがあの場にいたことは知ってるけど、オリヴィアが何に殺されて、誰がそうしたのかは知らないわ。行きたくないならかまわないわよ」

「どうしてきみを頼ってきたんだろう?」

「母親の友人全員に見捨てられた上、シャーウッド一族はブライアンの失踪を不安視していないように思えるからよ。頼る場所がなかったの」

「母親が荷担していた陰謀と関係があると思うか?」

「おそらく。あるいはブライアンは仕事のストレスで頭がどうにかなって、数日間、姿を消そうと思っただけかもしれない」

コーネリアスは考え込んだ。

「それから、一族を形成する申請を出したことを言っておくわ」

コーネリアスはあっけに取られた。「おめでとう」

「ヴィクトリア・トレメインはわたしの祖母なの。このなりゆきが気に入らないだろうし、新興一族に手出ししないルールはあっても、何も仕掛けてこないとは思えない」

「不安かい？」コーネリアスがたずねた。

「ええ」嘘《うそ》をついてもしょうがない。「テストまでここに隠れていられるならそうしたい。でも、リンダに夫の捜索にあたると約束したから」

「隠れることなどできない」コーネリアスは静かに言った。「きみの名前はもう知られている。みんなきみたちを見ている。とくにきみをね。どんな一族になるのか見極めたいんだ。第一印象というのは大きい」

「第一印象？」

コーネリアスは一拍置いて続けた。「一族形成の申請は評議会の前で読み上げられて、会報で告知される」

すばらしい。テキサスじゅうの有力一族がメールでわたしたちの名前を知るわけだ。

「誰もが知ることになるのね」

「そうだ。手出ししようとする有力一族を牽制《けんせい》するためだよ」

「どういう力を申請したかもわかるの？」

「ああ」

これですべてが明るみに出る。わたしはテキサス全州に対して尋問者だと宣言したことになる。

「きみは見られている。これからはどう振る舞うかがとても重要になる」

コーネリアスの言うとおりだ。隠れるなんて問題外だ。臆病者の一族の烙印《らくいん》を押されてしまう。

わたしはコーネリアスを見やった。「ありがとう」

「どういたしまして」

「で、来る？　来ない？」

コーネリアスは間髪を容《い》れず答えた。「行く。コーヒー用のタンブラーを取ってくるよ」


バイオコア社は黒いガラスでできた長方形のビルだ。中心街のほかの高層ビルと違って、床面積は広いが、高さは数階止まりと低い。

コーネリアスとわたしはビルの正面に車を駐《と》めた。気がつくとわたしは危険が隠れていないかどうかビルをしげしげと眺めていた。ローガンとの冒険のおかげで心配性になってしまった。

わたしは分厚いガラスのドアに向かった。コーネリアスの肩にはタロンが留まっている。

コーネリアスは暗い顔つきだ。集中しているのか緊張しているのかわからない。これはよくない。落ち着いたプロの顔を見せてほしい。

「義足と帽子を買おうと思ったことは？」

コーネリアスはまばたきした。「ないけど、どうして？」

わたしはガラスのドアに映った彼の姿を指した。コーネリアスはそれをじっと見た。

「タロンは無理すればオウムに見えなくもないが、ぼくは海賊とはほど遠い」

「態度しだいよ。自分が海賊一味の首領だと想像してみればいいわ」

コーネリアスはあらためて自分の姿を見つめた。隙のない髪型、きれいに髭《ひげ》を剃《そ》った顔、高価な特注のスーツ。

わたしはにんまりして回転ドアを押した。

中は無機質な三日月形のロビーになっていた。白い壁、ウルトラモダンな照明、黒い大理石の床。三日月のいちばん広くなった部分の壁にかすかに見える四角い線が両開きのドアを示していた。その左に受付デスクがあり、制服姿の二人の警備員が座っている。こちらを見た警備員はタロンを見て険しい顔をした。わたしたちはデスクの前に行き、名前を告げて名刺を出し、エドワード・シャーウッドと話したい旨を伝えた。背の低いほうの警備員が電話の受話器を取り上げて小声で話した。

わたしたちは待った。

ドアが静かに開き、長身の男性が出てきた。四十手前、茶色の髪、明るいヘイゼル色の目、角張った顎。現役時代の鋭さを残した元アスリートのような物腰だ。灰色のスーツが肩幅をいっそう広く見せている。今朝、下調べしたときに見た写真と同じだ。ブライアンの兄、エドワード・シャーウッド。

落ち着いたまなざし、たしかな足取り、緊張の気配のない顎。弟の失踪になんらかの関わりを持っていたとしても、言い逃れる自信があるか、演技に秀でているかのどちらかだ。

「ミズ・ベイラー」その声は理性的で、外見と同じく冷静だった。「あなたのことはリンダから聞いています」

「おはようございます」

わたしたちは握手した。エドワードの握手は強かった。彼は評議会の会報を読んだのだろうか。わたしの名前を覚えているだろうか。

「急なお願いだったのにすみません」わたしはコーネリアスのほうを向いた。「我が社の調査員のコーネリアス・ハリソンです」

コーネリアスも握手した。

「もっと落ち着ける場所で話しましょう。こちらへどうぞ」エドワードが出口に向かうと、ドアが開いた。わたしたちが通るとドアは静かに閉まった。わたしは息をのんだ。

そこは広い中庭だった。苗床やプランターが迷路のように並び、その間を縫って石敷きの道が延びている。三階分の高さがありそうだ。広さは想像もつかない。きっとうちの倉庫が何個も入るだろう。

エドワードは通路を歩いていき、わたしたちもあとに従った。高くなった土台に古木が植わっており、根元にさまざまなきのこが生えている。古いモップかウルトラモダンなシャンデリアに似た、大きな白い糸の塊のようなきのこ。これまでに見たことのないさまざまな色合いのカワラタケ。派手な黄色をした巨大なきのこ。

木には苔《こけ》が生えている。暗がりでぼんやり光る苔もある。根からはやはり、きのこが生えている。すみれ色、藍色、蛍光色の緑。壁の合成樹脂ガラスの下には巨大なバクテリアの群体が抽象画のように広がっている。

まるで異星に来たかのようだ。わたしはまじまじと見つめることしかできなかった。

タロンがコーネリアスの肩から飛び立ち、木立の間を縫って飛んでいった。

「驚いたらしい」コーネリアスが言った。「すみません」

歩きながらエドワードがほほえんだ。「大丈夫ですよ。我々バイオテクノロジー系の能力者は個体の特性と向き合わなければなりません。生命は予測しがたいものだ」

「あなたもブライアンと同じく薬草魔術家なんですか？」わたしは質問した。下調べでは彼も薬草魔術家だ。

「そうです。でも、わたしの力が働くのは樹木です。とりわけ果樹ですね。ブライアンは菌類で、ここは弟の王国です」エドワードは異星の光景のほうに片手を上げた。「こっちです」

彼は右に曲がった。わたしたちもそのあとについていった。きのこの王国は唐突に終わった。目の前に鯉《こい》の泳ぐ流れが現れ、広がって池に続いている。池は縁を石で囲われ、奥には滝がある。反対側には美しい庭があった。花をつけた果樹もあれば、りんご、あんず、さくらんぼの実をつけた果樹もあった。

エドワードは日本風の橋を渡って庭へとわたしたちを案内した。

「どうしてわたしが一族の長でないのか不思議に思っているでしょう。皆、そうです。ただ遠慮して口に出さないだけですよ。わたしが年長で〝超一流〟でもあるのに」

「どうして一族の長じゃないんですか？」

「家族の中で資産につながる力を持つのはブライアンなんです。菌類関連の医薬品のほうが、うまいりんごより金になる」

エドワードが手を伸ばすと、そばのりんごの木が枝を傾け、葉でその手のひらを撫《な》でた。

「気になりますか？」

「今はもうそんなことは」

嘘だった。

突然床が変わった。道はまだ続いているが、石敷きではなく緑の芝生になっている。ハイヒールで歩くのは問題外だ。一歩ごとに沈み込むだろう。

エドワードは足を止めてこちらを見ている。

わたしは靴を脱いで手に持ち、歩き続けた。爪先にあたる芝生がひんやりする。慎重に進めなければいけない。彼は〝超一流〟だ。出方を間違えたら追い出されるだろう。わたしはリンダに答えを持ち帰る義務がある。

「ミスター・シャーウッド、我が社はリンダからご主人の失踪事件の調査を依頼されました」

「驚きですよ」エドワードは答えた。「リンダの母親の死に関して果たしたあなたの役割を考えると」

これでオリヴィアの死について話さなくてよくなった。「いくつか質問させてください。デリケートな質問もあります。あなたの返答を外にもらすことはいっさいありませんが、法廷での証言は拒否できません」

「できるだけ正直に答えます。常識の範囲内で」

わたしはむずむずと魔力が働き出すのを待ったが、何も起きなかった。エドワードは本当のことを言っている。

「弟さんと最後に会ったのは？」

「木曜の夕方六時前です。金曜の予算会議について軽く話しました。出席したいかどうか確認すると、研究で忙しい、と。弟はそのあと退社し、わたしは席を立って窓から駐車場の奥の木立を眺めていました。そうするとうまい考えが浮かぶのでね。そのとき弟が駐車場に向かって歩いていって車に乗り込み、出ていくのが見えました」

　真実だ。出だしは上々だった。

「弟さんが心配ですか？」

「ええ」

　嘘だ。答えが早すぎる。

「リンダを心配しています。子どもたちのことも」

　真実だった。

　道は鯉の池のカーブにさしかかった。どのホームセンターでも売っているような特徴のない木製ベンチが三つ、雑な円を描くように並べてあった。ベンチにはそれぞれトレリスがついていて、クレマチスがからんでいる。深紅、白、暗赤色、青。

「座ってください」エドワードがベンチに案内してくれた。

　わたしは座った。コーネリアスは隣だ。エドワードは向かい側のベンチを選んだ。

　周囲はとても静かだ。ここに座り、クレマチスの香りに包まれ、池を眺め、足裏になめらかな芝生を感じていれば、何時間でも読書できそうだ。エドワードがわたしたちをここに連れてきたのはまさにそれが理由だ。ここは彼の王国で、ここならくつろげる。穏やかな空気の中にいれば、会話のとげとげしさもなくなるだろう。

「子どもの頃のブライアンは厄介事に巻き込まれるのを好みませんでした。子どもなら誰でもそうでしょう。でも、弟は人より感じやすいんです。父は古い世代ですから、子育てについては厳しい意見を持っていました。弟は父を激怒させるようなことをすると、姿を消していましたよ。何時間も隠れるんですが、その隠れ方が巧みでね。最初は弟が出てくるのを皆で待つんですが、二時間ほど経《た》つと母が何か悪いことが起きたに違いないとパニックになって、一家総出で捜すんです。見つかったときは皆、疲労と安堵《あんど》で叱る気も失《う》せている」

「ブライアンは隠れていると思いますか?」

「ええ」

　真実だ。

「どうして?」

　エドワードは背筋を伸ばした。「バイオコア社は世間の注目を集める抗生物質の研究を進めています。我々は抗生物質から大きな恩恵を受けているが、普通の人は気にも留めない。手術後の感染症で死なないことを当然だと思っている。人の行き来は増えても、伝染病は過去のものだと思っている。それは間違いです」

「生命は必ず道を見つける」コーネリアスが言った。

エドワードがうなずく。「抗生物質耐性菌は急速に増えています。万能と思われていた薬ももう効きません。人間は戦いに負けつつある。呼吸器の感染症での通院や、虫垂切除といった比較的安全な手術で命を落とす危険もあります。よりよい新薬を探す競争が始まっているんです。ブライアンはその先陣にいました。弟はバクテリアの脅威に合わせて、魔力で菌を急速に変異させていました。新たな抗生物質の開発に挑戦していたんです。危険であると同時にうまみも大きい研究分野だ」

「競争が激しい?」

「かなりね。率直に話すと約束したので言いますが、ガーザ上院議員の死にオリヴィアが関わっていたせいで悪評が立ち、我が社は打撃を受けました。ブライアンがリンダと結婚したのはオリヴィアが持つ人脈のためです。ところがその人脈に背を向けられてしまった」

リンダが伝染病にかかったようなものだ。母親に関するものすべてが汚染されてしまった。

「大口の投資家二人が資金を引き揚げたし、サインするばかりになっていた大きな契約をライバル会社に取られました。必要なウイルスのサンプルを入手するのさえ困難になりつつある」

「財政的な危機に面しているということですか?」

「ええ」エドワードは不思議なほどさりげなく言った。「だが、乗り越えますよ。新しい投資家を見つけ、新しい契約を取ります。でも、それまでは不安定になるでしょう。リンダが気づいている以上に」

ブライアンが落ち着いていたというリンダの話とは矛盾するが、エドワードは嘘をついていない。「ブライアンはそういう問題を知っていましたか?」

エドワードの目に何かがよぎった。軽蔑? 憤慨? 一瞬でよくわからなかった。

「ブライアンは天才です。弟が担当するのは科学研究で、財務や会社の日常業務はぼくの担当です。二日ほど前、弟に状況を説明しました。希望がないわけではないこともね。しかしさっきも言ったとおり、弟は感じやすいんです。問題が自然に解決するまで姿をくらますのは、決してありえない話ではありません」

ブライアンが厄介な人だという印象がどんどん強くなってきた。

「ブライアンには自分の銀行口座以外に使える口座はありますか?」コーネリアスがきいた。

「あっても驚きませんよ。万が一に備えるのが好きなタイプですから」

「ブライアンとリンダの結婚生活に問題があるかどうかご存じですか?」

「リンダは弟のために理想的な妻であろうと心を砕いています。ブライアンは感情を爆発させるようなことはしない。もの静かで傷つきやすいので、決まった日常を好みます」

エドワードは質問に答えなかった。

「ブライアンは結婚生活の不満をもらしていましたか?」コーネリアスがたずねる。

「誰だってたまには結婚に対する不満を口にするものです。弟からは最近は何も聞いていません」

「最近というと?」

「ここ一年です」

真実だった。

「ブライアンは奥さんを捨てたと思いますか?」

「いいえ」

これも真実だ。「バイオコア社はリンダを重荷だと見ていますか?」「リンダが重荷になることなどありえません」

エドワードは急に真剣な顔つきになって身を乗り出した。「リンダが重荷になることなどありえません。優雅でやさしくて信じられないほど忍耐強い。思いやりがあって知的です。リンダと知り合いになれて幸運ですよ。シャーウッド一族は全力で彼女を支えます」

エドワード・シャーウッドがようやく本音を出した。わたしがボタンを押したのだ。弟のことは心配していないのに、わたしがリンダの話を持ち出したら噛《か》みつかんばかりの言い方をした。おもしろい。

「あなたは弟さんを誘拐しましたか?」

エドワードの目が燃え上がった。「そんなばかばかしい質問には答えられない」

「ミスター・シャーウッド、リンダはひどく動揺しています。わたしを頼ったのは、ほかで断られたからです。彼女の心労をできるだけ減らすために、一刻も早く解決したいと思っています。あなたを容疑者リストからはずすことができれば、ブライアンの身に何が起きたのか突き止めることに全力を注げるんです」

「どうしてぼくが真実を言うと思うんですか？　嘘をつくかもしれないのに」

「わたしは観察眼が鋭いんです。あなたは弟さんを誘拐しましたか？」

「していない」エドワードの顎がこわばった。

真実だ。

「ブライアンを殺したり、傷つけたりしましたか？」

「していない」

「ブライアンを消せと誰かに命じたり、そのために人を雇ったりしましたか？」

「まさか！」

「ブライアンの居場所は？」

「知らない」

「居場所に心あたりは？」

「ない」

「ブライアンは失踪後、あなたに連絡を取ろうとしましたか?」

「いや」

嘘は一つもなかった。わたしは立ち上がった。「ありがとうございました、ミスター・シャーウッド」

エドワードも立ち上がった。ひどく怒っているが、意思の力で怒りを抑えつけている。

「話は終わりですか?」

「はい」

エドワードは携帯電話を取り出して耳にあてた。「マーガレット、お客さまを外に案内してくれ」


出口に向かう途中、コーネリアスは大きな木の前で足を止めた。エドワードが建物内部に案内してくれたときに最初に目に入った木だ。エントランスの脇に立つその木には黄色いきのこがびっしりと生えている。コーネリアスはつかの間それを見つめていたが、やがてタロンを呼び、わたしたちはビルを出た。

「どう思う?」駐車場から車を出しながらわたしはたずねた。

「正直に話していたと思う」

「だいたい嘘はついていなかったわ。弟を誘拐していないし、居場所も知らない。そして弟の妻を愛している」

コーネリアスはうなずいた。「リンダは兄弟の選択を誤ったな」

「どうしてそう思うの？」

「さっきぼくが見ていた木があっただろう？　黄色いきのこが生えた木」

わたしはうなずいた。

「あれはナラタケといって、正しく料理すればうまい。だが、間違えると有毒だ。寄生する木を殺し、腐った木から栄養を吸収する」コーネリアスはいったん言葉を止めた。「あれはりんごの木だった」

ブライアン・シャーウッドはきのこを栽培するにあたってどんな木を選ぶこともできたが、果樹を選んだ。そして、誰もが通らざるをえないエントランスに置いた。

「エドワード・シャーウッドは毎日そこを通らなきゃならない」コーネリアスは続けた。「きのこのせいでゆっくりと死んでいく木を意識しながら、何もできないんだ」

「ありがとう。わたしだけではわからなかったことだわ」

「役に立ててうれしいよ」コーネリアスはにっこりした。

「ブライアンは拒絶的な態度で攻撃的感情を表現するタイプみたいね。そして臆病者。状況が悪くなると逃げ出して、妻や兄が尻ぬぐいをしてくれると信じてる」

「どうしてこんなにゆっくり運転するんだい？」

「エドワード・シャーウッドが真実を語っていたからよ。エドワードは弟が駐車場を出るのを見たと言っている。だから何か起きたとすればこの五キロの間よ。それを見逃したくないの」

「それって？」

「違和感を抱かせるもの。ガラスの破片、パンクしたタイヤの切れ端」

「ブライアンが乗っていたのは？」

「イリジウムシルバーのメルセデス。ステンレススチールの色と思って間違いないわ」

コーネリアスは顔をしかめた。「知っていて当然だったな。今度からはもっと気をつけるよ」

わたしは笑顔を返した。「わたしのミスよ。詳細はすべてメールしてある。捜査の開始時に基本情報のファイルを作って、携帯電話からアクセスできるようにバーンがそれをメールしてくれるの。これまでずっと家族でやってきて、社員として人を入れるのは初めてだったから、言うのを忘れてたわ」

「ブライアンは誘拐されたんだろうか？」

「今の感触だと、すべてを放り出して何日か静かな場所に逃げ込んだだけに思えるわね。会社は財政危機に直面していて、息子は能力を現さず、有力一族エリート層へのパスポートとなる妻は疫病扱いされている。人には感受性が強くて傷つきやすいと思わせているけど、さっきの木を見るとどうも計算ずくの行動に思えて――」

車が橋を渡ると、前方のガードレールが何かにぶつかったみたいに少しへこんでいるのが見えた。わたしは車を停めて降りた。へこんだ部分が銀色の塗装で汚れている。わたしはしゃがんで携帯電話で写真を撮った。ほかにおかしなものはない。

「それから？」コーネリアスがたずねた。

わたしは振り返った。道の向かいには新しいガソリンスタンドがあった。

「監視カメラの映像をもらえるかどうか聞いてみましょう」

三分後、わたしたちはガソリンスタンドにいた。監視カメラの一つがガソリンスタンドの駐車場の出口付近の道路に向けられており、録画はサーバーに上げられて九十日間保管される。わたしはマネージャーと取り引きした。彼は一万ドルを要求した。わたしは、令状を持った警官を連れて戻ってきたら一セントにもならないがいいのかとたずねた。そして、マッド・ローガンが悪魔のように中心街を破壊する映像を見せた。結局、二百ドルと十九ドル九十九セントのUSBメモリで話がついた。

わたしはノートパソコンにUSBメモリを差して動画を早送りした。

五時。

五時半。

五時四十五分。

ここで通常再生に戻す。午後五時五十一分に銀色のメルセデスが視界に入ってきた。黒いSUV車が後ろからぶつかってきてメルセデスを道から押し出し、メルセデスはガードレールにぶつかった。メルセデスから男性が一人、降りてきた。おそらくブライアンと思われるが、バグに映像の解像度を上げてもらわないとたしかなことは言えない。

黒い車から男が二人降りてきた。運転者が片手を上げた。ブライアンが倒れた。テーザー銃だ。運転者はブライアンを軽々と担ぎ上げ、車に運んだ。助手席の男がメルセデスに乗り込んだ。五時五十二分、二台の車は走り出した。

コーネリアスは眉を上げた。

わたしは携帯電話を取り出してリンダに電話をかけた。

「もしもし?」リンダが泣き出しそうな声で言った。

「あなたは正しかった。ブライアンは誘拐されたのよ」

「やっぱり!」その声がヒステリックに甲高くなった。「たった今、電話があったの!」

4

ブライアンとリンダのシャーウッド夫妻はハンターズ・クリーク・ビレッジに住んでいた。家は、不動産の広告に〝アクティブなライフスタイルを楽しむ家族のための美しい家〟と書かれるような家だ。夫妻は四年前にこの家を買った。敷地は四千平方メートル。寝室六つとバスルームが五つ、プールとパーティ用のあずまや、ワインセラーもある。

家の価格は三百五十万ドルで、この地域では平均的だ。車で近づいていくとその理由がわかった。周囲を自然に囲まれている。鳥が歌い、オークにときおり交じる椰子《やし》の木にりすが駆け上がっていく。ヒューストンまで車で二分だとはとても思えない。

車が家に到着した。わたしは見覚えのあるガンメタル・グレーのレンジローバーの隣に車を駐《と》めた。ローガンが先に到着したらしい。リンダか警備チームの誰かが連絡したのだろう。これはいい。リンダはわたしよりローガンの言うことをよく聞くからだ。

「あれはローガンの車？」コーネリアスがたずねた。

「ええ」

「気になる?」

「少しね」気にならないとしたら、わたしはロボットだ。「でも、客観的な目で見るつもり」

コーネリアスは首をかしげ、説明を待った。

「リンダは母親を亡くし、友人も失ったわ。きっと夫に頼っていたと思うけど、その夫までいなくなった。母親としては子どもたちの安全が何より気になるはずよ。リンダは幼い頃からローガンを知っていて家族同然だし、ローガンには彼女と子どもたちを守るための魔力と豊富な手段がある。リンダがローガンに頼ろうとするのも当然だわ」

「リンダが彼を家族と思ってるとは思えないんだが」コーネリアスが答えた。

「どう思っていたってかまわない。大事なのはローガンがわたしをどう思うかよ」

ローガンは愛していると言ってくれた。嘘《うそ》ではなかった。嘘を感知する力がなくてもその言葉を信じただろう。ローガンは危険で、ときとして予測不能で、いつも強情だ。目的のためならブルドーザーのように人を押しつぶすこともいとわない。だけど、彼が人をだますのは見たことがない。ローガンはそんなまわりくどいことはしない。

わたしたちは玄関に向かった。武装した護衛が道をふさいだ。ローガンの部下のような百戦錬磨の元軍人ではない。ボディビルダーとパークレンジャーの中間といった外見で、カーゴパンツの裾をブーツに入れ、広い肩と分厚い胸板に張りつくカーキのポロシャツという服装だ。驚くほど細いウエストには分厚いナイロンのタクティカルベルトを装着し、そこに拳銃、手錠、トランシーバーを入れている。目元はミラーサングラス、頭には一族の紋章の上に〝ジャーウッド・セキュリティ〟と刺繡《ししゅう》が入った野球帽をかぶっている。

「ネバダ・ベイラーとコーネリアス・ハリソンです」わたしはそう告げた。

護衛はトランシーバーに何かつぶやき、ドアを開けてくれた。

家の内部は外観に劣らず美しかった。中には同じような制服を着たエクササイズおたくでいっぱいだった。彼らは皆、わたしたちを見ると険しい目を向けた。狭い玄関ロビーを抜け、広々としたリビングルームに入る。繊細な家具、美しい東洋風の絨毯《じゅうたん》、おもちゃのトラック、床に落ちた水鉄砲。壁には子どもの絵が美しいモダンな額縁に入れられて飾ってある。大きなクリスマスツリーが白と金色に輝いている。

リンダは自分の体に腕をまわして部屋の真ん中に立っていた。ローガンがすぐそばにいて、彼女の肩に片手を置いている。その目は温かく、顔は心配そうだ。

リンダがわたしに気づいた。

「通話を録音した？」

「ええ」リンダは携帯電話を差し上げて再生した。

男の声がした。「何が目当てかわかってるな」

録音は途切れた。

「ほかには？」

「何も」

「目当てって？」

「知らないわ！」リンダの目に涙が光った。「知ってたら、もう渡してるに決まっているでしょう？　夫が人質になっているのよ！」

嘘ではなかった。

「子どもたちを呼んで荷物をまとめるんだ」ローガンが言った。「街の中心部に安全な本部がある」

ローガンはリンダに本部に来いと誘っているのだ。

「どこにも行かないわ」リンダは首を振った。「ここが家だから」

ローガンの顔が仮面をかぶったように険しくなった。無理にでも従わせるつもりだ。リンダは反発するだろう。〝超一流〟なのだから。わたしはローガンに無言で首を振ってみせた。

「座りましょう。全員、気が立ってるから、少し座って落ち着いたほうがいい」

わたしは座った。リンダは正面の凝った装飾のソファに座った。呼吸が速い。落ち着かせなければ、過呼吸に陥ってしまうだろう。

「壁に飾ってあるのはカイルの絵？」

リンダが顔をしかめる。「ええ。母が額に入れたの」

「絵の才能があるのね」

「ありがとう」きっとうわの空で言ったのだろう。

「水鉄砲は？」

「あれはジェシカの。あれで弟を待ち伏せするのが好きで」

「子どもたちは今どこ？」

「スヴェトラーナと遊戯室に」

リンダの呼吸が落ち着いてきた。

「スヴェトラーナって？」

「ナニー・サービスの人よ」

「電話があったのはいつ？」わたしは静かな落ち着いた声で続けた。

リンダは携帯電話をたしかめた。「十時十二分」

「声に聞き覚えは？」

「いいえ」

「ブライアンの敵に心あたりは？」

「ないわ」

「リンダ」ローガンが言った。「何者かが真っ昼間に道端で〝超一流〟を誘拐したんだ。

敵対関係にある一族の仕業に違いない。ほかにそんなことをする勇気のある者はいない。ブライアンは何か言ってなかったか？　誰かに怒っていたとか」

「ブライアンは怒らないわ」リンダがため息をつく。

「いちばんのライバルは？」わたしはたずねた。

「リオ一族。でも、ブライアンは細かいことは何も知ろうとしないの。会社を動かしているのはエドワードで、ブライアンはきのこを育てるだけ」

ローガンがわたしを見た。

「エドワードは無関係よ」

「エドワードがブライアンを誘拐したと思ったの？」リンダは首を振った。「エドワードはわたしを傷つけることは絶対にしないわ」

リンダの携帯電話が鳴った。

「スピーカーモードにして」わたしはそう指示した。

リンダが電話に出てスピーカーボタンを押すと、わたしは携帯電話を受け取った。

さっきと同じ、抑制のきいた男の声だ。「例のものをよこさないと、こいつはばらばらになって家に帰るはめになるぞ」

「わたしはネバダ・ベイラー。リンダの代理として交渉にあたる権限を持っています」

「交渉はしない」

「そちらの要求に応えるよう努力すると言っているんです。ブライアンが無事に帰宅することを望んでいますが、生きているという確証がほしい。間違いのない相手と話していることがわかるようにね。こちらの立場なら、あなたも同じことをするはずです」

しばらく間があり、さっきよりやさしい男の声がした。「リンダ？」

「ブライアン！」リンダが携帯電話に飛びつこうとしたが、ローガンが引き留めた。「ブライアン、無事なの？」

「この人たちの望みのものを渡してくれ。頼む」

通話は切れた。

リンダは両手に顔をうずめた。

「連邦捜査局《FBI》に――」わたしは言いかけた。

「だめだ」「だめよ」ローガン、コーネリアス、リンダが声を揃《そろ》えた。

まさにこういう種類の犯罪を専門とするプロ集団に頼らないなんてばかげている。「あいつらはまた連絡してくる」

「ブライアンが殺されたらどうするの？」

「殺しはしない」ローガンが答えた。「わざわざ誘拐したのは身代金がほしいからだ。殺してしまったら交渉のカードがなくなる」

わたしはリンダに携帯電話を返した。「リンダ、今度電話がかかってきたら、相手と感情的なつながりを作って。これはとても大事なことよ。質問をして相手が答えたら、その答えを繰り返して、合っているかどうかたしかめるの。相手にうんと言わせるチャンスを作るのよ。仲間だと思わせることが大事。全員で協力して事にあたっていて、相手に成功してほしいと思っているように魔力を使って相手に思わせて。何が目当てなのか、相手の口から言わせて」

リンダは携帯電話を受け取ってうなずいた。

「おれのところにいたほうが安全だ」ローガンが言った。「奴《やつ》らは携帯電話にかけてくる。携帯電話を手放さなければいい」

「コナー、ばかなことを言わないで。わたしは〝超一流〟で、この要塞のような家には武装した護衛がうようよいるのよ。子どもたちはおびえているのに、街に移動してあなたの兵舎に入れというの？　いいえ、わたしはここから動かない。家にいて夫の帰りを待ちたいの」

ローガンの顔に嵐の気配がよぎった。「いいだろう。それならおれの部下をこの家に送り込む」

リンダがローガンを見上げた。その目には鋼の強さがあった。「いいえ、やめて。護衛なら間に合っているから。その提案はうれしいけれど、結構よ。子どもの面倒はわたしが見るわ。助けになりたいというなら夫を捜し出して」

こう言われては何も言えない。

外に出ると、わたしは大きく息を吸い込んだ。「どうしてＦＢＩに通報しないのか説明して」

「ニューマン誘拐事件だよ」コーネリアスが言った。

「一九八〇年代、敵対する一族がジョージ・ニューマンを誘拐した」ローガンが説明した。「ＦＢＩが介入したが、四十人以上の捜査官を失った。誰も有罪にならなかった」

「どうしてそんなことがありうるの？」

ローガンは肩をすくめた。「コネと優秀な弁護士を雇うための金があったからだ。それ以来ＦＢＩは我々の誘拐事件に関わろうとしない。これは一族同士の問題だ。自分たちで片をつける」

なるほど。一族を名乗るにあたって予想していなかったデメリットの一つだ。困った事態になっても法執行機関は助けてくれない。

ローガンが携帯電話に何か打ち込んでいる。「リンダにうちに来るよういっしょに説得してくれればよかったんだが」

「リンダは母親でありエンパスよ。子どもたちの恐怖を正確に感じ取っているからこそ、いつもと同じ環境で安心させたいと思ったんだわ」わたしは顔を撫《な》でた。「リンダのために人質交渉人を手配できる？」

「今こちらに向かわせている」ローガンが答えた。「交渉人もエンパスだ。だが、必要ないだろう。リンダは最高レベルの交渉人だ。ただその力を使う必要に迫られたことがないだけだ。その気になれば力を出す」

「母親のほうは躊躇《ちゅうちょ》なく力を使ったのに、リンダは尻込みしているように見える」コーネリアスが言った。

「リンダはやさしいんだ。自分の力が人を不安にすることに幼い頃から気づいていた。それが気に入らなかったんだ。また電話がかかってくれば、どれぐらい有能かわかる」

「リンダの携帯電話のクローンを作ったの？」

ローガンはわたしにウインクした。

「ブライアンの誘拐の瞬間をとらえた動画を手に入れたの。バーンに送っておいたから、もうバグの手にも渡っているはずよ」

ローガンが手を止めた。「おれには見せてくれなかったな」

「あなたに見せたらリンダも見ることになる。リンダを追いつめるだけだわ」わたしは車に向かった。

ローガンが追いついてきた。「どこに行く？」

「バイオコア社にUターンよ。エドワード・シャーウッドを説得して、リオ一族に連絡を取ってもらおうと思うの。容疑者リストからはずせるように」

「リオ一族は関係ない。バイオコア社の財務分析をしてみたが、シャーウッド一族は現状では誰の脅威にもならない」

「わかってる。でも、念には念をと思って」

「おれもいっしょに行く」

もしわたしとコーネリアスがシャーウッド一族に会うのを拒絶されたら、ローガンの存在が助けになるだろう。ベイラー探偵事務所と弱小一族の〝一流〟なら拒絶できても、マッド・ローガンにノーと言うことはできない。

わたしは考え込むふりをした。「建物を壊さないと約束して」

ローガンは礼儀正しいドラゴンの笑顔を見せた。「約束する」


車で移動する時間を利用して、コーネリアスとわたしはローガンに今朝のバイオコア社訪問の内容を伝えた。わたしは同じ場所に車を駐めて降りた。三人でエントランスへと歩いていく。二人の警備員はまだデスクにいた。背の低いほうが立ち上がった。「立ち入りは禁じられています」

「ミスター・シャーウッドに弟さんのことで情報があると伝えてください。それから、この人はマッド・ローガン」

ローガンが警備員をにらみつけた。

背の低いほうが青ざめた。もう一人が電話を取り上げ、せっぱつまった様子で口早に何か話した。

ローガンはドアを見つめている。

「壊さないでね」わたしはつぶやいた。

「きのこの生えたりんごの木が見たいんだが」

「ここにいれば、エドワードが入ってきたときに確実に見られるわ」

数分後、白いドアが開いてエドワードが現れた。怒っている。

「裏にきみがいたのか」エドワードはローガンに言った。「ペットの尋問者を連れてきたというわけだ」

どうやらエドワードは評議会の会報を見て、わたしの正体と立会人の名を知ったらしい。もう何人がわたしを尋問者だと知ったのだろう。わたしはいつもの不安に襲われた。生まれてからずっとこの力のことを隠してきた。拷問に立ち会う尋問官になりたくなかったからだ。でも、もう関係ない。一族を形成すれば、汚れ仕事をさせようとする頭文字三文字の政府機関などいつでも断れるからだ。

「彼女は誰のペットでもない。ペットにする気など毛頭ない」ローガンはそう言ってほほえんだ。このほほえみのあとで何が起きるかは知っている。すぐにも行動しないと、エドワードの頭の上に建物全体が崩れ落ちてくるだろう。

「怒るのはやめて。あなたに嫉妬しているだけよ。この人はリンダを愛していて、あなたがリンダの元フィアンセだから」

エドワード・シャーウッドの顔がきれいな紫色になった。口を開いたが、言葉が出てこない。コーネリアスはにやりとした。

ローガンはおもしろがるようにエドワードを見やった。「弟が誘拐されたんだ。動画を見たくないのか？」

エドワードは言葉を取り戻し、動画を見たいと言った。一同は彼のオフィスに移動し、エドワードに動画を見せた。彼の口から、〝ボディガードをつけろとあれほど言ったのに〟という言葉が聞こえた。そして、シャーウッド一族が弱腰に見られるのは心外だから、リオ一族と話をつけると言い出した。ローガンが財務情報の数字を並べると、エドワードはこれ以上シャーウッド一族が下に見られることはありえないと納得した。

リオ一族への訪問は四時間かかった。本部が街の反対側にあり、道がひどく混んでいたからだ。わたしたちは家長、三人の息子、二人の娘、その配偶者たちと面会した。誰もブライアンの誘拐については何も知らず、全員が真実を語っていた。

帰宅する途中、バグからローガンに最新情報の報告があった。バーンと二人で監視カメラの映像を解析し、ブライアンと誘拐犯の車を州間道西一〇号線まで追跡した。そこで二台はヒューストンから離れ、小さな町が点々と続くだけのサンアントニオまでの道のりに入った。コーネリアスといっしょにバーンの報告を読みたかったので、ローガンに運転を頼んだ。バーンはブライアンのＳＮＳを調べ、個人のメールアカウントに侵入した。しかし成果はなかった。

「オリヴィアと関係ないはずがないわ。ブライアンは波風立てずに生きてきた人よ。出勤し、帰宅する。浮気せず、政治的、宗教的な強い意見を持たず、友達も敵もいない」

「まさにきのこだな」ローガンはわたしに眉を上げてみせた。

「意地悪はやめて。ＳＮＳのアカウントが一つだけあったわ」

「ほう」

「ピンタレストよ」

「頼むからポルノだと言ってくれ」

「きのこの写真を保存してたんだ」コーネリアスが後部座席から言った。

ローガンはため息をついた。「リンダがなぜあいつと結婚したのかわからない」

「ブライアンを選んだのは安定がほしかったからだって以前教えてくれたじゃない」それはローガンがどうあがいても与えられないものだ。

「言葉を換えよう。わからないのは、どうしてあいつとの結婚生活を続けられたのかということだ。あれは安定じゃなくて、ゆっくり窒息していくようなものだ」車が自宅近くの道に入り、検問所を通り過ぎた。「リンダは愛されたがっていた。彼女を支え、守ってくれる者を必要としていた。とくにそばにいてくれる者だ。それなのに結婚したのは、兄を苦しめ、厄介事の気配を感じたら逃げ出して妻に尻ぬぐいさせるような男だ」

「まだ間に合うわ。あなたがその妻を支える強い男になれば？」ついそんな言葉が口から出てしまった。

ローガンは倉庫の前で車を駐めて振り向き、問いかけるような青い目でわたしを見た。

「嫉妬してるのか？」

「いいえ」わたしは嘘をついた。

ローガンはコーネリアスに向き直った。コーネリアスは、きかないでくれと言わんばかりに両手を上げた。

ローガンはしばらくじっとわたしを見ていたが、やがて笑い出した。わたしは車を降り、ドアをたたきつけるように閉めるのを思いとどまった。駐車場に見慣れないボルボが駐まっている。来客らしい。

ボルボが浮き上がり、倉庫の入口の前にそっと着地した。

わたしは振り向いた。ローガンが腕組みしてホンダにもたれている。

「嫉妬されるのもいいものだな」

「ローガン、車をどかして」

「今夜いっしょに食事してくれたら考えよう」

やった！「だめよ。テロリストとは交渉しない主義なの」

「いっしょに食事に行ってくれないなら、きみの部屋の窓際に携帯ステレオを置いて甘すぎるほど甘い歌を流すとか、そういう思いきった行動に出ざるをえなくなる」

「携帯ステレオなんてどこで見つけてくるつもり？」

「探せば一つぐらい出てくるだろう」

わたしは考えているふりをした。「六時に迎えに来て」

「七時だ。今は五時で、きみはこれから少なくとも一時間は忙しい。サンプル採取を楽しんでくれ」

サンプル？

ボルボが浮き上がってもとの場所に戻った。カスタムナンバープレートにATCG105と書かれているが、そこからは何も読み取れなかった。

ローガンは本部へと戻っていった。

コーネリアスが車のドアを開けて、おそるおそる外をのぞいた。

「何？」

「降りても安全かどうか、たしかめようと思ってね」

コメディアン揃いだ。わたしはため息をついてオフィスに入った。

会議室で一人の男性が待っていた。バーンがいっしょに座っている。わたしが入っていくと、バーンはノートパソコンから視線を上げて小さく手を振った。

男性は四十歳ぐらいで、マラソンランナーの体つきだった――長身で細く、脚が長い。保守的な黒のスーツ、黒いシャツ、光沢のある黒いネクタイという服装だ。黒髪は後ろに撫でつけている。眼鏡も黒縁で、黒ずくめの中で明るい青の目だけが目立っていた。

「ネバダ、この人はスクロール社のミスター・フラートン」バーンが言った。「記録局の代理としてDNAのサンプルを採りに来た、って」

不安が込み上げた。いずれはアラベラもDNAサンプルを提出しなければならなくなる。そんなことになったら大変だ。わたしたちの血統には怪物の血が流れている。それが明るみに出たときにはすでに手遅れだ。

ミスター・フラートンは立ち上がって片手を差し出した。わたしはその手を握った。力強いが、さらりとした握手だった。

後ろから入ってきたコーネリアスが会議室の入口で足を止めた。

「こんばんは、ミスター・ハリソン」フラートンが言った。「お嬢さんはいかがですか？」

「こんばんは。マチルダは元気にやってます」

「それはよかった」

コーネリアスがわたしを見た。「ぼくは二度、遺伝子検査を受けた。一度は子どもの頃、二度目は父親として。よかったら付き添おうか？」

「ええ、お願い」

コーネリアスはうなずいて席に着いた。

フラートンとわたしも座った。

「カタリーナも呼ばないと」わたしは携帯電話を手に取って、妹にメッセージを送った。

待っているとすぐにカタリーナがドアから入ってきて、何も言わずにバーンの隣に座った。

「ミズ・ベイラー、ご存じのように、あなたといっしょにテストを受ける方全員のＤＮＡサンプルを提出していただかなければなりません」フラートンが口を開いた。「記録局がおこなうサンプル採取は非常に基本的なものです。あなたと、テストを受けるベイラー家の方々に血のつながりがあることを確認し、血縁関係をたしかめるためだけにおこなわれます。言い換えれば、あなたとカタリーナが姉妹であり、バーナードがいとこであることを確認するわけです」

「間違いはないんですか？」カタリーナがたずねた。

「記録局は念には念を入れます。しかし、人間ですからミスはつきものです。記録局の結果を独立した第三者が再確認するのはそれが理由です。第三者というのは基本的には遺伝子記録保管所のどれかで、わたしがここにいるのはそのためです。わたしは北アメリカ最大の記録保管所であるスクロール社から派遣されました。今日は記録局のためにDNAサンプルを採取しに来たわけですが、この機会に我が社のサービスを紹介したいとも考えています。我が社のテストはより詳細なものです。総合的な遺伝子の解析情報を作成し、既知のあらゆる遺伝的疾患について検査します。ご要望があれば、血筋のルーツを探ることもします。指定の魔力を子孫につなぐためのもっとも適切なパートナーのご提案もおこなっています」

ローガンの言葉がよみがえった。〝おれたちは相性が悪い〟この言葉はどこまで本気なのだろう。きっと本人が認める以上のものがあるに違いない。ブライアン・シャーウッドは息子が〝超一流〟ではないことを受け入れられない様子だったという。

「保証はないんですよね」わたしは口を開いた。「この遺伝子マッチングで……必ず望みの子どもが生まれる保証は」

「魔力というものの全容は依然として謎のままです」フラートンが答えた。「我が社の予測に従えば、特定のジャンルの魔力に恵まれた子どもが生まれる確率を上げることができます。数字で言えば、魔力ジャンル――四元素系、意思系、神秘系のどれにあてはまるかを八十七パーセントの確率で予想します。これは全体的に見たときの数字で、実際の結果は個々の組み合わせによって変わります」

「どういう流れで判定するんですか？」カタリーナがきいた。

「我が社の検査を採用していただくことが決まったら、血液サンプルを採取します。わたしがそれを研究所に持ち込んで、そこでＤＮＡを分析します。分析結果は厳重に守られ、法廷の命令であっても開示されることはありません。我が社が提供する情報の使用はすべて、依頼者の判断にゆだねられます。もし他の一族があなたを婚姻相手として好ましいと考え、遺伝子の基礎的情報を請求したとします。するとあなたに通知が行き、請求を承認するか拒否するか選ぶことになります。あなたの承認がない限り、情報はいっさい提供されません。合意が成立し、請求者が結果に興味を持つと、さらに細かい情報を請求することになります。このときも承認するかしないかはあなたしだいです」

フラートンは言葉を止めて身を乗り出した。澄みきった青い目は真剣だ。

「あなたの遺伝子情報は守ります。悪意ある機関があなたのＤＮＡサンプルや分析結果を収集したり分析したり売却したりしようとしたら、我が社は決して見逃しません」

「訴訟を起こすの？」カタリーナがたずねた。

「息の根を止めます」フラートンが答えた。

妹がわたしを見た。

「それが普通のやり方だ」コーネリアスが静かに言った。「大手の記録保管所はどこも同じことをするだろう」

「顧客のプライバシーが何よりも大切なのです」フラートンが言葉を続けた。「ＤＮＡを盗もうとする者に対しては厳しく対処します。法律の定めにより、あなたには競合他社のリストを渡すことになっています」

フラートンはファイルを広げ、会社の名前が書かれたリストを差し出した。

「ぜひ我が社にお決めください。さっきも言いましたが、北アメリカで最大です。アメリカの有力一族の六割以上を分析しています。ローガン一族も含めて」

まさかその名前を出すとは。

「特定の血筋について興味があるなら、最大限の便宜を図りますよ。遺伝情報を持たない一族が対象であっても、管轄の記録保管所と協力します。リクエストの処理には数日よけいにかかりますが。ミズ・ベイラー、あなたの一族のことは我が社におまかせください」

「マッチング以外の理由で情報の閲覧の要求があった場合は？」

「あなたの判断を仰ぎます」

「それが強力な一族だったら？」

「関係ありません。どの一族も権利は平等です。契約内容も料金も変わりません。〝超一流〟が一人しかいない傾きかけた一族であっても、〝超一流〟を十人抱える盛んな一族であっても、わたしたちの目から見れば同じです」

「料金はいくらですか？」わたしはたずねた。

「初年は初期料金として五万ドル、その後は年間二万ドルです。二年目以降、ＤＮＡ情報が一つ加わるごとに二万ドル加算されます」

「五万ドル？」カタリーナの声が裏返った。

フラートンは何も言わなかった。

五万ドル。そんな高額な小切手を切ったことがあっただろうか。年間予算プラス、もしもの備えの総額の六分の一だ。わたしはコーネリアスを見やった。

「最大の記録保管所という安心と利便性のためならよけいな出費は当然だ」コーネリアスが答えた。「ほかの会社も同じようなものだよ」

「バーンはどう思う？」

「やるべきだと思う」

「カタリーナは？」

「やらなきゃいけないなら、それでいいんじゃない？」

わたしは立ち上がってオフィスに戻り、会社の小切手帳を取り出した。

5

わたしはバスルームの鏡の前に立って自分の姿をチェックした。体の線に沿った淡い緑のドレス、ラメの入った黒のサンダル。このサンダルで八センチほど背が高くなる。それでもローガンのほうがずっと長身だけれど、八センチ分だけ近づける。

髪はストレートにしたので、顔のまわりにつややかでまっすぐなベールがかかっているみたいだ。メイクは完璧だ。マスカラ、ブラシ、パウダー、口紅。全部思いどおりだ。ファンデーションをつけるのは苦手だけれど、今日は肌まで味方してくれたのか、吹き出物一つない。

ドレスは普通かもしれない。手元にほかになかったので、これで間に合わせる以外にない。

携帯電話をたしかめると、もうすぐ七時だ。

最後に髪の仕上げをして、香水を少しつけたら……完成だ。

わたしはバッグをつかみ、ロフトになっている自室を出て娯楽室へと向かった。レオンとアラベラがテレビでプロレスゲームをプレイしていた。

「食らえ、食らえ、食らえ」アラベラが吠《ほ》えている。祖母のフリーダが隅の二人掛けソファで紅茶を飲んでいた。

わたしは咳払《せきばら》いをした。

全員が手を止めてこちらを見た。

「十点中十一点！」アラベラが言った。

レオンは親指を二本立ててみせた。

「〝わたしの男に手出しするな〟っていうドレスね」祖母が言った。

「誰が手出しするの？」アラベラがたずねた。

祖母は怖い顔をしてみせた。「リンダ・シャーウッド」

「おばあちゃん！」

「何？」アラベラが振り向いた。「その話、聞いてない」

「リンダは手出ししようなんて思ってないわ。夫が行方不明なのよ。ローガンはそもそも――」

携帯電話が鳴った。ローガンだ。助かった！

わたしは画面に指を滑らせた。

〈急用ができた。一時間ほしい〉

「あらあら」祖母が口を開いた。「悪いニュースなんでしょう。デートがキャンセルになったの？」

「キャンセルじゃないわ。急用ができただけ」

「顔が暗いけど」祖母が言った。

「そう」相当な緊急事態でなければローガンが足止めを食うことはない。わたしはいやな予感がした。

「居場所を言っていた？」祖母がきいた。

「いいえ」誰かにバスを投げつけたり、ビルを壊したりしていてもおかしくない。

「きっとリンダといっしょよ」祖母はがちゃんと音がするほど強くカップをテーブルに置いた。「リンダに電話をかけて手を引けと言いなさい」

「そうだよ、そのビッチに言ってやらなきゃ」アラベラが言った。

「言っておくけど、彼女はビッチじゃないわ。行方不明の夫を捜すクライアントよ。それから、わたしの恋愛関係に口を出さないで」

「ローガンはわたしのものだって言うのよ！」祖母がこぶしを突き上げる。

「その女にローガンを取られちゃだめだよ！」レオンが言った。

　全員がレオンを見た。

「自分が仲間はずれみたいな気がしたからさ」

「放っておいて。本気よ」

わたしは娯楽室を出てオフィスに向かった。あそこなら誰もついてこない。ローガンの急用にはちゃんとした理由があるに決まっている。会ったときにきいてみればいい。手がかりをつかんだのに教えてくれないなら……後悔させてやる。双方が協力してこそパートナーだ。

コーネリアスはまだオフィスにいて、コーヒーを飲みながらノートパソコンで何か読んでいた。ドアが開けっぱなしになっていたので、わたしはガラスをノックした。「まだいたのね」

コーネリアスはノートパソコンから視線を上げてほほえんだ。「マチルダは今夜はダイアナのところに泊まりだ」

進歩だ。数週間前までコーネリアスの姉は姪《めい》が存在することすら意識していなかった。

「泊まりは初めて?」

コーネリアスはうなずいた。「姉は緊張している」携帯電話を差し上げてみせた。「もう六回メッセージが来たよ。一族の家長で〝超一流〟だろうって言ってやったよ」

〝超一流〟だろうが、五歳の少女は怖いものだ。その年頃の妹たちの面倒を見ていたときのことを、わたしは今も悪夢に見る。「心配?」

「いや、信じてるからね。二人でうまくやるだろう。その間に事件についてもっと読んでおこうと思ったんだ。この仕事をうまくこなしたい。資格は何もないが、好きなんだ」

「最初に始めたときはわたしも同じように感じたわ」わたしは壁にもたれかかった。「きっと映画やテレビドラマみたいな感じだろうと思った。防弾ベストを着てドアをぶち破ったり、相手を追跡したり。実際には警官でさえそんなことはめったにしない。殺人事件をどう解決するかというと、たいていは監視カメラの映像を百時間分見て、一週間かけて近隣に聞き込みをして、ヒントを得て、犯人を静かに逮捕するものなの」

「忍耐だね」コーネリアスが考え深げに言った。

「かなりの忍耐よ。それと綿密さ。労災の不正申請の証拠を探したことがあったけど、相手がベンチプレスをする二十秒の動画をジムの窓越しに撮るために、何週間も尾行したわ」わたしは肩をすくめた。「こんな仕事、退屈だと思う人も多いはずよ」

「車に何冊か本を置いているのはそのため？」

わたしはうなずいた。「退屈でも仕事は好きなの」

「ぼくも好きになりそうだ」

わたしはにっこりして自分のオフィスに入り、デスクに座った。時計があざ笑っているかのようだ。七時十六分。ローガンから新しいメッセージはない。

いやな予感がする。

リンダの夫の失踪事件はどうも怪しい。そのことを考えると、まるで高いところから崖下をのぞき込んでいるかのように、胃が沈んでいく感覚を覚える。母親の死のあとに夫が誘拐されるなんて、偶然にしてはできすぎている。

理屈の上では納得できる。オリヴィアがいなくなったせいで、コネも影響力も使えなくなった。かつての友人は今、我先に距離を置こうとしている。シャーウッド一族は途方に暮れ、新たな勢力地図の中で立ち位置を模索している。ブライアンに敵がいたとしたら、攻撃するには今が絶好のチャンスだ。

問題はまさにそこだ。ブライアンには敵がいない。会社の足元が危うくなっている。直接のライバルでさえ、そんな状態の会社を倒すことに関心を示さない。

身代金目当ての誘拐は、法執行機関の力の強い国では珍しい。アメリカではまれだ。身代金の受け取りがいちばんのネックになる。誘拐犯が家族や待ち伏せする捜査官とじかに接触することになるからだ。有力一族は専門家を雇ったり専用の警備チームを使ったりして犯人を追跡できるため、誘拐はよけいにハイリスクだ。そもそも有力一族は身代金を支払わないためにあらゆる努力をする。出費の問題ではなく、権力や影響力の問題なのだ。

よほどの事情がない限り、そして〝超一流〟の力がない限り、一族の家長を誘拐するのは難しい。だが、みずからの帝国、新たなるローマ帝国を打ち立てるため、国を混乱させる陰謀を企《たくら》む〝超一流〟のグループなら話は別だ。このグループは民主主義に飽き飽きしている。魔力と富のおかげですでに権力の座にいるが、それでは飽き足りない。行動をいちいち監視されながら支配するのが気に食わないのだ。絶対的な権力をもって君臨したいと考えている。現代のシーザー率いる帝国を求めているのだ。

オリヴィア・チャールズはそんな集団の一人だった。アダム・ピアースがヒューストンを焼き尽くそうとしたとき、わたしたちは大きな陰謀が存在することに気づいた。その企みが失敗すると、陰謀集団は別の方向から手をまわした。オリヴィア・チャールズとデイヴィッド・ハウリングがひそかに上院議員を暗殺し、その事件を利用して評議会の反対勢力に圧力をかけようとした。ローガンとわたしが阻止したせいで計画が頓挫すると、今度は議員の死を利用して社会を混乱させようとした。結局はデイヴィッドもリンダの母も陰謀の大義のために死んだ。シーザーが誰なのか、まだ何もつかめていない。オリヴィアとデイヴィッドが何を知っていたにしろ、答えは二人とともに葬り去られた。

オリヴィア・チャールズはヒューストン魔力界の中心的人物だった。社会を転覆させる陰謀に荷担していたとしたら、旗を振っていたのは彼女に違いない。リーダー以外の役割で満足したとは思えないからだ。ブライアンの誘拐がなんの背景もない事件だと考えるのはあまりにおめでたいが、その可能性も捨てるべきではない。父はいつも急いで結論に飛びつくなと言っていた。ミスのもとだし、うちのような仕事ではミスは人的損害に直結する。社会的地位、結婚生活、ときとして命までが危うくなる。

リンダの様子をたしかめなくては。夫が誘拐されたのだ。わたしがリンダなら取り乱すだろう。わたしはリンダの携帯電話にかけた。

　呼び出し音が聞こえる。

　さらに呼び出し音。

　おかしい。

「こちら、リンダ・シャーウッドです。発信音のあとにメッセージをお願いします」

　しまった。わたしは跳び上がってオフィスを出た。オフィスの前の休憩室にスペアのスニーカーを置いているからだ。

「どうかした？」デスクからコーネリアスが声をかけた。

　わたしはサンダルを蹴るように脱ぐと、履き慣れた靴を履いた。「リンダが携帯電話に出ないの」

「呼び出し音が聞こえなかったんだろう」

「誘拐犯が身代金の要求に使った番号よ。あの携帯電話は今、リンダの人生でいちばん大事なもののはず。肌身離さず持ち歩いているわ」そして、わたしはリンダがその解決を託した相手だ。わたしからの電話に出ないなんてありえない。

　コーネリアスは立ち上がってジャケットをつかんだ。

　車は州間道一〇号線を飛ぶように走った。うちの倉庫からリンダの家までは二十キロ弱だ。わたしは必死に運転した。

コーネリアスが携帯電話を耳から離した。「やっぱり誰も出ない」

この二分で三度かけたが、だめだった。

「エドワード・シャーウッドにかけてくれる?」

「携帯電話には出ない」

「じゃあ、バイオコア社」

目の前から車がどいてくれれば十五分で着けるのに。

「エドワード・シャーウッドと話したいんだが」コーネリアスが電話口で話した。「義理の妹さんに関する緊急事態なんだ」

白のトラックが割り込んできた。ブレーキを踏み込み、あと五センチで追突をまぬがれた。

「コーネリアス・ハリソンだ。リンダに危険が……わたしはハリソン一族の〝一流〟で、そちらの家長の妻の身が危ないと言っているんだ。義務を果たし、助けをよこしてほしい」

コーネリアスは信じられないという目で携帯電話を見つめた。

「エドワードはもう会社を出たらしいが、この愚か者はぼくをビルに入れるなとエドワードから指示されたと言っている。電話を切られたよ」

分岐にさしかかったので、わたしは無理やり右レーンに入った。車はワート・ロード出口に向かって弾丸のごとく突っ走っていく。右に急カーブしてメモリアル・ドライブに入り、走り続ける。夕暮れの中、木立が気味の悪い影のように飛び過ぎていく。

わたしはハンドルのボイスボタンを押し、はっきりと発音した。「ローガンに電話」

カーステレオにつないだ携帯電話が命令に従ってローガンの番号にかけた。

呼び出し音が鳴る。

どうか出て。

「もしもし？」

「リンダが電話に出ないの」

ローガンは毒づいた。「今どこだ？」

「二分でリンダの家」

「誰といっしょだ？」

「コーネリアス」

ローガンはまた毒づいた。「どうして応援を連れていかなかった？」

「応援ってどういうこと？　エドワードも携帯電話に出ないの」

「うちの本部には十二人も部下がいるんだ」

「あなたの部下でしょう。いきなりわたしが入っていって命令するわけにいかないわ」

それでうまくいくとでも思っているのだろうか？　〝こんにちは、わたしローガンの恋人なんだけど、彼の元フィアンセのために命を投げ出してくれない？　そうそう、あなたたちが追い払った人よ〟すべてをなげうって同行してくれるわけがない。彼らはローガンの部下であって、わたしの部下ではない。わたしに対して忠誠心はない。

つかの間、沈黙があった。「すぐに向かう。部下にも応援に行かせる。気をつけろ。いきなり飛び込んでいったら殺されるぞ」

電話は切れた。

左折し、リンダの家の長い私道に入った。ヘッドライトが暗闇を切り裂き、シャーウッド・セキュリティの制服を着た動かない体を浮かび上がらせた。両腕を伸ばして私道に倒れている。何かがその背中に乗っている。毛の生えた丸い背中、指と長いかぎ爪のある手のような前足。それが視線を上げた。うるんだ黄色い目がこちらをにらんだ。二つずつ縦に並ぶ二組の目、針に似た歯がびっしりと生えた口。悪夢のような顔だ。顎から血のしたたる肉片が垂れ下がっている。

わたしは車を怪物にぶつけた。装甲を施した車体が怪物を押しつぶした。衝撃で車体が震える。車の底に濡《ぬ》れたものがあたり、何かが金属を引っかいた。わたしはブレーキを踏み込み、バックしてもう一度轢《ひ》いた。骨が砕ける。アクセルを踏んでさらにもう一度轢く。まだ生きていたとしても機嫌は悪いだろう。車はそのまま驀進《ばくしん》した。

「あれは召喚生物？」

コーネリアスは目を大きく見開き、唾をのみ込んだ。

「コーネリアス？」

「そうだ」

召喚魔力の使い手が神秘域の奥深くからあの奇怪な生き物を呼び出したのだ。あと何体いるか誰にもわからない。〝平均〟と〝優秀〟レベルの召喚者は一体の生き物を呼び出せるが、集中を切らした瞬間に消えてしまう。〝一流〟は複数体、〝超一流〟は何を呼び出すにしろ、もとの世界に戻すまでこの世界にずっと存在させておくことができる。ローガンとわたしは召喚生物と戦ったことがある。倒すのは難しい。もっと早くリンダの様子をたしかめればよかった。

玄関のドアは大きく開いたままで、そこからもれる温かい黄色い明かりがドアのところに倒れた二つの体を照らしていた。男と女、緑色の制服が赤く染まっている。唇と耳を喰《く》いちぎられている。

わたしは車をドアぎりぎりまで寄せ、エンジンとライトを切り、グローブボックスを開けてベビー・デザート・イーグルと予備の弾倉をつかんだ。これで二十四発。ここにはバックアップのシグも入っている。

「コーネリアス、銃を使った経験は？」

「ない。銃を持つとどうも落ち着かないんだ」

だめだ。コーネリアスが落ち着かなくなって、うっかりわたしを背後から撃つのだけは困る。

「室内に七体いるな。動いてるのを感じる」

「これは装甲車だから、中にいれば安全よ」

「待ってるつもりなんかない。役に立とうとする姿勢だけでも見せないと」

「動物使いは召喚生物に対しては無力だと思ったけど」

「親しくなろうと思ったことはないね」

「向こうもそうでしょうね」あいつらが望んでいるのはこっちを殺して死体をむさぼることだ。

「ぼくも行く」コーネリアスは唇を引き結んだ。強いまなざしだ。この顔つきは知っている。ローガン、レオン、そして父。いったん心を決めたらどんな理屈や常識や反論にも耳を貸さない男の顔だ。コーネリアスをここに残していっても、あとから追いかけてくるだろう。止めるすべはないし、説得している時間もない。

「わたしから離れないで」

コーネリアスがうなずいた。

銃を構え、車から静かに外へ出て玄関に近づく。わたしは無理やり遺体に目を向けた。

護衛の二人は死んでいる。助けようがない。何者かが二人の武器を奪った。血のにおいが鼻をついた。嵐のさなかのオゾンを思わせる奇妙な何かが混じったにおいだ。わたしはせり上がってくる胃液をのみ込み、遺体をまたいで明るい玄関ロビーに入った。

　血が高価な大理石の床を汚している。長くかすれた血の跡がある——自分の血で滑りながらも必死に逃げようとしたのだろう。筆で書いたような血痕は血まみれの頭が床にぶつかってできたものだ。長く赤い筋は、ここで倒れ、リビングルームに引きずっていかれながら、血だらけの両手で床をつかもうとした跡だ。どうかリンダと子どもたちではありませんように。

　わたしは血だまりを避けて壁に沿って歩いていった。サンダルをスニーカーに履き替えておいてよかった。今夜いちばんの決断だ。

　目の前に広々としたリビングルームが現れた。床の上にクリスマスツリーがひっくり返り、矢印のように部屋の中心を指している。その先の東洋風の絨毯《じゅうたん》の上に人が倒れていて、二体の怪物がその上にかがみ込んでいる。頭から尻尾の根元まで一メートル半ぐらい、猟犬のようなしなやかな体つきだが、背中を丸めた姿勢はどこか猿を思わせる。白く長いかぎ爪のある黒い前足を若者の体にかけ、喰っている。直立する剛毛はいのししの毛に似ている。こうもりに似た耳のついた丸い頭がこちらを振り向いた。

　怪物がむさぼっている男性は二十歳そこそこに見えた。死がその顔に恐怖の表情を張りつけている。死ぬことを知っていた顔だ。生きたまま喰われながら、それを感じていたに違いない。胸に怒りが込み上げた。もう誰も喰わせはしない。

召喚生物とはいっても体の構造はこの世界の動物と同じで、目は脳に近いところにある。脳は標的として最適だ。

わたしは撃った。

銃が火を噴いた。一発目は左側の怪物の鼻面を裂いた。はずした。二発目は右側の怪物の目の上にあたった。怪物は後ろに転がった。

わたしは向きを変えて左側の怪物を狙った。弾は顔にあたり、骨と軟骨をつぶした。二発。

さらに一発。

怪物は顔から倒れた。

一体目が絨毯に血をまき散らしながら床の上で痙攣《けいれん》している。わたしは慎重にそれをまたぎ、二度と起き上がらないように後頭部に一発撃ち込んだ。ここまでで六発だ。

コーネリアスがわたしの肩に触れ、右側のキッチンを示して指を一本立てた。

頭上でどすんという音がした。かすかな声が聞こえてきた。

今、上の階に行ったらキッチンの怪物もついてくるだろう。そうなると状況は厳しい。後ろから襲われるのはまずい。

角にへばりつくようにしてキッチンに入った。アイランドカウンターから黒い影が飛びかかってきた。接触する直前に一発撃つ。わたしは背中から床に倒れ込んだ。肺から空気がなくなる。怪物はわたしの肩につかみかかって押さえつけた。不気味な口が大きく開き、針のように並ぶ歯がわたしの顔を噛《か》みきろうとした。オゾンのにおいに襲われた。

何かが怪物を殴りつけ、わたしの上からなぎ払った。わたしはすばやく横に転がった。コーネリアスがわたしをまたぎ、フライパンで怪物の頭を殴りつけた。

怪物は起き上がろうとした。

コーネリアスはフライパンをハンマーのように怪物の上に何度も振り下ろした。壁に血が飛び散る。怪物は震え、動かなくなった。

コーネリアスが体を起こした。わたしは起き上がり、たたきのめされた残骸を見やった。コーネリアスは残骸を見ながらフライパンを構えた。

「でも、銃は嫌いなのね」わたしはささやいた。

「これは違う」コーネリアスも小声で言った。「これは動物の殺し方だ。このほうがリアルだよ」

新入社員の中にこんな残虐性が隠れていたとは。だけど、文句は言えない。意外な一面に感謝するだけだ。「ありがとう」

コーネリアスは重々しくうなずいた。

わたしはキッチンを出て階段をのぼった。コーネリアスもあとからついてきた。

「親しくなれそう？」わたしは小声でたずねた。

「だめだ。あいつらの心は原始的で、虫と絆《きずな》を結ぼうとするようなものだ。食欲しか感じられない」

階段が大きなカーブを描いている。家のどこか奥から低いうなり声がした。わたしはうなじの毛が逆立つのを感じた。せっぱつまった女性の声が聞こえてきたが、低すぎて言葉は聞き取れない。リンダだ。

カーブを曲がり、音のするほうへと近づいていく。コーネリアスを振り向くと、彼は指を四本立ててみせた。怪物が四体いる。弾倉に残る弾は四発。わたしは弾倉を取り出してポケットに滑り込ませ、スペアに入れ替えた。弾倉に十二、薬室に一、合計十三発。無駄は許されない。

短い廊下を左に曲がると、二つ目のリビングルームに出た。

「……出血で死んでしまうわ。何もこんなことまでしなくたって」リンダの声が震えている。

「ファイルさえよこせば、あんたの問題は解決する」男の声がした。

「命の保証をしてくれるの？」

「あんたは時間を稼いでいるだけだ。さっき下で銃を撃った誰かが助けに来てくれると思ってる」

わたしはドアの手前の壁に張りついた。部屋の内部は見えないが、中に入ったら瞬時に行動しなければならない。

「こういうことは長い間、経験してきた。誰も助けに来てはくれないぞ、リンダ」

コーネリアスは目を閉じ、ゆっくりと開けた。その目は猫のように青く輝いている。

「あんたの白馬の騎士は腹を抱えて倒れている。あんたは気にしていないみたいだが」

男がうめいた。

「やめて！」リンダが叫んだ。

「いつまでもそうしているつもりなら、こいつが生きたまま喰われるさまを見せてやるからな」

「この人に手出ししないで！」

「いいだろう。子どもを一人選べ。こいつの代わりにする」

「ヴィンセント、あなた、まさかそんなこと」

「わかってるだろう、できるってことは。いいからファイルをよこせ。母の涙の一幕っていうのも飽きてきた。おれが選んでやろう。そっちだ」

「ママ！」女の子が叫んだ。

わたしは部屋に飛び込んだ。誰かが一時停止ボタンを押したかのように一瞬、室内がくっきりと澄み渡った。左手に黒服を着た焦げ茶色の髪の男が腕組みしている。〝超一流〟の召喚者、ヴィンセントだ。

その隣に怪物がいた。不気味な黒と淡い青の点が散る濃紺の毛が生えた体。肩までの高さは八十センチほどあり、体長は二メートルほどありそうだ。触手がぐるりと生えた太い首、剣のような牙が並ぶ短いけれども幅広い鼻面、わたしの手ほどもありそうな前足。どこか虎に似ている。

ヴィンセントのそばにはさっきの猿の怪物もいた。足元に一匹、背後のテーブルの上に一匹。右側、五メートルほど先に、もう一匹がエドワードにのしかかっている。エドワードは青い絨毯の上に仰向けに倒れていて、腹に傷口が開いている。三匹目が爪で傷口をえぐっている。エドワードの見開いた目は苦痛でいっぱいだ。

リンダはエドワードの向こうに立ち、血の気のない顔で両手に子どもたちを抱いている。

わたしがヴィンセントを殺せば、この恐ろしい絵のすべてが解決する。

「逃げて！」そう怒鳴って撃った。

轟《とどろ》く銃声とともに世界が瞬時に通常スピードに戻った。ヴィンセントの足元にいた猿の怪物がすばやく身を起こし、召喚者を狙った銃弾の前に立ちはだかった。コンマ一秒の差で狙いははずれた。

怪物にさらに三発撃ち込む。命中するごとに頭が後ろに跳ね返ったが、まだ倒れない。

い。

さらにもう一発。

もう一発。

リンダは動かなかった。ヘッドライトに照らされた鹿みたいに立ち尽くしている。まず

エドワードのそばにいた猿の怪物が、その体を飛び越えて飛びかかってきた。体の向きを変え、頭に六発撃ち込む。怪物は倒れた。視線を戻すと一匹目の猿の怪物が床に伸びていた。最後の一匹がその代わりを務めるようにヴィンセントの前に立ちはだかっている。

残りは一発。その一発を猿の怪物の左目に撃ち込むと、わたしは弾倉を取り出し、ポケットの中の弾倉を……。

「おれならやめておく」ヴィンセントが言った。

虎のような怪物がうなった。その声は怒った虎のようでもあり、アシカの深い鳴き声のようでもある。十五センチもある真っ青な触手が喉のまわりにぐるりと立ち上がった。太くなった先端が明るい青に光っている。大きな口がぱっくりと開き、牙がリンダの娘の数センチ先に迫った。

「楽しかったよ。弾倉を捨てろ」

わたしは手を開いて弾倉を床に落とした。

「銃を置け」

かがみ込んで銃を床に置く。

「蹴れ」

ベビー・デザート・イーグルを軽く蹴った。銃は左側に滑っていった。床に身を投げ出せばつかみ取れる。ヴィンセントに近づくことができれば、電気ショック装置を使える。

最後に残った猿の怪物がしゃがんだので、召喚者の姿が見えた。ヴィンセントは年齢はローガンぐらい、焦げ茶色の髪、角張った顎、黒っぽい目――何世代にもわたる正しい遺伝子の組み合わせが生み出したハンサムな顔だ。

この男に飛びかかったら、猿の怪物に八つ裂きにされるだろう。

ヴィンセントは天を仰いでみせた。「ここまで言わなきゃわからないのか。おい、そこの秘書！　フライパンを捨てろ」

背後の床にフライパンが落ちる音がした。

ヴィンセントがにやりとした。

自信たっぷりで気だるげなほほえみを見て、すべてがわかった。ここからは誰も生きて出られない。わたしとコーネリアスを始末したら、エドワード、リンダ、子どもたちも殺すつもりだ。ヴィンセントは他者に力をふるうことに快感を見いだすタイプであり、人の生死を操ることほど大きな力はない。猫が傷ついた鳥をもてあそぶように、わたしたちをおもちゃにしてから殺すつもりだ。

「リンダ、今度逃げろと言われたら言うとおりにしたほうがいいぞ」

恐怖を感じて当然なのに、わたしは怒りを感じた。「子ども二人を脅すなんて、本当に男らしいのね」

ヴィンセントがこちらを見た。「人に説教したがる愚か者がここにもいたか。今日はなんだ？　身代わりになるとでもいうのか？」

「そうよ」チャンスは一度しかない。わたしは魔力を放ち、ヴィンセントをがっしりとつかんだ。

ヴィンセントの顔にショックが走った。動こうとしたができない。わたしの意思のこぶしにとらえられ、身をよじっている。だが、まずい。この男はかなり強力だ。

相手の心に爪を立てようと、わたしは体が震えるほど力を込めた。意思と意思がぶつかり合う。最大レベルで水を放出する消火用のホースを握るようなものだ。相手は〝超一流〟であり、その力は桁違いだ。押さえつけておくだけで、持てる意思の力すべてが必要だった。身動きすらできない。

質問しなければ。何かきかなければ力で負けてしまう。質問すれば、相手は真実を隠すために力を割かなければならなくなる。

魔力がしたたるような深い声がわたしの中から出てきた。「おまえの名前は？」

しまった、もっと役に立つ質問をすればよかった。

ヴィンセントはいましめを解こうと顔をゆがめている。

二匹の召喚生物が戸惑った顔でヴィンセントを見つめていた。

わたしの意思の力が滑った。

コーネリアス、今よ、何かして。リンダ、逃げて。自分を救って。早く。

ヴィンセントが歯をむき出した。あの男は怪物たちに人を喰わせる。リンダの子どもたちも殺す気だ。わたしの中で怒りが爆発し、魔力を強めた。わたしの意思がヴィンセントの意思を押しつぶした。

ヴィンセントが低いうなり声をあげた。「ヴィンセント・ハーコートだ」

首の根元に痛みがはじけ、溶けた鉛のような重い波となって転がり落ちた。歯がかたかたと鳴る。

「リンダに何を差し出せというの？」

世界が揺らいだ。部屋の隅に暗闇が渦巻き、広がってわたしをのみ込もうとしている。気を失うわけにはいかない。意識にしがみつかなくては。

ヴィンセントの額に汗が浮かんだ。体が震えている。その心がわずかに開き、深みの奥に分厚い呪文の壁が見えた。壁ならわたしも作ったことがあるが、あれは壁の幻にすぎなかった。これは魔力が満ちた罠《わな》、本物の壁だ。

「リンダの……」

わたしの魔力が呪文をかすめたとき、もう少しでひるみそうになった。この感じは知っている。この壁も尋問者が作ったものだ。

「母親の……」

ヴィンセントをつかむ意思の手がゆるんだ。頭に激痛が走り、わたしはその衝撃であとずさりした。

「甘く見るな」ヴィンセントがうなるように言った。

猿の怪物が手を伸ばして飛びかかってきた。とっさに後ろに下がったが、爪が脚をかすめ、左の腿に熱い痛みが走った。

虎に似た大きな怪物が度肝を抜くスピードでわたしの前に飛び込んできて、猿の怪物を払いのけた。猿の体は衝撃で吹っ飛び、わたしの銃の上に落ちた。起き上がろうとしたところに虎が飛びかかる。太い前足が上がり、かぎ爪がきらめいて、虎は一撃で猿を引き裂いた。床に赤い血が飛び散った。

「なんだと！」ヴィンセントが吠えた。

「和平が結ばれた」コーネリアスの声は遠く、この世のものとは思えなかった。

「ふざけるな。おれのものだ！」

ヴィンセントが魔力を放ち、虎の怪物に襲いかかった。

銃の上の猿の怪物を押しやろうと、わたしは左に飛んだ。怪物の体は重くて動かない。

両手が血で滑る。

コーネリアスとヴィンセントがにらみ合っている。虎の怪物はコーネリアスの足元に控えている。二人の間に魔力が渦巻く。目には見えないが、感じ取ることはできる。

わたしは猿の怪物の体の下に足を入れて押しのけ、血まみれのベビー・デザート・イーグルをつかむと、すぐに振り向いて今度は弾倉を手に取った。

コーネリアスが口を開き、猫の声にも似た音を発して長く伸ばした。

ヴィンセントは両手で空をつかんだ。コーネリアスから魔力が波打って放たれ、宙で輝いた。床の上で煙が黒く固まり始めた。中に稲妻が走っている。ヴィンセントは異空間への入口を開くつもりだ。

わたしは弾倉を銃にたたき込んだ。もう逃がさない。

リンダが叫んだ。彼女の体から魔力が奔流となって噴き出し、ヴィンセントにぶちあたった。

わたしは撃った。銃が二度火を噴いた。

わたしが引き金を引く直前、ヴィンセントが動いた。顔をむき出しのパニックでゆがめ、彼はガラスが割れる音とともに窓から飛び出した。

だめだ。

わたしは飛ぶように立ち上がり、窓際に駆け寄った。照明の明るい裏庭が広がっている。

プールは波一つ立っていない。一発目はヴィンセントの肩をかすめた。二発目ははずれた。頭を狙って撃った弾だ。あのときリンダが何もしなければ……でも、もう関係ない。ヴィンセントは逃げた。

リンダはエドワードの前に膝をついた。子どもたちは泣いている。エドワードは顔を上げ、何か言おうとした。

リンダがその手をつかんだ。「しゃべらないで。大丈夫だから」

青い虎の怪物がコーネリアスの手に頭をすりつけた。

ヴィンセントは逃げた。わたしは壁に銃をたたきつけたかった。しかしそうせず、携帯電話を取り出して911にかけた。

救急隊員よりローガンの部下の到着のほうが四分早かった。彼らはドクター・ダニエラ・アリエスを連れてきた。わたしはエドワードの傷口にコーネリアスの丸めたジャケットをあて、リンダは泣いている子どもたちを落ち着かせようと必死だった。虎の怪物は悪魔のような音をたてていたが、コーネリアスによるとそれは喉を鳴らす音だという。虎というのは正確な描写ではない。鼻には穴が四つあるし、首のまわりの触手はそれぞれが勝手に動いている。怪物は、地球上のどんな動物より賢いかのようにわたしを理解の目で見ている。不思議だ。不思議だし、落ち着かない。

ローガンの部下はエドワードの体を固定し、悪臭を放つ死骸のない上階にわたしたちを移した。そして家と敷地を整然と調べ始めた。コーネリアスと新しいペットもそれを手伝いに行った。

調査がおこなわれている間、わたしは電話をかけてバーンに事情を話し、ヴィンセント・ハーコートについて手早く調べた。ハーコート一族の長男であり法定推定相続人、〝超一流〟の召喚者。有罪判決を受けたことも犯罪記録もなく、資産はおよそ五千万ドル。一般社会において召喚者の力は使い道が少ないが、ハーコート一族は成功しているらしい。

リンダはエドワードが救急隊員に連れていかれるまで手を握っていた。

「大丈夫よ」ダニエラが言った。「命に関わる怪我《けが》じゃない。心配なのは感染症ね」

「ありがとう」わたしはダニエラに言った。

彼女は横目でわたしを見た。

ダニエラとわたしは目を合わせない。わたしはダニエラにローガンと付き合うなと警告されたが、そのアドバイスに耳を貸さなかった。そして彼女を脅した。ダニエラのほうが二十センチは背が高く、全力疾走してくる馬を素手で止められそうな体格なのに、そんな女性を脅すなんてばかな真似《まね》をしたものだ。でもわたしはローガンといっしょにいたいし、それを誰にも邪魔されたくなかった。

そのローガンはまだ居場所がわからない。わたしは不安だった。

「その血は自分の？」ダニエラがたずねた。

「自分の血もあるわ」

「じゃあ、傷口があって、神秘界の生物の血を浴びたというわけ？」

「ええ」

「いつ？」

「さっき」ダニエラに殺されそうな気がした。

「ほかに血を浴びた人はいないみたいだけど」

「ええと……」

ダニエラはバッグから大きな水のボトルとアルコール消毒液の瓶を取り出した。「見せて」

わたしはドレスの裾を上げた。左腿に派手な引っかき傷が三本走っている。「ただの擦り傷よ。あと肩にも」あのかぎ爪で穴があいたに違いない。

ダニエラはため息をつき、注射器とバイアル瓶を取り出した。

「それは？」

「抗毒血清。あいつらは爪から毒を分泌するの。痛む？」

「いいえ」

「痛むはずよ」ダニエラは注射器の袋を破ってバイアル瓶に刺した。「毒液が中和されたら十分ぐらいで痛くなるわ」

しばらくすると、傷口に焼けた火かき棒を刺されたみたいに痛みだした。腿が燃えているかのようだ。肩も熱い。十五分ほどでダニエラはわたしの肩を消毒し、絆創膏《ばんそうこう》を貼ってくれた。深い傷ではなかったものの、ひどく痛んだ。

ダニエラは今度は手足の消毒に移った。肌はきれいになったが、ドレスは別問題だ。肩を出して消毒するとき、全部脱ぐわけにもいかず、切るしかなかった。そのせいで、抗毒血清の痛みと同じくらい心が痛くなった。

「おしまいよ」ダニエラが言った。

「ありがとう」

ダニエラはまたわたしを横目で見た。

わたしは立ち上がり、二人掛けソファに座っているリンダと子どもたちのほうに行った。子どもたちはリンダに体を寄せている。カイルはようやく寝入ったらしい。リンダが毛布をかけていた。ジェシカも眠そうな顔つきで目を閉じ、ソファの隅で丸くなっている。

わたしは向かいのオットマンに座り、顔をしかめまいとした。リンダがこちらを見た。地獄から生還したような顔つきだ。

「最初から説明して」

「今？」

「ええ、お願い」

「もう寝る準備をしていてバスルームに行ったの。そうしたらジェシカが来て、カイルが逃げ出したって言ったから捜したの。そのときエドワードがうちに来てくれて」

リンダが声を詰まらせ、鼻をすすった。

「エドワードは謝りたいって言ってくれた。ブライアンがまたいつもの癖でどこかに隠れているだけだろうって思ったのは間違っていたって。二人でカイルを捜したら、あの子はブライアンのオフィスにいたわ。まだ寝ない、パパが帰ってくるまで待ってる、って言い張って。そのとき下で銃声が聞こえて、ドアをロックしたの。ところが窓からあの化け物が入ってきた。エドワードが椅子で殴りつけたら襲いかかってきて、床に倒されたの。そうしたらヴィンセントが入ってきて」

真実だ。「ヴィンセントって?」もう知っていたが、リンダの口から直接聞いたってかまわない。

「ハーコート一族のヴィンセント・ハーコート。学校でいっしょだった。昔から意地悪だったけれど、大人になって見下げ果てたろくでなしになったわ」

「何を要求してきたの?」

「ファイルよ。母のファイルの一つをほしがっているの。わたしはファイルなんか持っていないと言っているのに。屋敷はまだ警察が保全していて近づくことすらできないのに、信じてくれないの。わたしが持っているに違いないって言い張るのよ」

「そのファイルに心あたりは？」

リンダは首を振った。「ないわ。あの男は子どもたちの首から数センチまで怪物の牙を近づけさせたのよ。持っていたら全部差し出すわ」

「お母さんとハーコート一族との関わりは？」

「知らないわ！」リンダが声を張り上げた。「母が何に関わっていたかなんて知らない。みんなわたしが知ってると思っているけれど、何も知らないの！　母は教えてくれなかったし。もう放っておいてくれる？　ほんの数分だけでいいから！」

真実だった。

「この人が命を救ってくれたのよ」ダニエラがわたしの肩越しに言った。「ご主人の行方を捜そうともしてくれている。少しだけでいいから反抗的な態度はやめて、努力してみたら？」

リンダは口を開いたが、言葉は出てこなかった。

わたしはダニエラを抱きしめたかった。真っ二つにへし折られるだろうけれど、その価値はある。

「さっきは死ぬかと思った」リンダが小さい声で言った。「その話を聞きたい？」

「最後に何をしたの？」

「感情をたたきつけたの。あの男のせいで感じたすべてを感じさせたのよ。わたしの恐怖、絶望。めったにそうすることはないわ。感情を人に押しつけるのは乱暴なことだから。ほかにどうしていいかわからなかったの」

「ありがとう」

わたしは立ち上がった。

入口に立っていた護衛が背筋を伸ばした。ローガンが部屋に入ってきた。

リンダはわたしより先にローガンに駆け寄り、彼の首に両腕をまわして抱きついた。

信じられない。どういうことだろう。

「恐ろしかったわ」リンダが言った。

「荷造りしてくれ」ローガンはやさしくリンダを抱きしめた。「きみと子どもたちをうちに連れていく」

「わかった」

ローガンはほかに何も言わなかった。リンダはしばらくそうして抱きついていたが、やがてその手が離れ、体も離れた。

ローガンがわたしのほうを向いた。その目がスニーカー、血に染まったずたずたのドレス、足の絆創膏をとらえた。次の瞬間、わたしは彼の腕の中にいた。

6

ローガンはわたしをレンジローバーに乗り込ませた。わたしは自分の車を運転できると言ったけれど、彼は聞こえないふりをした。コーネリアスはフォード・エクスプローラーのシートを倒せるだけ倒して、虎の怪物を中に押し込んだ。コーネリアスが教えてくれたところによると、この怪物は雄で、名前はゼウスにしたという。

リンダはようやく落ち着きを取り戻し、シャーウッド・セキュリティの責任者に電話をかけた。わたしたちが家を出る前に、シャーウッド一族の制服を着た一団が責任者に率いられて家の警備のためにやってきた。コーネリアスはいい機会だと思い、バイオコア社に電話をかけたが、けんもほろろの扱いだった話をした。リンダは警備主任の頬を平手打ちした。ローガンの部下はシャーウッドのコンピュータを没収し、リンダと子どもたちを装甲車に乗せ、わたしたちは五台の隊列を組んで本部に向かった。ローガンのオフロードカー二台が先導し、リンダとコーネリアスの車を安全な真ん中に配し、ローガンとわたしが最後尾だ。

車内はローガンとわたしだけだった。わたしはローガンの運転を見るのが好きだ。彼は道路だけに集中し、静かな落ち着きをもって運転する。筋肉質の腕のライン、長い信号のとき左の親指でとんとんとハンドルをたたくしぐさ、助手席のわたしが大丈夫かどうかたしかめるようにこちらに向ける視線、それが好きだ。でも、目にひそむ闇は嫌いだ。前にも見たことがある。よくないしるしだ。

「わたしのせい？」

ローガンは答えなかった。

「わたしのことを気に病んでいるの？」

「気に病むというのは自分をののしり続けることだ。自分をののしってはいない」

「じゃあ、何？」

「ハーコートを殺すことを考えてる」

ローガンは脅威を放っておかない。ヴィンセント・ハーコートは脅威だ。今夜、自分が死の瀬戸際まで行ったことをわたしは考えたくなかった。

「あの男は強力よ。魔力で押さえつけたけど、質問を二つした時点で押さえきれなくなった。時間にするとせいぜい十五秒というところ」

「召喚魔力は意思系だからな」

尋問者も意思系だ。ヴィンセントを押さえつけるのがあんなに難しかったのはそれが理由だった。

「ヴィクトリア・トレメインならあいつの脳を溶かしたでしょうね。わたしは数秒拘束するのが精いっぱいだったわ」しかも、ぐったり疲れてしまった。魔力はほとんど残っていない。消耗したときの疲労がのしかかってきた。

「きみは期待以上の働きをした。コーネリアスがフライパンを使って、リンダが逃げる時間を稼いだ」

「コーネリアスはゼウスと親しくなろうとしていたし、リンダはショック状態だった」

ローガンは何も言わなかったが、目の闇は深くなった。

「ローガン、わたしは手足を失わなかったし、何より子どもたちは無事だったわ」

「きみがあいつを押さえつけている間にコーネリアスがフライパンで殴っていれば、こんな会話はしていなかっただろう。二人とも、武器を取ったり逃げたりするだけの冷静さが欠けていた」

「コーネリアスを責めるのは酷よ。あの怪物に夢中だったんだから。理性では抑えられないの。思考回路がわたしたちと違うし、最後の肝心なところで動いてくれたんだから」

「きみにはもっと優秀な応援部隊が必要だ」

わたしに必要なのは、この魔力のすべてについて教えてくれる人だ。尋問者は数が少ない上に秘密主義だ。練習はしているけれど、少しかじった程度にすぎない。

「ヴィンセントの心は呪文で封じられていたわ。見覚えがある感じだった。わたしがオーガスティンに作ったのと同じ種類よ」

一週間前、ヴィクトリア・トレメインはオーガスティンに狙いを定めた。オーガスティンはうちの事務所の抵当権を持つ巨大な調査会社の社長だ。彼は、ある少女が誘拐犯の手によりゆっくりと死にかけていたとき、その子を助けるためにわたしが匿名で犯人の心をこじ開ける場を用意してくれた。ヴィクトリアはその尋問者の正体を探り出すためにオーガスティンに接近したのだ。オーガスティンの心を守り、わたし自身を守るために、わたしは彼の心に壁を作った。はりぼての呪文だったが、見かけは本物だ。ヴィクトリアがオーガスティンを攻撃しない限り、偽物だと見抜くことはできない。ヴィクトリアはそこまでの危険をおかそうとはしなかった。

「偽物だったのか？」ローガンがたずねた。

「いいえ。ヴィンセントの心の壁は本物だった」

「優秀な応援部隊が必要だ」ローガンがまたそう言ってうなずいた。「訓練を受けた者。きみの安全を第一に考える者」

「たとえば？」

「おれだ」

「何を言いたいの？」

「これからはおれが同行する。前と同じように」

「コナー……」

ローガンがわたしの手を取り、たくましい指で握りしめた。口調は荒っぽかった。「おれが行くべきだった。悪いときに悪い場所にいたんだ。きみは死んでいたかもしれない。そう思うと怖くてたまらない」

わたしは手を握り返した。「でも、死ななかった」

手は離れない。

「どこに行っていたの？」

「バグが田舎道で車を一台見つけた。ナンバープレートまでは見えなかったが、バグはあのときの車に間違いないと断言した。そこで数人連れて確認しに行った」

ローガンはブライアンがその道沿いのどこかにとらわれていると考えたのだ。「見つかった？」

「その道沿いには牧場が五箇所あった。奴《やつ》らがブライアンを降ろしたとしたら、そのどこにいてもおかしくない。例の陰謀とつながってることを考えれば、足跡は慎重に消しているはずだ」

「あの男が言っていたファイルには何が入っていると思う？」

「わからない。だがそれがリンダのコンピュータにあるなら、バグが見つけるだろう」

「バーンのほうが早いわ」

「いいぞ。二人で協力すればいい。さっきは同行できなくてすまなかった」

「あなたがいなかったことを責めてるわけじゃないの。わたしは仕事をしていただけ。でも、手がかりのことを教えてくれなかったのはどうかと思うけど」わたしはローガンの真《ま》似《ね》をして声を落とした。「手がかりが見つかったらすぐに知らせほしいの。あとでも都合のいいときでもなく、すぐに」

ローガンは餌に食いつかなかった。自分が責められるべきだと思い込んでいる。

「で、ディナーの約束だけれど、まだ行く気はある？」

「もちろんだ。約束は今夜も明日もこの先もずっと守る。きみはおれの付き添いなしではどこにも行かない」

ロマンティックだと思ったら大間違いだった。「わたしを緩衝材でくるんでおくつもり？」

「防弾の緩衝材があるならね」

「コナー――」

「おれは本気だ」ローガンはバックミラーを見やり、警戒するように目を細めた。

わたしが振り向くと、大きな黒いジープが背後に迫っていた。かなり改造されており、車体は高くタイヤは巨大だ。今にもこちらのバンパーに噛《か》みつきそうに見える。

わたしはグローブボックスからベビー・デザート・イーグルを取り出した。銃弾はローガンの部下からもらっておいた。

ジープがライトを点滅させた。

「知り合い？」

「マデロ一族だ。おそらくデイヴ・マデロだろう」ローガンの目が危険な輝きを帯びた。頭の中で何か計算している。

「どうしてライトを点滅させているの？」

「電磁パルス砲を使うぞと脅してるんだ」ローガンはハンドルのボタンを押した。「リベラ？」

「はい、少佐」スピーカーからリベラの声がした。

「おれは抜けるがそのまま進んでくれ。ちょっと用ができた」

「わかりました」

ローガンはケンプウッド・ドライブへの出口を出た。ジープもついてきた。

「逃げないの？」

「ああ。電磁パルス砲は走行中の車を止める力がある。道は混んでいる。きみを乗せているときに危ない真似はしたくない」

ローガンは右端のレーンに入った。アグネス・モフィット公園の端、並木の壁で仕切られた細長い草地の脇を通り過ぎていく。

「マデロは雇われの殺し屋だ。魔力の層で肌を硬化し、超人的な力を発揮する。時速百キロ近いSUVがあいつに衝突するのを見たことがあるが、車のほうがひしゃげた。銃で撃っても無駄だ。銃弾が貫通しない。それでもあいつは万が一に備えてイージス使いを連れている」

イージス使いとは防護魔力の使い手で、銃弾も吸収する魔力のシールドを作ることができる。イージス使いまで連れているとは。

「デイヴ・マデロに何をしたの？」

「奴の目的はおれじゃない」

ヴィクトリア・トレメインがデイヴ・マデロを差し向けたのだ。全身に警戒感が走った。

並木が途切れた。ローガンは右に曲がってハマリー通りに入った。レンジローバーは縁石を飛び越した。車は草地を抜けて芝生の広場に入り、止まった。

ジープが十メートルほど後ろで止まった。あたりはもう暗かったが、街灯の明かりが公園を照らし出している。

運転席のドアが開いて男が出てきた。少なくとも、おおむね男の形だ。身長は二メートル超、だぼっとした黒のパンツとTシャツという服装だ。筋肉のついた胸、盛り上がった肩、太い腕。上腕二頭筋はわたしの腿ほどもありそうだ。頭は金髪のクルーカット。ボデイビルダーのフィギュアが動き出したかのようだ。

「あれは生きている人間?」

「そうだ」ローガンはレンジローバーのエンジンを切った。

助手席のドアが開いて金髪の女性が出てきた。あれがイージス使いに違いない。

「近づければ電気ショック装置を使えるわ」

「だめだ。きみはヴィンセントを押さえつけるために魔力を使い果たした。今あいつに電気ショックをかけたら死んでしまう」

ローガンがドアを開けた。

「ここで待ってろ」

「ローガン!」

彼は車から飛び出した。

わたしの足が外に出たがっている。

わたしはドアを開け、ボンネットの前をまわり、銃でデイヴ・マデロに狙いをつけた。

「あの女のばあさんが孫と話したいと言ってる」デイヴ・マデロの声は外見にふさわしく、悠々として深かった。「ローガン、おまえの魔力はおれには効かない。何をされたって、おれはびくともしないぞ。女を渡して、さっさと解散しようじゃないか」

「だめだ」

「なるほどな。格好つけたいってわけだ。だがどっちにしてもおれは女をもらうし、ばあさんのところに連れていく。生きたまま連れてこいと言われてるが、手足の有無は問われてないし、おまえのことも何も聞いてない。どっちもおれの自由だ。素直に渡せば女に手荒な真似はしない」

この男、撃ってやりたい。

ローガンは答えなかった。

「勝手にしろ」

デイヴの肌がふくらみ、赤黒くなった。自信たっぷりな足取りでゆっくりとローガンに近づいてくる。ローガンは見ているだけだ。車から出たのが間違いだった。常人が相手なら素手でたたきのめすことはできても、デイヴにはキックもパンチも通用しない。ローガンが痛い目にあわないためなら、わたしはなんでもするつもりだった。

デイヴの背後のイージス使いが銃を手に前へ出た。わたしと同じ年頃で、目には不安が浮かんでいる。そして警戒するようにローガンを見ている。

あの女を無力化しなければいけない。ローガンはもう手いっぱいなのだから。

わたしは女に狙いをつけ、うちの母になりきった。「撃ったら殺す」

「こっちはイージスよ」

「知ってる。狙いははずさないから」

女は何か言おうとしてやめた。わたしは本気の顔をしてみせた。実際、本気だからだ。相手はシールドを広げたまま撃つことはできない。銃口が上がったら、その瞬間にわたしは撃つ。ローガンを救うために。

「だから無理だと――」女が言いかけた。

「やってみれば答えはわかるわ」

イージス使いは銃口を下げたまま動かない。

デイヴ・マデロが肩をまわしながら近づいてきた。ローガンより三十センチ近く身長が高く、体重はおそらく倍はある男がわたしの前に立ちはだかった。ローガンの体は鋼のような筋肉でおおわれているが、デイヴの隣に立つとひょろりとしたティーンエイジャーに見える。

そのデイヴをじっと見ながら、ローガンが生来の優雅な足取りで動いた。全身が状況に合わせて自然に変化したかのように、ついさっきまで車を運転していた文明人が野蛮で獣じみた何かに変わっている。ローガンは獲物を狙う猛獣のようにデイヴに近づいた。わたしはうなじの毛が逆立った。

ローガンの動きに気づいたのだろう、デイヴが歩調をゆるめた。

「本当にやりたいのか？　そううまくはいかないぞ。格闘技と同じだ、パンチを食らわせてキックを何度かきめてやる、そう思ってるだろう。あの女にいいところを見せられると。

だが、そうはいかない。おまえがどんな訓練を受けてきたが知らないが、それじゃ足りないぞ。ここは道場じゃない。握手もお辞儀もないんだ」

「おしゃべりはもういい」ローガンの声は氷のようだ。「力を見せろ」

「いいだろう。おまえの葬式だ」

デイヴの腕が弧を描いた。スピードは遅いが、右からの大きな一撃だ。ローガンはよけた。

今度は左のパンチだ。こぶしはローガンの胸からかなり離れたところを空振りした。

「のろいな」ローガンは言った。

デイヴがうんざりした顔で天を仰いだ。

「おまえの一族は世代ごとに大きく、のろく、間抜けになる」ローガンが言った。

「ほざくがいい。歯をめり込ませたときにおまえがどんな声を出すか試してみようじゃないか」

二人は円を描くようにじりじりと動いた。

デイヴがすばやく右のフックを繰り出した。ローガンは関節が液体でできているかのように飛びすさった。

「頭が空っぽの殺し屋が必要になるとおまえが呼ばれる。いつでもどんな仕事でもこなすってわけだ。誘拐。強盗。さしずめ、けだものの一族ってところだな」

デイヴが歯を食いしばった。ローガンが急所をついたらしい。ローガンはわざとデイヴを怒らせている。

「子孫が残り少ない知力を失うのも先の話じゃない」

「たわごとは終わりか？」デイヴがうなるように言った。

「まだだ。おまえたちがいつ首輪をつけるようになるのか考えてたんだ。今の世代か、次の世代か」

デイヴが目にも留まらぬ速さのジャブを繰り出した。ローガンは間一髪でよけた。ジャブ、ジャブ、右パンチ。

ローガンはよけ続けている。デイヴにジープのほうへと追いやられている。イージス使いがそれを見て、銃を構えたまま脇に走り寄った。

デイヴがストレートのジャブを繰り出すと、ローガンはしゃがんだ。今度は強烈な右パンチだ。ローガンがすばやくよけ、デイヴのこぶしはジープにめり込んだ。金属がきしむ。

デイヴはうなり、左手でジープを押しやった。ジープは三十メートルほど転がった。

わたしはどっと冷や汗が出るのを感じた。一度でもパンチを食らったらおしまいだ。

「おまえのせいで大事な車に傷がついた」デイヴが言った。「これは貸しだぞ。殺してやる」

それは冗談ではなかった。本当にローガンを殺す気だ。

デイヴは雄牛のようにいきり立った。こぶしのつむじ風のごとくパンチが爆発した。左のジャブ。右のアッパーカット。

フックがローガンの脇腹をかすめ、ローガンの体が五メートル吹っ飛んだ。彼は回転して立ち上がった。わたしは胸に恐怖が突き上げ、脚が震えた。

デイヴがローガンを追いかけていく。ローガンは次々と繰り出されるパンチの嵐をよけようとした。デイヴは息も荒く腕を振りまわしている。顔が紫に変色している。

ジャブ、フック、クロス。

ローガンはパンチの合間をついてすばやくデイヴの腕の間に入り、左腕を相手の右腕にからめて肘の間にはさむと、太い腕を肩に担ぎ上げた。そして両手の指を握り合わせてひねり、全体重を右にかけた。公園にぼきっという音が響いた。デイヴがむき出しの苦痛の叫びをあげた。まるで動物が叫んでいるみたいだ。

ローガンが離れた。デイヴは背を起こした。顔が怒りでゆがんでいる。右腕はだらりと垂れ下がったままだ。ローガンがこのけだものの肘を小枝のように折ったのだ。

イージス使いは顔を真っ青にして震えている。

デイヴがローガンの喉につかみかかった。ローガンはぎりぎりで後ろに下がり、相手の攻撃のスピードを無効化して左にまわり込むと、右腕をデイヴの左腕にかけて肘を曲げ、脇ではさみ込んだ。ローガンの指ががっしりと相手の手首をつかむ。また乾いたぼきっという音がした。デイヴは悲鳴をあげ、手首をローガンにつかまれたまま地面にへたり込んだ。ローガンは左脚でデイヴをまたぎ、相手の腕を脚ではさんでまたひねった。また何かが折れる音が響く。デイヴが腹の底から叫んだ。イージス使いは死にかけた鳥みたいな悲鳴をあげた。

「ローガン、やめて。もうじゅうぶんよ」

「降参か?」ローガンがたずねた。

「くたばりやがれ!」デイヴが吐き出すように言った。

「デイヴ!」イージス使いが叫んだ。

「この男はまだやれる。脚が二本とも無事だからな」

ローガンはデイヴの左脚を持ち上げてまっすぐに引っ張り、後ろ向きになってその上に座った。右脚でデイヴの腿を押さえつけている。今度は膝を折るつもりだ。

芝生越しにイージス使いが銃を振り上げ、必死の形相でこちらを見るのがわかった。

わたしはローガンに駆け寄って膝をついた。「じゅうぶんよ。やめて、お願い」

「じゅうぶんか?」ローガンがデイヴにきいた。

デイヴはうめいた。顔は真っ青で呼吸は浅い。このままでは息ができなくなる。

わたしはローガンの鋼鉄のようなふくらはぎを両手でつかんだ。「この人、もう話もできなくなってる。やめてって言えないのよ」

　デイヴは片手を上げて地面をたたいた。

　ローガンは相手の脚から手を離し、静かに立ち上がった。その声はあくまで冷たかった。

「もうネバダをつけまわすのはやめろ。今度はやめろと言われてもおれはやめないからな。兄弟に伝えろ。また彼女をとらえようとしたら、おまえたちの家に行って誰一人生き残れないようにしてやると」

　デイヴはゆっくりと息を吐いた。肌の色がいくらか人間らしくなった。汗びっしょりだ。彼は息を吸い込み、体を傾けて吐いた。

　イージス使いが水のボトルを手にデイヴのそばにしゃがんだ。

　わたしはローガンの腕を握った。「帰りましょう」

　わたしたちは車に乗り込んだ。わたしは運転席に座ってエンジンをかけ、ローガンが戻ると言い出さないうちに走り出した。

　ローガンは穏やかな顔つきでシートにもたれている。きっと痛むだろうに。

「大丈夫？」

　彼はうなずいた。

「怪我《けが》はどの程度？」

「死にはしない」

　デイヴは悪いときに悪い場所にいた。ローガンは無力感にさいなまれるのを何よりも嫌うと以前ダニエラに聞いたことがある。それを避けるためならなんでもする、と。自分がそばにいないときにわたしがリンダの家に行ったことで、ローガンは無力感と恐怖を抱き、それを発散する必要に迫られた。誰かをたたきのめしたいと思っていたところに、わたしへの脅威としてデイヴが現れた。わたしが止めなければ、ローガンはデイヴの骨を折り続けただろう。

ベリーズの戦争でローガンは変わった。誰もが変わってしまったが、ローガンは心を引き裂かれ、生き延びるためには自分を作り直すしかなかった。彼は軍の最終兵器だった。街に乗り込み、魔力が渦巻く心の奥深くに手を伸ばして解き放ち、街を破壊する。人はローガンを恐れ、メキシコの虐殺王と呼んだ。人間ではなく、身の毛がよだつ伝説の怪物であるかのように。そのあとローガンはジャングルにおもむき、彼に命を預ける部下たちとともに敵地に深く入り込んだ。魔力を使えば助かるが、部下たちの命は保証されない状況だった。ローガンは魔力を使わず、徒歩で部下をジャングルから助け出したけれど、ベリーズでの数週間で彼が何を失ったかを知る人はほとんどいない。ローガンは二度と一般人の生活に溶け込めなかった。〝普通〟を失ったのだ。五年前に除隊したものの、事情は変わらなかった。ローガンはまだ戦場にいる。

「おれはきみを怖がらせたか?」

「ええ」

「すまない」

「真正面から受けて立つ必要なんかなかったのに」

「いや、あった」ローガンの顔に理解の色が浮かんだ。「待ってくれ。おれを心配して恐怖を感じたのか？」

「そうよ！」

「あいつの戦いを見たことがある。肉の鎧《よろい》を身にまとうと汗をかけないんだ。体が過熱するまでが奴の持ち時間だ。動けば動くほど熱くなる」

「危険なことに変わりはないわ」

「すぐに殴り合いに持ち込んだわけじゃない。計算あってのことだ」

「木を一本引き抜いて、それで殴ったってよかったのよ」

「それでデイヴは片づくが、一族はそうはいかない。マデロ一族は念力を理解しない。理解するのはむき出しの暴力と明確なメッセージだ。メッセージは送った。あれだけ単純なメッセージなら、あいつらも誤解しないだろう」

たしかにローガンの言うとおりだ。誤解はないだろう。もう二度とヴィクトリア・トレメインの仕事は受けないはずだ。

「正当防衛と拷問は別物よ。あの男の腕を折ったのは理解できるけど、脚まで折ろうとする必要はなかったわ」

ローガンは何も言わなかった。

「これからだってわたしが危ない目にあうことはあるのよ」

「わかってる」

「そんなとき、いつも都合よくデイヴみたいな相手がいるとは限らない」

「わかってる……対処法を身につけるつもりだ。だが、きみのことは守る。どんな代償を払うはめになってもだ」

事実だからしかたないという淡々とした言い方だ。ああ、コナー。

「きみが止めてくれてよかった。あのときはそうは思わなかったが、今になってありがたいと思う」

ローガンを止められるのはわたしだけなのだろう。部下だけならローガンは続けていたはずだ。リンダがローガンに取り入ろうと必死な理由がわかった。パニックに陥ったリンダは、ローガンが大事な相手を守るためならなんでもすることを知っていたのだ。もしわたしとローガンが家族を持ったとしたら……。

子ども？　それは彼の子どもを産むということだろうか？　わたしはローガンの子どもを想像しようとした。頭がよく、美しく、危険。そして頑固。なんでもやってみようとする、ノーを聞き入れない、小悪魔のような子ども。

ローガンの目は氷のようだ。オリヴィア・チャールズに部下を殺されたとき、ローガンは暗闇に堕《お》ちた。そこは光がなく、冷たく、復讐《ふくしゅう》しかなかった。わたしは彼をその闇から引っ張り出した。もう二度とあそこに戻らせるつもりはない。

検問所を抜け、ローガンの本部の前に車を駐《と》めた。ローガンはシートベルトをはずしてわたしを見つめた。車内の空気が彼の放つ暗い緊張感とエネルギーで震えている。

「自分でも止められないこともある」

「わかってる」

「だが、やってみる」

「その言葉が聞きたかったの」

ローガンの暗い目をのぞき込むと、嵐の兆しが見えた。彼はわたしだけを見ている。ほかには何も存在しない。わたしは息が止まる気がした。

ローガンが身を乗り出した。キスをするつもりだ。

期待、そして本能的な警戒心に胸をわしづかみにされた。

唇が触れる。焼けるようなキス。わたしは息をのみ、ローガンを迎え入れた。舌が中に入り込み、男らしく荒々しい彼だけの独特の味わいを感じる。手のひらで頭を包まれ、指で髪を撫《な》でられる。ローガンはわたしを自分のものにするように、誘惑するようにむさぼった。

うなじに魔力が触れた。ベルベットのような感触が肌に快感をもたらす。それは背筋に炎のあとを残しながら滑り下りていった。

シートベルトがはずれた。わたしがぼうっとして座っていると、ローガンは車から降り、運転席側のドアにまわって開けた。そして手を差し出した。その手を取ると、彼が強く握りしめてきた。ローガンはわたしを建物の中に連れていった。いつもと違って無人の一階を抜け、階段をのぼって二階へ行き、コンピュータが弧を描いて並ぶバグの監視部屋を過ぎ、ローガンのオフィスを通り過ぎて奥に行く。そこからは三階に続く階段だ。のぼりきったところでローガンが金属のドアを開け、わたしたちは中に入った。

目の前に広いコンクリートフロアが広がっていた。左側に大きなベッドがあった。その上に、おそらくローガンが放ったのだろう、灰色の毛布がのっている。反対側にはカーブしたガラスの仕切りがあり、その奥はたぶんシャワールームとバスルームになっている。わたしは窓辺に近寄った。外では夕暮れが夜へと変わりつつある。頭上には星が広がり、ベルベットの闇に燃える宝石となって輝いている。

ローガンが両腕でわたしを包み、胸へと引き寄せた。彼がわたしの髪の香りを吸い込むのがわかった。高まりが押しつけられている。わたしはローガンにもたれかかった。ローガンは欲望を物語る荒っぽく男らしい声をあげた。それを聞いて膝から力が抜ける。彼がわたしの髪を片方に寄せ、首にキスをする。体に小さな震えが走った。肌に熱くゆっくりと魔力が躍る。指に感じる腕の筋肉が引きしまっている。

ローガンが両手を胸へと滑らせ、愛撫《あいぶ》し、じらした。快感が体を突き抜ける。わたしは息をのんだ。もっとほしい。

ドレスのファスナーが静かに下げられ、ドレスが足元に落ちた。温かい手が腹部を撫で、下へと滑っていく。ああ、たまらない。

ブラジャーがはずれた。ローガンがストラップを肩からはずし、ブラジャーは床に落ちた。指で先端を撫でられる。ふいに強烈な感覚がはじけ、わたしは抱かれたまま身を震わせた。

右耳の下にキスされ、快感が燃え上がった。わたしの肌を撫でるローガンの手を目で追うと、自分の肌が黒く汚れているのが見えた。召喚生物の血だ。

「ローガン……」

「なんだ?」

彼がまた首にキスをした。しゃべることができない。

「わたし、血で汚れてる」

ローガンが手を止め、わたしの体をたしかめた。「怪我をしたのか?」

「いいえ。汚れているだけ」

ローガンはわたしの腹部についた乾いた血を見下ろした。「おれがなんとかする」

彼はわたしの手を取り、ガラスの仕切りのほうへと連れていった。そこにはシャワーがあり、三方のタイルの壁からシャワーヘッドが突き出ている。ノブをひねるとノズルから交差して水が出た。湯気が上がる。わたしはショーツを脱いで水の壁の中に入った。まるで天国だ。一瞬で体が濡《ぬ》れる。髪が胸と背中に張りつく。わたしは顔をこすってメイクの残りを落とし、振り返った。

ローガンはシャワーの前に立ち、魅せられたようにわたしを見つめている。

わたしは胸と腹部に水流を浴びながらローガンのほうへと近づいていった。水が脚の間を流れて濡らしていく。すでに中はうるおっている。

ローガンが毒づいた。

「どうしたの？」

「美しい」

ローガンはシャツを脱いだ。たくましい黄金色の体。危険なまでに鍛え上げられた筋肉の塊だ。たくましい肩、厚い胸板、そこから細くなって続く硬い腹筋。そのうねりに指を滑らせたい。ズボンが脱ぎ捨てられ、筋肉質の脚があらわになった。下腹部は張りつめている。目の前に立つ裸体は、むき出しの力を感じさせる。その目に欲望が満ちている。

わたしは腕を広げた。

シャワーから流れ出る湯の中をローガンが近づいてきた。二人の体がぶつかる。魔力が周囲に渦巻き、肌の上にたゆたう。やわらかな熱い感触が液体のように首に、胸に、ヒップにまつわりつき、腿の間を滑っていく……ローガンの腕の中に包み込まれ、我が物顔で激しくキスされる。舌がからみ合い、ふたたび彼を味わう。

ローガンの体に腕をまわすと、鋼のような背中の筋肉が指に触れた。ローガンの両手がわたしの体を這《は》い、火を灯《とも》していく。腿の間が濡れて熱を帯び、重い感覚となって彼を求める。今以上のものがほしくてキスを返し、彼を壁に押しつけた。

ローガンがほほえんだ。セクシーという言葉だけでは足りない、獲物を狙う男のほほえみだ。わたしは両手を厚い胸に滑らせ、腹筋を撫でて下腹部へと滑らせた。ローガンがうめく。わたしの腿の間の甘い感覚はもう耐えられないほどだ。彼を中に感じたい。

両手で情熱の証《あかし》を握りしめながら身を寄せ、濡れた胸板に胸の先端を押しつけて下へと滑らせていく。唇で情熱の証を包み込む。なんとか口に入る大きさだ。わたしは吸った。ローガンがうめいてわたしを立たせた。両手でわたしのヒップをつかんで、腰の上へと持ち上げる。手が腿の間に入り、熱くうるおった部分に忍び込んで敏感な部分を撫でる。体を快感が突き抜けた。魔力が指の動きに加わる。もう耐えられない。わたしはその手に向かって腰を突き出した。

ローガンがわたしの背中を冷たいタイルに押しつけた。下腹部があたるのがわかる。一突きで貫かれ、二人は一つになった。

彼は苦しいほど容赦ないリズムで何度も突いた。やがてクライマックスに到達し、すべてをかき消していく。その炎に向かってローガンが何度も突き上げ続ける。目を開けると、彼と目が合った。わたしはたくましい肩にしがみつき、首筋に、顎に、唇にキスをした。その体に震えが走り、ローガンはすべてを解き放った。絶頂のうねりに魔力が伝わり、わたしはもう一度クライマックスへと追いやられた。わたしはローガンにぐったりと体を預けた。あまりに強烈な快感に叫びそうになる。

「きみはおれのすべてだ」耳元でローガンが言った。

わたしも同じことを伝えたかった。もう二度とあなたを闇に堕としはしないと。あなたに失望して背を向けることなど絶対にないから心配しないでほしいと。けれども二人が分かち合った強烈な快感に言葉を奪われ、こう言うことしかできなかった。

「愛してる」

何かが鳴っている。わたしは身動きして頭を上げた。隣でローガンが毒づき、胸の上からそっとわたしの腕をどかしてベッドから出た。シャワーのあと、二人とも体をろくに拭きもせずにベッドに倒れ込み、わたしは幸せな疲れと安心感に包まれたまま彼の腕の中で寝てしまった。ローガンのそばで眠るのは家に帰るようなものだ。

まばたきして目の焦点を合わせようとする。ローガンはシャワーのそばにある服の山から携帯電話を探して出た。

「ゆっくり言ってくれ」彼はベッドに戻り、携帯電話を耳から数センチ離した。

リンダの甲高い声、ときおりそれをさえぎる子どもの泣き声が聞こえてきた。「……どうしても落ち着かせられないの。お願い、助けて。あなたがいないとだめなのよ」

わたしはうめき声をあげてベッドに倒れ込んだ。

「今は手が離せない」ローガンが答えた。

「話してくれるだけでいいわ。まだ四歳なのよ。お願い……」

ローガンは携帯電話を壁に投げつけたそうに見えた。「すぐに行く」

わたしは顔に枕を押しつけた。

枕が消え、ローガンがこちらをのぞき込んだ。「待っていてくれ」

「それはあなたにしか解決できないこと？」

「カイルがパニックを起こしてるんだ。リンダと子どもたちはこの北のビルに移した。徒歩三十秒しかかからない」

「ベッドをともにしたばかりなのに、元フィアンセに会いに行くのね」

「戻ってくる。今夜は同じベッドで寝るぞ。絶対にだ」

わたしは手を振った。「行って」

ローガンはジーンズとTシャツを身につけた。「待っててくれ」

彼はドアを開けて行ってしまった。

わたしは息を吐いた。別にリンダはわざとローガンを操ろうとしているわけではない。問題を解決するときに他人に頼りがちだというだけだ。最初は母親、次は夫、そして今度はローガン。鍋が噴きこぼれているのを見たら、自分で火から下ろすのではなく誰かに教えに行くタイプだ。そして危機に瀕《ひん》して機敏に行動した自分を得意に思うのだ。反対に、ローガンは問題を解決する。それがローガンだ。

ナイトテーブルの小さなデジタル時計を見ると、午後十時三分だった。もっと遅いと思っていた。寝入ったばかりのところにリンダから電話があったのだろう。すっかり目が覚めてしまった。

頭上のガラスの天井を見上げる。ここから見る夜空は美しい。ローガンがいっしょにいてくれたらもっときれいなのに。

車に携帯電話を忘れてきた。持ってくるつもりだったのに、いろいろありすぎた。

目の前に部屋が広がっている。書架はなく、窓のそばに本が積み上げてある。

十時十分。

立ち上がり、いちばん上の本を手に取る。『我々の中の怪物：魔力による変身の事例研究』これなら読み応えがありそうだ。わたしは本を持ってベッドに戻り、明かりをつけ、ぺらぺらとめくった。魔力は人に不思議な働きをする。一世紀半前に発見されたオシリス血清は、当時キャンディのようにばらまかれた。その血清にどんな作用があるのか、誰も正確には知らなかった。新たな力を作り出すと考える者もいれば、人が抑制している埋もれた才能を目覚めさせると考える者もいた。しかし、結果に比べれば作用など大きな問題ではなかった。ある者は血清のおかげですばらしい力を手に入れた。逆に怪物に変わり果てる者もいた。魔力によりゆがめられた者は排除すべきとされた。

それから何年も経《た》った現在、怪物の出現はまれだ。その中の一人に会ったことがある。チェリーだ。彼女は麻薬依存症患者で、どこかの有力一族が所有する研究機関に自分を売った。そこで何かを投与され、今チェリーは水没地区のよどんだ水の中で蛙《かえる》を食べて暮らしている。体の一部は人間ではなく鰐《わに》だ。

十時十九分。徒歩三十秒って言ったくせに。

わたしは毛布にくるまって本をめくった。こういう事例ならたくさん知っている。たとえば、ミノタウロスを地でいくジャーマン・オア。ジャーマンは雄牛に似た怪物に変身できる変質者だった。ミノタウロスに変身したときの彼は精力絶倫で、その才能を利用して趣味の悪いポルノに出演した。のちに獣姦《じゅうかん》で起訴され裁判になったが、魔力差別を訴えて権利の侵害を主張した。結局負けて六年間服役し、そのあと外国に渡った。

十時三十五分。ローガンはどういうつもりだろう。

わたしはページをめくった。ケルンの野獣。この話は本が書けそうなほどよく知っている。ベルギー人女性ミーシャ・マルコットは二十歳そこそこで自分の才能に気づいた。悪夢から抜け出てきたような巨大な怪物に変身できる力だ。変身したミーシャは無敵だったが、自分をコントロールできなかった。いったん変身すると凶暴そのものなのだ。ベルギーの軍隊はフランスの魔術師部隊の力を借り、彼女の能力を測ろうとした。ミーシャは三度目の変身で完全に人間性を失った。ベルギーとドイツの国境を越えてケルンに入り込み、もう少しで街を破壊するところで鎮圧された。どうやって鎮圧したのかは秘密だが、噂《うわさ》ではドイツ人がライン川に沈めたらしい。ミーシャの話は変身の力を持つ者すべてに対する教訓だ。

聞くところによるとミーシャは人間の姿を取り戻し、水責めを生き延びて、どこかで薬漬けのまま生かされているという。わたしはそれを信じている。知識を得るという目的があるとき、あるいは魔力によって権力を強めたいとき、〝超一流〟が才能を捨てることはありえない。

わたしは本を閉じた。十時四十八分。もううんざりだ。暗い中で裸で悶々《もんもん》としているなんてやめよう。わたしには面倒を見なければならない家族がいる。

わたしはベッドから出た。血染めのドレスを着ることを考えると気分が悪くなった。とても無理だ。そのへんにローガンの服があるはずだ。

わたしは部屋を探した。シャワールームのガラスの壁が数メートル余分にあり、その裏にクローゼットがあった。棚にはきちんとたたまれたTシャツとスウェットパンツが置かれ、ラックには二十本ほどハンガーがかかっていて、シャツや目の玉が飛び出るほど高価なスーツがすぐ取り出せるよう整然と並んでいる。軍の習慣はなかなか抜けないらしい。

わたしはTシャツを取った。わたしが着ると腿まで隠れる。そしてスウェットパンツ。思ったとおりヒップは小さく丈は長かったので、裾を折り返した。これでいい。ドレスの残骸、ブラジャー、ショーツを蹴ってひとまとめにした。あのブラジャーはお気に入りだけれど、ブラジャーを手に持ってここから出るわけにはいかない。運がよければ誰にも会わないかもしれないが、万が一ということがある。

くたびれたスニーカーを履き、外に出て二階に下りる。バグが椅子に座り、縦に三、横に三の形に壁に並んだ九つのコンピュータ・スクリーンに没頭していた。

バグが驚いた顔でこちらを見た。バグはいつもなくしたサンドウィッチを必死に探しているような顔をしている。空腹でいらいらしているのがいつものバグだ。ローガンが本部での仕事に誘う前、バグの状態はひどかった。軍で神秘域から取り出した〝虫〟を入れられた虫使いのバグは、本当なら一年半で死んでいるはずだった。虫使いになるのは志願者だけで、たいていは報酬に目がくらんでだ。どうして〝虫〟を入れたのか、その金を何に使ったのか、バグは決して教えてくれない。バグはなぜか一年半を過ぎても生きている。知り合ったときのバグはブービートラップを仕掛けた空きビルに住んでいた。やせて汚れて被害妄想に凝り固まったバグは、軍支給のドラッグであるエクゾルと引き替えに調査仕事を請け負っていた。バグの話によると、〝虫〟をおとなしくさせられるのはエクゾルだけだという。バグは棺桶《かんおけ》に片足を突っ込んでいた。フレンチブルドッグの血が混じるナポレオンだけが彼を地上に引き留めていた。

ローガンはバグを隠れ家から引っ張り出した。その後バグは体重も増え、茶色の髪をきれいにカットし、ちゃんとした服を着ている。そして前より落ち着いている。被害妄想もおさまった。体をぴくつかせずに会話できる。ナポレオンもきれいになってまるまると太り、バグの足元の小さな椅子の上でいびきをかいている。

「お帰りかい？」バグが言った。

「ええ」

「帰るな」

「帰らなきゃ」

「あの人が戻ってきたらなんて言えばいいんだよ」

ローガンはバグにわたしを監視しておくように言ったのだろうか？「好きなように言っておいて」

わたしは部屋を抜けて角を曲がり、また階段を下りた。明かりがついている。ローガンの部下である元兵士たちの半分がそこにいた。四人の男性と二人の女性が小声で話している。わたしを見たとたん、話し声はやんだ。

ローガンのメカニックの責任者、アジア人のグエンと、ローガンの右腕マイケル・リベラがいるのがわかった。三十代半ばのラテン系のリベラは笑顔がすばらしい。彼は誰かを撃つとたいてい笑顔になる。

「帰るんですか？」リベラが口を開いた。

「ええ」

「どうして？」グエンがきいた。

「帰るから帰るの」

「でも、少佐がまだ戻っていませんよ」リベラが言った。

「それは知ってるけど」

「帰らないでください。すぐに戻るとおっしゃっていたし、少佐が留守の間、我々があなたの安全を守る手はずになっています。あなたが帰ってしまったら安全を守れない」リベラが説明した。

「守れるわ。道の向こうの家に帰るだけなんだから」わたしは大きく開け放たれている両開きのドアの先にある倉庫を指さした。「このドアは閉めないみたいだし、わたしが二十メートルほど歩くのを見てるだけでいいのよ」

「あなたが帰ったら少佐の機嫌が悪くなる」黒っぽい髪の男性が言った。

リベラはその男性を一瞬見てからわたしに大きな笑みを向けた。「待ってたらどうですか？」

「いいえ、それは無理」

わたしはまっすぐリベラに歩み寄った。彼が脇によけたので、わたしはドアから出て倉庫に向かった。

「あのシャーウッドの奥さんのせいだな」背後でほかの男性の声がした。

「そりゃあそうよ」グエンが言った。「一目見て厄介な人だと思ったって言ったでしょ」

わたしは道を横切り、ロック解除の暗証番号を入力し、オフィスに入ってドアをロックした。大変な一日だった。携帯電話は車の中に置きっぱなしで、銃はローガンの車に忘れ、下着もつけていない。下着なしで歩きまわるのは変な気分だった。携帯電話がないのはそれ以上に落ち着かない。

これはわたしではない。いつものわたしなら携帯電話も銃も忘れないし、下着だってつけている。

わたしはそっと室内のドアを開けた。あたりは静かだ。廊下の突きあたりのキッチンだけにぽつんと明かりがついている。四人もティーンエイジャーがいると、夜中に誰かが冷蔵庫をあさっているものだ。うちでは真夜中におやつを探す子のためにテーブルの上の明かりをつけっぱなしにしている。今夜は人の声はしない。

時間は十一時過ぎで、平日ならみんなもう寝ている時間だ。でも、テストの日まで全員が自宅待機ということになっている。みんなどこにいるのだろう？

　爪先立ちで廊下を歩いていって右に曲がり、短い廊下を抜け、〝悪魔の小屋〟をのぞいた。ここは建物内の建物で、バーンが機器類の上に君臨している。かすかな声が聞こえてきた。

「……そう……ビルの屋上だ……」

「了解」

　なるほど。チーム・ベイラーが今日もエイリアンやゾンビから世界を守っているというわけだ。別の日ならわたしも加わっただろう。だけど、今夜は違う。

　少し身を乗り出すとバーンが見えた。ゲーム用のヘッドセットをしていない。モニターの明かりに照らされた顔はやつれて見えた。バーンは眉根を寄せている。ほかのすべてを犠牲にして目の前のものに集中しているのだ。誘拐犯が求めるファイルを探してリンダのコンピュータを調べているのかもしれない。

　わたしは背を向けてキッチンに戻った。何か見つかれば連絡してくれるだろう。

　キッチンテーブルに携帯電話が置いてあった。誘惑するように明かりに照らされている。コーネリアスが置いておいてくれたのだろう。よかった。わたしは携帯電話を取り上げた。これで一つアイテムを取り戻した。

　着信が一件。わたしはアイコンをフリックしてメッセージに耳を傾けた。

「スクロール社のフラートンです。できるだけ早く連絡をください。何時になってもかまいません」

胃が引きつれた。もう十一時を過ぎている。でも、フラートンはできるだけ早くと言っている。わたしはその番号に電話をかけた。

一度目の呼び出し音で彼が出た。「こんばんは、ミズ・ベイラー」

「こんばんは」

「あなたのＤＮＡ分析が終了しました。家族の血縁関係が証明されたので、このままテストに進めます」

わたしは息を吐いた。

「あなたの基本情報を閲覧したいというリクエストが二件届いています。テストが迫っている状況ですから、できるだけ早くお知らせしたほうがいいと思いまして」

「もしかしてトレメイン一族から？」

「一つはそうです」

「拒否します」ヴィクトリア・トレメインにはわたしの情報には指一本触れさせない。

「了解しました」

「二つ目はローガン一族から？」この可能性はある。ローガンは遺伝子の相性にあんなにこだわっていたのだから。

「違います。シェーファー一族です」

「シェーファー一族？」アメリカには尋問者の一族が三つあり、トレメイン一族がもっとも恐れられている。なぜならわたしのあくどい祖母は殺人鬼のような残虐さでビジネスをおこなっているからだ。リン一族がいちばん人数が多い。シェーファー一族はその中間で、わたしはほとんど知らない。

「そうです。拒否しますか、承認しますか？」

「どうしてその一族はわたしの遺伝子情報を知りたがっているんですか？」

「理由はいろいろあります」フラートンは慎重な言い方をした。

「あなたは専門家だけど、わたしは素人です。推定でかまわないですから」

「基本情報にはさまざまな用途があります。掘り下げた使い方をするための情報は含まれていません。しかし、血縁関係の可能性を排除するためには大変有益です」

なるほど。「わたしたちがシェーファー一族と血のつながりがないことを確認したいってわけですね？」

「それがわたしの推測です。尋問者の能力は大変珍しいものです。善意のしるしとして、相手は自分の基本情報をあなたに提供しています」

「シェーファー一族の情報は見ました？」

「はい。ベイラー家とシェーファー一族には血縁関係はありません」

わたしは考え込んだ。シェーファー一族のリクエストを承認しなければ、わたしのことをシェーファー一族の誰かの隠し子だと思うだろう。情報の閲覧を許可すれば、わたしが誰の隠し子でもないとわかって放っておいてくれるかもしれない。

実際に事情がこれほど単純ならいいのに。ヴィンセントの心の壁は、尋問者の手によるものだ。

わたしは目隠しをしてチェスをしているような気がした。

「うちの基本情報の閲覧を許可します」

「では仰せのとおりに」

「ありがとう」

「どういたしまして。すてきな夜をお過ごしください」

わたしは電話を切った。もう手遅れだ。

今、必要なのはゆっくりと眠ることだ。わたしは振り向いた。母が腕組みして戸枠にもたれている。

下着はつけていないけれど、スウェットパンツははいている。いくら母でもスウェットパンツを透視してなぜ下着をつけていないのか、なぜローガンの服でこっそり家に帰ってきたのか、たずねたりはしないだろう。

「何があったの？」

「尋問者の一族がうちの基本情報の閲覧をリクエストしたの。フラートンの推測だと、うちと血縁関係がないことを確認したいんじゃないか、って」

「あなたはどう思うの？」

「今夜、リンダが召喚者に襲われたんだけど」

「コーネリアスから聞いたわ」

「その召喚者の心に壁を感じた。あれは尋問者が作ったものよ」わたしはテーブルに寄りかかり、同じく腕組みした。「ブライアンを誘拐した犯人は、新たなローマ帝国を作ろうとする陰謀に関係してる。召喚者のヴィンセントがリンダに何を要求しているのかわからないけど、それはリンダの母親に関係があるものよ。そしてリンダの母親はその陰謀に深く関与していた。わたしたちがその陰謀に気づいたのは、アダム・ピアースが街を焼き尽くすほどの力を秘めた宝石飾りを狙ったときよ。宝石飾りのピースの隠し場所の情報はある一族に託されていて、その心は防御の呪文で守られていた。アダムが必要とする情報を得るために、わたしがしたのと同じようにどこかの尋問者がその情報を盗み見たんだわ」

「あなたが考えるその尋問者の一族というのは……」

「シェーファー一族」

「シェーファー一族が関わっているの？」

わたしはため息をついた。「わからない。あの呪文はとても強力だった。あれを破るには〝超一流〟の力が必要だわ。となると、アメリカで三本の指に入る尋問者の一族が関わっていると考えるのが自然よ。リン一族、シェーファー一族、そしてヴィクトリア・トレメイン。うちの基本情報がアップされてからまだ数時間しか経ってないのに、アップされた瞬間にシェーファー一族が飛びついてきた。閲覧を許可したから、相手がそれをどう利用するか様子を見てみるわ」

「許可してよかったの？　シェーファー一族がその情報をヴィクトリアに渡したら？」

「渡したとしても、ヴィクトリアがもう知っていることばかりよ。つまりわたしたちが彼女の孫であるということ」わたしは肩をすくめた。「パパが生まれた瞬間に、あの人が遺伝子を分析させたのはわかりきってる。その情報さえあればわたしたちの遺伝子情報を予測できるはずよ」

母は顔をしかめた。「心配だわ。お父さんはそういう世界から逃げ出したけれど、それは理由があってのことよ。お父さんはあの世界が嫌いだった。危険だから、関係を持ちたくないと思ったの。そして自分の子どもがそういう世界に加わることを望んでいなかった」

わたしは疲労がのしかかるのを感じた。「じゃあどうしろっていうの？　わたしたちはすでに陰謀に巻き込まれてるの。抜け出すにはそれを暴くしかないのよ。これがぐちゃぐちゃにもつれた糸の塊だとしたら、その尋問者はそこから顔を出してる一本の糸なの。だからそれを引っ張ろうとしているのよ」

「そんな糸の塊にかかずらってほしくない。一族の申請を出したのが間違いだったんだわ」

「だとしても、もう手遅れだと思わない？　わたしはみんなを守ろうとしているのに、ママは批判してばかり。だけど、わたしにはほかにどうしようもないの。いつかヴィクトリアに見つかるかもしれないってママもパパも考えなかったの？　不測の事態に備えようとは思わなかった？」

母は答えなかった。

「そうよ。正解なんてないの」

母の顔がいっそう白くなった。「逃げることだってできる」

またその話。もううんざりだ。

「だめよ。ママとパパなら二人だけで逃げられたかもしれない。でも、もう無理よ。わたし、カタリーナ、アラベラ、バーンたち、それにママとおばあちゃん。七人もいるのよ。どこへ逃げるっていうの？　もし別々に逃げたとしたら、ヴィクトリアはいちばん弱い者をつかまえて交渉材料に使うわ。逃げたってしょうがないってわかってるでしょう？　永遠に隠れるなんて無理。魔力がいずれ明るみに出るのは避けられない。魔力はわたしの一部よ。わたしは〝超一流〟の尋問者なの。あの祖母と同じように」

母の顔つきが険しくなった。「あなたはそんな存在じゃない」

「いいえ、そうよ。わたしが唯一の希望なの。家族の安全を守れるかどうかはわたしにかかってる。それなのにママとパパが家族を守りすぎたせいで、わたしはなんの準備もできていなかった。今年になるまで魔法陣を描いたことすらなかったのよ。嘘《うそ》を検知する以外の力があることも知らなかった。今になってすべてがのしかかってきたのに、戦う道具もない。ママはカタリーナとアラベラにも同じことをして、今度はわたしとママがレオンに同じことをしようとしてる。わたしたちをガラスの箱に閉じ込めて、力を封じることなんてできないのよ、ママ。もう文句をつけるのはやめて、協力して。わたしには助けが必要なの」

わたしは母に背を向け、別の入口からキッチンを出た。

今はベッドの上だ。自分のロフトに入ってすぐスウェットパンツを脱いでショーツをつけ、ローガンのTシャツを着たままベッドに入った。

家を売ってこの倉庫に引っ越してきたとき、両親はわたしにこのロフトを造ってくれた――バスルーム付きの寝室で、木の階段を使わなければ出入りできない。三メートル分の階段を引き上げてしまえば、一人になりたいときに妹たちにわずらわされずにすむ。寝室には窓もあった。居心地のいいこのスペースにいれば世界から隔絶される。疲れて何もしたくないときはここに逃げ込む。今は空っぽだ。ベッドはやけに広く、うつろに思えた。

こんなにもあっけなくローガンの隣で寝るのがあたり前に思えるようになるなんて。いっしょに寝た夜なんて片手で数えられるほどなのに。

ローガンはわたしのDNA情報をリクエストしなかった。それをどう受け止めればいいかわからない。リクエストしなかった理由しだいだ。わたしを愛していて、遺伝子の相性のよしあしなど気にしないからなのか、結婚までは考えていないからなのか。

わたしはマッド・ローガンと結婚したいのだろうか？

結婚は独占を意味するけれど、〝超一流〟の世界では情事はよくあることだ。それどころか、それが普通と言っていい。ローガンといっしょにいるためなら、わたしはなんでもするだろう。でも、彼を誰かと共有するなんてとても無理だ。

何かが窓にあたった。

こうもりだろう。

こつ、こつ、こつ。

わたしはベッドを出て窓際に行った。灰色の小石が外から窓をたたいている。

見下ろすと、歩道にローガンがいた。

噂をすれば、だ。

わたしは窓を開けた。小石が道に落ちた。

「寝るところよ」

「待っててくれって言っただろう」

「待ったわ。一時間も。だから家に帰ったの」

「怒ってるんだな」

何をわかりきったことを。「どうして怒るの？　ベッドをともにし終わったとたん、あなたがベッドから飛び出して、元フィアンセのところに行って二時間も戻らなかったから？」

「一時間だ」

わたしはベッドサイドの時計を見た。「一時間二十二分」

「子どもが興奮してたんだ。おれが行くと、姉のほうが目を覚まして泣き出した。そのあとリンダまで泣き出した」

「落ち着いて寝入るまで、いてあげたの？」

ローガンは歯を食いしばった。「泣きやませただけだ」

「よかった。じゃあ問題解決ね。わたしはベッドに戻る」

「待っててくれと言ったのにきみは待たなかった」

「どうして向こうにいなきゃいけないの？　あなたはいないし、わたしのベッドはここなのよ」

「じゃあ、どうしてほしかったんだ？　わめくリンダに向かって、きみとベッドにいたいから邪魔しないでくれって言えばよかったのか？」

「わたしが悪いって言いたいの？」

「ああ、少しは。おれが親切でしたことに対してきみは腹を立ててる。過剰反応だ」

とんでもない誤解だ。

「ネバダ、一族の長ならベッドから出て片づけなきゃならない用もある。たとえ二人で何をしていようとだ」

「元フィアンセの面倒を見るのが一族の長の仕事？」

「子どもの頃から知ってる相手だ」

「そう」

「家族同然だ」

「それじゃあ、わたしは何？」

ローガンはまずい問題に突きあたったことに気づいたらしい。

「わたしもこれから一族の長になる予定だから、あなたの言うとおり、問題が起これば駆けつけなきゃならないときもあるのはわかるわ。ただ、あなたがほかの女の涙を拭き終わるのをベッドでめそめそ待っているつもりはないの。ＤＮＡの基本情報のリクエストを検討して、誘拐事件を解決しないといけないんだから」

「リクエスト？　誰からの？」

「あなたじゃないわ。わたしたちの遺伝子の相性をたしかめる気はないみたいね」

「ネバダ、誰なんだ？」

「大声を出せばわたしが教えると思った？　あなたなんか怖くない」

「誰なのか教えてくれ」

　まるで骨を放そうとしない犬だ。わたしが教えるまで絶対にあきらめないだろう。こんなことで争いたいわけではない。「トレメイン一族とシェーファー一族よ」

「許可したのか？」

「トレメインは断ったわ」

「シェーファーは許可したんだな？」

「ええ」

　ローガンは黙り込んだ。急に冷たい仮面をかぶったみたいだ。「きみの言うとおりだ。一族の長になるんだから、今から計画を立てないといけない」

　何を勘違いしているのだろう。「相手は血縁関係を否定するためにDNAの基本情報を請求しただけよ。わたしがシェーファー一族の誰かの隠し子かもしれないから」

「マッチングをさまたげる事情がないかどうかチェックしたいから請求したんだ」ローガンはうなるように言った。「それが第一歩だ」

わたしは窓から身を乗り出し、味わうように言った。「過剰反応よ」

どこかでドアがばたんと開き、カタリーナが大声で言った。「ママが、セックスするか口喧嘩《くちげんか》をやめるかしろって。もう真夜中で、みんな寝たいんだから、だって。よく考えてね！」

ドアが閉まった。

「いいのよ、もう話は終わりなんだから。最後に一つだけきくわ。一族の長としてのプロの意見を聞きたいんだけれど、リンダの電話は本当に緊急だった？　ブライアンが無事に帰らなかった場合に備えて、リンダがあなたを自分たち親子に感情的に結びつけようとしたんじゃないの？　本当に緊急事態なら、どうしてわたしに同行するかどうかきかなかったの？」

わたしは荒っぽく窓を閉めた。さあ、これで言いたいことは言った。

ローガンは窓越しにわたしを見つめていたが、背を向けて帰っていった。

そうよ。帰ればいい。

わたしはベッドに身を投げ出した。これでいい。

外で物音がした。

今度はなんだろう？

わたしは起き上がって窓辺に行った。ローガンが道の真ん中に立っている。大きなタイヤがいくつもそのそばを飛び去り、窓の下に積み上がった。

わたしは無言でそれを見つめた。

タイヤは恐ろしいほどの速さで積み上がっていく。窓までの足場を作るつもりだ。

わたしは窓を開けた。「頭がどうかしたの？」

ローガンが険しい顔で言った。「いいや」

「こんなことのために魔力を費やすなんて」

そんなのはどうでもいいという顔つきだ。

タイヤの流れが途切れた。もう材料がないらしい。

またドアが開いた。「ママが――」妹が言いかけた。

左側の道の向こうにあるビルの非常階段が根元からもぎ取られ、タイヤの山に刺さった。

セメント袋がいくつか飛んできて、根元を押さえた。

カタリーナはそれ以上何も言わずにドアを閉めた。

ローガンは足場をよじのぼり、はしごで窓辺まで上がってきてわたしに手を差し出した。

「いったいなんのつもり？」

「きみをおれのねぐらにさらうつもりだ。今夜きみはおれのベッドで寝る。これからずっと」

「そうなの？」

「そうだ」

「わたしの意見は?」

「いつでも言ってくれ。きみがいやだと言うならおれは帰る」

ローガンの顔が〝超一流〟の色を帯びた。よそよそしく計り知れない。しかし、目に彼の思いが表れている。

この喧嘩に片をつけないと、ぎりぎりのところで自分をコントロールしている証拠だ。わたしはローガンのスウェットパンツを拾って身につけ、靴を履いて彼の手を取った。

そのとき携帯電話が鳴った。


こんな真夜中にいったい誰だろう?

わたしは人差し指を上げた。「ちょっと待って」

携帯電話が飛んできて目の前に浮いた。

わたしはそれを手に取って出た。

「ネバダ・ベイラー」

「やあ」ヴィンセント・ハーコートが言った。

「どうも、ヴィンセント」わたしは甘すぎるほど甘い声を出した。そしてスピーカーモードに切り替えた。「子どもを脅すのに忙しいだろうに、わざわざ電話をくれてありがとう」

「時間に余裕ができたんでね」

　その気取った言い方に虫酸《むしず》が走った。

　ローガンがわたしの手を取った。わたしたちははしごと土台を下りて本部に向かった。

「テストの申請をしたそうだな」

　リンダの子どもたちやエドワードを殺しかけただけでは飽き足りないのだ。真夜中に電話をかけてきたのはわたしを動揺させるためだ。

「〝超一流〟と認められると思うか？」

「あなたはどう思う？　あのとき身動きもできずに震えながら立ち尽くして、必死にわたしを心から追い出そうとしていたとき、どう思った？　わたしを〝超一流〟だと感じたんじゃない？」

　ローガンの目に炎が燃え上がった。その顔にゆっくりと気だるげな笑みが浮かんだ。まるでここが舞踏会場で、わたしが彼のTシャツではなく一万ドルのドレスを着ているかのようにこちらを見つめている。

「一本取られたな」ヴィンセントが言った。「あんたがテストまでこぎつけられないのが残念だ。おもしろいものが見られただろうに」

「それ、脅しているの？」

「いや、教えてるんだ。このゲームのやり方を知らないから説明してやってるのさ。あんたは死んでる。母親もな」

頭の中に、母がエドワード・シャーウッドのように倒れ、腹を怪物に喰《く》われている様子が浮かんだ。このうじ虫野郎。

「かわいらしい妹も死んでる」

殺すと脅しながら、わざわざかわいいと念押しするとは。必ず償わせてやる。

「もう一人の妹もだ」

もう一人の妹も？　この男が射程範囲にいたらどんなにいいだろう。

「いっしょに住んでる二人の間抜けも死体だ」

わたしとローガンは本部に入った。リベラ、グエン、以前からいる金髪の女性と黒髪の男性がまだそこにいた。ヴィンセントの声を聞いたとたん、リベラは一滴の血を嗅ぎつけた鮫《さめ》のように色めき立った。ローガンは首を振った。

「動物使いも」

「時間の無駄ね。わたしが知っている大事な人は全員死体だって言えば？　そのほうが手っ取り早いわよ」

ヴィンセントは静かに笑った。「口の減らない女だな」

「頭がどうかした男ね」

「悪いことみたいに言うじゃないか。おれのような立場の者に必要な資質だ」

「そう。デイヴィッド・ハウリングのほうがまだましだったわ」

「いつもローガンが汚れ仕事を引き受けてくれると思うな」

「デイヴィッドを殺したのはローガンじゃなくてわたし。あの男はわたしと戦って負けたの。今度会ったらあんたの薄汚れた秘密を一つ残らず引きずり出してやる。終わったあと、縮こまってすすり泣いてるあんたの姿が目に浮かぶわ。脅しっていうのはこうやるのよ、ヴィンセント」

　グエンがまばたきした。リベラがそっとあとずさりする。

　わたしはローガンに携帯電話を渡した。指が震え、携帯電話が少し揺れている。彼はそれを受け取ってわたしの手を握りしめた。

「ネバダの言うとおりだ。言葉を工夫しろ」

「声が聞けてうれしいよ、ローガン。電話をかける手間が省けた」

「いつでも待ってるぞ」ローガンの口調はうわべだけ明るかった。「久しぶりに会おうじゃないか」

「こっちも同じことを考えてた。そろそろ来てくれてもいい頃だ」

「楽しみだな」ローガンがほほえんだ。

「いくらおまえでも我々を皆殺しにはできない」

「だが、おまえなら殺せる。ほかの奴らのことは気にするな。先のことなど誰にもわからない」

「そうだな。いとこがよろしくと言っていたぞ」

「会えなくてさびしいと伝えてくれ」

通話は切れた。

ローガンがこちらを見た。「一時間ほど前、ハーコート一族はヴィンセントとのつながりを否定した。奴がどこにいて何をしているか、何も知らないと言っている」

「都合がいいわね」

「明日、ハーコート一族の家に行こうと思ってる」その口調はまだ明るかった。「ドアをノックして、二、三質問するんだ。いっしょに来るか?」

「ええ、もちろん」

ローガンはリベラを見た。「手配してくれ」

「わかりました」

ローガンはわたしを階段のほうに連れていった。「正体をつかんだことをあいつは知っているわ。報復を覚悟しているはずよ」

「ああ」二階を歩きながらローガンが答えた。バグはわたしたちを見ても何も言わなかった。

「もしわたしがあいつなら、わたしたちがこの本部を出た瞬間にここを襲撃するわ」

「それはおれも考えた」

「今夜襲ってくるかもしれない」

「それはない」ローガンは三階へと続く階段をのぼった。「今夜あいつはかなりの召喚魔力を使った。召喚魔術では呼び出すものの総量が体力の消耗を左右する。巨大な怪物一体は小さな怪物数体に等しい。ヴィンセントはさっき八体を呼び出したが、それを操り、きみの攻撃を撃退し、コーネリアスと主導権を争うのに力を使った。おれがいると知っていて今夜ここを襲うなんて危ない真似はしないだろう。奴は充電を必要としている」

「コーネリアスは？　ターゲットとして孤立しているわ」

「コーネリアスは今夜はリンダがいるのと同じ建物に泊まらせる。マチルダはコーネリアスのきょうだいがいる牧場にいる。帰路コーネリアスが電話をかけたんだが、明日の朝ゼウスを見に来るそうだ」

「そのこと、いつ知ったの？」

「リンダからの電話のあと、きみが怒って帰らなければ話すつもりだった」

わたしたちは寝室に入った。

「ハーコート一族に攻撃を仕掛けたらブライアンはどうなると思う？　今、最優先なのはブライアンの安全よ」

「なんの影響もない。ヴィンセントが気にするとは思えない。気にしたとしても、奴はリンダを仕留めようとしたんだ。きみも言ったとおり、報復を予想しているに違いない」

ローガンがドアを閉めてこちらを向いた。わたしはその目を見返した。

「さあ、話してくれ。さっき電話を受けてから、ずっと何かため込んでいるだろう」

「あいつ、うちの家族を殺すと脅したの」わたしは絞り出すように言った。「あいつは人を生きたまま怪物に喰わせようとしていたわ。その人の甥《おい》と姪《めい》の目の前で。目を見れば楽しんでいるのがわかった。あいつはわたしたち全員を、リンダの子どもたちまで殺したでしょうね。その上電話をかけてきて、礼儀正しく話し合うつもりみたいな感じのいいそぶりを見せた。あいつは人の目の前で誰かを惨殺して、そのあと手を洗って仮装パーティに行くような男よ」

「あいつはサイコパスだ。昔からそうだった」

「感覚が麻痺《まひ》しているのを感じるわ。恐ろしいことをしでかしても、その結果に気づかない。良心の呵責《かしゃく》がないの。あんなことをするのは初めてじゃないはずよ。どうしてあの年になるまで誰も気づかなかったのかしら？」

「一族にとっては役に立つ人材だ。逸脱した行動も、奴の利用価値の高さから目をつぶったんだろう。ヴィンセントの存在がハーコート一族への攻撃を思いとどまらせていたからだ」

「気になるのはそれよ」わたしは振り向いて歩きまわった。動いていないと爆発しそうな気がした。「ヴィンセントが必要とされる世界ってどういうこと？　デイヴ・マデロが白昼堂々と人を誘拐する世界なんて。それがどんなに異常なことかわからない？」わたしは足を止めた。「それなのに、わたしは妹たちといとこたちをそんな世界に引きずり込もうとしてる。コナー、わたしは怖いの。震えるほど怖い」

「自分がその一部になってしまえば異常だとは感じなくなる」ローガンは静かに言った。「軍に入るまで、おれは世の中の全員が同じ世界にいるわけじゃないことに気づかなかった。おれたちが戦っているものの正体はそれだ。この陰謀が成功すれば、ヴィンセントはやりたい放題だ」

ふいに体から怒りが抜けた。わたしはベッドに座った。「進めば進むほど選択肢が狭まっていくみたい。まだ一族が成立してもいないのに、敵を寄せつけないだけの強さを示さなければならないなんて。これからは何をするにしてもより大きな魔力、より大きな力、より大きな富を目指すことを第一に考えないといけないのね、ただ生き抜くために」

ローガンはわたしのそばにひざまずき、両手をわたしの肩に置いた。

「もしそうしなければ、実の祖母に人生をめちゃくちゃにされる。これまでは家族を養うのが自分の責任だと思ってきたけど、これからは家族の命にまで責任を負うことになるわ。ヴィンセントが母に怪物をけしかけてずたずたに引き裂く前にあの男を殺してやりたい。デイヴィッドを殺したあと、そのことを何度も夢に見たけれど、今はヴィンセントを殺したいと思うわ。それ以外に選択肢がないから。夫でさえ遺伝子がどうのっていう、くだらないものを考慮して選ばなければならないのよ。しかもそのルールによると、わたしよりリンダのほうが……」

言葉が走りすぎた。わたしは口を閉じた。

「おれを愛してるか？」

突然の質問に不意をつかれた。「ええ」

「家族を愛してるか？」

「ええ」

「家族を守るためならなんでもするな？」

「ええ」

「それならいい。ネバダ、実際には何も変わらない。おれはきみを愛しているし、きみもおれを愛している。おれたちはいっしょだ。おれは遺伝子の相性など気にしない。きみも気にしないと言っていたな。気は変わったか？」

「いいえ」

「それならおれたちは大丈夫だ」ローガンの温かい手が肩を滑り下り、わたしの手を取った。「どんな世界にも危険はつきものだ。強盗、銃撃、自動車事故、ドラッグ、虐待。どれも〝超一流〟であることとはなんの関係もない。これが人生だ。ただ一つの違いは、以前より危険がはっきりと見えるようになることだ」

ローガンがわたしの手を強く握った。

「ヴィクトリア・トレメインはきみが生まれる前から危険な存在だった。きみのお父さんが逃げ出したのは、母親が愛情あふれる女性だったからじゃない。お父さんはお母さんを見つけ、遺伝子の相性など考えずに結婚した。きみはヴィクトリア・トレメインに劣らず強いんだ。違うのは教育と経験で、どちらも手に入る」

わたしは息を吸い込んだ。

「何もかもが急展開すぎた。この二日でいろいろあったからな。祖母と会い、テストの申請をおこない、リンダの事件に関わり、ヴィンセントと戦って殺されそうになった。一度、全部を整理する時間が必要だ。今夜はおれがこの部屋にいるから、誰にも手出しはさせない。何が起きても出ていかないと約束する。出ていくときはきみもいっしょだ」

わたしは両腕でローガンを抱きしめた。たくましいぬくもりがとても心地よく、心強かった。

ローガンがわたしの体に腕をまわす。「こうしているから大丈夫だ。きみを放さない」

わたしたちは長い間そのまま抱き合っていた。

7

「起きてくれ」耳元でローガンの声がした。

わたしはぱっと目を開けた。一瞬うろたえ、起き上がってまばたきした。

ローガンはおもしろそうな顔でこちらを見ている。黒っぽいパンツと大きめのTシャツに着替えている。窓から朝日が差している。寝過ごしたようだ。

朝。ハーコート。夢の名残は吹き飛んだ。わたしは完全に目が覚めた。

「アラベラがこれを届けてくれた」ローガンは大きなスーツケースをベッドに置いた。

ファスナーを開けた。ベビー・デザート・イーグル、弾倉四つ、下着、セーター、ジーンズ、ソックス……歯ブラシ、制汗剤、メイク用品が入ったプラスチックバッグ。バブルガム味の避妊具。あの子、ただじゃおかないから。

「微妙な顔つきだな」

「これ、家から追い出されたってことなのかと考えてたの」昨夜、母と喧嘩《けんか》したことを考えれば意外ではない。

「となると、おもしろいことになる」ローガンは腕組みした。「きみは帰る場所がない」

「笑えない」

「いや、笑える。ロマンティックコメディにありがちなシチュエーションだ。家族に勘当され、偏執狂の億万長者の腕の中に飛び込む女……」

わたしはローガンに枕を投げつけた。枕は彼の顔の十センチ手前で止まった。ローガンは枕を指で押しのけると、身を寄せてわたしにキスをした。枕はベッドに戻った。

「おれは唯一の希望だぞ。よく考えろ。自分の足で立ち、家業を引き継ぎ、いずれはヴィクトリア・トレメインを倒したいなら、おれがただ一つのチャンスだ」

「家業はもう引き継いでいるし、祖母を倒したいとは思わない。ただ放っておいてほしいだけ」ベッドから出たわたしは、ローガンが靴を履いていないのに気づいた。テーブルにチョークが置いてある。この前、彼がこういう服装をしてチョークを持っていたのは、魔力を充電する儀式をおこなったときだ。「力が必要になる」「鍵の儀式？」

ローガンはうなずいた。「今朝、ヴェローナ特例の申請書を地方検事に届けた」

ヴェローナ特例とは、テキサス州が有力一族同士のいさかいを認め、介入しないと宣言することだ。この特例があれば、ローガンはリンダの代理としてハーコート一族を攻撃できる。

「認可されたの？」

「一時間もすればわかる」

「直接会いに行かなかったのね？」ハリス郡地方検事のレノーラ・ジョーダンはローガンのお気に入りというわけではない。ローガンはレノーラを危険だと考えている。だからこそ、いつもは直接対峙《たいじ》する。

「きみといっしょにいると言っただろう？」

たしかに言った。そう約束したからローガンはここにいた。単純なことだ。

「それにもしおれが行ったら、オリヴィア・チャールズの娘を助けるなんて愚かな真似《まね》はするなと説教を食らうだろう。それは気が進まない。だから弁護士の一団を送り込んだ。おれにはすることがある」

「ハーコート一族もリオ一族みたいにわたしたちとの面会に応じるかもしれないのに？」

「リオ一族は研究者であり植物学者だ。だが、ハーコート一族は戦闘系だ。奴《やつ》らはこの勝負に勝てると思ってる。おれが千人の兵士を引き連れていっても、やはり戦うだろう。弱腰に見られるわけにはいかないからだ」

ハーコート一族は弱腰に見られるわけにはいかないし、ローガンはヴィンセントの襲撃に対して報復しないわけにはいかない。そしてわたしは、ヴィンセントが母や妹たちやいとこたちを狙うと想定しないわけにはいかない。全員がそう思っているからこそ、戦いになり、人が傷つく。死ぬ者もいるだろう。全員がプライドを捨てればこんなことをする必要はまったくないのに。

「ヴィンセントのことはどれぐらい知っているの？」

「よく知ってる。高校では二年後輩だった。いじめの首謀者で、残虐だと言われていた」

「事件の流れが噛《か》み合わない気がするの。ブライアンを誘拐した犯人は交渉の連絡を入れてきた。こちらは協力するつもりがあることを伝えた。普通は交渉はじょじょに進んでいくものよ。それなのにヴィンセントは、いきなりテーブルをひっくり返すような真似をした」

「しびれを切らしたんだろう」ローガンが言った。「あの男は待ったり策略を練ったりするのが苦手だ。リンダのせいで奴はいらだった。だから自分のよく知っているやり方でプレッシャーをかけてきたんだ」

「そもそも家に押し入って子どもたちを人質に取ればいいだけなのに、そうしなかったのはなぜ？　ブライアンとリンダはなんでも差し出したはずよ。二人とも戦闘系の〝超一流〟とは違う。どうしてブライアンを誘拐したの？　ヴィンセントのやり方らしくない」

「奴が考えたことじゃないからだ。何者かが裏からあいつを操っている」ローガンの目に危険な光が灯《とも》った。「ゆうべ、奴はその操り糸から自由になったんだ」

「ヴィンセント・ハーコートを操って計画に従わせるだけの力があるのは誰？」

「それを探り出さなきゃならない」

ローガンは頭を傾けた。考え込んでいる。

「それで？」

「ハーコート一族の戦い方は一つだ。神秘域から怪物の一群を召喚して、それを敵にけしかける。凄惨な戦闘になるだろう」

「気は変わらないわ。ヴィンセントはわたしの家族を殺すと脅したのよ」

「防弾ベストを着ろと言ったら着てくれるか？」

「ええ」わたしは彼の手のチョークを見やった。「もっとある？」

ローガンはにっこりした。チョークが部屋の向こうから飛んできて、わたしの目の前で止まった。「このチョークを渡したら、代わりに何をくれる？」

「夕食よ。今夜、二人で」わたしはローガンといっしょにすてきなディナーを楽しむ権利がある。きれいなドレスを着て、メイクをしよう。気がつくとお腹《なか》がぺこぺこだ。昨日の昼から何も食べていない。ローガンが階下のキッチンにどんな食材をストックしているかたしかめなくては。

「決まりだ」

わたしはローガンにキスをし、空中からチョークを取った。

魔力使いの力を高めることから特定の呪文に力を集中させることまで、魔法陣にはさまざまな使い方がある。手描きでないと力が減る。〝超一流〟がチョークを持てるようになるとすぐに魔法陣の描き方の訓練をするのはそれが理由だ。わたしは〝超一流〟としては例外だ。床に円を描くのはとんでもなく難しい。充電のための魔法陣ときたら拷問に近い。大きな円を一つ、その内側に小さな円を二つ、さらにその中に小円を三つ、線を接して三角形に並べる。最後に、内側の円とちょうど逆になるように外側に円を描く。二十分かけて描くと背中はすっかり痛くなり、いっしょについてきたバグも眉をひそめるほどたくさんの悪態が口をついて出るようになる。先にローガンのキッチンカウンターをあさってアップルパイを食べておいたのが不幸中の幸いだった。

最大限に力を充電するためにわたしはスポーツブラと短いスパッツだけになり、魔法陣の中に入って座った。力が魔法陣を貫く。チョークの線が白く燃え上がり、消えた。最初はゆっくりと、やがてたしかなスピードで、体に力が流れ込んでくる。わたしは肩の力を抜き、目を閉じた。

「これ、曲がってるぞ」バグが口を開いた。

わたしは目を開け、バグが指さした円を見やった。

「大丈夫よ」

「少佐に頼めばよかったのに」

ローガンが描いたなら三分しかかからず、円も完璧だっただろう。「自分の円は自分で描かなきゃ」

わたしは左に目をやった。二階には大きなドアがあり、その先はコンクリートの広い四角いテラスになっていて日があたっている。ドアは開けっぱなしで、ローガンの姿が見えた。コンクリートの上に魔法陣を描き、その間を動きながら突き、蹴り、たたいている。筋肉質のたくましい体はしなやかで優雅だ。ダンサーの優雅さではなく、ターゲットに狙いを定め、すべてを犠牲にして追いかける暗殺者の優雅さだ。その脚は武器と化し、手は剣のように空気を切り、ハンマーのように砕き、見えない敵を打ち破る。ローガン一族の鍵の儀式は戦闘のためのものだ。儀式をおこなうとき、マッド・ローガンを作り上げているすべてのものが現れ、彼を支配する。それは恐ろしいと同時に磁石のごとくわたしを引きつける。わたしがここに充電の魔法陣を描いたのは、ここならローガンが見えるからだ。

わたしはこっそりとローガンを眺めるつもりだった。ところがバグがナポレオンを小脇に抱え、ノートパソコンを膝に置いてすぐ後ろのソファに座った。こういう状況でローガンを盗み見していたら気味が悪いと思われる。わたしは目を閉じ、真夏のテキサスのアスファルトのように魔法陣から熱く発する魔力に意識を集中した。

「順調かい？」バグが言った。

「まあね」

「あの人とはうまくいってるんだな?」

「まあね」

「話はしてるのか?」

まったく。わたしは目を開け、肩越しにバグをにらんだ。

「恋愛がうまくいくにはちゃんとコミュニケーションを取ることが大事だ」

「何もかも順調よ」

「もう喧嘩してないな?」

「ええ。わたし、充電しようとしているの。集中させて」

バグは重々しくうなずいた。

わたしは後ろを向き、ちらりと見えるローガンの姿を味わって目を閉じた。

「セックスはどうなんだ?」

「自分が何をきいているかわかってる?」

バグとナポレオンがソファに座ったままあとずさりした。「おれたちは何もかも順調かどうか知りたいだけさ」

「おれたち?」

「だからその……ナポレオンとおれだよ」

嘘《うそ》だ。「バグ、パソコンをこっちに向けて。キーに触らないで」

　バグはノートパソコンを抱きしめた。「だめだ」

「グエンとリベラが見てるの？」

「いいや」

　嘘だ。

「じゃあ、向こうにも聞こえるように大きな声で言うわよ。いい？　わたしたちのことに口を出さないで！」

「わかった、わかったよ！」バグが腕を振った。

「わたしの力になりたいなら、ハーコート一族のことを教えて」

「たいした情報はねえな。オーウェン・ハーコート六十歳、エラ・ハーコート五十五歳、アリッサ・ハーコート二十三歳、リアム・ハーコート十八歳。全員、〝超一流〟の召喚者だ。血みどろの戦いになるぞ」

「了解。じゃあ、集中するから黙ってて」

　わたしは目を閉じた。ありがたいことにしばらく沈黙が続き、わたしは力の流れに身をまかせた。

「お客だぞ」バグが言った。

　わたしは振り返った。リンダが階段をのぼり、部屋を歩いてきて別のソファに腰を下ろした。黒のブランドもののジーンズとピンクのシルクのラップブラウスを着ている。おしとやかに胸を隠しながら谷間を深く見せるブラウスだ。バグは無視するふりをした。ナポレオンはリンダをにらみつけた。

リンダはわたしの魔法陣を眺めたが、遠慮深く何も言わなかった。ええ、わかってる。曲がってるんでしょう。

わたしは無言で座っていた。時間が過ぎていく。バグが音高くノートパソコンのキーをたたいた。少し離れていても聞こえる大きさだ。

「ローガンといっしょにハーコート一族と戦いに行くの？」リンダが口を開いた。

「ええ」

「それは賢明なことかしら？」

「尋問するときにわたしが必要になるわ」

「ハーコート一族は残虐なことで有名よ。でも、あなたは戦闘系の魔力使いとは違う」

「心配してくれてありがとう。わたしなら大丈夫」

リンダは黙り込み、バグを見やった。「コーヒーをお願いできる？」

「いやだね」バグが答えた。

リンダはまばたきした。

「おれは調査専門で、ウエイターじゃない」言葉遣いは完璧で、口調は感情がなかった。

「コーヒーはあそこのキッチンカウンターにある。自分でいれるこったな」

リンダは何か言いかけてやめた。

「ネバダ？」バグが言った。

やめて、まさか……。

「コーヒーどうだい？」

「結構よ」最低だ。

「いつでもいれてきてやるよ」

リンダは立ち上がってキッチンカウンターに行き、ローガンを見やった。

「意地が悪いのね」わたしはつぶやいた。

「訴えたきゃ訴えるがいい」

リンダがコーヒーカップを手に戻ってきてソファに座った。バグはまたやかましくキーをたたき始めた。リンダはバグをじっと見ていたが、咳払《せきばら》いをした。バグは動く気配を見せない。空気が張りつめているせいで気が散ってしまった。

「カイルの気分はよくなった？」

リンダがびくっとした。「ええ」

「よかった」ほら、これで少しは緊張感が薄れた。

「コナーに電話をかけたとき、あなたがいっしょだとは知らなかったわ」

またぎこちなくなってしまった。やれやれ。

わたしはリンダに笑顔を向け、ドアの向こうのローガンを眺めた。

「あなたとコナーが付き合っているのはわかったわ。でも、今はあなたよりわたしのほうが彼を必要としている。それをわかってもらえるかしら」

とんでもない。お断りだ。「ローガンとわたしとのことは」わたしはできるだけやさしく言った。「あなたには関係ない」

「彼のことはあなたよりずっと前から知ってるの」

「ブライアンがいなくなっておびえているのはわかる。だけど、ローガンは誰かの代わりになるような人じゃない。予備として手元に置くわけにはいかないのよ」

「それは脅し？」

わたしはため息をついた。「いいえ、脅すつもりなんてないわ。あなたはクライアントで、恐ろしい目にあってきた。別に〝わたしの男に手を出すな〟なんて言ってるんじゃないの。わたしとローガンの間にあるものは本物よ。手出ししようとしたからってそれを責めるつもりはないし、もしうまくいってもあなたにもローガンにも怒りは感じない。そういうことが言いたいんじゃないの」

リンダが唇を強く噛みしめたので、唇がほとんど真っ白になった。「じゃあ何が言いたいの？」

「ローガンとの関係が復活したと想像してみて。どうなると思う？」

リンダは答えなかった。

「ローガンが婚約を破棄したとき、ほっとした?」

「あなたには関係ないわ」

「ほっとしたでしょうね。ローガンに本気じゃなかったから。彼は不安定で危険な人よ。ローガンといっしょにいることで手に入る安定はほしくても、彼自身を愛したわけじゃなかった」

「でも、わたしは愛している。危険なところもすべて。

「わたしのことを何も知らないくせに」リンダが言った。

「何が言いたいのかきいたわね。答えはこれ。安定を求めて他人を頼っても、安定は見つからない。あなたは〝超一流〟で、女性で、母親でもある。頼るなら自分を頼って。自分が自分のリーダーになるの。わたしの魔法陣は曲がっているかもしれないけど、自分のものよ。本で研究して、自分で描き方を学んで、今こうして使っている。ローガンに描いてと頼まなかったのは、そんな必要はないからよ」

リンダはコーヒーカップを持って立ち上がり、開いているドアのところに行って左側に立つと、鍵の儀式の最後の動きをするローガンを眺めた。儀式を終えると、ローガンは部屋に戻ってきてリンダにうなずいた。「おはよう」

「わたし、ここではみんなに嫌われてるわ」その声は小さく、かすれていた。「あなたの部下はわたしが嫌いみたい」

「きみを好きになる必要はない。だが、彼らはきみと子どもたちを命に代えても守る」

「自分が侵入者みたいな気がする」

「侵入者じゃない。おれがここに呼んだんだ」

リンダは両腕を自分の体にまわした。「二人だけで話せる？」

ローガンは片手でテラスを指した。リンダは日差しの中に歩いていき、ローガンも続いた。二人は端まで歩いていった。リンダがせっぱつまった表情で彼に何か言った。

「何を言ってんのか教えるぜ」バグが言った。

「ありがとう、結構よ」

「一秒ですむ。キーを二つ押せばいい」バグはノートパソコンを持ち上げて揺らしてみせた。「簡単なことだ」

「やめて」

バグは大げさにため息をついてみせた。「知りたかねえのか？」

「ええ」

「なんで？」

「どうでもいいからよ。わたしはローガンを信じてる」

わたしは目を閉じ、流れ込む力に身をまかせた。

「ネバダ?」ローガンの声で、魔法陣に満ちる深い力の淵《ふち》から現実に引き戻された。

わたしは目を開けた。ローガンがそばにしゃがんでいる。戦闘服を着ているが、よくある迷彩ではなく黒と灰色だ。上半身には黒の戦闘ベストを身につけている。首に通信用の最先端のヘッドセットをつけており、口元に細いマイクが伸びている。隣に立っている男性はわたしの母ぐらいの年齢で、おそらく日本人だろう。肩は広いが太ってはいない。白髪交じりの髪はスキンヘッドに近い短さで、頬と口元の髭《ひげ》はきれいに刈り込んであり、黒い目は人を突き刺すようだ。都市迷彩と呼ばれる市街戦向きのデザインの戦闘服を着ている。その物腰から、人生のほとんどをなんらかの制服で過ごしてきたことがうかがえる。

「ヴェローナ特例が認可された」ローガンが言った。「行けるか?」

体を強い魔力が突き抜けた。身が引きしまり、集中力が高まった。あと二時間ほど寝ていてもよかったが、行くしかない。わたしは起き上がった。

バグが装備を渡してくれた。ソックス、ブーツ、ローガンと同じだが、黒基調ではなく灰色とベージュが入った迷彩服。ヘルメットもあった。

「戦争に行くみたいね」

「戦争みたいなものだ」ローガンが答えた。

「服は自分のがあるわ」

「これを着れば部下たちと見分けがつかなくなる。目立ってターゲットにされる危険が減る」

わたしはローガンの黒い戦闘服を見やった。「あなたは目立ってもいいのね」

「そうだ。これを着るのは相手の目をおれに向けるためだ。おれには専用のイージス使いがつく」

戦闘服のことで口論を続けるか、待っているみんなのためにさっさとこれを着るかだ。わたしは装備を受け取った。年配の男性がわたしをそっとうかがった。

ローガンが携帯電話を差し出した。「きみのお母さんから何度か電話があった」

「なんの用か言っていた?」

「いや、だが急いでいる様子だった」

なんだろう。わたしは携帯電話を受け取り、着替えと電話のためにローガンのオフィスへ入った。

母はすぐに出た。「そっちはどう?」

「ローガンがハーコート一族を襲撃するわ」

「装甲兵員輸送車を二台使うみたいね。部下が装備を積み込むのを見たわ。ちょっとした戦争でも始められるぐらいの火力ね」

「そのとおりよ。ハーコートは召喚者一族だから、想像を超える怪物をけしかけてくる」

「いっしょに行くの?」

わたしは反対されるのを覚悟して身構えた。「ええ」

「わたしも行く」

「なんですって?」

「聞こえたでしょう」

電話は切れた。

わたしは着替えをすませ、防弾ベストを着込み、ヘルメットをかぶって外に出た。

「母が同行するそうよ」

ローガンは間髪を容《い》れずに言った。「それは心強い」

わたしたちは階下へ行った。戦闘服姿のローガンの部下たちが、二台の装甲兵員輸送車のそばで待機していた。都市迷彩の者もいれば従来の迷彩服の者もいる。なじみのスタイルを選んだという印象だ。三台目は大きな重高機動戦術トラックで、二台の輸送車の背後でアイドリングしている。補強された長い後部ユニットの積み荷は緑のシートでおおわれていて見えない。

リベラが近づいてきてライフルを渡してくれた。

「ルガーAC556。射撃モードはセミオート、三点バースト、フルオートの三つ。少佐があなたはこれが気に入るだろうとのことです」

わたしはライフルを受け取って無意識のうちにチェックした。

母が自分の狙撃銃を持って建物から出てきた。その隣をレオンが興奮した子犬みたいに歩いてきた。

「この子も連れていくわ。観測手が必要だから」

「同行感謝します」ローガンが言った。

わたしはつかの間、驚きで身動きもできなかったが、気を取り直して輸送車に乗り込んだ。

輸送車の乗り心地は戦車とそう変わらない。じゃがいもの袋の上に座って、道の凹凸に合わせて体が揺れるようなものだ。壁沿いに二列座席があり、相手と向き合って座る。わたしはローガンの隣だ。母とレオンが正面。日本人の男性はローガンとは逆側のわたしの隣に無言で座り、レオンと母を見つめている。さらに左には戦闘服の体とヘルメットがスペースを埋めている。ローガンの部下たちが話す声が低く聞こえる。会話が断片的に響き、ふいに笑い声があがる。

母は不思議な顔つきだった。口角がかすかに上がっている。この三日間、ずっと消えなかった眉間の皺《しわ》が消えている。海岸にピクニックにでも行くみたいに、落ち着いてリラックスしている。母のまなざしにはどこか瞑想《めいそう》しているようなところがあった。その隣のレオンはじっとしていられない様子だ。車内を跳びまわれるなら跳びまわっていただろう。

わたしの隣の軍曹がヘッドセットに手を触れ、落ち着いた深い声で言った。「聞いてくれ」

その声はヘルメットの通信システムによってわたしの耳に届いた。

おしゃべりが止まった。

「新入りとよそ見していた者のためにもう一度言う。ハーコート一族の屋敷は要塞化されている。U字型で、左翼棟と右翼棟が突き出ている。入口はその間だ。進入経路は一つ、両翼棟の間を通り、正面から入るしかない。ここで奴らが襲ってくる。こちらが進入したとたん、両翼棟から銃撃されるだろう。正面ゲートが開き、魔力召喚生物が解き放たれる」

脳裏に、口を開けてわたしの顔に噛みつこうとする猿のような怪物の姿が浮かんだ。背筋に寒けが走る。わたしはまっすぐ座り直した。

「ミセス・ベイラーを含む狙撃手と観測手は戦闘前に降りて、マグノリア・アパートメント・タワーズのA棟とF棟で配置につく。狙撃班はハーコート家の左翼棟、右翼棟にひそむ狙撃手の排除に注力すること。現地に到着すると同時に輸送車がバリケードを形成する。おまえたちはそのバリケードの裏で配置につく。少佐はその背後で魔法陣を描く。メローサは少佐を守る。ハーコート一族は電撃攻撃を得意とする。こちらの防御を圧倒するために、怪物を使って波状攻撃を仕掛けてくるだろう。我々は少佐が魔法陣を描き終えてドリルを配備するまで防衛線を維持する」

　ドリルってなんだろう？

「敵の門からどんなおぞましいものが出てこようと、防衛線を死守するんだ。わかったな？」

　あちこちから同時に声があがった。「了解」

「少佐とミズ・ベイラーはＶＩＰだ。全員で二人の命を守る。いいな？」

「了解」

　軍曹がわたしを見た。「ハートといいます。自分から離れないでください」

　わたしはうなずいた。

　車はうなりをあげて進んでいく。時がじりじりと過ぎていく。ローガンが手を伸ばしてわたしの手を取り、無言のまま握り続けた。

「ドリルって？」わたしは小声できいた。

「ローガン一族の呪文だ」

　一族の伝承呪文は呪文の中でも最高位のもので、すさまじい魔力を発揮するが、大がかりな準備と複雑な魔法陣が必要だ。

　レオンが一人でにやにやしている。

「愚かな真似はしないで」わたしはレオンに言った。

「しないよ」彼は両手をこすり合わせた。邪悪な笑みだ。

「あとで話さないと」わたしは言葉の意味がよく伝わるように母を見て言った。

「ハートって本名？」レオンが軍曹にたずねた。

「自分で選んだ名だ」

「どうして？」

「心配性だからだ」

レオンはそれ以上何も言うまいと思ったらしい。

これまでも銃撃戦に巻き込まれたことはあるが、じっと座って現場へと向かうのはまったく別の話だ。跳び上がり、叫び、とにかく動きたいという思いで体がむずむずする。手に持ったライフルが妙に重く思える。まだ戦いは始まってもいないのにアドレナリンが出ている。母は依然として冷静だ。左側のハート軍曹もほぼ同じような表情だ。右側のローガンは一人静かに笑みを浮かべている。

レオンが身じろぎした。「なんで建物にロケット弾を撃ち込まないの？　そのほうが手っ取り早いのに」

「ヴェローナ特例で、必要以上の犠牲は避けろと決められているからだ」ローガンが答えた。「建物を爆破したら、戦闘員だけでなく一般市民にも破片が降り注ぐはめになる」

「それでも爆破したら？」レオンがたずねた。

「ネバダとおれは評議会に引き出されて、釈明を強要される。そこでどう答えるかによって、罰金を払って釈放か、刑務所送りか、死だ」

「でも、〝超一流〟のマッド・ローガンなのに」

「〝超一流〟にもルールはあるのよ」わたしはそれを学びつつあるけれど、どれも楽しいとは思えない。

「武器をチェックしろ」軍曹が声をあげた。

わたしはライフルをチェックした。三十発の弾倉が一つ、戦闘服のポケットにさらに弾倉が三つある。ヘルメットが重い。生え際が汗ばんでいる。

軍曹がこちらに身を乗り出した。「心配ありません。うまくいきます。自分を見て、ほかの兵隊がしていることを見て、命令に従えば生き残れる」

わたしは携帯電話を取り出し、妹たち、バーン、祖母のグループ宛にメッセージを送った。〈みんな、愛してる〉

これでいい。ほかにも言うことはあるけれど、これで間に合わせるしかない。わたしは携帯電話をオフにしてしまい込んだ。

輸送車が止まった。母が立ち上がり、レオンにうなずいた。レオンはハーネスのバックルをはずし、サイドドアに向かった。もう二度と二人に会えない恐ろしい予感がした。

母は狙撃手らしい冷たくよそよそしいまなざしでわたしの隣の軍曹をにらみつけた。

「うちの娘を生きて返して」

「もちろん」軍曹が答えた。

「愛してる。ごめんなさい」わたしは言った。

「わたしも愛してるわ。呼吸するのを忘れないで」

母は車を降りた。ドアが閉まり、輸送車はふたたび走り出した。

ローガンの携帯電話が鳴った。彼は電話に出て、スピーカーモードに切り替えた。

「リアム、そっちからかけてきてくれるとはうれしいじゃないか」

「前にも言ったように、ぼくらはヴィンセントの居場所を知らない。その車をUターンさせて、もと来た道を戻ってほしい」

「父上と直接話したい」

「それは無理だ」

「そこを頼む」

「いや、だめだ。ここには四人の〝超一流〟が住んでる。あんたにとって部下の命はそんなに軽いものなのか？　ここに攻め込んでうちをたたきつぶす気でいるみたいだけど、そんなのは無理だ。部下が大事なら連れて帰ったほうがいい」

「うちの部下を気にかけてくれるとは感動的だな。流血を避けたいなら門を開けてくれ。文明人らしく話し合おうじゃないか」

「だめだ。入れるわけにはいかない。誰とも話はできない。その人間爆弾どもでぼくらを脅すのはやめろ。誰もおびえてなんかいないぞ、ローガン。あくまで愚かな真似を続けるっていうなら、おまえを抹殺する」

「口だけで終わらなければいいが」ローガンはにやりとした。

「勝手にしろ。おまえの葬式だ」

リアムが電話を切った。

ローガンは携帯電話を内ポケットに戻し、わたしの手を握った。「がんばれ」

輸送車が急カーブを切った。後部ユニットの後ろが開き、傾斜路に変わった。ローガンはもう歩き出していて、その姿は戦闘服の人混みに消えていった。ハート軍曹の顔がぬっと目の前に現れた。彼は怒鳴った。「ついてこい！　行くぞ！」

わたしはルガーを握り、輸送車から走り出た。


外に出ると、日差しがまぶしかった。怒ったハチのような音をたてて銃弾が飛び、装甲車の上部にあたっている。頭上の空間は二人のイージス使いによって魔力のシールドが張られ、青く脈打っている。

「前へ！」ハート軍曹が怒鳴った。

わたしは元兵士たちの列に続いて前に出た。兵士たちは輸送車の装甲板をつかんだ。金属が音をたててスライドした。装甲板が割れ、下半分ががたんと下りて、輸送車の側面に足場ができた。

「上がれ！」

わたしは足場に飛び乗って兵士たちと並んだ。モーターがうなり、わたしたちを乗せたまま足場が上がっていく。ローガンの部下は輸送車とつながったままの装甲板の上半分をつかんだ。また金属が音をたて、装甲板が上がった。ハート軍曹がわたしの前に手を伸ばしてレバーを引き、装甲板の間の長方形のシャッターを開けて固定した。幅六十センチ、高さ三十センチののぞき窓から外が見える。目の前には輸送車の天井があり、ちょうどライフルをのせられる高さだ。

その向こうには日がさんさんと降り注ぐコンクリートの庭が広がっている。両側は壁で、二百メートルほど向こうにも壁がそびえている。そこに、巨大な城を思わせる黒塗りの巨大な扉があった。

隣でハート軍曹が声をあげた。「いいかみんな、銃を構えろ。安全装置、解除」

わたしはライフルのセレクタースイッチをフルオートに切り替えた。

声がいっせいに答えた。「了解」

「ロドリゲス、ターゲットまでの距離」

男性が怒鳴った。「二百十一メートル」

「射撃準備」

ハート軍曹が身を寄せた。

「攻撃は二チームでおこないます。あなたは自分と同じチームです。自分が射撃を命じたら撃ってください。弾が切れたら〝弾切れ〟と言って二歩下がること。詰まったら〝弾詰まり〟と言ってやはり二歩下がるように。いいですね？」

胸の鼓動が速い。「ええ」

巨大な扉が開いていき、その先に真っ黒な闇がちらりと見えた。

「待て」軍曹が言った。

両手が震えている。わたしは深く息を吸い込んでしばらく止め、呼吸だけを意識してゆっくりと吐き出した。

ドアの隙間が大きくなった。漆黒の闇の中で何かがうごめいている。

吸って、吐いて。吸って、吐いて。うまくいかない。

扉がいっきに開いた。青白く細い脚が日差しの中に現れた。古いコンクリートを思わせる、気味の悪い灰色のまだら模様だ。

「まだだ」ハート軍曹の声がヘルメットの中に響いた。

怪物が庭に足を踏み出した。細い四本の脚はバッタみたいに曲がり、膝は節となって突き出ている。四本の脚が支える胴体はだらりとした肉の袋でしかなかった。頭も目も鼻もない。丸い穴だけの口が一つあり、円錐《えんすい》形の牙がぐるりと並んでいる。喰《く》らうために作られた生き物だ。

怪物どもが日差しの中に出てきた。一体、また一体と陰から姿を現す。

ここからの距離はおよそ二百メートル。扉の大きさを考えるとあれは……小さな車ほどの大きさがある。

最初の一頭が凍りついた。肩からアンテナのように二本の長い触手が伸びた。怪物どもがこちらを向く。何十本ものアンテナがいっせいに立ち上がった。信じられない。

「待て」軍曹が言った。

怪物どもが攻撃に移った。灰色の集団が何十本もの脚を動かし、口を大きく開けて走ってくる。

「距離!」軍曹が言った。

「二百メートル」左から男性の声が答えた。

手に汗がにじむ。

「百九十」

口がからからだ。待つのは拷問だった。

「百八十」

わたしは肩越しに振り返った。背後ではメローサの青いシールドに守られて、ローガンがチョークで複雑な魔法陣を描いている。

「前を向け！」軍曹が怒鳴った。

わたしは怪物にすばやく視線を戻した。オゾンのにおいが鼻をつく。リンダの家で嗅いだのと同じにおいだ。

「百七十」

わたしは真正面の怪物に照準を定めた。皺だらけの袋みたいな胴体を撃ってもたいした打撃にはならないだろう。細い脚のほうがターゲットとしてはよさそうだ。わたしはセレクターを三点バーストに切り替えた。

「百六十」

呼吸が深くなった。わたしは脚に意識を集中した。

「百五十メートル」

「撃て！」軍曹が叫んだ。

わたしは引き金を引いた。最初の弾は大きくはずれた。わたしは狙い直して撃った。怪物の左脚がぽきりと折れた。もう一本の前脚を狙って撃つ。怪物は倒れた。

二頭目が前に出てきた。照準を合わせ、引き金を引く。ハーコート一族も怪物もヴィンセントも逃しはしない。わたしは母の娘だ。狙いははずさない。

目の前に死体が積み上がっていく。右側で誰かが手榴弾《しゅりゅうだん》を投げた。爆発で胴体が吹き飛ぶ。黄色い体液と白っぽい内臓が散った。

わたしはセレクターをフルオートにした。ここまで近づいたらこのほうが早い。

ライフルがかちゃりと音をたてた。

「弾切れ！」わたしは二歩下がった。

ハート軍曹がわたしのいた場所に入り、弾倉を一つ差し出した。わたしは空の弾倉をはずし、新しい弾倉をたたき込んだ。女性が走り寄ってきてわたしの手から空の弾倉をつかみ取り、新しいものを差し出した。わたしはそれを取った。

「弾切れ！」軍曹が言い、二歩下がった。

わたしは軍曹に新しい弾倉を渡し、代わりにそこへ入った。

怪物は死骸をまたいでどんどん出てくる。輸送車の屋根に取りつけられた大きな重機関銃が轟音《ごうおん》とともに火を噴き、走ってくる怪物の群れをなぎ倒した。

門から新手の怪物が出てきた。狼《おおかみ》の頭を持つやせた猫みたいな黄色い小型の生物、太い二本の脚で高速移動する猛禽《もうきん》を思わせる真っ赤な生物、うごめくミミズのようなぬらぬらした細い触手で全身をおおわれた六本脚の生物……怪物は次から次へと押し寄せてくる。時間は意味を失った。すべてが二つに集約された――撃ち、〝弾切れ！〟と叫ぶことだ。

輸送車と怪物との距離が縮まってきた。もう十メートルもない。

わたしは最後の弾倉のすべてを触手の怪物に撃ち込んだ。「弾切れ！」後ろに下がり、弾倉を取り出す……。

走ってきた誰かから次の弾倉を受け取り、ライフルに込める……。

コーネリアスのゼウスに似た青い巨大な猫が輸送車の上から襲いかかってきた。軍曹がやみくもに撃ちまくり、ライフルが弾を吐き出す。怪物はうなって装甲板に体あたりした。装甲板がへこむ。軍曹を引き裂こうとして、のぞき窓から太い前脚が襲いかかった。

わたしは装甲板に飛びつき、のぞき窓からライフルを突き出して、ほぼ真上を狙って怪物の喉に弾を撃ち込んだ。血しぶきがかかる。美しい目から光が薄れ、怪物は倒れた。

「弾切れ！」軍曹とわたしは同時に怒鳴った。

補給は来なかった。わたしはポケットから予備の弾倉を取り出した。軍曹も同様にした。輸送車の上に怪物が次々と飛び乗り、うなり、引っかき、血で滑った。わたしたちは狙いを定めずに撃ちまくった。

右側で女性が叫んだ。

のぞき窓から触手が入ってきて軍曹の腕に巻きついた。軍曹はナイフを取り出し、それをたたききった。

最後の弾倉だ。もう持ちこたえられない。

背後から大きな波となって魔力が押し寄せてきた。足場が揺れる。わたしは装甲板につかまった。両開きのドアが大きく開くように、二台の重い車両がずるずると滑った。

振り向いて後ろを見やる。見たこともないほど複雑な魔法陣の中にローガンが立っている。魔法陣は白く輝いている。

怪物どもは輸送車を離れ、ローガンに襲いかかろうとしたが、魔法陣の境界に激突した。ローガンは高位の魔法陣を描いたらしい。その魔法陣に注ぎ込む魔力は桁はずれで、境界線はもはや現実世界には存在していない。

輸送車の後部ユニットをおおっていたシートが飛び去った。そこには三本の長い金属のシリンダーがあった。長さ十メートル、太さは電柱の二倍ある。ローガンが手のひらを上に向け、肘を曲げて腕を上げた。古典的な魔力使いのポーズだ。シリンダーがまっすぐ宙に上がり、その場でまわり始めた。金属の筒から無数の刃が生える。シリンダーは横向きになり、三角形の頂点を形作るように並んだ。それが互いの周囲をまわりながら怪物の群れに突っ込んでいく。手と脚が切断され、飛んだ。

これがドリルだ。

シリンダーは怪物の群れをなぎ倒し、肉を裂いた。歩道は血に染まり、ずたずたになって積み上がった死骸の下に血だまりができた。空気は血とオゾンのにおいでいっぱいだ。

誰かが吐き気をもよおしている。わたしは吐くことすらできなかった。言葉もなく目の前の光景を見つめる。殺戮《さつりく》はあまりにも強烈で、鮮明で、心を守ることもできなかった。

門から出てくる怪物の流れが止まった。門の前で、地上十メートルのところに魔力の塊が浮き上がった。紫の雷光が走る黒い塊は、渦を巻きながらどんどん大きくなっていく。中から何かが外に出ようとしている。内側から境界線を押し広げようとしている。

ドリルは怪物を切り裂き尽くし、何かを待つようにそのそばに浮いている。

魔力が脈打った。見えない衝撃波に胸を直撃された。心臓が止まりそうになる。苦しいその一瞬、息ができなくなった。わたしはよろよろとあとずさりし、なんとか呼吸を取り戻した。

闇が裂けた。太い足が大きな指を広げて地面に降り立った。輸送車が揺れた。

赤黒くざらついた太い足がもう一本姿を現した。車ほどの大きさのある太い爪が地面にめり込む。

これほど巨大なものが生きているという現実を脳が拒否している。

大きな獣が門の前に立った。敵に襲いかかるコモドドラゴンのように四本の脚を大きく広げている。紫の背中には太い角がいくつも生え、肩の骨とつながっている。頭はカミツキガメに似ているが、口にはびっしり歯が並んでいる。白い目が怒りを込めてこちらをにらんでいる。

ドリルが獣をめがけて飛んでいき、脇腹に食い込んだ。ぎりぎりという音が耳をつんざく。

獣はドリルを払いのけた。ドリルはまわりながら吹っ飛んだ。巨大な獣は左脚を上げてこちらに歩き出した。

一歩ごとに輸送車が揺れる。

ドリルが獣の脇腹をこすり、腹の下に入った。なんの効果もない。獣は口を開いて吠《ほ》えた。その声が衝撃となって耳に襲いかかる。ヘルメットがなかったら、両手で耳を押さえていただろう。

遮蔽物は何もない。輸送車はとても持ちこたえられない。あの獣に踏みつけられたら金属のパンケーキになるだけだ。

「各個に撃て！」軍曹の明確な命令がヘルメットに響いた。「全弾撃ち尽くせ」

「攻撃中止」ローガンの声が聞こえた。
・ドリルの一つが地面に落ちた。残りの二つが浮き上がって高速で回転を始め、ぼんやりとした線と化した。ドリルは獣に突進して両目に突き刺さり、頭蓋へとめり込んでいった。
獣が叫んだ。

魔法陣の中に立つローガンの体が、重いものを持ち上げるかのように震えている。力が放出されるとともに魔法陣の光が薄れていく。

ドリルがさらに深く食い込む。

ローガンがうなった。

ドリルは獣の頭に完全に埋まって見えなくなった。

だめだ、獣はまだ動いている。あれだけでは——。

獣が震えた。頭が後ろに倒れた。体がよろめき、崩れ落ちた。

わたしは息を吐き出した。脚から力が抜け、わたしは足場に座り込んだ。

ハート軍曹がそばにしゃがみ、わたしの肩をたたいた。「見事でした」

気がつくと頬が濡《ぬ》れていたので触った。怪物の血で汚れた涙だ。

「血だわ」わたしはつぶやいた。「ひどすぎる。こんなに何もかも殺すなんて。いったいどういうこと？」

「これが一族同士の戦いです」軍曹が言い、またわたしの肩をたたいた。

わたしはヘルメットを脱いだ。誰かが濡れタオルを渡してくれたので、顔の血糊《ちのり》を拭き取った。リベラがどこからともなく現れ、わたしはライフルを返した。戦いは終わった。

血に染まった震える手で携帯電話を取り出す。カタリーナとアラベラから様子をたずねるメッセージが、祖母からは大丈夫かというメッセージが、バーンからは笑顔の絵文字が送られていた。

わたしは母に電話をかけた。

呼び出し音が鳴る。

母が出た。

「ママ?」

「こっちは大丈夫。あなたは?」

わたしは泣きそうになった。「大丈夫」

「よかった」母が電話を切った。

ローガンが魔法陣から出てきた。顔がげっそりしている。全身が痛むかのような歩き方だ。こちらを見ている。わたしは彼に歩み寄った。二人は血の海の真ん中で抱き合った。ローガンはわたしを抱き寄せ、髪にキスをした。

わたしたちは門へと歩いていった。ローガンの部下たちが周囲を固めている。一同は暗い建物に入った。中には何もない。がらんとした格納庫のようなスペースに、怪物どもが詰め込まれていた痕跡とオゾンのにおいが残っている。わたしたちはそこを突っきって奥の左側にあるドアに向かい、そこから短い通路に入って二つ目のドアを開けた。

わたしはまばたきした。金色のウッドフロアの上に高価な黒と赤のペルシア絨毯《じゅうたん》が敷かれている。高い壁には絵画が飾られている。まるで宮殿に足を踏み入れたかのようだ。

ローガンがうなずくと、部下たちは入口の見張りに、ほかのドアの確認にと動き、ローガン、リベラ、ハート軍曹、わたしだけがその場に残った。

その通路を抜けて大きく開いたドアから中に入ると、そこは広い部屋だった。中にはやはりペルシア絨毯が敷かれている。高価なソファがコーヒーテーブルの周囲に並んでいる。

もし太陽王ルイ十四世が二十一世紀にヴェルサイユ宮殿を建てたとしたら、このソファセットを選んだだろう。

そこには家族が集まっていた。年配の男性がぐったりと椅子の背にもたれ、ハンカチを鼻にあてている。オーウェン・ハーコートだ。青いパンツスーツを着た五十代半ばのやせた女性がその隣に座り、やさしくその腕をたたいている。妻のエラだ。わたしと同じ年代の女性が両手を握りしめ、座ったまま身を乗り出している。娘のアリッサだろう。ローガンに電話をかけてきた四人のうちでいちばん若いリアムは、真っ青な顔をしていたが、バーンがときどき家に連れてくる大学の友達と言ってもおかしくなかった。

わたしたちを見るとリアムはソファから跳び上がり、ローガンをにらみつけた。「この野郎！」

「座りなさい」オーウェンが言った。

「父さん――」

「座れ。わたしたちは負けたんだ。おまえは一族の未来だ。おまえを殺す理由をあいつに与えてはならない」

リアムは唇を引き結んでソファに腰を下ろした。

エラが顔を上げた。「これ以上の流血は避けたいから、家族以外の者は別の場所に移したわ。あなた方の勝ちよ。でも、ヴィンセントはわたしたちの息子。わたしたちからは何も得られないと思って」

「あの男は自宅にいたリンダ・シャーウッドを襲った」ローガンが言った。「護衛を殺し、六歳の姪《めい》と四歳の甥《おい》の目の前でリンダの義理の兄に重傷を負わせたんだ。子どもたちだって殺していたかもしれない」

「そんなことはわからないでしょう」アリッサがぴしゃりと言った。

「わかるわ。わたしはあそこにいたから」わたしは答えた。

アリッサはこちらを見もしなかった。わたしは答えるに値しない雑魚なのだ。

「見せてもらいましょうか、あなたの拷問とやらを」エラは腕組みした。「覚悟はできているわ」

ローガンはため息をつき、チョークを差し出した。わたしはそれを受け取った。

美しいペルシア絨毯がするすると脇に移動した。わたしはしゃがんでシンプルな魔力増幅の魔法陣を描いた。相手はこちらを見ている。わたしは魔法陣の中に立ち、集中した。始める前に相手の力を見極めなければならない。

わたしの魔力が相手をのみ込んだ。わたしはその中に沈み込み、焦点を合わせようとした。これは一度経験がある。相手はバラノフスキーという〝超一流〟で、ナリを殺した犯人を突き止めようとしてバラノフスキーの心からそっと秘密を引き出した。心の目の中で魔力が揺らいでいる。さあ、どこに焦点を合わせよう……。

あった。不思議と満足感のある、音なき音とともに魔力の焦点が定まった。頭の中で四人の姿が銀色の淡い色に光っている。一箇所だけ黒くなっているのは心の場所だ。

四人残らず強い意志の持ち主だった。疲労しているけれど、心の守りは堅い。ヴィンセントのことをいちばんよく知っているのは誰だろう？　きっと父親だ。オーウェンは一族の長だ。息子の様子を把握しておきたいと思うに違いない。

わたしはオーウェンを魔力で包み、満たした。彼は身を固くした。オーウェンの心は壁のようだ。強い力で押し入ろうとしたら、粘り強く抵抗するだろう。そうなれば尋問が終わったあとには心の残骸しか残らなくなる。

オーウェンの心の壁は強靱《きょうじん》だ。花崗岩《かこうがん》のように硬く、重い。だが、花崗岩にはもろい一面もある。正しく打撃を加えれば四散する。やり方が大事なのだ。

波のような力。桟橋もなぎ倒す波の力が必要だ。

わたしは魔法陣に波形を描き足したい衝動に襲われた。これまで見たことがないけれど、必要だ。魔力がそれを求めている。

わたしはしゃがんで魔力の流れに身をまかせた。チョークの先から自然に白い線が伸び、魔法陣の内側に沿ってぐるりと完璧な正弦波を描き出した。

エラ・ハーコートが息をのんだ。

水源からわき出る水のような強さと純粋さで魔力が体を満たした。

「ヴィンセントはどこ?」人のものとは思えぬ声がわたしの口をついて出た。

リアムは恐怖の目でわたしを見つめている。オーウェンの意思とわたしの意思がぶつかり、わたしは魔力を波にして送り込んだ。波は心の壁にあたって、壁に亀裂が入った。

「トレメイン一族なのね!」エラは嫌悪と恐怖を顔に浮かべて立ち上がった。「ここにトレメインの者を連れてきたなんて、どうかしているわ。いくらあなたでもやりすぎよ!」

「嘘でしょう」アリッサが片手を口にあてた。

リアムの顔から血の気が引いた。

「父は大事な家族よ」アリッサの言葉は聞き取れないほど速かった。「わたしにとってただ一人の人なの。どうか父を奪わないで、お願い!」母親を振り向いた。「お母さま!」

「知りたいことはなんでも話すわ。そのいまわしい女に言って、夫から手を引かせて」

ローガンはわたしのほうを向いた。「どうする?」

全員が狼狽《ろうばい》と嫌悪と絶望を顔に浮かべてこちらを見ている。この部屋ではわたしが怪物なのだ。

「いまわしい?」わたしは口を開いた。「一族のサイコパスを守るために何百もの異世界の怪物に無駄な殺戮をさせたのはあなたたよ。あの男は召喚した怪物に人を生きたまま喰わせた。恐怖で泣くこともできずに母親にしがみつく二人の子どもの目の前で、怪物がエドワード・シャーウッドの腹を喰いあさったの。あなたたちの大事なヴィンセントは、わたしの母も妹もいとこも祖母も殺してやると脅したわ。そのわたしがいまわしい？　いったいどういうこと？　それでも人間なの？」

わたしの魔力に締め上げられていたオーウェンが身動きした。ゆっくりと、絞り出すようにその口から言葉が出た。「我がハーコート一族は……きみの……家族に……危害を加える……つもりは……ない」

リアムが両手で顔をおおった。その肩が震えている。

「お父さまを許して」アリッサが言った。「どうかお願いだから」

エラ・ハーコートが一歩下がった。「お願い」

わたしは魔力を引き戻した。オーウェンは椅子に倒れ込んだ。肩で息をしている。わたしから父親を守ろうとするかのように、家族がオーウェンのそばに集まった。わたしは胸が苦しくなった。

「奴はどこだ？」ローガンがたずねた。

「知らないわ」答えたのはエラだ。

「真実よ」わたしはローガンに告げた。「ヴィンセントはリンダの夫を誘拐して、リンダに身代金代わりの品を要求しているの。それは何？」

オーウェンは首を振った。「わからない」

行き止まりだ。

「奴が一人で動いているとは思えない。ヴィンセントは緻密な計画を練り上げる男じゃない。暴力に訴えるほうを好む。何者かが裏で操ってるんだ。あいつをおとなしくさせておけるほどの力を持った誰かが」

「わたしもそう思う」オーウェンが言った。

「首謀者を知ってるんだな？」

ハーコート一族の家長は椅子にまっすぐ座り直した。「息子がどこに、誰といっしょにいるか知っていたら、わたしがもう対処していると思わないか？　我々はほかの一族には仕えない。みずからの足で立つ。息子がよその〝超一流〟に取り込まれるのをわたしが黙って見ているわけがない」

「アレキサンダー・スタームだ」リアムが口を開いた。

全員がリアムに目を向けた。

「ヴィンセントはアレキサンダー・スタームといっしょにいる。スタームは中世の剣のコレクターで、オークショット13a番の大剣を所有してる。スタームが持ってるのは、ウィリアム・ウォレスの剣の実物だと言われている。二日前、ヴィンセントからいっしょに写ってる写真が送られてきた」

オーウェンとローガンが同時に毒づいた。

8

わたしは輸送車の中に座った。外ではローガンの部下たちがドリルを後部ユニットに積み込んでいる。一本を安全に持ち上げて運ぶのに十二人がかりだった。ローガンはまだハーコート一家といっしょにいた。書類にサインしているらしい。大規模な殺戮《さつりく》が終わった今、今度は正式な取り決めが必要なのだ。有力一族間の抗争がこういう形で終結するのはわたしには理解しがたい。ローガンとコーネリアスが、コーネリアスの妻を殺した犯人を倒す権利は誰のものかについて話し合い、同意事項を契約書にしたためたときのことは忘れられない。

車内にいても血のにおいがした。身を乗り出せば死骸が目に入るだろう。

ローガンが入ってきて隣に座り、ヘルメットを取って目を閉じた。しばらくわたしたちはそのままでいた。

「書類はできた？」

ローガンがうなずいた。「向こうは報復を放棄するという契約にサインした。非は当方にあり、これ以上この件を追及しない、と法的に認めたよ」

「契約は守られるの？」

「ああ。もし破れば、評議会から厳しい制裁が加えられる」

わたしはうなずいて目をそらした。

「大丈夫か？」

「だめ」

「吐き出してみろ」

「あの怪物は何もないところからあの人たちが作り出したの？　それとも実際に存在する別世界から引っ張り出したの？」

「それは誰にもわからない」

「コナー、そこらじゅう死骸だらけよ。こんな小さなことのために」

ローガンは手を伸ばしてわたしの手を握った。

「わたしはああいう目で見られるようになるの？　いまわしい者として」

「ああいう目で見られるのはヴィクトリア・トレメインだ。二十年ほど前、ヴィクトリアのおこないは横暴を極めた。おれはまだ子どもだったが、母にきいたら覚えていると言っていた」

わたしはローガンを見やった。

「なんだ？」

「お母さん？　疎遠だと思っていたけど」

ローガンは顔をしかめた。「そんなことはない。毎週、話をしてる」

「どうしてお母さんは……こういうことと無関係でいられるの？」

ローガンは肩をすくめた。「無関係でいたいからだ。母は国家元首数人分を合わせたより多くの暗殺の試みを生き延び、有力一族の力関係を操った。父が死んでおれがそのあとを引き継いでからは、もうじゅうぶんだと思ったらしい。当然だろうな」

わたしは怪物の死骸の山を眺めた。「そうね」

「母はヴィクトリアの横暴を覚えていた。ヴィクトリアは有力一族を次から次へとなぎ倒した。〝超一流〟が失踪し、心を破壊されてうわごとを言うだけの状態で発見された。人々は誘拐されてヴィクトリアのもとに連れていかれ、尋問された。生き残った者はあれは精神的なレイプだと言っている。ヴィクトリアはＦＢＩと取り引きしていたんじゃないかと母は勘ぐっていたよ。あまりに長い間野放しだったから。噂《うわさ》ではヴィクトリアは何かを捜していたらしいが、かろうじてあの女の毒牙を逃れた者は誰も、襲われたときのことについて話せる状態ではなかった」

「うちの父を捜していたんだわ」タイミングがぴったりだ。

「だろうな」ローガンは両腕を伸ばした。「きみはヴィクトリアとは違う」

「同じよ。あの人たちの目つきを見たでしょう?」

「ああ。きみを怖がってた」

「怖がるだけじゃなくて嫌悪していたわ」

ローガンはにやりとした。ドラゴンが牙をむき出しにした。「そうだ」

彼は気にしていないらしい。わたしはハーコート一家を恐怖に陥れたいまわしい存在であり、あの人たちは心に侵入されるぐらいなら進んで後ろ暗い秘密を吐き出そうとした。なんてことだろう。

「わたしのこと、噂になるの?」

「たぶんね。きみの名前はヴェローナ特例の書類に記載されている」ローガンはおもしろくてたまらないという顔だ。

わたしの名前が広く知られるようになる。今夜には、ベイラー家がヴィクトリア・トレメインの関係者だという事実がヒューストンの有力者の間に広まるだろう。三年の攻撃猶予期間が終わったら、つぶしてやろうと考えている一族の数はこれで激減するはずだ。

「ヴィクトリアは怒るでしょうね。わたしたちが反抗していることが知れ渡るから」

「怒るのはたしかだが、誇りにも思うだろう。きみは四人の〝超一流〟がいる戦闘系の一族のところに乗り込んでいって、指一本上げずに屈服させたんだ。ヴィクトリアはそれを喜ぶはずだ」

ローガンも喜んでいるように見えた。

わたしは彼に身を寄せた。「あなたはどうなの？　いまわしい存在とベッドをともにするのは怖い？」

ローガンは青い目を輝かせて笑い、片手でわたしの頬にかかったほつれ毛をかき上げた。

「山荘にいたとき、雪の中ではしゃぐきみを見て、どうして雪が溶けないのか不思議だった。きみは春だ。おれの春だよ、ネバダ」

リベラが傾斜路を上がって輸送車に入ってきた。「回収できました」

「出発だ」ローガンが言った。

「了解」

リベラは外に出て怒鳴った。「任務完了、出発だ！」

わたしは携帯電話を取り出した。電池切れだった。今朝、充電しておけばよかった。情報収集はあきらめるしかない。

「アレキサンダー・スタームのことを教えて」輸送車に人が乗り込んできた。

「〝超一流〟だ」ローガンが答えた。

言われなくてもわかる。「魔力の系統は？」

「電光と風、ダブルの使い手で、どちらも最高レベルだ」

すごい。輸送車のエンジンが音をあげた。出発だ。

「どれぐらいの力？」

ローガンの顔から感情が消え、〝超一流〟の表情が浮かんだ。「おれが二歳のとき、父やほかの一族の長たちが集まって、ボスニア紛争に対して評議会でどんな戦略を取るべきか話し合ったことがあった。会合は地下六メートルにあるコンクリートの地下壕《ごう》でおこなわれた。監視の目に過敏になっている者がいたからだ」

「なるほどね」

「ジェラルド・スタームは招待されなかったことに腹を立て、Ｆ４スケールの竜巻を作り出して十八分間維持した。竜巻は地下壕を一部削り取って、壁と屋根を破壊して三十メートルも飛ばした」

「それから？」

「ジェラルドの怒りはやがておさまった。竜巻は消え、九人の怒れる〝超一流〟が残った。ジェラルドは損害を賠償し、正式に謝罪した。だが、父はあのとき荒れくるう竜巻の下で地下壕にいたときのことが忘れられないと言っていた。あそこにいた全員が同じだった。アレキサンダー・スタームはその父親より強力だ」ローガンの目に暗いものが忍び寄った。「守りを見直さなければならないな」

輸送車が止まった。母とレオンが乗ってきた。母は落ち着いていて、顔も穏やかだ。レオンは夢見るような顔つきだった。最後にあんな顔を見たのは、七歳のレオンをディズニー・ワールドに連れていったときだ。

「どうだった?」

レオンはにっこりした。「もう最高」

母は天を仰いだ。

ローガンの携帯電話が鳴った。

「リンダ、もっとゆっくり話してくれ。何を言ってるのか……そうか。氷に入れるんだ。すぐに向かう」

ローガンは電話を切った。顔が険しい。

「リンダのところにブライアンの耳が送られてきた」

耳はファスナー付きの食料保存袋に入れられ、なんの変哲もない黄色のクッション封筒で送られてきた。リンダとわたし宛で、検問所の前に置かれていた。

耳は白人のもので、熟練の外科医がメスで切ったように正確にすっぱりと切られていた。わたしはその切り方が気になった。どうもしっくりこない。

わたしたちはローガンの本部の二階にいた。到着するとすぐ切迫した表情の兵士たちが輸送車に駆け寄ってきて、ローガンはいっしょに行ってしまった。わたしは一人で耳の対応をするしかなかった。

リンダは、どこかおびえた顔つきのバグに見守られながら待っていた。クーラーボックスを見つけてそこに氷を入れるだけの分別が二人にあったのが不幸中の幸いだった。

「もうおしまいね」リンダの声には生気がなかった。「無事解決は無理なんだわ」

「大丈夫よ。ブライアンの耳にピアスや傷やタトゥーや、身元を確認できる特徴はある？」

「それが夫の耳に見えるかどうか、わたしにきかないで」リンダが小声で言った。

「スクロール社に登録は？」

リンダは突然の問いにまばたきした。「あるわ」

「この耳のＤＮＡ鑑定を依頼して。これがブライアンのものかどうかたしかめるのよ」

「どうして他人の耳を送ってくるの？」

そうたずねたくなるのは当然だ。

「念には念を入れたいの」

リンダは立ち上がった。「あとで電話をかけるわ。先に子どもたちの様子を見てこないと。あの子たちは知らないの。だから言わないで」

「もちろん」

わたしは階下に行くリンダを見送った。その姿は弱々しかった。今にも崩れ落ちそうだ。気の毒に。

わたしは耳をしげしげと眺めた。

バグが近づいてきた。「その耳の何が気になるんだ？」

「今から教えるけど、誰にも言わないと約束して」

「神にかけて誓う」

「座って」

バグはソファに座った。わたしはコーヒーテーブルからペンを取った。「両手を縛られているいると仮定して、手を握りしめて」

バグは両手を一つのこぶしにした。

わたしはペンを見せた。「これはナイフね」

そして片手でバグの頭を押さえ、耳を切ろうとするふりをした。バグはよけた。

「ほらね」

「これじゃあ何もわからねえ」

わたしはそっと袋を取り上げてバグに耳を見せた。「すっぱりきれいに切られているわ。ぎざぎざもでこぼこもない。切る間、絶対に動かないように押さえておかないと、こうはならないの。どうしてわざわざそんなことをすると思う？　力ずくで切ればいいだけなのに」

「鎮静剤を打ったのかもしれねえぞ」

「どうして？　ブライアンは植物使いで、危険はないわ。わざわざ鎮静剤なんか打つ必要はない。スタームはどうかわからないけど、ヴィンセントは間違いなくブライアンを苦しめようとしたはずよ。支配欲と相手の恐怖を味わいたがるタイプだから。だいたい鎮静剤は危険よ。いつ拒絶反応を起こして死ぬかわからないし」

バグは考え込んだ。

「もう一つあるの」

「というと？」

「耳を見て」

バグは一度耳を見てからじっくり見直した。「何も見えねえな」

「わたしも」

バグはわたしをにらんだ。「もったいぶってねえで教えてくれよ。いらいらするじゃねえか」

「耳を切ったら普通、大量に出血するでしょう」

「そうだな。頭の傷は血がどばどば出る」

「でも、血はついてない」

バグは耳を見つめた。「だな。洗ったってことか？」

「もし誘拐した男の妻を震え上がらせてほしいものを手に入れようとするなら、頭からむしり取ったような血まみれの肉の塊を送る？　それとも外科医が切ったようなきれいなものを送る？」

バグはまばたきした。「つまり、どういう意味だ？」

これが意味するのは二つのうち一つだ。ブライアンが死んだか、これはブライアンの耳ではないか。

「で？」バグがたずねた。

「で、これから家に帰ってそのことを考えようと思うの。リンダのコンピュータから何か見つかった？」

「いや。昨日の夜、バーンと二人であさってみて、今日はあいつが深いところまで侵入してくれたが、何もなかった。子どもの写真とか、リンダのレシピとか……」バグは腕を振った。「よくあるファミリーの日常さ。あくびが出る」

「何か見つかったら教えて」

「自分の胸だけにしまっとくつもりだったが、そんなに言うなら教えてやってもいいぜ」

「今日は大変な一日だったの。挑発しないで、エイブラハム」

バグはその名を聞いて口をつぐんだ。そう、わたしはあなたの名前を知ってるの。

「汚い手を使うじゃねえか」

「そうね」

「なんで知ってんだ?」

「わたし、尋問者なの。忘れた?」

わたしは耳の入ったクーラーボックスを小脇に抱え、階段を下りた。やっと家に帰れる。

理屈で言えば、誘拐の成否は被害者を生かしておけるかどうかにかかっている。でも、実際はそううまくはいかない。リンダを脅すことに失敗してむしゃくしゃしたヴィンセントは、ブライアンを閉じ込めているところに乗り込んで腹立ち紛れに殺したのかもしれない。あるいはブライアンに鎮静剤を打って殺してしまったのかもしれない。それとも逃げようとしたブライアンをうっかり殺したのだろうか。これは可能性としては低いだろう。ブライアンはどう見ても逃げたり危険な行動を取ったりするタイプではない。誘拐犯の要求にすべて応え、誰かが問題を解決してくれるのを待つに違いない。仕事上のトラブルは兄にまかせ、家庭内の問題ではリンダの陰に隠れたように。そもそもブライアンを誘拐したのはプロたちだ。ブライアンの車を無理やり止まらせ、とらえ、数秒で走り去った。痕跡は何も残さず、バグもまだ相手を見つけていない。プロならブライアンを生かしておくだろう。

もしこれがわたしたちがハーコート家を襲撃したことに対する報復なら、耳は血みどろだったはずだ。

クーラーボックスの中にあるのがブライアンの耳ではないとすると、事態は新しい展開を迎えたことになる。冷静な誰かの意見が通り、アレキサンダー・スタームとヴィンセント・ハーコートはよその一族の〝超一流〟を切り刻むのを思いとどまったのだ。ヴィンセントならおもしろ半分でやっただろうが、ブライアンの耳を切り落として得られるものなどない。腑抜《ふぬ》けのきのこ使いを拉致して痛めつけ、耳を切り落としてやったぞ、どうだ、怖いだろう、というだけのことだ。これがローガンなら話は別だ。でもブライアンなら、他の有力一族の失笑を買うだけだ。

本気でリンダを震え上がらせたいなら、ブライアン本人の耳を送ってくるだろう。

そうなると可能性は一つしかない。わたしはそれが気に入らなかった。

ドアにロック解除の暗証番号を打ち込み、倉庫に入ってドアを閉め、振り向いたとき、わたしは動けなくなった。

十センチほどのところにゼウスが立っていた。大きな頭はわたしの胸の高さだ。ターコイズブルーの目が好奇心を浮かべてこちらを見ている。その体は完全に廊下をふさいでいる。異世界から来た虎のようなこの生き物は、口にはステーキナイフほどの牙が並び、首を触手が取り巻いている。

そのとき、わたしは乾いた血があちこちにこびりついているのを思い出した。

息を詰める。背を向けてドアを閉めることもできるが、開けるのに一秒かかる。一秒あればゼウスにはじゅうぶんのはずだ。

「そいつはおとなしいよ」会議室からコーネリアスの声がした。「挨拶したいだけだ」

「コーネリアス……」

「プードルだと思えばいい」

どうしてわたしの人生はこんなことになってしまったのだろう?

ゆっくりと片手を上げ、ゼウスに差し出す。ゼウスは指のにおいをかぎ、幅の広い鼻で手のひらを押した。

「手のひらを押してる」

「撫《な》でてやってくれ」

手でゼウスの鼻をかすめ、額の青い毛を撫でる。ゼウスは低く喉を鳴らしたが、猫と同じ満足の意思表示かもしれないし、空腹のサインかもしれない。触手が動いてわたしの手をとらえ、放した。その目はわたしが持っているクーラーボックスを見ている。

「だめ」

ゼウスは赤褐色のまつげをしばたたいた。

「だめよ、これはあげられない」

ゼウスが口を開いて舌なめずりした。

「絶対にだめ」

わたしはゼウスをよけ、壁に張りつくようにして会議室に入った。バーンがノートパソコンを前にして座っていた。顔には疲労の色が濃い。わたしが入っていくと、コーネリアスがキッチンカウンターからコーヒーカップを二つ持ってこちらにやってきて、一つをバーンの前に置いた。

「ありがとう」バーンが言った。

コーネリアスは湯気の立つコーヒーカップに口をつけた。

ゼウスは鼻先でわたしの脇腹を押し、ものほしそうにクーラーボックスを見ている。

「中身は食べられるもの？」コーネリアスがたずねた。

わたしはクーラーボックスを開けて中を二人に見せた。

「驚いたな」コーネリアスが言った。

バーンは目をしばたたいている。

わたしはクーラーボックスを閉めて冷蔵庫に入れた。

ゼウスがため息をつく。

わたしはコーヒーを注《つ》いで、バーンの向かいに座った。バーンは渋い顔でこちらを見た。

「リンダのコンピュータを三回調べたんだ。ブライアンの通信相手も全員チェックしたし、パターンが隠れてるんじゃないかと思って菌類のデータベースも見た。目的のファイルが存在するとしても、あそこにはない」

「探してくれてありがとう」

「収穫ゼロだよ」バーンがため息をついた。

ゼウスはわたしの前に座り、ものうげにコーヒーを眺めている。

「きみのことが気に入ったんだ」コーネリアスが言った。

「マチルダはもうゼウスに会ったの？」

「まだだよ。いろいろあったから、姉たちに今日の夜まで来ないように言った」

わたしは立ち上がって冷蔵庫の中を見た。ジュース、三日前に捨てて当然のぶどう、モッツァレラチーズスティック。これでいい。

「チーズをやってもいい？」

「哺乳類なのは間違いないから、いいよ」

わたしはチーズスティックを何本か切り離し、椅子に戻ってゼウスに差し出した。ゼウスはしばらくチーズを眺めていたが、口を開けた。わたしはその中にチーズを入れた。

ゼウスは慎重に噛《か》んだ。

「バーン、ブライアンの個人的な連絡先をもう一度調べてみてくれる？　もううんざりだっていうならバグに頼むけど」

「うんざりなんてことはないよ」バーンがまっすぐに座り直した。「何を探せばいい？」

「ぼくも手伝おう」コーネリアスが言った。

異世界の虎がわたしを鼻先で押した。わたしはまたチーズをやった。「ブライアン・シヤーウッドが誘拐犯と共謀している証拠がないかどうか知りたいの」

「どうして？」

わたしは二人に耳のことを説明した。それを聞いているバーンの顔がどんどん深刻になった。

「これは絶対ブライアンの耳じゃないわ。ブライアンは無関係かもしれないし、誘拐犯がブライアンを動けなくして慎重に耳を切った可能性もあるけど、奴《やつ》らがわざわざそんなことをするとは思えない。ブライアンを無傷で帰そうと思っている可能性もあるわ」

「じゃあ、何が気になるんだい？」バーンがたずねた。

「そうしようと思ったら手間がかかる」コーネリアスが言った。「耳を切り取れる死体を探さなきゃならない。それならブライアンの耳を切ったほうが簡単だし、アレキサンダー・スタームなら耳だろうが指だろうがあっさり切り落とすだろう。あの男は……まわりくどいことはしない」

わたしはうなずいた。「これがブライアンの耳だとすれば、誘拐犯は麻酔医と外科医を抱えていることになるわ。スタームの資金力があれば無理ではないけど、そこまでする必要はないはず。無理やり耳を切り落とすほうがずっと簡単よ。でももしこの誘拐事件にブライアン自身が荷担しているとしたら、自分の耳を切ったりはしないわ」

わたしはゼウスに最後のチーズをやり、もう何もないと知らせるために両手をはたいた。

「本当にそうだと思う?」バーンがきく。「〝超一流〟のことだから、きっと契約書にサインしているし、契約条件を守るはずよ」

コーネリアスは顔をしかめた。「残念だが、そのとおりだ。ぼくたちがいるのは虎の社会と言っていい。〝超一流〟はどこまでも丁寧で礼儀正しい。最初からルールを明確にしないと、ちょっとした誤解が致命的な結果につながる危険があるからだ」

「じゃあ、ぼくはスタームやハーコートとのつながりを探ればいいんだね」

「それ以外にも、例の陰謀に関わっていることがわかってる人たち。ハウリングとかローガンのいとことか」

脳裏にローガンのいとこの顔が浮かんだ。その一瞬、わたしは突っ走る車の中でローガンの隣にいた。あのとき、ケリー・ウォラーと彼女が盾代わりにした子どもたちをよけようとして、ローガンはハンドルを切った。ケリー・ウォラーはいとこであるローガンを裏切った。

わたしはコーネリアスのほうを向いた。「あなたはこの世界のことをわたしたちよりよく知ってるわね。少しでも違和感のあるものがあるとしたら、それが重要なの。普段ブライアンが使わないレストランでのランチとか、彼のような立場の男性が行かない集まりとか」

「おもしろくなりそうだ」コーネリアスが答えた。

「バグにも頼んでみようか？」バーンが言った。

「いいえ、いいわ」

「理由をきいてもいいかな？」

「リンダがローガンに取り入ろうとしているせいで、バグはリンダを嫌っているの。ブライアンが共犯者かどうかまだわからないけど、バグがそう判断したら、ベストのタイミングでその事実をリンダに突きつけるでしょうね」

オフィスにドアベルが響いた。誰かが玄関に来たらしい。

「スクロール社が耳を取りに来たんだわ」わたしは跳び上がった。「すぐに戻るから待ってて」

わたしはドアに向かった。

「ネバダ……」背後からバーンの声がした。

「ちょっと待って」わたしはカメラをチェックした。ダークスーツ姿の金髪の男性が背中を向けて立っている。フラートンが来ると思っていたのに。これはおもしろい。

わたしはドアを開けた。

男性がこちらを向いた。三十歳ぐらいで、男くさい顔立ちだ。石から削り出したみたいにハンサムだ。角張った顎、豊かな唇、筋の通った鼻、聡明《そうめい》そうな緑色の目。中ぐらいの長さの髪はしゃれたスタイルで、顔立ちの強さを引き立てている。もしショッピングモールや道端で見かけたら、振り返って二度見するだろう。

「どうも。ミズ・ネバダ・ベイラー?」

「ええ」

男性は白い歯を見せてほほえんだ。

すてきな笑顔だ。

「ようやく会えたね。ぼくはガレン・シェーファー」

信じられない。


何か言わなくては。

「驚いたわ」なんて気のきいた返事だろう。「どうぞ中へ」

ローガンに見つかったら車庫のどこかに置いてある適当な戦車で押しつぶされるかもしれないから、その前に中に入れたほうがいい。

わたしは脇によけてガレンを通そうとした。ゼウスがこのときとばかりにわたしがいた場所に入り込み、ガレンをしげしげと眺めた。

ガレンはその場に凍りついた。

「無視して」わたしは腰でゼウスを押しやろうとしたが、ゼウスは動かなかった。「最近引き取ったばかりで、まだしつけができていなくて。知らない人に慣れてないの」わたしはいったい何を言っているのだろう?

「ヒューストンの動物保護施設から?」ガレンの目が光った。

「いいえ、召喚者の一族から。ほら、コーネリアスのところに行って」

大きな獣は耳をぴくぴくさせた。

「ゼウス」コーネリアスが呼んだ。

ゼウスは後ろを向き、流れるような優雅な足取りで会議室へと駆けていった。

ガレンが中に入った。わたしは入口のドアを閉め、彼をオフィスに案内した。いずれ誰かがローガンにシェーファー一族の者が訪ねてきた件を報告するだろう。検問所に来たときにもう知らせているはずだ。結果が楽しみだ。

わたしはデスクに座った。ガレン・シェーファーはクライアント用の椅子に腰を下ろした。わたしはノートパソコンに手を触れ、スリープモードを解除した。バーンからのメッセージのウインドウが開いた。

〈ガレン・シェーファー、シェーファー一族の後継者。〝超一流〟の尋問者〉

状況はどんどん厄介になっていく。

わたしはプロの笑みを顔に張りつけ、画面の隅の小さなアイコンをクリックして録音を始めた。背後の書架には隠しカメラが仕掛けてある。都合よく記憶を改竄《かいざん》するクライアントには手を焼くが、相手が覚えていないと言い張る会話の録画を見せると、訴訟の脅しはたちどころにしぼんでしまう。

「どんな用件なの、ミスター・シェーファー？」

ガレンは椅子の背にもたれ、長い脚を組んだ。「仕事を頼みに来た」

嘘《うそ》だ。これはテストだ。

「嘘ね。言い直す？」

「かまわないかな？」

「ええ」

ガレンの周囲の魔力が強くなった。「年齢は三十一歳」

魔力の壁を力で押すと、するりと抜けた。「真実ね」

壁が強くなった。

「姉妹が三人いる」

「嘘だわ」

間欠泉のようにガレンから魔力が噴き出し、繭となって体を包んだ。どうしたらこんなことができるのだろう？

「ぼくは一人息子だ」

この繭は破れそうにない。わたしは魔力で繭を包んだ。魔力の壁はこちらの力を寄せつけない。強烈な力でたたいたら、真正面から意思の戦いになるだろう。ガレンは強い。ぶつかってみるまではわからないけれど、たぶんわたしより強力だ。ガレンの力のほどを知りたいと思う気持ちもどこかにあった。

壁は無視して。穴だらけだと想像すればいい。空気だと思えばいい。

ガレンが疑わしげに目を細めた。

魔力の壁は石かもしれないが、わたしの力は水だ。ひび割れからするりと入り込む。あとはそれを正しく導き、流れるようにすればいいだけだ……。

嘘だった。

「もうやめましょう」わたしは椅子の背にもたれた。

壁は消えた。ガレンの魔力がわたしを包んだ。「きみは実力より強く見せようとしているのか弱く見せようとしているのか、どちらだ？」

「どちらでもないわ。あなたに知られたくないだけ」

「どうして？」

「信用していないから」わたしは煙を払うように顔の前で手を振った。「魔力はもうおさめてもらえない？」

ガレンはにっこりした。魔力は消えた。

「なんで冷蔵庫にクーラーボックスが入ってるの?」会議室からアラベラの声がした。

どうしてまた会議室なんかにいるのだろう? 「クーラーボックスには触らないで。冷蔵庫を開けないでくれる?」

「妹?」ガレンが言った。

わたしは顔をしかめてみせた。

「ぼくにも一人いる。ときどき厄介だ」

アラベラがオフィスに顔を出し、耳の入った食料保存袋を差し出した。「なんで兵士みたいな格好をしてるの? 汚れてるけど、それ血? それにさ、どうして冷蔵庫に人の耳が入ってるわけ?」

ああ、最悪だ。

ガレンが眉を上げげた。

「それは大事な証拠なの。クーラーボックスに戻して」

「はいはい、わかったわよ」

アラベラは会議室に戻った。

「きみをディナーに誘いたい」

わたしはわざとらしく戦闘服を見下ろした。「今日はちょっと都合が悪いわ」

「明日はどうだろう?」

わたしは顔を上げ、考えるふりをした。「残念だけど今はちょっと忙しくて、待ちぼうけを食わせないという約束ができないの」

そのとき、手のひらを指ではじかれたような何かを感じた。ガレンの魔力だろうか？魔力が働くとき、こういう感じなのだろうか？

「それはかまわない。ぼくは忍耐強い男だ」

真実だ。ガレンはわたしを誘惑しようとしている。

「わかった。質問に答えてくれたら行くわ」

ガレンは身を乗り出し、緑色の目でわたしを見すえた。「いいだろう」

「わたしがあなたの答えの真偽をたしかめるとき、軽くはじかれるような感覚がある？もしあるとしたら、誰でもあることなのか、尋問者だけが感じるのか、どっち？」

「それでは質問が三つだ」

誘惑のゲームをプレイできるのは一人だけではない。「わたしとディナーに行きたいの、それとも行きたくないの？」

ガレンは考えるふりをした。「きみは抜け目がないな。答えはイエス、ノー、尋問者だけだ。ぼくたちはそれを反応音と呼んでいる。車をぶつけて夜中に帰宅したとき、両親から質問を受けながらステレオで反応音を聞かされるのはなかなかきついものだよ。明日六時でどうだろう？」

「場所は？」

「〈ビストロ・ル・セップ〉。静かに会話を楽しむなら最高の店だと聞いた」

いったいどこにあるのだろう。「結構よ。では、明日の六時に」

わたしたちは立ち上がった。ガレンがドアを押さえていてくれた。わたしは彼を外まで送り、黒のキャデラックに乗るのを見守った。キャデラックはバックして、誰にも止められずに走り去った。

アラベラが来て隣に立った。

「あの人、かわいい」

「いったいどういうこと？　クライアントが来ているときに邪魔したことなんかないのに」

「バーンから邪魔しろってメッセージが来たの。二人とも身動きもしないで十分も無言で見つめ合ってるからって。バーンはまずいと思ってわたしに確認させたわけ」

気がきいている。バーンのレスラーのような体格と柔道で鍛えた肩を見たら、ガレンは警戒心を抱いたはずだ。でも、身長百五十センチそこそこで体重は五十キロもないアラベラなら恐れるに足りない。自分がもう少しで踏みつぶされて死ぬところだったとは、ガレンは気づきもしなかっただろう。

十分。きっとガレンの心の壁に穴を見つけようとしていたときのことだ。ほんの数秒に思えたのに。オーガスティン・モンゴメリーもあんな気持ちだったのだろうか。一週間と少し前、ヴィクトリア・トレメインから心を守るための壁を作ることを納得してもらいたくて、わたしはオーガスティンの心から罪のない個人情報を引き出した。わたしが事実を告げるまで、彼は気づかなかった。まるで記憶の一部がすっぽり抜け落ちてしまったかのようだった。

生え際に冷たい汗が浮かんだ。

わたしは振り向いてオフィスに駆け込み、ノートパソコンをつかんだ。

「何?」アラベラが言った。「どうしたの?」

向き合って座るわたしとガレンが画面に現れた。

〝どんな用件なの、ミスター・シェーファー?〟

〝仕事を頼みに来た〟

早送りをクリックした。手振りが速くなり、声が高くなる……ここだ。

わたしとガレンが見つめ合っている。わたしは自分の姿を拡大し、音量を上げた。

何もない。わたしは彫像のようにじっと座っている。ガレンも同じだ。なんの動きもなく、会話もない。黙って見つめているだけだ。わたしの秘密は何一つもれていなかった。

わたしは椅子にへたり込んだ。ふいに疲れがのしかかった。

「ネバダ、大丈夫?」アラベラがデスクの隅のティッシュペーパーの箱を取って、こちらに差し出した。

顔に触れると、わたしは泣いていた。

「ストレスのせいだね」アラベラが言った。「カタリーナとあたしがストレスできついときのために、ママに内緒で煙草《たばこ》を一箱隠し持ってるんだけど、一本残ってるよ」

「ばれたらママに殺されるわよ」

「ネバダが黙っててくれれば、ばれない」

わたしは立ち上がってアラベラを抱きしめた。

「大丈夫？」妹が言った。

「だめ。でも、そのうちよくなるから。うちはみんな大丈夫」

ノートパソコンから怒鳴り声が響いた。バグの顔が画面いっぱいに映っている。「すぐに来い！　すぐにだぞ！」

わたしはローガンの本部を目指してドアから飛び出した。アラベラもあとからついてきた。


一階を走り抜け、階段を上がり、二階に駆け込む。真っ青な顔で携帯電話を耳にあてたリンダがバグの隣に立っていた。誘拐犯からの連絡だ。

「もう耐えられない。怖いわ」リンダはしばらく相手の声を聞いていた。「夫はわたしのすべてよ。ミズ・ベイラーに代わるわ。わたしの代わりに交渉にあたってくれる人よ」リンダはわたしに携帯電話を渡した。

「ネバダ・ベイラー」

「結構」教養を感じさせる男性の声が答えた。「やっとまともな話ができそうだな」

「ルールを破ったのはそっちよ」

バグがキーボードに指を走らせると、男の声が部屋に響いた。

「ほう？」

「暗黙の了解があったのに、それを踏みにじったわ」

「暗黙の了解？」

「そっちはファイルを求め、うちのクライアントは子どもたちの父親が無事に帰ってくることを求めてる。こちらが警察に通報しないことと、ファイルを渡すつもりがあること、そしてそっちがブライアンの身の安全を保障し、ファイルを準備するための時間を猶予してくれること、これは双方が了承している点よ。それなのに要求だけして、こちらに回答する機会も与えず、ハーコートにリンダたち親子を襲わせた。そして今度は切り落とした耳を送りつけてきた。これは信頼を大きく損なうやり方だわ」

長い沈黙があった。

「ハーコートの件は予想外だった」ようやく男が言った。「もう二度とあんなことはしない」

「ブライアンは生きているの?」

「ああ」

「証拠を見せて」

「いいだろう」

通話口が静かになった。リンダが両手を握りしめる。

「もしもし」ブライアンの静かな声が部屋に響いた。バグはリンダにマイクを差し出した。「大丈夫なの?」リンダの声はかすれていた。

「痛むよ」ブライアンが答えた。

「手当てしてもらった? お医者さまを連れてきてくれた?」

「ああ、だが、まだ痛い。この人たちがほしがっているものを渡してくれ」

「愛してる。できることは全部しているわ。もう少しだけがんばって」

「愛してるよ」ブライアンの口調は気だるげで、言葉には感情がなかった。耳の怪我《けが》のせいかもしれない。ショック状態なのだろう。

リンダが両手を握りしめた。叫び出しそうな顔だ。

「これで問題が一つ片づいたわけだ」誘拐犯が言った。「仕事の話に戻ろうじゃないか」

「何を探せばいいのか教えてくれればずいぶん助かるんだけど」

「リンダがそんなにうぶだと思い込んでるとしたらおめでたいな」

「わたしが何かを思い込むことなんかないわ。尋問者なんだから。あなたがなんの話をしているのか見当もつかないとクライアントが言っているの。ヴィンセントが窓から飛び降りる前になんとか聞き出した話だと、リンダの母親に関係あるものらしいけど」

また沈黙があった。ヴィンセントから何も聞いていないのだろう。やれやれ。

「それだけわかればじゅうぶんのはずだ」

「干し草の中から針を探さなきゃならないのに、それが針かどうかもわからない状態なのよ。ペンかもしれないし、りんごかもしれない。ブライアンとリンダのコンピュータを調べたけど、何もなかったわ」

「コンピュータにはない」男の声にいらだちがにじんだ。「家のどこかだ。外かもしれないし、貸金庫の中かもしれない。オリヴィアが使った隠し場所のどこかだ」

「どこにあるかも、正体すらもわからないものを探せというの？」

「ブライアンに生きて帰ってきてほしいなら、見つけるんだな」

「せめて時間をもらえない？」

「いいだろう。四十八時間やろう」

二十四時間だろうと思っていた。

「無駄遣いするな。子どもたちが両親を亡くして泣くのを見るのは忍びないからな。四十八時間以内に必要なものを手にできなければ、子どもたちの父親をばらばらにして返す」

通話の切れる音が部屋に響いた。バグがスピーカーを切った。

「誰かがあいつをぶっつぶしてやらなきゃ」アラベラが言った。頬が赤くなり、歯を食いしばっている。あの男は妹を怒らせたらしい。

わたしはリンダのほうを向いた。「四十八時間はブライアンの心配をしなくていいわ」

「でも、そのあとはどうなるの?」リンダは自分の体に腕をまわした。

「そのときはそのときよ。スクロール社に電話をかけた?」

「ええ。今、こちらに向かってる」

「よかった。今晩、これまでの数週間のことをじっくり思い出してほしいの。誘拐犯は、あなたの家か、あなたが行ける場所に求めるものがあることを確信してる。お母さんから何か預かったことはない? ささいなものでもいいわ。子どもたちにもきいてみて」

リンダはため息をついた。「わかった」

「わたしが子どもたちに話してもいいけど」

「いいえ」リンダは片手を上げた。「わたしがきく」

「ありがとう」

リンダは階段を下りていった。

わたしはバグのほうを向いて携帯電話を取り出し、バグに見えるようにバーンにメッセージを打った。リンダやほかの誰かに立ち聞きされたくなかったからだ。

〈誘拐犯と話した。相手は探し物がブライアンのコンピュータにはないという確信がある様子。不審な場所からブライアンの個人情報を使ってシャーウッド社のコンピュータにアクセスした形跡がないかどうか調べて〉

「了解」

わたしはバグに身を寄せて小声で言った。「ブライアンの通勤ルートをチェックして、ルート上にいくつ監視カメラがあるか調べてもらえる？」

バグはまばたきしてワークステーションのほうに走っていった。

携帯電話が鳴った。どうかいいニュースでありますように。画面を見るとローガンだった。

わたしは覚悟した。ガレン・シェーファーのことを話さなければならない。いつまでも引き延ばすことはできない。「もしもし？」

ローガンの声には〝超一流〟らしい落ち着きがあった。「夕食の約束だ」「そうね」

予想と百八十度違う話題に、一瞬わたしはついていけなくなった。

「一時間半後に迎えに行く。カクテルドレスだ」

カクテルドレスということは予約を入れてあるのだろう。今、着ているのは血まみれの戦闘服だ。

「ドレスは?」

ローガンは何を考えているのだろう? 「大丈夫、あるわ」

「じゃあ七時に」

わたしは息を吐き出し、シャワーを浴びて着替えるために階下へと向かった。

背後でアラベラが電話をかけていた。「カタリーナ、今、何してる?……それキャンセルできる? ネバダを手伝わなきゃ」


「なんの話か言ってた?」祖母がこうたずねるのは十二回目だ。

「いいえ」

わたしはキッチンテーブルに座り、ノートパソコンで仕事をしようとしていた。バーンとコーネリアスはブライアンの通信相手の調査を続けているので、わたしはきのこ関係のピンタレストのアカウントを調べようと思ったのだ。

大切な連絡を待っているとき、九十分はとてつもなく長く思える。でも血まみれの格好をなんとか見られる状態にしようと思ったら、九十分などゼロに等しい。ラッキーなことに、わたしには妹たちがいた。シャワーから出てタオルを巻きつけるとすぐ、アラベラがわたしの髪に取りかかった。カタリーナは去年のクリスマスにプレゼントしたエアブラシを持って現れた。妹がありもしないにきびを気にしていたので選んだ品だ。カタリーナはわたしに座って顔を動かすなと命じた。わたしは体を拭かれ、スタイリングされ、顔にミストタイプのメイクを吹きつけられた。けれども、それ以上のメイクについては一線を引いた。もし二人の勝手にさせたら、頭蓋骨みたいなチークとクレオパトラのようなアイラインでバスルームから出るはめになっただろう。それでも二人のおかげで記録的な速さで支度をすませられたのは事実だ。

あとはローガンが来ればいい。

前回すっぽかしたことが知れ渡ったのだろう。家族全員が何かしら理由をつけて次々とキッチンに集まってきた。バーンは隅で教科書を読んでいる。祖母はわたしの隣でマフラーらしきものを編もうとしている。母は購入以来一度も片づけたことのない食器棚の引き出しを整頓している。正面に座ったアラベラは携帯電話に夢中だ。カタリーナは左側で、忙しくメッセージを打っている。足元のテーブルの下にはゼウスが座り、コーネリアスは向こうで紅茶を飲んでいる。レオンまでぶらぶらやってきて壁にもたれ、何かを待っていた。

誰も話さない。

「好奇心からきくんだが」コーネリアスが口を開いた。「もしローガンが来なかったら、みんなで生きたまま彼の皮をはぐつもりかい？」

「もちろん」わたし以外の全員が声を揃《そろ》えた。

わたしはため息をついた。

ドアベルが鳴った。

わたしはノートパソコンのキーをたたいた。玄関のカメラからの映像が現れた。ドアの前に黒っぽいパンツスーツの女性がいる。銀色に近い金髪をポニーテールにまとめている。その隣には黒っぽい髪の小さな女の子がいて、大きな白い猫を抱いている。大型のドーベルマンが忠実に二人を守っている。ダイアナとマチルダと飼い猫とバニーだ。

「マチルダが来たわ」

「よかった」カタリーナが立ち上がり、ドアを開けに行った。間もなくコーネリアスの姉のダイアナと娘のマチルダがキッチンに入ってきた。

「パパ」マチルダが両手を差し出した。コーネリアスは椅子を立ってしゃがみ、娘を抱きしめた。アラベラがこっそり携帯電話で写真を撮った。アラベラを責められない。マチルダは本当にかわいらしいのだ。

マチルダがまばたきした。亡くなった母、ナリ・ハリソンにそっくりだ。でも、まじめそうな表情はコーネリアスとうり二つだ。

背後でダイアナが顔をしかめた。「あれは何？」

マチルダが目を丸くした。「猫ちゃん」

「びっくりさせようと思ったんだ」コーネリアスがにっこりした。

コーネリアスは二人に秘密にしていたのだ。

ゼウスがテーブルの下で身動きし、マチルダの顔の十五センチ手前に大きな頭を突き出した。

マチルダは口をぽかんと開いた。

ドーベルマンのバニーは、どうしていいかわからないのかその場に立ち尽くしている。

マチルダが片手を差し出した。ゼウスはその手に鼻を押しつけた。マチルダがあとずさりすると、ゼウスがテーブルの下から出てきた。マチルダより三十センチ高い。マチルダは息をのんだ。

ゼウスが頭を下げると、マチルダが首を抱きしめた。「ふわふわだね」

妹たちが同時に写真を撮った。

「きれいね」ダイアナはしゃがんでゼウスの顎の下を撫でた。「目が宝石みたいだわ。コーネリアス、どうやったの？　こんなことはありえない」

「こいつを感じてほしい」コーネリアスが言った。

「感じてる。すばらしいわ」

またドアベルが鳴った。わたしはノートパソコンを見た。

玄関にローガンが立っている。背後にはライトをつけたままのガンメタル・グレーのメルセデスが止まっている。ローガンは黒のスーツ姿だ。スタイルは完璧で、隣に立たないと彼がどれぐらい背が高いか忘れてしまう。スーツが身長、長い脚、引きしまったウエスト、広い肩幅を強調している。髭《ひげ》は剃《そ》ってある。短い髪は整えられている。どこから見ても億万長者だ。

間違いなく何か企《たくら》んでいる。

「来たわよ！」祖母が言った。

わたしの家族はゼウスを忘れ、わたしのまわりに集まった。

「ホットね！」アラベラが言った。

「プロポーズするつもりだわ」祖母がうれしそうに両手をこすり合わせた。

「母さん！」母がうなるように言った。

「プロポーズじゃないわよ。食事に行くの。通して」

わたしはなんとかテーブルから逃げ出した。

「デート？」ダイアナがにこにこしてたずねた。

「食事よ」わたしは答えた。

「プリンセスみたい」マチルダが言った。

「ありがとう！」わたしはマチルダを抱きしめたが、マチルダはすでにわたしのことなど眼中になかった。ゼウスのほうがずっとおもしろいからだ。

オフィスを抜け、玄関からローガンの待つ冬の空気の中に出た。彼は頭を傾けた。その目に炎が燃え上がるのがはっきりとわかった。

「すばらしい」

わたしはエイドリアーナ・レッドの黒のドレスを着ていた。エイドリアーナはヒューストンの新進のデザイナーだ。去年できたばかりのブティックで三百ドルで買った。二カ月後、若い女優がエミー賞の会場にエイドリアーナの緑のドレスで現れたため、その名がいっきに広まった。もう彼女の服は買えない――一晩で値段が三倍に跳ね上がってしまったからだ。このドレスはシンプルだけれど、計算されたラインで体に沿い、曲線を際立たせると同時にエレガントに見せてくれる。裾は膝上五センチで、脚をきれいに見せながらプロとしての落ち着きも感じさせる。Vネックは厳密に言うとビジネスディナーには少しきわどいが、これは仕事ではない。髪は下ろしたのでやわらかなウエーブが背中にかかっている。ハイヒールのおかげで身長は十センチも高い。すべての人が虜《とりこ》になるドレスではないけれど、けちをつけることは誰もできないはずだ。

ローガンの目が暗く熱くなった。

「あなたもすてきよ」

「そのドレスにはもう少し輝きが必要だ」

ローガンはポケットから長方形の黒い箱を取り出して開けた。美しいエメラルドが現れた。親指の爪より少し大きいエメラルドがドアの上の明かりを受け、青を少しにじませて息をのむような緑に輝いている。白に近いゴールドのチェーンに、涙のように下がっている。

「どうだ?」ローガンがたずねた。いつ歯車がくるうかわからないと思っているのか、その声には不安があった。

「ゴージャスだわ」わたしは正直に言った。

ローガンはそれを箱から出した。わたしが髪をかき上げると、彼が首にかけてくれた。エメラルドが輝くしずくとなって肌の上におさまった。

「でも、食事の間だけよ。もらうわけにはいかないわ」

「きみのために買ったんだ。クリスマスのプレゼントにしようと思っていた」

ローガンの顔を見れば、ネックレスを拒絶するのは彼を拒絶するも同然だとわかった。高価なエメラルドなのは間違いない。今この首にはたぶん五万ドル相当のものがかかっている。わたしがこれまでの人生で手に入れた宝石全部を合わせたより高額だ。だがそもそもローガンは自分でも把握できないほどの資産を持っているし、彼がこのネックレスをつけてほしいというなら、そうしよう。

「ありがとう」

満足したドラゴンのようにローガンがにっこりした。

「ずっとそういう目で見ているなら、食事までたどりつけないわ」わたしは小声で言った。

「それなら車に乗ったほうがいい」

ローガンがドアを開けてくれたので、わたしは暖房の効いた車に乗り込んだ。

〈フランダーズ・ステーキハウス〉はルイジアナ通りに面した二十階建てのビルの最上階にあり、眺望のよさを生かした造りだ。壁一面の窓からは夜空とヒューストンの街が織りなすすばらしい景色を一望できる。ビルの間を縫う高速道路に流れ込む車列は、まるで空中を走っているかのようだ。これまで仕事の付き合いで食事の席に出たことは何度かある。ヒューストンのステーキハウスは会社の経費で飲み食いするエグゼクティブが利用する場所だ。壁にロングホーン種の牛の頭蓋骨や皮を飾ってテキサスの田舎風な内装にする店が多い。それに比べるとここは感じがいい。

そのときようやく気づいた。これはデートだ。わたしたちの初めてのちゃんとしたデート。

隙のない服装のウエイターが、身なりのいい客の間を縫ってわたしたちを店内へと案内してくれた。その中には有力一族のメンバーもいたらしい。わたしたちが通り過ぎるとき、ローガンの顔を目にして手を止めたのを見ればわかる。わたしも何度か視線を感じた。驚きと困惑の視線、とくに女性からのむき出しの好奇の視線。ローガンはどこに行っても女性の視線を集める。そしてわたしは、何がそんなに特別なのか見極めようとして二度見される。それはかまわない。そんなことでデートが台なしになりはしない。

わたしたちはチョコレート色のクロスがかかった奥まった席に案内された。ローガンが椅子を引いてくれた。魔力で椅子を滑らせようとはしなかった。今夜はわたしとコナーの夜なのだ。

わたしは座った。ローガンは壁に背を向けて正面に座った。どんな危険も見逃さない、店内を見渡せる便利な席だ。

魔法のようにウエイトレスが現れた。目の前にメニューが置かれた。

「ワインは?」

もちろん飲みたい。「お願い」

「何がいい?」

わたしが好きなのはアスティ・スプマンテだ。一本五ドルで買える甘いスパークリングワイン。「辛すぎない赤で」どうか知識のなさがばれませんように。

ローガンはリストの中からワインを注文した。ウエイトレスはお辞儀をしてテーブルを離れた。

わたしはメニュー越しにローガンにほほえんだ。

ローガンもほほえみを返した。その肩から少し力が抜けた。

わたしはメニューを見つめた。すばらしい。

「お腹《なか》がぺこぺこよ。今朝、あなたのキッチンにあったアップルパイを盗み食いしてから何も食べてないの」

「盗み食いじゃない。おれのアップルパイは全部きみのものだ」

わたしは前菜のメニューを眺めた。ローストしたポートベローマッシュルームのラビオリ。牛肉のカルパッチョ。シーフードの冷製カクテル。

「どうしたんだ?」ローガンの目に心配の色が浮かんだ。

「こぼさずに食べられそうなのはどれか考えていたの」

ローガンは静かに笑った。「きみが料理をこぼしているところなんか見たことがない」

「あるわよ。サム・ヒューストン通りの高層ビルにのぼろうとしてごみ箱をよじのぼっていたとき、腐ったスパゲティだらけになったわ」

どうしてこんなことを言ってしまったんだろう。わたしはため息をついた。

「それはこぼしたんじゃない。踏みつけたんだ」

というより、その中で転げまわったと言ったほうが正しい。でも、今はその違いを指摘するのはやめておいたほうがいい。

ウエイトレスが赤ワインを持ってきた。彼女は芝居がかったしぐさでそれを開け、二つのグラスに少しだけ注いだ。映画ではたしか、ここで儀式みたいなことをしていた。グラスを差し上げ、ワインを揺らし、香りをたしかめるのだ。わたしはグラスを手に取って少し飲んだ。舌にさわやかなぬくもりが広がった。

「おいしい」

ローガンはウエイトレスにうなずいた。彼女はにっこりして脇にどいた。今度はウエイターが前に出て、パンが入ったかごをテーブルに置いた。二種類のハーブ入りのオリーブオイルの入った温かい小皿もいっしょだ。焼き立てのパンのにおいに唾がわいた。

「前菜は？」ウエイトレスがたずねた。

わたしの思考回路は完全に麻痺《まひ》してしまった。「あなたが決めて」

「カルパッチョを」

〈タカラ〉で初めて二人で食事したとき、わたしはカルパッチョを頼んだ。ローガンに傘下に入れと説得されたときのことだ。彼はそれを覚えていた。

ウエイトレスはうなずき、わたしたちはまた二人きりになった。

ワインを一口飲む。今日という日の壮絶さがゆっくりと抜けていく。

ローガンがわたしの手に手を重ね、指をからめた。

「ありがとう」

「いいんだ」彼がほほえむと、マッド・ローガンは消えた。こちらを見ているのはコナーだ。まるで世界にわたしたち二人しかいないかのようだ。

「今日みたいな一日のあとで、こういう時間が必要だったの」

「来てくれてありがとう。いつも血まみれじゃなくていい。こんなときがあったっていいんだ」

「すてきね」

「気に入ってくれてよかった」

カルパッチョが来た。わたしはメインにポークチョップを、ローガンは乾燥熟成肉のステーキを頼んだ。

カルパッチョは天にも昇るおいしさだった。これはオリーブオイルをつけたパンと食べた。

「さっき、あなたはもう少しで命を落とすところだったのよ」

「ほう?」

「家族全員がキッチンであなたの到着を待っていたの。もし待ちぼうけを食わせたら、大変な事態になるところだった」

ローガンはにやりとした。「おれはきみの家族に好かれている。この魅力で一命を取り留めただろう」

「どうかしら。みんな頑固だから」

ローガンは身を乗り出した。「その気になればおれは魅力を振りまけるぞ」

たしかにそのとおりだ。こんなにホットなら、魅力的な振る舞いも簡単だ。彼のペースにのせられてはならない。

レストランの光景が揺らぎ、薄れた。わたしはローガンとベッドにいる。二人とも一糸まとわぬ姿だ。彼の大きな手が腿を撫でて……。

わたしはそのイメージから少しだけ離れ、正面のローガンを見つめた。

「気をつけて」わたしは唇のワインを舐《な》め取った。ローガンの目が舌に釘《くぎ》づけになる。

「テーブルクロスに火がつきそうよ」

ローガンはすぐにも立ち上がってわたしをレストランから連れ出し、信じられないほど熱いカーセックスを楽しみたいと思っている顔だ。わたしも喜んでついていくだろう。

ろうそくの炎を吹き消すようにイメージが消えた。

ローガンの目が冷たくなった。彼がグラスを取り上げて椅子の背にもたれると同時に、一人の男性がテーブルに近づいてきた。肩幅の広い長身の男で、オーダーメイドのスーツをさりげなく優雅に着こなしている。肌は濃い褐色、髪は短く、顎に細い山羊髭《やぎひげ》を生やしている。一度しか会ったことがないけれど、印象は強烈だった。忘れがたいのはその目だ。その目を見れば、危険なほど抜け目のない男だとわかる。

「ローガン」

「ラティマー」ローガンが答えた。「座るか？」

マイケル・ラティマーはうなずいた。そばの空席にあった椅子が勝手にこちらのテーブルまで動いてきた。ラティマーは座った。

「今日、ハーコート一族が接触してきた」ラティマーが口を開いた。「ずいぶんうまみのある条件で戦略的同盟を持ちかけてきたよ。きみのことを警戒する必要はあるだろうか？」

真実だった。

「あの一族との問題は解決した。ヴィンセントを除いてね」ローガンが答えた。

「ヴィンセントに関しては予定があるんだね？」

「ああ」

「その予定というのは、ヴィンセントの息の根を止めることと関係があるのか？」

「そうだ」

ラティマーは椅子の背にもたれた。椅子がかすかにきしんだ。「家族はもう手を引いている。ヴィンセントを守れるとは考えていない」

「当然だな。最大の武器がない自分たちがどれほど脆弱《ぜいじゃく》か、わかっているんだ」

ラティマーは眉を上げて考えた。「いい情報を得られた。食事を楽しんでくれたまえ」

彼は立ち上がってわたしを見た。「あのときの申し出は今も有効です。いつでもかまいませんよ」

「ありがとう」

マイケル・ラティマーは立ち去った。

ローガンがこちらを向いた。「申し出って?」

「オーガスティンに連れられてバラノフスキーのパーティに出たとき、ラティマーはわたしの首のあざを見て家庭内暴力だと誤解したの。彼の叔母がオーガスティンに話しかけた間に、ラティマーはわたしをパーティから連れ出して病院に行き、安全な滞在場所を提供すると言ってくれたのよ」

ローガンは身を片側に乗り出してラティマーの後ろ姿を見やった。「マイケル・ラティマーが?」

「ええ。嘘はついていなかったわ」

「おもしろい」ローガンが言った。

ウエイトレスが料理を運んできた。

ポークチョップはすばらしかった。もう料理をこぼしても気にしないことにした。ただ原始人みたいに食べ物を口に詰め込んでいるところを人に見られるのは困るので、我慢して肉を小さくカットした。

「デザートもいるな」ローガンが言った。

わたしはポークチョップを見やった。二日分たっぷり食べられそうな分量だ。

「きみの好きなデザートは？」

「名前は知らないんだけれど、九歳か十歳の頃に食べたデザートよ。母は従軍中で、祖母と祖父が妹たちといとこたちを三日間ロックポート・ビーチに連れていったの。わたしもいっしょに行くはずだったんだけれど、病気で一日目は父のオフィスで吐き続けていたわ。最悪の気分だった。みんなはビーチにいるのに、わたしだけバケツの隣で寝てるなんて。二日目の朝、大きな案件を片づけた父が、お祝いにってレストランに連れていってくれた。どんな料理を食べたかは覚えてないんだけど、父がデザートは好きなものを頼めと言ってくれたから、宝石箱っていう名前のついたデザートを頼んだの。出されたそれは大きな四角いチョコレートで、薄いチョコレートをスプーンで割って食べたわ。中にはクリームとラズベリーとブルーベリーが詰まっていて。あんなにおいしいものは初めてだった」わたしは思い出してほほえんだ。「あなたの好きなデザートは？」

「チョコレートムースだ」ローガンはきっぱりと言った。「ジャングルであれが食べたくてしかたなかった。なぜだかわからない。それまでチョコレートが好きだと思ったことはなかったからね。飢え死にしそうになっていた数日間、目を覚ますと口の中にあの味があった。ジャングルを抜け出した我々は、ヘリコプターに乗せられてベリーズの基地に連れていかれた。病院に落ち着くまで、おれは寝なかった。そのとき誰かに、ほしいものはないかときかれたんだ。おれはチョコレートムースだと答えたんだろう。病院のベッドで目を覚ましたとき、それが待っていたからだ」

ローガンを抱きしめてあげたいと思った。わたしは手を伸ばして指でやさしく彼の手を撫でた。「おいしかった？」

「ああ、うまかった」

ピンヒールの若い女性がつかつかとこちらに歩いてきた。年は二十歳ぐらい、明るい金髪を頭の後ろで複雑な編み込みにしている。肌はしみ一つなく、メイクは完璧だ。黒いカクテルドレス姿だが、シンプルなわたしの服とは違い、いかにもお金がかかっているのが感じられる。自分が美人だと知っていて、それを当然だと思っている。

彼女はわたしを無視してローガンを見つめた。「わたしはマーカス一族のスローン・マーカス」

ローガンは無言で彼女を眺めた。

「テキサスで三番目に大きい念動力使いの一族よ。わたしは三代目の〝超一流〟。二十一歳で健康で、遺伝的な疾患はなし。出身校はプリンストン大学。わたしに興味があるでしょう？　リクエストしてくれれば個人情報を提供するわ」

この女はたった今、わたしの目の前でローガンを口説いた。

ローガンはうなずいた。「おれの連れは礼儀正しいので、きみに事実を突きつけたりしない。だからスローン、おれが自分で説明する。彼女とおれは大変な半日を過ごし、血糊《ちのり》を洗い落として静かな食事を楽しみにここに来た。きみはそれを邪魔している」

スローンの頬が赤くなった。恥じ入ったわけではない。拒絶されて怒ったのだ。「わかっていないみたいね。わたしの個人情報を提供すると言っているの」

「ローガンはあなたの個人情報を見たいとは思っていないわ」わたしは口を開いた。「彼はわたしの情報すら見ようとしなかったけど、わたしたちは深い仲なの」

スローンは見くだすようにわたしを見た。「〝超一流〟が結婚するのは〝超一流〟だけよ」

わたしは笑顔を向け、食べ続けた。

スローンは顎を上げた。「わたしにノーと言った人はいないわ」

「嘘」わたしは言った。

「よくもそんなことを」

「それどころか、何度もノーと言われてる。二十一歳っていうのも嘘だったけど、いいスピーチだったから止めなかったの」

ローガンが小さく笑っている。

「いったい何さまの――」

「放っておいてくれ」ローガンが言った。その口調にははっきりと命令が感じ取れた。

スローンが何か言おうとした。ローガンの魔力が見えない奔流となって周囲に広がった。ドラゴンが翼を広げたのだ。

スローンはショックをあらわにしてよろよろとあとずさりし、小走りに逃げていった。

ローガンの魔力が消えた。

「わたしたちの遺伝子的な相性を調べたことは？」

ローガンは顔をしかめた。「それにはトレメイン一族の記録を見なければならない。きみのおばあさんが許してくれると思うか？」

「怪しいわね。あの人のことだからわからないけど」今がいいチャンスだ。「ガレン・シェーファーが今日、会いに来たの」

ステーキを切るローガンの顔はくつろいでリラックスしていた。「後継者か」

「明日、ディナーに誘われたから行くことにしたわ」わたしはポークチョップを薄く切った。

ぴしっと音がした。ローガンは落ち着き払って食べ続けている。わたしたちの隣の分厚い窓ガラスに、細いひびが上の隅まで走った。ローガンのすぐそばだ。

「将来について考えるのは大事だ」ローガンの声は冷静そのものだ。「きみがどんな可能性も閉ざさないでおきたいと思う理由は理解できる」

誤解もいいところだ。「呪文を破ってピアースが宝石飾りを見つけるのを助けたのは尋問者よ。ハーコートの心に壁を作ったのも尋問者。うちはまだ一族として成立したわけじゃないけど、会報に載ったとたんシェーファーが飛びついてきたわ。だから彼のことをもっと知りたいの」

「それも当然だ」

「シェーファーがハーコートと共謀しているなら、ブライアンの居場所を知っているかもしれない」

「合理的な考え方だ」ローガンは外科医の正確さでステーキを切っている。

「あなたに見ていてほしいの」

「もちろん」ローガンのフォークが宙で止まった。「なんだって？」

わたしはゆっくりと言った。「隠しカメラで会話を録音して、映像をリアルタイムでバーンに送るつもりよ。それを見てほしいの」

ローガンはじっとこちらに目を据えている。

「シェーファーと会うのは危険をともなうわ。今日オフィスに来たとき、彼は嘘をついているかどうか見極められないような、あることをしたの。わたしの魔力を試したのよ。わたしがオーガスティンにしたようなことをわたしにする可能性もある。もしわたしが秘密を打ち明け始めたら、電話をかけてほしいの。電話一本で目覚めると思うんだけど、たしかなことはわからないわ」

「きみのデートを盗み聞きしてもかまわないんだな?」

「デートじゃないから」

「食事の約束か」

わたしはため息をついた。「いやならあなたに会話を監視してほしいなんて頼まない」

ローガンは一滴の血を嗅ぎつけた鮫《さめ》のように色めき立った。「おれが同行して、別のテーブルで待機しているっていうのはどうだ?」

「だめ」

ローガンは疑わしげに目を細めた。「きみは不安を抱いている。おれもきみの安全を不安視している。きみがいいというなら、もしものときに備えてそばにいるんだが」

「やめて」

「どうして?」

「シェーファーがフォークの置き方を間違えただけで、あなたが乗り込んできてカトラリーで彼の頭を輪切りにするからよ。カトラリーじゃなければポケットの小銭で」

「カトラリーなんか必要ない。あいつがきみに手出ししたら、素手で頭をねじきってやる」

わたしはローガンにフォークを突きつけた。「そういうことを言うから、確実に距離を取るって約束してほしいの」

「距離って？」

「相当な距離」

「もっと具体的に」

「ローガン、やめて」

彼はワインを飲んだ。表情は変わらないが、目つきが変わった。警戒心がにじみ出ている。

「スタームだ」ローガンが小声で言った。

わたしは魔力を引き出し、テーブルを満たした。

男が近づいてきた。身長は百八十センチほど、引きしまった体つきだが顔は青白く、目はコーヒーの色だ。焦げ茶色の髪は襟元にかかる長さで軽くウエーブがかかっている。魅力的な顔立ちだけれど、ハンサムではない。オーガスティンの顔は完璧に美しいし、ローガンの顔は力にあふれているが、スタームの顔は強い意志を感じさせる。じっくり計画を立て、戦略を練るタイプだ。そして実行にあたっては非情にもなりうることを目が物語っている。その顔を見ると、脳の奥深くにある本能的なアラームが作動して危険を告げる。そして生存本能がこの男の一挙手一投足を見逃すなと警告する。

「ローガン、ここで会えるとはうれしい驚きだ」スタームが言った。その声はややかすれている。狼《おおかみ》が人間の姿を取ったとしたらこんな声を出すだろう。そう思うと、この男はどこか狼に似ている。辛抱強く冷酷で抜け目のない狼だ。

「スターム」ローガンはこの世に心配事など何もないという口調で答えた。

スタームは空いている椅子に腰を下ろした。わたしはワインを飲み、魔力を細いロープにして一本ずつスタームに巻きつけていった。

「すっかり世捨て人になったとばかり思ってたよ。戦争で傷を受け、平凡な我々から距離を置くヒーロー。ところがこうしてそこそこの服を着てステーキを食べているし、デート相手の首には《エーゲ海の涙》が光っている。わたしの勘違いだったらしい」

《エーゲ海の涙》？

「ときとして思い込みは危険だ」ローガンが答えた。

「そうだな。人はおうおうにして自分が正しい側にいると思い込むが、気がつくと意外にも歴史の間違った側にいるものだ」スタームはほほえんだ。「きみがこうして外に出て人生を楽しんでいるのを見てうれしいよ、ローガン。結局、〝超一流〟とはこういうことだ。安楽、富、権力」

「義務」ローガンが言った。

スタームがうんざりした顔をした。「つまらない奴だな。どう思うかね、ミズ・ベイラー？」

「なかなかだわ。ポークチョップはおいしかったし、ワインもすばらしいし」

スタームは歯をむき出してにやりとした。「ポークチョップか。金には換えられないな。きみは楽しい人だ」

「そのとおりよ。ミスター・スターム、ヴィンセント・ハーコートと面識は？」

「もちろんある」

わたしはスタームに巻きつけた魔力のロープを少しきつくした。「ちょっと不安定な人だと思わない？　簡単な命令にも従えず、綿密に練り上げた計画を台なしにしてしまうような人」

スタームは狼のようにかすれた声で笑った。「まだ〝超一流〟と認められたわけでもないのに、なかなかいいゲームをプレイするじゃないか、ミズ・ベイラー。ローガン、そう思わないか？」

ローガンは答えなかった。彼はワインを一口飲んだ。

「我々のような立場の者はゲームに長《た》けていなければならない。そうでないとすべてを失う危険にさらされる。我々のために働く者たち、愛する者たちを。きみが気づく前に、我々は頭上で荒れくるう竜巻におびえて地下壕で縮こまっている自分に気づく。だが、負け犬の伝統が血に流れる一族もあるらしい。ローガン、きみの甥《おい》は元気かね？」

ローガンは笑みを浮かべた。そばの窓が音楽のような音をたててひび割れた。

この笑顔は殺人を意味する。わたしはローガンの手首に手を置いた。「それはやめて」

「ああ」スタームがまたほほえんだ。「女性がいるからこそ、文明人の顔を保てるというものだ。女性がいなければ男はどうしようもない」

わたしはスタームのほうを向いた。「鈍すぎて自分がやりすぎたことに気づかない人もいるわ。そういう人を結果など考えずに殺してしまう者もいる。死んでしまったらどちらにしろ、結果など関係なくなることに気づくべきよ」

スタームは窓を見やった。尖《とが》ったガラス片の形に細いひび割れが走っている。窓が割れたら破片は彼をずたずたに引き裂くだろう。それが〝超一流〟の念動力の使い手の正確さだとしたらなおさらだ。

「歓迎されてもいないのに居座ってしまったみたいだな」

「いや、いてくれてかまわない」ローガンが答えた。「もっと話そう。近況を報告し合おうじゃないか」

「すまないが、もう行かないと」スタームは立ち上がった。「わたしの言ったことをよく考えろ、ローガン。正しい側につくのに手遅れということはない」

スタームは去っていった。

「わたしがつけているこれは何？」わたしは質問した。

ローガンは苦しそうな顔をした。「光る石だ」

真実だ。それならいい。わたしは携帯電話を取り出し、検索ウインドウに〝エーゲ海の涙〟と入れた。

〈《エーゲ海の涙》ファンシー・インテンス・グリーンブルーにランクづけされた十一・二カラットのダイヤモンド。近年、アルゴス沖の古い難破船から発見された。ブルーグリーンの発色を持つダイヤモンドは《オーシャン・パラダイス》、《オーシャン・ドリーム》とこの《エーゲ海の涙》だけであり、世界でももっとも希少なダイヤモンドとされる（ブルーグリーンは加工ダイヤモンドではよく見られる色で、さまざまな放射線処理により得られる。しかし天然のものは極めて珍しい）。《エーゲ海の涙》は先日ある個人収集家に千六百八十万ドルで売却された〉


わたしは息をのんだ。

「デザートはどうする？」

「いらないわ」

呼び寄せたかのようにウエイトレスが現れた。

「もう出ようと思う」ローガンはウエイトレスに言った。「窓ガラス代は弁償する」

わたしたちは店から出て車に乗り込んだ。ローガンは夜の街に車を走らせた。

「どうして？」わたしはようやく口を開いた。

「愛してるからだ」

「千六百万ドルだなんて」

ローガンは何も言わなかった。

窓の外をヒューストンのきらめく明かりが飛び過ぎていく。

「〝超一流〟の世界の別の一面をきみに見せたかった。明るい一面を」

「明るい一面って、アルマーニのスーツを着た偉そうな犯罪者に脅されること？　いきなりそのへんの女があなたに身を投げ出すこと？」いや、これは不公平な言い方だ。

「彼女とガレンの違いは、慣れているかいないかだ。彼女も経験を積めばうまくなる」

「ガレンはわたしを口説いたわけじゃないわ」

「そのうち口説く」

わたしはため息をついた。

「本当は二人だけの夜にしたかった」ローガンが言った。「殺戮も流血もない、おれときみだけの夜。〝超一流〟とは関係のない夜に」

実際には、最後にアレキサンダー・スタームがほくそえむだけの延々と続くパレードの夜だった。そしてわたしはそれを指摘した。ああ、かわいそうなコナー。

「平和な夜にできたんだ。今は戦いのさなかだが、ずっと戦ってなきゃいけないわけじゃない」

車は家に続く道に入った。

「うちの前で降ろしてくれる？」

ローガンは倉庫の前で車を止めた。わたしはネックレスに手を伸ばした。

「だめだ」その声には鋼の強さがあった。

「無理よ。高価すぎる。わたしには……」

「きみのために買ったんだ」

わたしが無理に返そうとしたら、ローガンは窓からネックレスを投げ捨てて走り去るだろう。目を見ればそれがわかった。

「わかったわ。もう帰っていいわよ。玄関はすぐそこだから」

ローガンの顔から表情が消えた。

わたしは車を降り、玄関のドアにロック解除の暗証番号を打ち込んだ。

母と祖母がまだキッチンにいて、低い声で何か言い争っていた。わたしが入っていった瞬間、すべてが止まった。

わたしはネックレスをはずし、ダイヤモンドをテーブルに置いた。

「すごい、ぴかぴかね」祖母がダイヤモンドを見つめた。「これは何？」

「千六百万ドルのダイヤモンドよ」

わたしは椅子に座った。母と祖母は無言でこちらを見つめている。

「千六百万ドル？」ようやく母が声を取り戻した。

「グリーンブルーのダイヤモンドで、世界に三つしかないの。返そうとしたけど、受け取ってくれなかった。しばらくうちに置いておくしかないわ。ローガンの機嫌が直ったら返せるように、どこか安全な場所にしまっておきたいの」

「彼にプロポーズされて、断ったの？」祖母がたずねた。

「いいえ、プロポーズされたわけじゃないわ。それはクリスマスプレゼント。すてきなディナーだった」スタームに最後を台なしにされたのはローガンのせいではない。

母はこめかみをもんだ。「どこにしまっておけばいいかしら。うちに金庫はないし」

「鍵付きの弾薬箱があるから、それをあなたの寝室に置いておけばいいわ」祖母が言った。

「そうね。それから妹たちには黙っておいて」《エーゲ海の涙》と自撮りされるのは困る。

わたしは立ち上がって冷蔵庫を開けた。卵、ホイップクリーム、バター……どこかにチョコチップがあるはずだ。

「どうしたの？」母がたずねた。

「チョコレートムースを作ろうと思って」

「今から？」祖母が言った。

「そう」

三十分後、ダイヤモンドをベッドの下にしまい込むと、お気に入りのパジャマ代わりの

Tシャツ、ノートパソコン、個包装のメイク落としをキャンバスバッグに入れ、ムース入りのティーカップ六つをのせたオーブントレイと泡立てたばかりのホイップクリームの小さな容器を持って、わたしはローガンの本部に向かった。

バグはまだコンピュータの前にいた。わたしを見てその目が輝いた。「よう、ネバダ！」

「バグ、新しい情報はある？」

「電話はなかった。静かなもんさ。それ、なんだい？」

「チョコレートムース」

「なんでまた」

「ローガンが好きだから。おやすみ」

「おやすみ」

わたしは階段をのぼり、ローガンの部屋のドアノブをまわしてみた。ドアが開いたので中に入った。ローガンはデスクに座っていて、コンピュータの画面がその顔を明るく照らしている。スウェットパンツと白のTシャツという姿で素足だ。それはオフモードのローガンだった――リラックスし、疲れているけれど、たまらなくホットなローガン。

ローガンが振り返ってこちらを見た。その顔に驚きが浮かぶ。わたしが来るとは思っていなかったのだろう。怒らせたと思っているのだ。ローガンは何もわかっていない。

わたしは隅にある冷蔵庫のところに行った。昨夜見つけたのだが、ローガンはここに飲み物を入れている。わたしはオーブントレイを中に入れた。ぎりぎりだったけれど、なんとか入った。そのあと右側の壁の後ろにあるクローゼットに行き、靴とストッキングを脱ぎ、ドレスも脱いでブラジャーを取った。やっと自由になった。一日の終わりにブラジャーをはずす瞬間ほど気持ちのいいものはない。パジャマ代わりのTシャツを着てシンクに行くと、デート用のメイクを落とした。洗顔にしばらくかかった。二時間も細いヒールに押し込められていた爪先に冷たい床が気持ちよかった。

顔を洗い、歯磨きを終えると、わたしはノートパソコンを持ち、ローガンのベッドにヘッドボードに足を向けて寝転がった。もう十日もメールをチェックしていない。請求書とか、急ぎの連絡が来ているかもしれない。

間もなくローガンが席を立ち、冷蔵庫を開けて中をのぞき込んだ。

沈黙が続く。

わたしはメールに意識を集中した。いつもなら十日も放っておけば一、二件依頼のメールが入っているのに、何もなかった。ヒューストン全体がわたしたちがテストに通るかどうかを見極めるつもりなのだ。失敗すれば事務所は大打撃を受けるだろう。とても回復できそうにない。ただでさえストレスが多いのに、大変なプレッシャーだ。

バーンからメールが一件入っていた。〈明日の朝、見せたいものができるかもしれない〉謎めいた内容だった。

リベラからも一件。なんだろう。〈こんばんは。エドワード・シャーウッドが意識を取り戻したら連絡がほしいと病院に依頼した件、本人が目を覚ましたので今晩リンダ・シャーウッドを病室まで護衛しました。シャーウッド一族は新しい警備主任を置き、二十四時間態勢で警備にあたらせています〉

シャーウッド一族はまたもやわたしを締め出した。なんて愚かなことを。わたしは手短に感謝のメールを送った。

ローガンが隣に来てあぐらをかき、ノートパソコンを前に置いた。片手にムースのカップを持っている。上にホイップクリームをたっぷりのせたようだ。

「まだ固まっていないでしょう?」

「かまわない」

ノートパソコンの画面には、きちょうめんな筆記体の文字が並ぶノートのような黄色い紙面が表示されている。

「何を読んでいるの?」

「父のメモだ」ローガンはムースを口に運んだ。「父は潜在的なあらゆる脅威について資料を作成していた。これはスタームに関してだ。料理はできないって言ってたじゃないか」

「できないわ。時間がないから。でも、作り方を知ってるものなら多少はあるの」

わたしはうなずき、ローガンのほうに身を寄せて体を触れ合わせ、またメールに戻った。ローガンの指先がわたしの背中をかすめた。彼はノートパソコンから視線を上げずにそうしている。わたしがそばにいることをたしかめているのだ。

きっとこういう感じなのだとわたしは気づいた。毎晩帰宅すれば相手がいる生活がこれだ。

殺戮や流血やしゃれたディナーばかりでなくていい。こういうひとときがあってもいい。わたしはとても心地よかった。

9

わたしはローガンのキッチンに座り、コーヒーを飲みながらアップルパイを食べていた。パイの表面はシュガーコーティングされていて、ぱりっとした歯ごたえのあと、口の中で溶けた。たぶん体にはよくないのだろう。でも、かまわなかった。

正面ではローガンがコーヒーを飲んでいた。昨夜、メールのチェックをすませたあと、彼は寝る前に二人ともエクササイズが必要だと思ったらしい。とても説得力があった。今日は本当ならあと一時間寝ていたかったけれど、もう起きてコーヒーを飲んでいる。服装は準仕事着だ。ジーンズ、Tシャツ、銃を身につけていることがわからない、ぶかぶかのやわらかいセーター。

ハート軍曹、リベラ、バグがカウンターの周囲に座り、コーヒーを飲みながら小声で話していた。

「調査の進み具合は?」ローガンがたずねた。

誰も何も言わなかった。

バグが咳払《せきばら》いをした。「ヴィンセントの行方は不明。うまく隠れてやがる。ハーコート一族を監視してるが、動きはなし。ブライアンも見つからねえ」

「スタームは？」ローガンが言った。

「あのレストランを出たあと、帰宅してそのまんまだ」

「ヴィクトリア・トレメインは？」

バグが首を振った。「動いていたとしても、とらえられねえ」

ブライアンがスタームの家に監禁されているとは思えない。あからさますぎるし、ブライアンが見つかったらすべてがおしまいだ。どこか別の場所にとらわれていると考えるのが妥当だろう。しかし、ヴィンセントはスタームの家にいるはずだ。もしわたしがスタームなら、勝手にあんな行動に出たヴィンセントを近くで監視しておきたいと思うからだ。

ローガンはハート軍曹を見やった。「補強の分析は？」

「避雷針を追加で設置させてますが」軍曹が答えた。「竜巻のほうは打てる手はそれほどありません。このビルは頑丈で地下室もある。兵舎代わりにしている二つのビルも同じです。三つの地下室には応急手当てのセット、水、糧食をストックしてあります。今、強化ドアを取りつけてます。今日は避難訓練の予定です」

「倉庫のほうは？」ローガンがきいた。

「建物はしっかり固定してあるし、スチールの壁は曲がりこそすれ、ばらばらにはならないでしょう」軍曹が言った。「技術的には風速二百七十キロの強風に耐えられますが、実際のところ、専門家によって意見は分かれるところです。鉄筋のビルの建築業者なら、F4クラスの竜巻に耐えた話をするでしょう。しかしもしスタームが竜巻を一箇所にとどまらせたら何が起きるのか、誰にもわかりません」

スタームがそんなことをしたら、倉庫は空き缶みたいにぺしゃんこになるだろう。

「シェルターが必要だわ」わたしは言った。

軍曹はうなずいた。「それには問題があります。シェルターは床下に造るのが理想的だが、そのためには技術や丁寧な作業が必要になる。シェルターに倉庫自体や土の重みがかかるからです。造るには時間がかかるものの、今はそれがない。もう一つの選択肢として、倉庫の中に強化シェルターを置く手があります。しかし、倉庫には重量のある車がたくさんある。竜巻に巻き上げられたら飛ぶ凶器と化して、倉庫内に作ったシェルターを破壊してしまうでしょう」

「じゃあ、いちばんいいのは本部の地下シェルターに避難することね」

「そうだ」ローガンが言った。

「大変ね」

「スタームもおれも攻撃型の魔力使いだ」ローガンが言った。「二人とも防御は不得意だから、先手を打ったほうが優位に立つことになる」

こちらから先制攻撃を仕掛けるわけにはいかない。証拠もなければ根拠もない。世間的なイメージを維持したいと思うなら、スタームも先に攻撃に出ることはできない。正当な理由がないからだ。問題はどちらが先に動くかだ。

「早期探知システムを入れます」リベラが口を開いた。「何もないところから竜巻を作り出せるといっても、気圧の低下と大気の動きの変化を隠すことはできない。サイレンをいくつか用意する予定です」

「お母さんには今日の午後、説明しますよ」ハート軍曹が言った。

携帯電話が鳴った。レオンからのメッセージだ。〈フラートン到着〉

「失礼するわ」わたしは椅子から跳び上がり、コーヒーカップをシンクに運んで洗い、ラックに伏せた。ローガンが手を伸ばしたので、わたしは通りすがりに彼に体を預けた。

「今日の予定は？」

「調査を続けるわ。時間がないし、明日までにはファイルを探し出さないと」

「今日はどこに行く予定だ？」ローガンは慎重に言い直した。

「これから倉庫に戻ってフラートンと面会したあと、病院に行ってエドワードと話す。話の内容によっては街に残ることになるかもしれない。ガレンとの食事の準備に間に合うように帰ってくるつもりよ」

「さっきの質問だけどよ」バグが言った。「三つだが、道がはっきり見渡せるのは一つだけだ」

バグはメモリアル・ドライブに面した監視カメラの話をしているのだ。いよいよおもしろくなってきた。

「なんの話だ?」ローガンがたずねた。

「たしかなことがわかったら話すわ」今、話したらローガンはリンダに言ってしまうかもしれない。リンダにそんな爆弾を落とすなら、百パーセントの確信がなければだめだ。

「エドワードと話せばもっとはっきりするはずよ」

「応援をつけようか?」ローガンが静かにたずねた。

「いらない。ヒューストンの街を武装した護衛といっしょに走りまわるわけにはいかないわ」それがローガンの部下ならなおさらだ。

「護衛をつけて、結局不要だったとなればいい話です」ハート軍曹がもっともな言い方をした。「二人ほど増えたってどうということはないでしょう?」

「おれの部下といっしょのところを見られたくないんだ」ローガンが言った。「ネバダは注目されている。ベイラー一族はどこかの家来じゃなく、自立した一族だというところを人に見せなければならない」

ハート軍曹はローガンを見やった。「その問題は解決したと思ってました」

ローガンは首を振った。「そういうわけじゃない」

「すみません。状況を誤解していたようです」軍曹が言った。

二人はなんの話をしているのだろう?

「わたしはコーネリアスを連れていくわ」彼をゼウスから引き離せればの話だけれど。ローガンの顔を見れば、気に入らないのがわかった。

「ヴィクトリア・トレメインだって昼間から何か仕掛けてきたりはしないはずよ。スタームが言った四十八時間のうちに、わたしはあの男が何をほしがっているのか探り出さないといけない。わたしの邪魔をしたって得にはならないはずだし、ヴィンセントから目を離すこともないと思うの。わたしを拉致するのはリスクが高いわ。交渉材料はもう手にしてるんだから、そもそもその必要もない。バグがわたしの動きを追っていて、怪しいことがあれば知らせてくれるわ」

筋の通ったわたしの言葉はローガンにはなんの衝撃も与えずに跳ね返ってしまった。わたしの安全を守るためにローガンが新しい手を繰り出さないうちに、話の方向を変えなければならない。

攻撃は最大の防御だ。「あなたは今日どこへ行くの?」

「オースティンのアデ＝アフェフェ一族に会いに行く」ローガンが答えた。

なるほど、それでこんなに心配しているのだ。自分がヒューストンにいないうちに何かあったとしても、すべてを投げ出してわたしの救助に駆けつけることも、視界に入る全員を殺すこともできないわけだ。「どういう一族なの？」

「天候使いだ。非常に強力な一族だよ。一度いっしょに仕事をしたことがある。助けを求めに行くんだ。目当てが一人いるが、その女性がつかまるかどうかわからない。だから一族の許可が出た者を連れてくるつもりだ。許可が出ればの話だが。夕食の時間には戻ってくる」

〝超一流〟がただで動くことはない。「どんな代償を支払うの？」

一瞬ローガンの顔に疲労が浮かんだがすぐに消えたので、じっと見ていなければ見逃すところだった。「代償じゃない。おれたちが直面している問題を洗いざらい打ち明ける。それには直接会わなければならない」

つまり例の陰謀のことを説明し、どちらの側につくか迫るのだろう。この決断は後戻りがきかない。一度立場を選べば、シーザーの敵か味方かにならざるをえない。どちらにしてもその選択が忘れられることはない。昨日スタームはなんて言っていただろう？〝人はおうおうにして自分が正しい側にいると思い込むが、気がつくと意外にも歴史の間違った側にいるものだ〟歴史は勝者の手で書かれる。アデ＝アフェフェ一族を味方にしようと思ったら、相当な説得工作が必要になる。

「わたしも同行してほしい？」

「いや」

そのとおりだ。よく考えれば、ヴィクトリア・トレメインの孫娘をデリケートな交渉の場に連れていったら、相手の一族の好意は得られない。相手の嘘《うそ》を想定し、わたしに真実を見極めさせるつもりなのが見え見えだ。わたしがいるだけで、どんな信頼の幻想も粉々になる。

「そう。もし助けが必要なら教えて」

ローガンは腕にわたしを抱いたままで、離れる気配がない。彼の目には力と計算と不安が見て取れる。

「フラートンが待ってるから」わたしは小声で言った。

「待たせておけばいい」ローガンはノートパソコンに手を伸ばした。「きみに見せたいものがある」

そのせりふは前にも聞いたと言おうとしたけれど、バグとリベラと軍曹の前なのでやめた。

ローガンはノートパソコンを開いてファイルをクリックした。母の姿が画面に映し出された。どこかのビルの絨毯《じゅうたん》の上に寝そべり、窓に正確に円くあけられた穴から狙撃銃で外を狙っている。隣にいるのはレオンだ。遠くにハーコート一族の建物が見えた。

「セクター三、アルファ、方向三時、角度十ミル」レオンが言った。

セクターゲームだ。子どもの頃、キッチンでこのゲームをしたのを覚えている。まず基準点をもとにして視界をセクターに区切る。ドアからテーブルまではセクター一、テーブルの左端から中心まではセクター二。中心から右端まではセクター三……。次は奥行きだ。テーブルからカウンターまではセクターアルファ。カウンターから冷蔵庫まではセクターブラボー。母の合図に従って、わたしたちが座標を言う。テーブルの左側にある塩はセクター二、アルファ、九時。子どもたちが大きくなると、母は全員を射撃場に連れていき、ゲームは少し複雑になった。

レオンは今、それを現実としてプレイしている。

「確認」母が言った。「左から二番目の窓。ターゲットなし」

「右下の隅。もうちょっと左。もうちょっと」

レオンは決められた手順を無視している。狙撃手をターゲットに向けさせるにはこういう言い方をしてはいけない。

「もうちょっと左」

レオンは母に視差と角度の確認を求めなければならない。角度がわかったら母はそれを声に出し、レオンが弾道計算用コンピュータに入力する。結果を母に知らせて〝準備よし〟の一言を待ち、風速を伝える。そんな手順はいっさいなかった。しかも母はレオンをたしなめない。

「撃て」レオンが言った。

母は引き金を引いた。窓ガラスが割れた。

レオンが無言で笑った。

「ターゲットにあたったの？」

「銃弾はビル内の何かにあたってほぼ直角に跳ね返り、別の側にいた敵を倒した。レオンの力で銃弾がいわば角を曲がったんだ。あの子は奇跡だ」

「セクター二、ブラボー、六時」レオンが言った。「もうちょい左」

わたしが〝もうちょい左〟なんて言ったら怒られただろう。

ちょっと待って。わたしたちはレオンも含めて全員が射撃場に連れていかれた。母は知っていたのだ。わたしたちの誰よりも先にレオンの魔力に気づいていたはずだ。射撃場でその才能が現れていたはずだから。わたしがレオンの力を発見したと勢い込んで報告したとき、母はもう知っていたのだ。

わたしは何もわかっていなかった。母とはじっくり話をしなければいけない。

また銃声が響いた。

「命中数は？」

「十三」ハート軍曹が答えた。「正確に割り出すのは難しいんです。あなたのいとこは二部屋向こうの敵を殺している。お母さんの発砲回数は二十一、レオンが笑うかにんまりしたのが十七回。実際の命中数は十七と見ています」

レオンは人を殺して笑っているのか。わたしは顔をこすった。「セラピーを受けさせたほうがいいかも……」

カウンターの四人の男がこちらを見た。

「人を殺しながら笑ってるのよ。その事実をおもしろがってるの」

「あの子が笑ったってかまわない」リベラが言った。「銃撃戦のとき隣にいてくれるなら大歓迎だ」

ローガンはリベラを見やった。リベラは口を閉じた。

「レオンは人を殺したから笑ってるんじゃない」ローガンがやさしく言った。「ようやく自分の力を発揮できたから笑ってるんだ。あの子はこのために生まれてきた。銃弾がターゲットをとらえたとき、レオンは自分がちっぽけで弱いとか役立たずだとか感じていない。砂袋を撃ったって同じ反応をするだろう。生まれて初めて魔力増幅の魔法陣を使ったときの感覚を思い出してみればいい」

自分の力を魔法陣に注ぎ込み、その力が倍になって返ってきて体に流れ込んだとき、まるで飛ぶこつをつかんだような気がした。レオンは心から魔力をほしがっていた。もう持っていることも知らずに。

「その言葉を信じたいわ」

「本人にきいてみればいい」

「そうね」

ローガンはノートパソコンを閉じた。「レオンを同行させてくれ」

「銃撃戦に巻き込まれたときに備えて子どもを連れていけというの？」

「考えてみてほしい」ローガンが言った。

「そんなに言うなら」

ローガンはわたしを見つめた。魔力がするりと彼から離れてわたしに巻きついた。まるで魔力までもがわたしを行かせたくないかのように。

「気をつけてくれ」

「剣と盾を持っていくわ」わたしはそうつぶやいてかすめるようにローガンの唇にキスをし、階段に向かった。

ちょうど見えないところにリンダが立っていた。階段を上がってくるところをわたしと鉢合わせしたような顔だったが、そんな足音は聞こえなかった。わたしが出てくるのを階段で待っていたのだ。

「気分はどう？」わたしはたずねた。

「まだ夫が見つからないわ」リンダは小声で答えた。

「わたしが捜してる」

「わかってるけれど」

それ以上言う言葉が見つからなかったので、わたしは階段を下りていった。

一階まで行くと、開いているドアの左に誰かが大きな薄型テレビを取りつけたのが見えた。テディ軍曹がその前に寝そべっている。マチルダがテディの肘の中に座り、ジェシカとカイルが脇腹にもたれている。幻だろうかと思い、わたしは目をこすった。テレビの中では『ノック！　ノック！　ようこそベアーハウス』の熊が掃除の歌を歌っている。子どもたちは満足げに番組を見ている。

わたしは携帯電話でその写真を撮って家に戻った。

フラートンはオフィスで待っていた。わたしは掃除の歌のハミングをやめ、ガラス越しに彼に会釈し、クーラーボックスを取り出してオフィスに持っていった。

「シャーウッド一族から要請がありました」フラートンが言った。「とくにリンダ・シャーウッドから、あなたに全面的に協力するように、と」

わたしはクーラーボックスを開けてフラートンに見せた。「この耳がブライアン・シャーウッドのものかどうか、DNA鑑定してもらえますか？」

「わかりました」フラートンは面長の顔に思慮深そうな表情を浮かべた。「急ぎますか？」

「ええ」

「確認したいだけか、法廷でも通用する精度が必要か、どちらでしょう？」

「確認できればいいです」

フラートンはシャツの袖をまくり上げ、指を広げて手を耳の上にかざした。コントロールされた魔力が一瞬ひらめいた。やがて彼は手を戻し、袖を下ろした。「この耳はブライアン・シャーウッドのものではないし、シャーウッド一族の誰のものでもありません」

やっぱり。「たしかですか?」

「これまで一度も間違えたことはありませんから」

「ありがとう、請求はわたしに送ってください」

「わかりました」

「個人情報のリクエストはありました?」

「ありません。もしあればすぐにお知らせします。具体的に予想されるリクエストがあるんですか?」

「ええ、ローガン一族から」

フラートンは言葉を止め、考え込んだ。「基本的な個人情報のリクエストを受けることもできれば、自分からリクエストを出すこともできます。テストが終了し、一族が正式に成立するまでは認められませんが、リクエストを出すだけなら今でも可能ですよ。それでは失礼します」

わたしはフラートンを玄関まで見送り、クーラーボックスを冷蔵庫に戻してコーネリアスのオフィスに行った。コーネリアスはいなかった。

ローガンの情報をリクエストすることができる。

もし断られたら？

もっと大事なのは、ローガンの遺伝子がわたしの遺伝子と相性がいいかどうかを本当に知りたいのか、それともあるがままの彼を好きなのか、ということだ。

そう、あるがままのローガンが好きだ。

オフィスに戻り、ノートパソコンをたしかめた。バーンはネットワークに接続していない。わたしはインターコムを押した。「誰かバーンがどこに行ったか知らない？」

「コーネリアスと何かチェックしに行くって出かけたよ」レオンが答えた。

「ほかのみんなは？」

「おばさんは車庫でおばあちゃんを手伝ってる。仕切り屋と、人間の顔した悪魔は仕切り屋の部屋」

仕切り屋と、人間の顔した悪魔。レオンはわたしの妹たちに腹を立てているようだ。

「二人で何してるの？」

「教えてくれないんだ。インスタグラムで何かあったらしいよ。二人のアカウントをのぞいてみたけど、わからなかった」

やれやれ、レオンは猫みたいに好奇心旺盛だ。秘密にされるとじっとしていられない。

みんな忙しいようだ。暇なのはわたしとレオンだけ。奇跡的なタイミングだ。わたしはため息をついた。

「オフィスに来て」

「なんで?」

「来たら言うから」

わたしはデスクのいちばん下の引き出しに隠しておいた小さなガンロッカーの鍵を開け、シグP210と弾倉を取り出した。

レオンはだらだらとオフィスに入ってきてクライアント用の椅子に腰を下ろした。無気力なティーンエイジャーそのものだ。

わたしは弾倉を見せた。「九ミリ弾が八発」

レオンの目が輝いた。彼は銃を見つめたまま身を乗り出した。

「安全装置は手動。古い銃だけれど頑丈で信頼性が高くて命中精度もずば抜けている。パパが実際に使っていた銃で、わたしはこれで訓練したの」

わたしは銃と弾倉をレオンのほうに押しやった。レオンは一瞬で銃をテーブルから取り上げ、弾倉を入れて通路のほうに狙いを定めた。さっきまでテーブルにあった銃は、次の瞬間レオンの手の中に移った。

「ホルスターを使って。上着はジップアップのパーカね。銃を隠し持っていることが外からわからないようにして。これから出かけるから、あなたが護衛よ」

レオンは跳ぶように立ち上がって出ていった。わたしはため息をついた。もしかしたらよくないことかもしれない。レオンは十二日後に十六歳になる。三日後に十八歳になるカタリーナの次だ。二人にプレゼントを買わなければならない。状況が変わらなければ、カタリーナは自分の誕生日にテストを受けることになるだろう。今年はお祝いはなしだ。クリスマスも、カタリーナの誕生日も、レオンの誕生日も。

十七歳になれば入隊できるようになる。銃を与えられ、それを使うことを要求される。レオンは一年半後には戦場に出て、人を殺しまくっているかもしれない。

もうレオンは知ってもいい頃だ。ずっと守ってやることはできない。

わたしは携帯電話を取り出してバーンにメッセージを送った。〈今、どこ？〉

〈コーネリアスと手がかりをたどってる。ネバダは？〉

どんな手がかりかたずねたら説明が止まらなくなるだろう。バーンのことだから今朝起きたところから始め、二十分間理路整然と話を進めるはずだ。

〈病院のエドワードに会いに行く。レオンもいっしょ。気をつけて〉

〈わかった〉

わたしはアラベラにメッセージを送った。〈二人とも、どうしたの?〉

〈アレッサンドロ・サグレドがカタリーナのインスタグラムのアカウントをフォローしたの。そうしたらカタリーナがびびっちゃって〉

アレッサンドロ・サグレドというのは誰だろう? 聞き覚えがあるのはなぜだろう? わたしはノートパソコンを引き寄せてその名前を入力した。アレッサンドロ・サグレド、サグレド一族の次男、〝超一流〟のメンタルディフェンダー……。ああ、記録局がカタリーナの魔力をテストするために呼んだイタリア人の〝超一流〟だ。

そのサグレドがインスタグラムでカタリーナをフォローした。それだけのことだ。〈カタリーナをテストするために呼ばれた人よ。心配しなくていいってカタリーナに言って〉

〈カタリーナったら、とんでもなくびびっちゃってて、落ち着かせようとしてるところ。ワインを飲ませようと思ってる。それかマリファナか。マリファナを買ってもいい?〉

〈だめ〉

〈医療用だよ〉

〈買ったらママに言いつける〉

レオンが戻ってきた。大きめの青いパーカを着ている。がりがりに近い細身なので、服が骨格に引っかかっているみたいだ。あれなら中にバズーカ砲を隠し持っていたとしてもわからないだろう。

わたしは真剣な目でレオンを見つめた。「あなたはわたしの護衛よ。トラブルは予想してないけれど、もし何かあったら撃つのはわたしが命令したときだけにして。許可なく発砲したらもう二度と連れていかないし、今後一年半は銃には触らせない。わかった？」

レオンは必死にうなずいた。

「それならいいわ」

エドワード・シャーウッドの警備主任はわたしをじろじろ見つめた。筋肉質のがっしりした男で、こちらを威嚇しようとしている。こっちが縮こまることを期待されている気がした。

「銃を渡すことはできません」わたしは答えた。

「それならミスター・シャーウッドには会わせられない」

「わたしたちと会うかどうか、本人にたしかめてください。ミスター・シャーウッドの弟さんに関わることなので」

「銃を持った者を病室に入れるわけにはいかない」

「最後にミスター・シャーウッドと会ったとき、わたしは銃を持っていました。彼を食べようとした怪物の前に立ちはだかりましたよ」

「ミズ・ベイラー、あなたの役割については知っている。シャーウッド一族は助力に感謝しています」

こうなったら奥の手を使うしかない。「こういう状況を招いた事件の現場に駆けつける前、同僚がシャーウッド一族に連絡を取り、警備の責任者にリンダ・シャーウッドに危険が迫っていることを知らせました。そして言われたんです、口を出すな、と」

取りつくしまもない相手の態度に少しひびが入った。「その男はもうシャーウッド一族には雇用されていない」

「それはよかった。重要な情報を提供しようとしているときに、取りつくしまもない扱いを受けるのは心外ですから。ミスター・シャーウッドに面会を確認してもらえませんか。緊急なんです」

男はこちらを見つめている。頭の中でスイッチが入ったらしい。

「ちょっと失礼」男は背を向けて通路を歩いていき、わたしたちはシャーウッド一族の制服を着た男女二人組の監視のもとで待合室に残された。

レオンが二人にウインクした。二人とも顔色一つ変えない。

携帯電話が鳴った。コーネリアスだ。わたしは出た。「もしもし？」

「ブライアンの領収書をチェックしてみた」コーネリアスが言った。「十二月二十一日に〈ミレニアム・コーヒー・ハウス〉に寄ってるが、ブライアンはコーヒーも紅茶も飲まない。店はガルフ通りと六一〇号線の交差点のそばにある。ここよりバイオコア社に近いコーヒーショップは十六軒ある」

ヒューストンの混んだ道路を二十五キロも運転して、飲みもしないコーヒーを飲みに行くのはおかしい。

「一人だった？」

「いや。バリスタが覚えていたんだが、フルーツティーを注文したブライアンのカップに名前の綴《つづ》りを間違えて書いたら文句を言われたそうだ。ブライアンは店で一人の男と会っていた。店の外のテラス席に座って、四十五分ほど話をしていた。窓から見えたそうだ。

写真をいくつか見せたら、スタームを選び出した」

これでパズルのピースがはまった。「ありがとう」

「役に立ちそうかな?」

「それこそ求めていた情報よ」

「すばらしい。バーンと代わるよ」

「ネバダ?」いとこの声がした。

「何?」

「バグと二人でブライアンのログイン記録をチェックした。十二月二十一日に何者かが家庭内ネットワークにログインするのにブライアンの情報を使っている。メールとリンダのフェイスブックによると、一家はその夜リンダの義理の母親とエドワードといっしょに過ごしている」

「何にアクセスしたかわかる? 何かコピーしてる?」

「わからない。コンピュータシステムにとっては、ファイルを開けるのもコピーするのもいっしょなんだ。その違いは記録されない。ただ一つ言えるのは、ブライアン・シャーウッドじゃない誰かがネットワークに自由に出入りしてたってことだ」

「ありがとう」

「家に帰るよ」

「気をつけて」

「わかった」

わたしは電話を切った。

警備主任が通路から出てきた。「今から会うそうです」

エドワードはベッドに寝ていた。その顔色は真っ白なシーツとそう変わらない。カーテンの間から太陽が差し込み、そばのテーブルに置かれた盆栽を照らしている。髪をタイトなポニーテールにした小柄な女性が隅にいて、鷹《たか》のような目でわたしとレオンを見ている。彼女はベレッタを持っていた。レオンは、この世に心配事など何もないという顔で女性の隣に立った。彼女はレオンをじろりと見て、そのあとは無視した。

警備主任はドアのそばに立っていて、動く気配を見せない。

わたしは椅子を引き寄せた。「具合はどうですか?」

「間一髪で生き延びた気分だ」エドワードは静かに言った。彼がベッドのアームレストにあるコントローラーを押すと、体が起き上がった。「ブライアンは見つかったか?」

「いいえ」

「リンダの様子は?」

「持ちこたえています」

「ゆうべ、会いに来てくれた」エドワードは手を伸ばして盆栽に触れた。

「リンダがこれを?」

「そうだ。サツキツツジといって、樹齢七十二年だ。五月から六月にかけて開花する。花はピンクと白で美しい。一つの木についていても開花のパターンはさまざまだ。ずっとほしかったんだが、最近は忙しくてね。でも、リンダは覚えていてくれた」エドワードはほほえんだが、また真顔に戻った。「リンダと子どもたちを助けてくれてありがとう。それからぼくも」

「お礼なんかいいんです。わたしの立場なら誰だって同じことをしたでしょう」

「どうかな」

言い出すのは難しいが、言わなくてはならない。「警備の人たちをどの程度信用していますか?」

病床にいるというのにエドワードはわたしをにらんだ。これには感心しないわけにはいかなかった。「彼らを信用している」

「わたしがこれから言うことは内密に願います」

「かまわない」

わたしは声を落とした。「弟さんの誘拐にはアレキサンダー・スタームが関わっています」

重い沈黙が続いた。スタームの名前が出ると、人は言葉を止めてしまう。

「間違いないのか？」

「ええ。まだ証明はできませんが、確信はあります」

「いったいどうして？」

「アレキサンダー・スタームとヴィンセント・ハーコートは、オリヴィア・チャールズが荷担していた陰謀に関係しています。この三人は、ヒューストンを揺るがし、自分たちのリーダーを権力の座につけようとする〝超一流〟たちの集団に属しています。彼らはそのリーダーをシーザーと呼んでいる。アダム・ピアースもこの陰謀に関わっていました」

エドワードは唖然《あぜん》としてこちらを見ている。

「スタームは、オリヴィアがブライアンとリンダの家に何かを隠したと考えています。極めて重要な何かです。スタームはそれを取り返したがっているけれど、それがなんなのかはっきり言おうとしません。わたしたちがその品物を見つけられないことに業を煮やし、スタームはもっとまじめに探せと言わんばかりに切り取った人の耳を送りつけてきました」

「なんてことだ」エドワードは起き上がろうとした。

「起きないでください」警備主任が言った。「よくなってもらわないと困るんです」

エドワードはベッドに体を戻した。

「十二月二十一日にブライアンはバイオコア社から二十五キロ離れた〈ミレニアム・コー

ヒー・ハウス〉を訪れ、スタームと会っています」

わたしはエドワードがその事実を理解するのを待った。

エドワードは顔をしかめた。「たしかなのか？」

「ええ。目撃者に写真を見てもらったところ、スタームの写真を選びました」

「ブライアンにはスタームに会う理由などない。バイオコア社はスターム・エンタープライズとは取り引きがない。だいたい、会いたいならなぜ一人で行くんだ？　スタームの評判は誰でも知ってる。どうして言ってくれなかった？」

どれももっともな質問だ。「そのあとブライアンとリンダがあなたのお母さんと食事している間に、何者かがブライアンの個人情報を使って家庭内ネットワークにログインしています」

エドワードは何も言わなかった。

「ブライアンの誘拐はあっという間の出来事でした。画策した者は手際のいいプロです。ブライアンの行動は予測可能です。毎日同じルートで通勤し、毎日ほぼ同じ時間に帰宅する。使っているメモリアル・ドライブはほとんど森の中です。ブライアンの通勤経路には監視カメラが三つありますが、道が何にもさえぎられずに見渡せるのは一つだけです」

エドワードはやはり無言だった。点と点をつなげているのだろうか。

「誘拐犯は、そのルートの中で確実に監視カメラに録画される場所でブライアンを拉致しています。どちらかの方向に十メートルでもずれていたら、犯罪現場はカメラにとらえられなかったでしょう。そこまで有能な集団が下調べもせず、監視カメラの位置も知らなかったとは考えにくい。それに、バンパーを一度突かれただけでブライアンがガードレールに追突し、都合よく誘拐の跡を残したのも興味深い事実です」

エドワードの目が暗くなった。最後の一撃を繰り出すタイミングだ。

「耳が送られてきたあとにリンダがブライアンに無事かどうかたずねたとき、ブライアンは痛いと答えました。医師に診てもらったかどうかきくと、診てもらったと答えた。こちらで、切断された耳のＤＮＡ鑑定をスクロール社に依頼したら、弟さんのものではないとわかりました」

エドワードは視線を上げた。その顔は険しかった。歯を食いしばっている。まるで視線の熱だけで穴があけられるかのように、天井をじっと見つめている。シーツを持った手がこぶしを握りしめた。エドワード・シャーウッドは激怒している。そしてその怒りを全力で抑えている。

わたしは待った。

エドワードの顎から力が抜けた。その声はうなるように低かった。「あいつを殺してやる」

盆栽がきしんだ。幹が太くなり、枝が突き出し、土の下で根がうごめいた。

「素手で絞め殺してやる」

枝につぼみができた。

「腰抜けだとは知ってたが、これは……」エドワードは怒りで震えている。

陶器の鉢にひびが入り、砕けた。破片がわたしの服に降り注いだ。警備主任が銃を抜いたところを見ると、背後でレオンが動いたらしい。

ツツジは根を伸ばして蛸《たこ》の怪物のようにテーブルにつかみかかった。大きさは四倍になり、枝がベッドの上に伸びた。

「今回のことはこれまでのどんな行いよりひどい。あのばかめ。腰抜けのばかめ」

つぼみがどんどん開いていく。怒《ど》濤《とう》の勢いで花が木を飾った。白から濃いピンクまでの繊細な花がびっしりとついて、葉が見えない。部屋が甘い香りでいっぱいになった。

エドワードは目を閉じて深く息を吸い込んだ。

彼を慰めようとするかのように開花が勢いを増した。

「銃を下げて」わたしは小声で言った。

警備主任はゆっくりと銃を下げた。

「あの間抜けはもう少しで自分の子どもを殺すところだった」エドワードがうなるように言った。「自分の妻も、ぼくも殺しかけた。我が一族の未来を台なしにした。今後シャーウッドの名が語られるとき、人は殺人と裏切りと陰謀を思い出すだろう」

エドワードが目を開けた。

「十四年だ。十四年間、ぼくはバイオコア社を支えてきた。もうろくした父のせいで会社が傾きかけたときも、なんとか破綻させずに切り抜けた。ブライアンがプレッシャーにつぶされそうになって一人になりたいと言ったとき、研究が止まったが、ぼくが会社を支え続けた。あの腰抜けにプレッシャーのことなんかわかるものか！　赤ん坊の頃から周囲のみんながあいつを守ってきたんだ。債権者を押しとどめたのも、取り引きを成立させたのも、自分の将来を犠牲にして一族を支え続けたのもぼくだ。オリヴィアとの関わりは薄かったのに、会社は大打撃を受けた。オリヴィアの裏切りでぼくたちは傷ついたが、時間さえかければ立ち直れただろう。だが、もうおしまいだ。いまいましいことに、あいつが一族の長なんだ。あいつが関わっていたことは世間に知られるだろう。リンダはすでに社会からはじき出されてるのに、夫と母親が悪事に手を染めていたとなれば、もう誰もリンダの無実を信じないだろう。こんなことはとても乗りきれない。子どもたちの未来も台なしだ。ぼくたちは結局はあいつに殺されるんだ。もうおしまいだよ」

わたしはなんと言っていいかわからなかった。積もりに積もった恨みが爆発したのだ。

病室は墓場のように静かだった。

「コリン」エドワードが口を開いた。

「なんですか？」警備主任が言った。

「母に、このところの事態を受けてぼくが一族の指揮を執ると知らせてくれ。その一族ももうぼろぼろだが。自慢の秘蔵っ子のおかげで一族はおしまいだと伝えてほしい。それからバイオコア社の破産申請に備えるようにと言ってくれ」

「わかりました」

警備主任は廊下に出ていった。

エドワードがこちらを見た。

「理由を知りたいんです」わたしは彼に言った。「お金のためでしょうか？」

エドワードは首を振った。「リンダは潤沢な個人資産を持っている。昨日の夜、バイオコア社を救いたいと言ってくれた。現在の苦境を自分のせいだと思っているんだ」

「受けたんですか？」

「いや」

真実だった。

「それだけじゃない。ぼくたちの個人的な資産も少なくとも一部は守られるようにしてある。もしバイオコア社がつぶれても、ブライアンは安楽に暮らしていけるだけの財産がたっぷりある。贅沢《ぜいたく》はできないにしても、楽に暮らせるはずだ」

「バイオコア社を倒産させないためにしたことだと思いますか？」

エドワードは笑った。

「違う、ということですね」

「ああ」

「ブライアンには野心などほとんどない。そうなると残る動機は一つしかない。「ブライアンが結婚生活に不満をもらしたことはありますか？」

エドワードはため息をついた。「一年半前、あいつはぼくのところに来てリンダと別れたいと言った。子どもたちが欠陥品だからだと」

「なんという言い方だろう。「あなたはなんて答えたんですか？」

「この話は聞かなかったことにすると言ったよ。ジェシカとカイルは血を分けた子どもで、父親として無条件に愛すべきだ、と。守って面倒を見るのが父親だ、古い車みたいに捨てたり新しいモデルにチェンジしたりすることはできない、と諭した。期待に添うような魔力を持っていないから誇りを持てないとしても、責任を放棄することはできない。父がひどい男だったことを思い出させて、あいつまで同じになってしまったら悲劇でしかないと説得したんだ」

「ブライアンはどう答えました？」

「それでも離婚したらどうなるのかと言った。結婚生活がストレスなのだと」エドワードの声は嫌悪感であふれていた。「だから、オリヴィア・チャールズには有力者の友人がいること、バイオコア社もあいつの社会的地位も大打撃を受けることを教えたんだ。そしてまたそんな愚かなことを言い出したら、ぼくは引退して経営はおまえにまかせる、自分でなんとかしろと告げた。この一言が効いたらしい」

「ブライアンは社会的地位にこだわっていましたか？」

「ああ。両親はぼくたちの役割をはっきりさせていた。あいつは頭脳明晰《めいせき》な研究者で、ぼくは弟の面倒を見る兄。あいつは割りあてられた役割以外の立場に置かれるのをいやがった。娘のジェシカをなんとか受け入れられたのは、あの子が母親と同じ〝超一流〟のエンパスだからだ。だが、カイルはあいつの自己像と結びつかなかった。あいつは〝超一流〟の薬草魔術家だから、息子も才能に恵まれた〝超一流〟の薬草魔術家であることを求めたんだ」

もしわたしがローガンと結婚して子どもたちが〝超一流〟ではなかったら、彼はわたしを嫌うだろうか？　わたしは心臓をわしづかみにされたような気がした。

「弟は愚か者じゃない。一族の長という立場にどんなに助けられているかは痛いほど知っている。あらゆる扉が開く。レストランでは必ず予約が通るし、予約していなくても奇跡のようにテーブルが現れる。周囲は敬意をもって接してくれる。気持ちを察してもらえる。投資家や債権者に対処する必要もなく、雇用関係で苦しい決断を下すこともない。厄介事はぼくやリンダに押しつければいい。カイルはそんな暮らしを脅かす存在だ。ブライアンが引退したらどうなる？　誰が引き継ぐ？　バイオコア社の将来は？　ブライアンの人としてのすべてに疑問符がつくんだ。世代ごとに能力が劣っていく下向きのベクトルほど厄介なものはない。一度烙印《らくいん》を押されたら毒と同じで、一族全体を汚してしまう」

その言葉は聞いたことがある。下向きのベクトルとは、強力な魔力を持つ先祖を持っているのに、それを子どもに残せなかった人のことを言う。

「ブライアンは下向きのベクトルだと思いますか?」

「どうでもいいことだが」エドワードは言った。「違う。カイルはカイルなりの力を現すだろう。もしそうならなくてもあの子は賢い。一分でも話せば誰でもわかることだ。ぼくの母は子どもには興味がない。実の子であってもね。だがオリヴィアは見抜いていて、カイルをかわいがっていた。カイルが描いた絵は全部、額に入れて飾っていたぐらいだ」

「お時間ありがとうございました」わたしは立ち上がった。

エドワードは憑《つ》かれたような目でこちらを見た。「リンダには話したのか?」

「まだです」

「ショックを受けるだろう。ぼくがそばにいたい」

「あなたが同席できるようにベストを尽くしますが、約束はできません。これからどうなるかわからないので」

わたしは部屋を出た。レオンがついてきた。

シャワーを浴びてこのストレスを洗い流したい。

「あの人、リンダを愛してるね」レオンが言った。「リンダの話をするとき、目がきらきらしてた」

「そうね」

「なんで結婚しなかったんだろう？　どうしてリンダはブライアンと結婚したの？」

「たぶんブライアンが一族の家長だったからでしょう。オリヴィア・チャールズはエドワードを勝ち組と思わなかったんでしょうね。気位の高い人だから」

わたしたちはエレベーターでロビーに下りた。

「もしうちが一族として成立したら、ネバダがベイラー一族の家長か」

「そうね」やれやれ、なんて光栄なことだろう。

「すごい一族になるよ。ネバダは〝超一流〟だし、カタリーナも〝超一流〟だし、アラベラもたぶん〝超一流〟だし。バーンは〝一流〟かな。ハイレベルの魔力使いが四人もいる」

「まあね」レオンはいろいろ考えてみたらしい。

「ネバダはマッド・ローガンと結婚するの？　二人とも一族の家長だけど」

いきなりの質問だ。「まだプロポーズされてないから」

ドアから外に出たわたしは太陽がまぶしくてまばたきした。

「自分からプロポーズしたら？」

そんな簡単な話だといいんだけれど。わたしたちは車に向かった。駐車場は半分空だ。エントランスと緊急救命室の前はいっぱいだったので、車は端に駐《と》めておいた。

「レオンはマッド・ローガンと親戚になりたいだけでしょう」

「違う」レオンの黒っぽい目は真剣だった。「ネバダに幸せになってほしいんだ」

「なんですって？」わたしは足を止めた。

「幸せになってほしいんだよ。ローガンなら幸せにしてくれる」

「ローガンとは相性が合わないかもしれない」

レオンはレモンを噛《か》んだみたいな酸っぱい顔をした。「それって……体の相性ってこと？」

「子どもよ。ローガンは念動力使いで、わたしは尋問者。子どもは〝超一流〟にならないかもしれないの。それでブライアンがどうなったか、さっき聞いたでしょう？」

「ローガンは気にするかな？」

二人で率直にその話をしたとき、ローガンはこう言った。関係ないとわたしが思っていたとしても、いずれは重要になってくると。「わからない。本人は口では――」

携帯電話が鳴ると同時に、大きな装甲トラックが目の前の駐車場に走り込んできた。祖母がこれと同じトラックを整備しているのを見たことがある。外からは警備用の装甲トラックに見えるが、内部は長くなったリムジンだ。二十五名を収容できる。しまった。もう車に駆け込むことはできない。病院とシャーウッド一族の警備チームに賭けるしかない。

「走って！」わたしはそう怒鳴って病院を目指して走り出した。レオンはわたしが動いていないかのように抜き去っていった。

目の前の地面に魔力が穴をあけた。衝撃で体が後ろに押しやられ、わたしはよろめいた。目の前五十センチのところに男の姿が現れた。二メートル半近い裸体は筋肉の塊だ。肌は真っ赤だ。マデロ一族が持つ肉体の鎧《よろい》の色だ。デイヴ・マデロの顔をしているが、そんなはずはない。ローガンがデイヴを爪楊枝《つまようじ》のようにへし折ったのだから。

誰かがあの男をここに瞬間移動させた、ととっさにわたしは思った。

男の手がわたしの肩をつかんだ。体が浮き上がる。骨が悲鳴をあげた。

「マデロ一族からの挨拶だ、くそ女め！」男はわたしをぼろ人形みたいに揺さぶった。

「おまえの男はどこだ？　あいつ、弟をやっつけやがった！」

デイヴじゃない。フランクかロジャー・マデロだ。

「どこにいる？」男はわたしを揺さぶった。歯ががたがたと鳴る。「おまえのばあさんは生きたまま連れてこいと言ってたが、五体満足でとは言ってなかったぞ」

もう我慢できない。ストレス、不安、恐怖が怒りに火をつけ、炎となって燃え上がった。肩はつかまれているが、両手は自由だ。わたしは腕を振り上げ、男の顔をつかんだ。体の中で痛みがはじけ、激痛と化して腕を伝う。指先から雷光がひらめき、鎧の肌を突き破った。

　男が叫んだ。

　これが電気ショック装置の威力だ。誰かが怒った動物のようにうなっているのが聞こえる。気がつくとそれは自分の声だった。

　マデロが吠《ほ》え、膝をついた。わたしは手を離さなかった。爪が肌に食い込み、血がにじむ。男の鎧は崩壊しつつあった。

　痛みが耐えがたいほどに高まった。

　マデロの空気が尽きた。悲鳴は弱々しいあえぎに変わり、声がかすれた。

　視界に光がちらついた。手を離さないと魔力を使い果たして死んでしまう。

　わたしは引き抜くように手を離した。マデロは足元に崩れ落ちた。装甲トラックから敵が降りてこちらに駆け寄ってくる。世界が揺らぎ、焦点が定まらない。魔力を使いすぎたのだ。

　銃を持ったレオンが目の前に飛び込んできた。「やる?」

「やって！」わたしはベビー・デザート・イーグルをつかんだ。

　レオンが撃った。一度も止まらずに。照準を合わせる時間さえ取らない。息もしない。銃を振り上げ、一秒にしか思えない間に八発を放った。

　八人が倒れた。四人が残っている。一瞬四人は驚いて足を止めたが、背を向けてトラックに駆け戻った。

わたしは銃を上げて撃った。あたった。トラックの左前のタイヤが震えた。もう一発撃つとまた一つタイヤにあたった。トラックを目指していた敵の四人は向きを変え、駐車場の奥へと逃げていった。

わたしは息を吐いた。

八人の体は動かない。

マデロはわたしの足元で心臓発作でも起こしたようにあえいでいる。いくらか小さくなり、肌はほとんど普通の色に戻っている。

「五人よ」

レオンが血走った目でわたしを見た。

「ベイラー家のハイレベルの魔力使いは五人になった。これはあなたの手柄、あなたの魔力よ」

レオンは駐車場に倒れた八つの体を見つめた。「嘘だろ。全員死んでるじゃん」

「ええ」

レオンはわたしのほうを向いた。「ぼくが殺したんだ」

「そうよ」

レオンの表情が崩れた。彼は前かがみになり、歩道に吐いた。

10

レオンが吐き終わると、わたしは病院に戻って職員に助けを求めるよう言った。新バージョンのデイヴは六人がかりで担架に乗せられ、緊急救命室へと運ばれた。

病院の責任者、四十代半ばのふっくらしたヒスパニックの女性が唇を引き結び、青い顔で駆け寄ってきた。「警察を呼びましょうか？」

ローガンならなんて言うだろう？「これは一族同士の抗争なので」

責任者は背筋を伸ばした。その顔から狼狽《ろうばい》がいくらか消えた。彼女の責任を全面的に免除する魔法の言葉をわたしが使ったからだ。

「当局にはわたしが知らせます。怪我人《けがにん》の手当てをお願いします」

「怪我人？　みんな死んでるのに？」

「じゃあ、わたしのいとこを」

彼女は縁石に座っているレオンを見やった。レオンの肌には血の気がなかった。

「わかりました。まかせてください」

わたしはレオンのそばに行ってしゃがみ、抱きしめた。レオンは抵抗せず、いやそうな声も出さなかった。とんでもなく悪いしるしだ。

「本当によくやったわ」

「前は現実じゃなかった」レオンは小声で言った。

「ママの観測手を務めたときのこと？」

レオンはうなずいた。「今は現実だ。ぼくがあの人たちを殺した。あの人たちはぼくのせいで死んだ」

今なんとかしてやらないとレオンはだめになってしまう。「違う、わたしが殺したの。わたしがあなたに撃てと命令して、あなたはそれに従った。あなたじゃなくてわたしのせいよ」

レオンの両手が震えている。

「レオン、あいつらはわたしたちを襲ってきた。あなたが撃ってくれなかったら、わたしはヴィクトリア・トレメインのところに引きずっていかれたわ。あなたは殺されたかもしれないし、家族のみんなも危ない目にあうところだった。あなたは正しいことをしたの。全員、逃げずに救ってくれた。わたしを、ママを、おばあちゃんを、いとこたちを、兄を。あなたが助けたのよ」

白衣を着た男性が近づいてきて、レオンに毛布をかけてくれた。わたしはその毛布でレオンをくるんだ。

「本当によくやったわ」

レオンが視線を上げた。「そうだよね」

「そうよ。ママがどんなに自慢に思うか。パパもよ。みんなを救ってくれたんだから」

「うん」

こんなことをしたヴィクトリア・トレメインはただじゃおかない。償わせてやる。

「ネバダも気持ち悪くなった？」

「誰かを初めて撃ったとき？　なったわ」

「でも、吐かなかったでしょ？」

「時間がなかったから。ビルが爆発して気絶したの。時間があったら吐いてたと思う。ローガンが人を殺すのを初めて見たときも気持ち悪くなったわ。水没地区にいて、ローガンがろくでなしの上にビルを倒したの。建物の一部を切り取って、それで押しつぶしたのよ。すぐには受け入れられなかった」

「ずっとこうなのかな？」

「いいえ。そのうち感覚が麻痺《まひ》する」デイヴィッド・ハウリングの首が折れる乾いた音が耳に響いた。レオンに知らせる必要はない。あの感覚がどんなものか、レオンがずっと知らずにすむためなら、わたしはどんなことでもするつもりだった。

装甲仕様のＳＵＶ車が二台駐車場に入ってきて、リベラとローガンの部下六人が出てきた。記録的な速さだったが、遅かった。

全員がこちらに駆け寄ってきた。リベラが怒鳴った。「そことそこ、あっちを守れ。死角を残すな。もしこの駐車場を狙う者がいたら、弾が届く前に知らせろ」

人が次々と離れていった。リベラはわたしの前で急停止した。

「大丈夫ですか、ミズ・ベイラー？」

大丈夫の意味しだいだ。「問題ないわ」

「フランク・マデロは？」

リベラが常にバグと連絡を取っていること、あの男がここに姿を現したとたんにバグが正体を突き止めたに違いないことをすぐには思いつかなかった。「緊急救命室よ」

「拘束しますか？」

「いいえ」

リベラはばつの悪そうな顔をした。「病室に見張りを置きますか？」

「いいえ」あの男はしばらくは動けないはずだ。

「バグの話では逃げた者がいるそうですが、追跡しますか？」

「必要ないと思うわ」

軍人上がりの屈強な四人の顔に絶望に近い何かが浮かんだ。

「少佐の指示は明確でした」リベラは燃えた石炭の上を歩いているような顔つきだ。「あなたを支援し、安全を守る。それなのに、我々はこの場にいなかった」

やっとわかった。ローガンはわたしを守れと言ったのに、わたしは襲撃を受け、リベラたちが到着したときは戦闘が終わっていた。彼らがあせっているのはそれが理由だ。

「少佐が戻ってきたら、義務は果たしたと報告して。もみ合いがあったけど、もう終わって、わたしは安全だと。細かいことをきかれたら、わたしに質問してと言って」

リベラは納得した顔ではなかった。

わたしはため息をついた。「ローガンは正確にはなんて言ったの？」

「あなたが必要とすることはなんでもしろ、と」

「死体を集めて、できるだけ身元を調べて。フランクをわたしの目の前に瞬間移動させた者がいるから、それが誰なのか突き止めて。ローガンが使っているいつもの手続きを踏んで、当局にマデロ一族とベイラー家の間に暴力的衝突があったことを知らせて。ローガンの法務部の力を借りられるならそれがいいわ。今夜は家にいたいし、警察で足止めを食って尋問されるのは困るから。マデロ家とヴィクトリア・トレメインの電話番号も知りたい。何もかも片づいて当局に解放されたら、家まで護衛してもらえると助かる。それなら少佐も満足すると思うから」

「わかりました」

一分もしないうちにバグからピーター・マデロ率いるマデロ一族の電話番号と、ヴィクトリア・トレメインが借りたランドリー・タワーの最上階にあるオフィスの電話番号が送られてきた。わたしはレオンの隣の縁石に腰を下ろし、ローガンの部下たちが死体を動かすのを見守った。

マデロとトレメイン、どちらを先にしよう？　マデロを相手にするほうが単純そうだ。

マデロ一族には家長である七十代のピーター・マデロ、義理の娘リンダ、リンダの息子のデイヴィッド、フランク、ロジャー、そして十四歳の双子イーサンとエヴァンがいる。ロジャーは結婚しており、妻は妊娠中だ。

デイヴとフランクを見れば、祖父のピーターが相当食えない男だというのがわかる。まず孫息子にわたしとローガンを襲わせ、ローガンがその孫息子を折り紙の鶴みたいにへし折ると、別の孫息子を差し向けた。ピーターは簡単にはあきらめないが、今まで生き延びてきたからにはそれなりの知恵も持っているはずだ。

わたしはスピーカーモードにして電話をかけた。

「マデロ一族です」女性の声が出た。

「わたしはネバダ・ベイラー。家長につないでもらえますか」

「いったいどなた？」

「たった今、フランクを緊急救命室に送り込んだ者です。つないでください」

沈黙があり、ぶっきらぼうな男の声が聞こえた。「おまえがトレメインが追ってるというあばずれか」

おやおや、本音が出たようだ。「すてきな言い方ですね。あなたの一族は知性が不足しているみたいなので、ゆっくり言います。フランクはヒューストン記念病院の緊急救命室にいます。わたしがぶち込みました。退院したら話してくれると思いますが、フランクはわたしと十五歳のいとこに対して十二人の手下を引き連れてきました。そのうち八人は死亡、四人は逃亡。あのトラックは戦利品としていただきます」

「この売女《ばいた》め」

「正確には、〝超一流〟の売女です」

ピーター・マデロは言葉を詰まらせた。

リベラとレオンはまじまじとこちらを見ている。

「トレメインが提示した報酬に目がくらんだのか、弱みを握られて震え上がったのか知りませんが、わたしはあの人の血肉を分けた孫娘です。それをよく考えてください」

「おまえもあのばばあも怖くなどない」

「今のところ、あなたの孫の一人は両腕骨折、もう一人は死にかけています。契約を破棄するか、また襲うつもりなのか、教えてほしいんですよ。もしまた襲う気なら、マッド・ローガンの部下がフランクを拘束するのを止めないつもりです」

「おまえの喉を引き裂いて首を折ってやる」

「七十代まで元気なのはビジネス上で正しい判断をしたからでしょう。あなたがロジャーを差し向けたら、ロジャーの子どもは父親なしで育つことになります。そうなったら残るのは誰ですか？　双子？」

「おれが直接行く」

「無理ですよ。三カ月前に三箇所、バイパス手術をしたばかりなのに。わたしには戦う必要すらない。あなたの体が悲鳴をあげるまで、周囲を歩きまわるだけでいい。そうなったら一族はどうなりますか？」

「うちのトラックを返せ。返したら契約の破棄を考えてもいい」

「いいえ、あれはわたしのトラックです。当然の権利ですから」

ピーターが毒づいた。

「負けを認めたらどうですか、くだらない意地を張るのはやめて」

「わかった。死人は病院に置いていけ。あとで引き取りに行く。もしそこで鉢合わせしたら首を絞め上げてやるから、さっさと帰るんだな」

わたしは電話を切った。リベラはわたしを初めて見るような目で見つめている。

わたしは祖母の電話番号を見つめた。なんらかの反応を見せなければならない。襲われるのはこれで二度目だ。最後通牒《つうちょう》を突きつけるか、記録局に連絡して苦情を申し立てるか？　ベイラー家は弱腰だと見られるだろうか？　それとも苦情も言わずに攻撃を受け続けるだけのほうが意気地なく見えるだろうか？

　レオンがわたしに体を寄せた。リベラはつかの間レオンを見つめていたが、やがてヘッドセットに言った。「カート、来てくれ」

　間もなく無愛想な顔つきの男が近づいてきた。たっぷりした赤毛の髭《ひげ》と戸枠を通るのも一苦労な肩の持ち主だ。男はレオンを見てうなずいた。「いっしょに来い」

　レオンは立ち上がって彼のあとについていった。

「あれは誰？」

「カートは心的外傷後ストレス障害《PTSD》の専門家です」リベラが答えた。「元海軍特殊部隊で、かなりの勲章持ちですよ。レオンには助けが必要だし、カートなら助けられる。どう言葉をかければいいかわかってます」

「ありがとう」

「あの子は天才だ」リベラはそう言って歩き去った。

　わたしは携帯電話を見つめた。アドバイスが必要だ。ローガンがいてくれたら相談したかもしれない。でももし相談しても、ローガンは勝手にヴィクトリア・トレメインと話をつけに行くだろう。これまでのところローガンは痛々しいほど慎重にわたしの邪魔をしないよう気をつけているが、わたしが以前オーガスティンへの対処を相談したとき、彼は自分を失いそうになった。ローガンはわたしのためにもう少しで友人を殺すところだった――おそらくはたった一人の友人を。

だめだ。必要なのはしがらみのない第三者だ。一族間の権力争いに慣れているが、この件に個人的な利害がからまない誰か。わたしは連絡先をスクロールした。あった。ライナス・ダンカン。かつてテキサスで最高の権力を誇った男。以前、アドバイスが必要なら連絡しろと言ってくれた。コーネリアスは彼の意見を重んじているし、ローガンも敬意を抱いている。

わたしは電話をかけた。

「やあ、ミズ・ベイラー」ユーモアのにじむ豊かなバリトンが答えた。「どんな用件かな?」

「アドバイスがほしいんです」

「緊急かね?」

「はい」

「今どこだ?」

「ヒューストン記念病院」

「怪我をしてるのか?」

「いいえ。だけど、ヴィクトリア・トレメインの二度目の襲撃から逃れたばかりです」

少し間があった。

「なるほど」その声が心配そうに曇った。「緊急だな。その病院には静かなコーヒーショップがあったはずだ。四十分後にそこに行くよ」

ムニョス巡査部長が横目でこちらを見た。わたしの倍の年齢のずんぐりしたこの巡査部長は、いかにも経験を積んだ警官らしい、人生に疲れた空気と権威を身にまとっていた。世間を知っていて、常に最悪のシナリオを覚悟し、何を見ても驚かない。

駐車場はたちまち警官でいっぱいになった。ムニョス巡査部長は明らかにこの現場が気に入らない様子だ。

「あんたのことは知ってる。ロングホーン・ホテル、電光念動力の浮気男」

「そうです」ありきたりな浮気調査だったはずなのに、来るなと言っておいた男の妻が現場のホテルに現れ、浮気夫と対決してしまった。彼女が浮気夫の車に乗せられたらそのまま行方不明になりそうな強い予感がしたので、わたしは止めに入り、壁に投げつけられながらも夫をテーザー銃で制圧したのだ。

「で、今度はこれか」巡査部長はずらりと並んだ八体の死体のほうを向いた。どれも同じ場所を一発撃たれている。「いわゆるTボックス射撃だ。Tボックスというのは知ってるかね？」

「ええ」

鼻のまわりに縦の長方形を描き、両目の中心を端にして横長の長方形を描くと、T字型のゾーンができる。頭を撃たれたらおしまいだと考えがちだが、そういうわけではない。頭蓋骨に跳ね返されることもあるし、脳に損傷を与えるだけでターゲットが死なないこともある。けれどもTボックスを撃てば必ず息の根を止められる。このゾーンへの一撃は脳の下部と脳幹をぐちゃぐちゃにする。ここは呼吸などの生存に欠かせない自律機能をつかさどる部位だ。即死である。ターゲットを倒すのにもっとも確実で慈悲深いやり方だ。

レオンは八人全員の眉間を一発で正確に撃ち抜いていた。

一台のハーレーダビッドソンがそばの駐車場に入ってきた。黒のレザージャケットとジーンズという姿のライダーが飛び降り、ヘルメットを取った。黒いカーリーヘアの女性がこちらに駆けてきた。三十五歳ぐらいの黒人女性だ。警官がその前に立ちはだかったが、女性は怒鳴るように何か言ってそのまま歩き続けた。

「全員並べたのか」ムニョス巡査部長が言った。「処刑ってわけかい?」

「違います。正当防衛です。相手が武器を持ってこちらに走ってきたところを撃ったんです」

ムニョス巡査部長は死体を見てからわたしに視線を戻した。「どれぐらいの距離から?」

「答えないで!」レザージャケットの女性が言った。

巡査部長は彼女のほうを向いた。

女性は身分証明書を取り出して巡査部長に突き出した。「わたしはローガン一族および将来のベイラー一族の法律顧問です」

「大量殺人があったんだ。あんたのクライアントには質問に答えてもらわないと困る」

「あなたが求めているのは、有力一族保護法に基づき保護されている情報です。しかも誰に立ち聞きされるかわからない駐車場の真ん中で質問しています。わたしのクライアントは、機密保持が保証されない限り、自分および家族の魔力の正確な範囲や性質を明かす義務はありません」

巡査部長の顎に力が入った。「あんたのクライアントは有力一族のメンバーじゃない」

「これからテストを受ける登録をしています。テストに失敗するまでは、有力一族保護法の適用範囲となります」

「あの」わたしは口を開いた。

「まさにその保護法で定められてるんだよ。公共の安全がおびやかされた場合、全面的に協力すること、と」

「公共の安全？　あの人たちはマデロ一族に雇われた兵隊です。これは有力一族同士の抗争なんです」

「あの」わたしは声を大きくした。

「有力一族同士の抗争かどうかはこっちで決める」

弁護士が腕組みした。「あなたが？」

「ちょっと！」わたしは怒鳴った。

二人がこちらを見た。

「上に監視カメラがあるから、一部始終が映っているはずです」

「あとで見てみよう」巡査部長はそう言って弁護士に視線を戻した。「あんたのクライアントを静かに話ができる場所に連れていったほうがよさそうだな」

弁護士は威嚇するように目を細めた。「いつ質問に答えるかはクライアントが決めます」

「二人とも剣でも持ってきて、気がすむまでやりあったらどうです？」わたしは言った。

「まあ、そこまでやる必要はないんじゃないか」ライナス・ダンカンが言った。

巡査部長が脇にどくと、完璧な黒のスーツ姿のライナス・ダンカンがその後ろから現れた。ダンカンがほほえむと、白いものが交じる黒っぽい髭の中で、揃《そろ》った白い歯が輝いた。

「マデロ一族が関わっているとなれば、それがどういうことかは一目瞭然だろう。失礼するよ」

ライナス・ダンカンは弁護士と巡査部長の間に割り込み、わたしに手を差し出した。わたしはその手を取り、ダンカンに引っ張られて縁石から離れた。

「ミズ・ベイラーにはコーヒーをごちそうにならないといけない。何かあったら病院のカフェにいるから呼んでくれ」

「わかりました」巡査部長が答えた。

コーヒーショップはこぢんまりして居心地がよかったが、三分の一ほどしか客が入っていなかった。ダンカンとわたしは短い列に並び、彼はエスプレッソを、わたしはハーブティーを頼んだ。アドレナリンが出て神経が高ぶったせいで、両手がかすかに震えている。

わたしたちは飲み物を受け取り、窓際の離れた席に座った。ここからだと駐車場がよく見えた。レオンは安全だ。レオンと話そうと思ってもカートが寄せつけないだろう。

「今日は突然すみません」

ダンカンはウインクした。「いいんだ。魅力的な若い女性からのコーヒーの誘いなんて、この年ではそうあることじゃない。断れると思うかね？」

わたしはにっこりした。ライナス・ダンカンにはどこか安心できるところがある。誠実で、その言葉には嘘《うそ》がないとわかっているからだ。

ダンカンは小さなカップから真っ黒なコーヒーを飲んだ。

「きみのおばあさんについて話そうか？」

「どういう人ですか？」

「ヴィクトリアが？　頭がいい。容赦ない。頑固。常に自分が正しいと考えていて、実際そのとおりであることがほとんどだ。この件は……」ダンカンは窓の外を見やった。「全然彼女らしくない。あの人は静かに事を運ぶのを好む。きっと必死なんだろう」

「どうして？」

「きみたちは家族だ。きみはあの人の秘めた遺産であり、一族の未来でもある。あの人は十二歳のときに両親を失っている。喉から手が出るほど子どもをほしがっていた。ジェイムズが生まれた直後に会ったとき、知り合って初めて幸せそうに見えた。輝いていたと言ってもいい」

「父にとってはひどい母親でした」

「信じられないことではないな。あの人は要求が多くて気難しい。自分を高いレベルに保ち、他人もそれに釣り合う力や意思を持つべきだと信じて疑わないんだ」

「襲われたのは二度目です」

「一度目は？」

「二日前、デイヴ・マデロがローガンとわたしをジープで追いかけてきました」

ダンカンはエスプレッソを飲んだ。「どうなった？」

「ローガンがデイヴの骨を五か所折りました」

ダンカンはにっこりした。「愛する女性をデイヴ・マデロに狙われたら、わたしなら両脚も折ってやるだろう」

「ローガンがそうしようとしたので止めたんです」

「止めなければよかったのに。マデロ一族はこの五十年というもの、デリカシーとは縁がない。理解できるのはむき出しの暴力と明確なメッセージだ」

「ローガンにもまったく同じことを言われました」

ダンカンはため息をついた。「ローガンは一族同士の力関係を知り尽くしている。長年このゲームをプレイしてきたからね。抗争の中で生まれているし、あの男の勘はたいてい正しい。しかしながら、ローガンは微妙な立場にいるらしい。出すぎた質問で申し訳ないが、きみたちは将来について話し合っているのかね？」

わたしは咳《せ》き込んだ。

「つまりノーということだな」ダンカンの黒っぽい目がわたしを見すえた。「あえて推測すると、ローガンが押して、きみは押し返しているというところか。彼はいっそう強く押してきたが、きみは一線を引いて、そこからは頑として動こうとしないんだろう」

わたしはなんとか言葉を出した。「はい」

「あの男にとっては目新しい展開だ」

「そうですね」わたしは急にテーブルの下に潜りたくなった。「ローガンのことをよく知っているんですか？」

「父親が今のコナーの年齢のときから知ってるよ。仕事で付き合いがあった。ほとんどが軍の仕事だ。そのときコナーは十二歳だったが、親子で角を突き合わせる様子を見て、この親にしてこの子ありだと思ったものだよ」

　真実だ。わたしはローガンが二人いる様子を想像しようとしたができなかった。

「コナーは、きみが間もなく新興一族の家長になることを強く意識している。彼自身、一族の長として道義的な責任があるし、きみが我々の社会にどう登場するかを指図することはできない。きみを大事に思っているからでもあるし、ベイラー一族にローガン一族の下ではなく、独立した一族として立ってほしいからでもある。たとえきみの身の安全がかかっていたとしても、愛しているからこそ自分の考えを押しつけたくないんだ。あまりに強引なやり方をすればきみは離れていってしまう。残念ながら、きみは物理的にも精神的にも狙われている。きみを誘拐し、操り、未熟さにつけ込もうとする者たちがいる。それが見えるからこそ、あの男はテストが終わるまできみを窓のない部屋に閉じ込めておきたい強烈な衝動と闘っているんだ。同情するよ。わたしもかつて同じ思いをしたことがある」

　真実だった。

「なんとももどかしい経験だった。おかげで白髪が増えたよ。ほら」ダンカンはこめかみを指さした。

　わたしはどう答えていいかわからなかった。

「勝手に助言させてもらうなら、今のまま自分の道を進め、と言いたいね。きみはハーコート一族を震え上がらせ、マデロ相手に一歩も引かず、トレメインに対抗している。相当うまくやっているように思える」

「祖母のことはどうしたらいいでしょう？」

「きみの勘はなんと言ってる？」

わたしはため息をついた。「祖母は二度攻撃してきました。なんらかの反応が必要だと思っています」

ダンカンはうなずいた。「そうだな」

「記録局に苦情を申し立てることも考えたけれど、それだと弱腰に見られるかもしれない」

「校庭で誰かに押されたからって先生に言いつける子どもになりたいかね？」

「いいえ」

「そうだな。きみには選択肢がある。誰かを頼る一族として見られたいか、問題は自分で解決する一族として見られたいか。ヴィクトリアにメッセージを送りなさい。短く、要点をついたメッセージを」

わたしは携帯電話を開き、バグが送ってくれた二番目の番号に電話をかけた。

「勘を信じるんだ」ダンカンはそう言ってにっこりした。

「ＴＲＭエンタープライズです」上品な男性の声が答えた。

「祖母にメッセージを伝えたいんですが」わたしは言った。

男性はすかさず答えた。「わかりました、ミズ・ベイラー」

「マデロ一族は倒したわ。次はあなたたちの番」

わたしは電話を切った。

「それでいい」ダンカンはエスプレッソを飲んだ。「きみたち二人が腰を据えて話し合えばずっとうまくいくんだが」

「祖母は話し合いたいと思っていません。わたしをさらって自分に仕えさせたいんです」

「ヴィクトリアは現実的だ。落としどころを見つける必要があることにいずれ気づくだろう。きみはきみで、あの人から永遠に逃げ続けられはしないと悟る。二人は歩み寄れるはずだ。誰かがヴィクトリアの背中を軽く押してやればいいんだ。人目のあるところで会ってじっくり話し合ったら、妥協点が見つかるはずだよ」

「あの人が妥協しなかったら？」

「最初より状況が悪くなることはない」

真実だ。

「わたしがヴィクトリアの背中を押す役目を引き受けようか？」

「ええ。でも、祖母が二度と襲ってこないとは限らないでしょう？」

「大丈夫だ。わたしがそう約束するし、ヴィクトリアの手からきみを守るように個人的に計らう。もしヴィクトリアがわたしの条件をのまなかったら、顔合わせはない」

「わかりました」

「じゃあ、これで決まりだ。おや、炎の剣を持った復讐《ふくしゅう》の天使が戻ってきたぞ」

弁護士がこちらに歩いてきて止まった。「フランク・マデロの意識が戻って、これが有力一族同士の抗争であると認めました。あなたはもう帰ってかまいません」

「ありがとう」

彼女はうなずいて去っていった。

「ありがとう」わたしは今度はダンカンに言った。

「かまわないさ。このために来たんだ。きみの立会人としての義務だよ」ダンカンがにやりとした。「何より、きみの周囲ではおもしろいことばかり起きる。わたしは退屈が嫌いなんだ」


わたしたちは午後四時過ぎに帰宅した。母はキッチンで夕食を作っていた。アラベラはキッチンテーブルで携帯電話に没頭していた。

母はレオンを見た。レオンはまだ顔が青かった。母の視線に、わたしはその場に釘《くぎ》づけになった。「何をしたの？」

「護衛として連れていったの」

「それで？」

わたしはアラベラのほうをわざとらしく目を大きくして見やった。母はそのヒントを受け取ろうとしなかった。

「何があったの？」

「ヴィクトリア・トレメインに襲われたの。デイヴ・マデロの兄とその部下を送り込んできたのよ。フランクはわたしが倒した。レオンはその部下を倒してくれたの」

この言い方なら簡潔で余計な情報も入らない。

アラベラは立ち上がってキッチンを出ていった。

母は戸棚を開けてウイスキーのデカンタを取り出し、小さなショットグラス三つにウイスキーを注《つ》いだ。「大丈夫？」

インターコムのスイッチが入った。「レオンが人を殺したって！」アラベラがうれしそうに大声で知らせた。

「あの子、殺してやるわ」わたしはうなった。

あちこちでドアが開いて、ばたんと閉まる音がした。ベイラーたちが動き出したのだ。

「手遅れよ。覚悟しなさい」母が言った。

母はショットグラスをレオンの前に置き、わたしの前にも滑らせた。「飲んで」

わたしたちは飲んだ。液体の炎が喉に流れ込んだ。レオンはむせた。

バーンが一番乗りだった。キッチンに駆け込んできたバーンは弟の肩をつかんで揺さぶった。「大丈夫か？」

「そんなふうに締めつけたら、大丈夫なものも大丈夫じゃなくなるわ」母が言った。

カタリーナが怒った顔でつかつかとキッチンに入ってきた。「何があったの？」

次はフリーダおばあちゃんだ。「ねえ、くわしく教えなさい！」

アラベラがその後ろからこっそり入ってきた。

わたしはアラベラを指さした。「覚悟しなさい」

アラベラが肩をすくめる。

「誰かくわしく話してよ」祖母が言った。

「レオンにきいて」わたしは答えた。

全員がレオンを見た。レオンはぎこちなく肩をすくめた。「ネバダを殺されるわけにはいかないって思ったんだ」

「で？」祖母がこちらを振り向いた。「ネバダ並みの腕前だった？」

「それどころか、もっととんでもなく大したものだったんだから」わたしはポケットからUSBメモリを取り出した。病院の監視カメラの映像をコピーさせてもらったのだ。病院は異を唱えなかった。一族間の抗争という大義名分があったからだ。「レオン、みんなに見せたい？」

レオンは考え込んだ。「カートは、そのほうが楽になるかもしれないって言ってた」

わたしはUSBメモリを差し上げた。「テレビがないとね」

わたしたちはリビングルームに移動し、わたしはUSBメモリをテレビに差した。駐車場を歩くレオンとわたしの映像が現れた。二人とも振り向いて病院に向かって走り出した。レオンがわたしを追い抜いていく。目の前にフランク・マデロが姿を現した。みんなが息をのんだ。

映像で見ると、ショック装置の雷光は羽根みたいだ。細く白い羽根がぱっと現れ、フランクの肌を撫《な》でたかに見えた。

家族は静まり返っている。

フランクが膝をついた。わたしは手を離した。フランクが顔から倒れた。フランクの手下がこちらに向かってきた。

ふいに画面にシグを手にしたレオンが駆け込んできて、わたしの隣に立った。銃を振り上げて撃つ。あのときは一秒にしか感じられなかったけれど、今見ると二秒か二秒半はあった。レオンは引き金を引くのに必要な時間だけ撃ち続けた。

ばっさり切られたように八人が倒れた。残りはきびすを返し、命からがら逃げ出した。

誰も何も言わない。

「一発で一人ね」ようやく母が口を開いた。

「あなたの父親みたいに〝優秀〟だと思う？」祖母が母にたずねた。

母は目を細めて録画を見た。「相手までの距離は五十メートルぐらい？」

「レオンはそれ以上よ」わたしは携帯電話を取り出し、二体の死体の写真を母に見せた。

母の目が丸くなった。「全員？」

わたしはうなずいた。

「どういうこと？」カタリーナがたずねた。

「全員の眉間を撃ち抜いているの」母が答えた。「瞬殺よ。それを五十メートルの距離で続けざまに繰り返した。間違いなく〝一流〟以上ね」

祖母が口笛を吹いた。

バーンはレオンを引っつかんで両腕で絞め上げた。それは兄らしい乱暴なハグに見えなくもなかった。

「これは驚異的なことよ、レオン」母が言った。「あなたは特別だわ」

レオンの顔が赤くなった。

「レオンが窒息するわ」わたしはバーンに言った。

バーンは手を離した。

「レオンもテストに登録する？」アラベラがたずねた。

「しない」レオンが答えた。

「家族に文句でもあるの？」アラベラは両腕を振った。「なんで登録しないのよ」

「必要ないからだよ。しないほうがいいんだ」レオンが言った。

「なんで？」アラベラは食い下がった。

「カートが説明してくれた」

母がわたしを見た。

「元海軍特殊部隊の人。ローガンの部下でＰＴＳＤの専門家よ」

「悪いことが起きたら愛する人たちを守らなきゃ。手を汚さないで守れればそれに越したことはないけど、人生そううまくはいかない。家族の安全を守るためにはいやなことでもしなきゃいけないんだ。でも、だからって悪者になるわけじゃない」

カートに感謝しなければ。

「もし将来よその〝超一流〟がうちの一族に手出ししたら、ぼくが殺してやる」

なんですって？

「こっそり片づけるんだ。誰も知らないうちに」レオンはにっこりした。「ぼくはベイラー一族の隠し球、ダークホースになろうと思う。最高の暗殺者だよ。伝説的存在だ。誰もぼくに狙われてるとは気づかない」

カートを殺してやりたい。素手で首を絞め上げたい。

わたしはつかつかとローガンの本部の階段を上がって二階へ向かった。そこにはハート軍曹とバグがいた。ナポレオンはわたしの顔を見ると、バグの椅子の後ろに逃げ込んだ。

「カートはどこ?」わたしはうなるように言った。

バグは目をしばたたいた。「その情報を明かしていいものかどうか判断しかねるね」

「バグ!」

「カートはチームの貴重なメンバーだ。それなのにあんたの顔に殺すって書いてある」

「カートが何をしたんです?」ハート軍曹がたずねた。

「レオンと話をしてくれたんだけど、うちの十五歳のいとこは大きくなったら暗殺者になるって言い出したの」

バグは考え込んだ。「ああいう特殊な能力を持ってる奴《やつ》にとって悪い選択肢じゃないことはあんたも認めるしかないよな」

「バグ!」

「ほかに何をしろっていうんだ? 射撃競技か?」

何か投げつけるものがないかどうか探したが、そばには何もなかった。

「カートがレオンに暗殺者になれと言ったとは思えませんね」軍曹が言った。「カートの哲学に反する」

「それに出陣する前に言っとくが、あんたには七十二分後にディナーの約束がある。カートを狩り出すなら、ガレンとのデートのあとにしないとな」

「デートじゃないわ」

「こりゃあ失礼。おれが言いたかったのは、セクシーなパンツスーツを着て、若い独身の〝超一流〟の億万長者とロマンティックなフレンチビストロで食事する予定があるってことだった」

「セクシーなパンツスーツなんか着ない。着るのは、必要とあらばいつでも走れるパンツスーツよ。参考までに言っておくと、バーゲンセールで二百ドルで買ったの。ガレン・シェーファーにとってはポケットに眠ってるような小銭にすぎないだろうけど」

「わかったよ！」バグが両手を振り上げた。「おれが間違ってた。機材は何を持ってくんだい？」

「どうして言わなきゃいけないの？」

「知りたかっただけさ。いいものを持っていくのか、一秒に十フレームしかない、くそ安いごみカメラを持っていくのか」

「わたしは私立探偵よ。調査が仕事なの」父はいつもいい機材は大事だと言っていた。わたしが毎年新しいものに買い換えているのはそのためだ。「バーンにライブ映像を送る予定よ」

「おれも見たいんだがな」

「バーンといっしょに見ればいいじゃない」

「おれのスクリーンのほうがでかい」

わたしはその言葉を無視した。「ローガンはどこ?」

「州間道一〇号線のどこかです」軍曹が答えた。

「オースティンにはジェット機で行くと思ってたけれど」

「そのとおり。雹《ひょう》の嵐のせいで飛行機が飛べなくて、帰りは車だ」バグが言った。

デートの前にどうしてもローガンに会いたい。「そう」

「護身の準備は?」軍曹がたずねた。

「コーネリアスを連れていくわ。コーネリアスはバニーを連れていく」

「バニー?」軍曹が言った。

「ドーベルマンだ」バグは両手を上げ、右手を上に、左手を下にして指先を触れ合わせ、噛《か》みつく歯を表現した。「牙だよ」

「近くに〈モリーのパブ〉がある」軍曹が言った。「部下が三人待機します。一人はイージス使いです。異常の発生を知らせる合図は?」

「助けが必要なときは、指でカメラ画面を一秒押さえるわ。バーンが気づいてくれるはず」

「了解。そうしたら出動させます」

「おれのスクリーンのほうがでかいって言ってるのに」バグがぶつぶつ言った。

わたしは六時五分前に〈ビストロ・ル・セップ〉に入った。古風で居心地のいいヨーロッパ風の店という評判どおりの内装だ。白い壁、白い天井、マツ材の垂木、大きな窓。黒っぽいワインのボトルが並ぶマツ材の凝った棚。赤いテーブルクロスのかかった客席。ここにいるとヒューストンの街路の喧噪《けんそう》が薄れていく。まるで違う世界に足を踏み入れたようだ。

店内は三分の二ほど埋まっていた。コーネリアスは入口から二席離れた左側のテーブルについた。バニーがその足元にそっと横たわっている。普通なら介助犬でない限り、ヒューストンのレストランに犬を連れ込むのは論外だ。けれども、動物使いに関しては例外が認められている。

支配人が笑顔を見せた。「いらっしゃいませ。ミスター・シェーファーのお連れさまですか?」

「ええ」

「こちらへどうぞ」

支配人はマツ材の棚をまわってレストランの別の区画へと案内してくれた。ガレンは離れたテーブルにいて、一心にメニューを見つめていた。灰色のスーツは手袋のごとく体にぴったりだ。金髪は、さりげなく手でかき上げたように軽く乱れている。その物腰には静かで気負いのない自信が感じられる。これみよがしなところは何もない。ローガンが部屋に入ってきたら、人はその存在感に圧倒される。彼の体からは危険が発散されている。ガレンは……それがなんなのかよくわからない。魅力、と言うとわざとらしい。彼は自分でいることに満足し、自分の居場所をよく知っている男なのだ。ガレンが正式な場にジーンズとTシャツで現れたとしても、周囲は躊躇《ちゅうちょ》なく受け入れるだろう。そんな格好でもエレガントな彼を見て、周囲は自分が着飾りすぎていると感じるはずだ。

ガレンが顔を上げた。二人の目が合った。彼はほほえんだ。

驚きだ。

きっとフランス語で注文するに違いない。

ガレンは立ち上がり、わたしの椅子を引いてくれた。なんて丁寧な扱いだろう。わたしはにっこりして座った。

「来てくれたね」

「そう言ったはずよ」

「確信がなかった」

真実だった。わたしは携帯電話を取り出してテーブルに置いた。ガレンがそれを見やった。

「悪いわね。仕事なの」ケースの脇についている隠しカメラがガレンをきれいにとらえ、バーンにライブ映像を送っている。わたしのスーツの左襟に仕込んだものよりいいカメラだが、どちらかが突然動かなくなったときのために二台使うのがベストだ。

「かまわない」

ウエイターが現れてにこやかに自己紹介し、トーストとパテを持ってきた。わたしが水を頼むと、ガレンも同じものを頼んだ。

「ワインは？」ガレンがたずねた。

「あなたの好みで」

ガレンはワインリストを見て小声でウエイターに何か言った。ウエイターがうなずいて立ち去った。

「テーブルワインを注文するのはいつも緊張する」ガレンが言った。

真実だった。「どうして？」

「主観的だからだよ。ワインの味は値段とはほとんど関係ない。あるディナーの席で、主人側が五千ドルのリースリングを開けてくれた。まるで酢につけたオークの皮みたいな味だったよ」

わたしは笑った。

「ぼくが飲む間、主人はこちらをまっすぐ見ていた。感想を期待しているのがわかったよ」

「なんて言ったの？」

ガレンは身を乗り出してうなずいた。「とんでもない嘘をついた。すばらしいと言ったんだ」

なんという狼《おおかみ》だろう。そのすてきな目、楽しい話。もう少しで牙を見失いそうになる。

「嘘をつくなら、一言にするのがいちばん簡単だわ」

「そのとおり」

ワインが来た。ウエイターは白ワインのボトルを開け、二つのグラスに少し注いだ。

「どうぞ」ガレンがうながした。

すっきりした甘いワインだ。「気に入ったわ」

肌に軽く何かが触れるのを感じた。ガレンが真実をチェックしているのだ。彼はほほえみを浮かべている。

ウエイターはワインを注ぎ足し、注文を取った。わたしはホタテのソテーにした。

「それを二つ」ガレンがそう言うと、わたしたちは二人きりになった。鋭い緑の目がうかがうようにこちらを見ている。「互いに正直になろう」

「どこまで？」

「どこまでも。ぼくはどんな質問にも正直に答える。壁は築かない。詮索をブロックしたりもしない。その代わり、ぼくも同じように質問する」

わたしはグラスのワインを揺らした。「危険なゲームね」

「それはわかってる」

「わたしの質問が気に入らないかもしれない」

「危険と隣り合わせの生き方が好きなんだ」

わたしたちはテーブルをはさみ、拳銃ではなくワインのグラスを武器に持つ二人のガンマンのように向き合った。

「あなたかあなたの一族の誰かが、ブリッジパークの銅像に隠されていたある宝飾品の三つ目の部品のありかを探るために、人の心に築かれた壁を壊したことはある？」

慎重に考えた質問だった。例の陰謀が初めて明らかになったのがあのときだ。首謀者たちはアダム・ピアースというならず者と取り引きした。ピアースはヒューストンを燃やし尽くそうとしたが、力を増幅するにはその宝飾品を必要とした。宝飾品のありかはエンメンス家に託され、厳重に秘密にされていた。そしてこの秘密を託された者たちの心には呪文で壁が作られた。陰謀の首謀者たちは、エンメンス一家のもっとも年若い男性を誘拐し、呪文の壁を破って秘密を取り出した。いっぽうで、わたしはエンメンス一家の最年長者に対して同じことをした。ただしその老人はヒューストンを救うためにみずから助力を申し出てくれたのだ。

若いエンメンスの呪文を破った尋問者がいる。それがガレンなのかどうかわたしは知りたかった。ガレンにエンメンス家のことをたずねても無駄だ。陰謀の首謀者たちが狙った心の持ち主は、名前が伏せられていたかもしれないからだ。しかしガレンがその呪文を破ることに関わったのなら、宝飾品のありかを知っているはずだ。

「なんの話かわからないけれど、ずいぶん具体的だね。答えはノーだ」

真実だった。わたしはほっとした。意外だ。自分が心のどこかでガレンに好意を持っていることに気づかなかった。彼があの陰謀とつながっているとは思いたくない。

ガレンはわたしを見ている。その目に獲物を狙う猛禽《もうきん》のような期待が光っている。魅力的な物腰と人を打ち解けさせる誠実さを持ちながらも、ガレンはやはり〝超一流〟だ。

「ぼくの番だ。きみは本当にヴィクトリア・トレメインの孫娘なのか？」

「ええ」

ウエイターが前菜を持ってきて注文をきいた。

「レッド・スナッパーを」

「メダイヨン・ド・マルカッサン・ア・レーグルドゥ」

わたしは賭に勝った。やっぱり注文はフランス語だった。

ウエイターは厨房《ちゆうぼう》に戻った。

「続けよう。今度はきみだ」

「波線の意味は？」

「なんの話かわからない」

「強い心の壁を持つ人を前にして、その心をぶち壊すのではなく相手の意思をゆるめたいとき、魔力増幅の魔法陣の中に波線を描くの。それを見ると人がおびえるのはなぜ？」

ガレンはつかの間わたしを見つめ、グラスを取り上げてワインをいっきに飲み干した。

「それはきみ自身の話？」

「ええ。質問に答えて」

「人がおびえるのは、それがトレメイン一族の呪文だからだ。ほかにその呪文を使う者はいない」ガレンは身を乗り出し、わたしをじっと見つめた。「波線の形はどうやって決めるんだ？」

「相手の壁によって変えるのよ。感覚で」

「やっぱり」ガレンが軽くテーブルをたたいた。「思ったとおりだ。何年もあれを真似《まね》ようとしてきたんだが。見せてくれるかい？」

「考えてもいいわ。今度はあなた」

ガレンは質問を考えた。「オフィスでぼくが一人息子だと言ったとき、嘘だとわかっていた？」

「ええ」わたしはホタテを小さく切った。冷めかけているが、おいしそうだ。無駄にするのはもったいない。

ガレンは椅子の背にもたれた。目が輝いているけれど、それはワインのせいばかりではない。「きみの番だ」

「ガレン、どうしてここに来たの？」

彼は手を止めた。「きみが本物かどうか知りたかったからだ」

「それはわかってるわ。そういう意味じゃなくて」

「複雑な質問だな」

料理が来た。ガレンは二人きりになるのを待った。

「さっきも言ったとおり、きみが本物かどうか知りたかった。きみが嘘をついたり、魔力がじゅうぶんに高いレベルではなかったりしたら、家に帰る飛行機に乗るつもりだった」

「でも、まだここにいる」

「そうだ」

ガレンが皿の上の肉を見つめた。

「それは？」

「いのししだ。食べてみるかい？」

「いいえ、結構よ」

「きみとローガンにはつながりがあると聞いている。嵐のような乱暴なつながりが。刺激的だが、危険と恐怖に満ちた不安定なつながりだ」

「ええ」

「ローガンはきみの基本情報をリクエストしたのか？」

「いいえ」

「だとしたら、どうしようもない愚か者だな」

わたしは答えずにすむようにレッド・スナッパーを食べてみた。舌の上でとろけるおいしさだ。

「失言だったかもしれないが、もう手遅れだね」

わたしはにっこりした。「彼に聞かれるのが怖いの？」

「違う。ただきみはローガンを大事に思っているし、きみの気を悪くしたくなかったんだ。ぼくはいくつかリクエストした。お父さんのことは残念だったね」

話題ががらりと変わった。「ありがとう」

「きみは倒産寸前の探偵事務所を引き継いで救った。むやみに手を広げようとはせず、質の高さにこだわった。アダム・ピアースの手からヒューストンを救った立て役者だというのに、スポットライトを浴びようとはしなかった。時の人になるよりも、静かなプロ意識を見せるほうがきみにとってはずっと重要だったんだろう。これで合ってるかな？」

「ええ。注目の的になる必要はないの。業務量は少ないけど、きっちりこなせる範囲におさまっているわ。この仕事のおかげで家族は食べていける」

「きみは家族を養っている。ぼくも同じだ。父が若年性アルツハイマー病と診断されたとき、仕事を引き継いだ」

「お気の毒に」

「ありがとう。ぼくは十八歳だった。会社の財務状況を調べて問題の根深さに気づいたとき、会社は深刻な危機的状況にあった。それから十二年間、シェーファー・セキュリティがぼくのすべてだった。きみが何を犠牲にしたかぼくにはわかる。自分の人生を棚上げにして、一つの事件、一人の依頼人を積み上げていったんだろう。請求書をどうやって支払うのか、眠れない夜もあったはずだ。だからこそ、マイクを持った奴がやってきて、きみが八カ月かけた仕事を十秒でまとめろと言ったとき、きみは背を向けた。自分の仕事はそういうことではないと思ったからだ」

「ベイラー探偵事務所は機密保持を重視しているの。クライアントは守秘義務を期待しているわ」

ガレンはうなずいた。「テレビに出てトークショーをはしごしたら、間違ったメッセージが伝わってしまう」

「そのとおり」ガレンはわかっている。「あなたは会社を救ったの？」

「そうだ。我が社は国内二位の警備会社だ。モンゴメリー国際調査会社が三位。オーガスティン・モンゴメリーは何年も我が社の背中を追っている」ガレンがにっこりした。「残念だが、彼は永遠に追う側らしい」

レッド・スナッパーが喉に詰まってしまった。わたしは咳き込んだ。

ガレンはにやりとした。「きっと気に入るだろうと思ったよ。まじめな話、ぼくの個人資産は四億ドルで、さらに増えつつある。会社の価値は十億ドル以上ある」

「どうしてそれをわたしに？」

「お互い正直になろうと約束したし、必要な情報を全部知ってほしいと思ったからだ。きみが情報に基づいて決断できるように」

わたしはグラスを持ったまま動きを止めた。「このあとに決断が必要になるの？」

「そうだ。きみに結婚を申し込むつもりだから」

これを聞いたときにワインを飲んでいなくて助かった。「ガレン、わたしのことなんか知らないでしょう。わたしもあなたのことを知らない。どういうことなのか説明してくれるとうれしいんだけれど」

「結婚はパートナー協定だ。ぼくたちはいいパートナーになれると思う。ぼくたちはそっくりだ。家族、品位、実力を重んじている。同業で、お互い仕事に打ち込んでいる。名声より評判にこだわる。二人はいい組み合わせになる」

「遺伝学は関係ないのね？」

ガレンがため息をついた。「遺伝学がすべてだ。もしきみが財産狙いの軽い女だったとしても、遺伝子の内容を考えれば真剣な相手として考慮しただろう」

「つまり選ぶ余地はないということ?」

「そうだ。ぼくたちの血筋は珍しいものだ。これ以外の魔力のタイプを選べば、力が薄まってしまう危険がある」

「テストが終わるまで待ったほうがいいんじゃないかしら。そのほうがたしかだわ」

ガレンはフォークを置いた。「テストは必要ない。きみが〝超一流〟なのはわかっている。きみはトレメインの波線を意味も知らずに描いた。その事実がきみの能力が遺伝であり、子どもに伝わるものだということを示している。それは黄金に等しい」

「そう」

「まるでぼくたちが珍しい家畜で、その繁殖の話でもしているみたいなのが気になるのかな?」

「もちろん気になるわ。わたしは人間だから。わたしには夢も希望もある。遺伝子じゃなくて愛のために結婚したいの」

「ぼくもだ」

真実だった。

ガレンはため息をついた。「しかし、希望には冷たく険しい現実の壁にぶつかる悲劇的な瞬間が必ずある。ぼくたちの子どもがパワフルな〝超一流〟になることは間違いない。

それはぼくたち二人にとって貴重なチャンスだ。きみは新興の一族で、生き残るためには同盟を必要とする。有力一族という鮫《さめ》がうようよいる海を渡っていくすべを身につけなければならない。きみのほうが生まれつき、ぼくより強いかもしれない。それは実際に戦ってみないとわからない。でも生きるか死ぬかの状況なら、ぼくがきみを倒すだろう。ぼくには魔力を使いこなす知識と経験があるが、きみにはどちらもない。ぼくと結婚すれば、足りないものがすべて手に入る」

ガレンの言葉の大部分は納得できるものだ。「あなたのメリットは？」

「真に自分を理解してくれるパートナーが手に入る。忠実で、共通の目標に向かってともに働くパートナーが。魅力的で知的な女性、すばらしい母親になる女性が」ガレンは言葉を止めた。「誠実な関係が築ける。ぼくは嘘をつかない。つけないからだ。だけど、嘘をつけるとしてもつきたいとは思わない。諸刃《もろは》の剣だとわかってるが、今はすべてをはっきりさせておくのがベストだと思う」

「わたしはあなたを愛していないわ」わたしはそっと言った。

「わかってる。きみが言ったとおり、ぼくたちは相手をよく知らない。だがきみはぼくに惹《ひ》かれているし、ぼくもそうだ。それがいいスタートになる。時間をかければ愛が芽生えるだろう。それをこの目で見たことがある。両親がそうだ。ぼくの子ども時代は平和だった。父は母を愛し、敬意をもって接した。母も愛と敬意を返した。二人とも浮気はしなかった。父が病気にかかって三年前に亡くなるまで、二人は幸せに暮らした。条件で決めた結婚でも、うまくいくことがあるんだ」

「条件を満たしたからという理由で結婚したいとは思わないわ」

「どんな結婚でもそれが大事なことじゃないか？　人は条件を満たす相手だからこそ結婚する」

「今、付き合っている人がいるから」

ガレンは皿を押しやり、身を乗り出した。「ローガンを批判したくないと言ったが、前言を撤回する。ぼくは本気だ、ネバダ。これは一生に一度のチャンスなんだよ」

なんて雄弁なんだろう。

「ローガンは現実離れしている。危険で、そんな危険さにはたしかに魅力がある。でも予想ができないし、容赦ない。あの男は自分の基準で人を量る。きみなら大丈夫だろうと思い込んで危険にさらすが、きみが危険を受け入れられなくなったときにそのことに気づかない。ぼくはそもそもきみを危険にさらさないよう全力を尽くす。それが夫の務めだからだ。自分にきいてみるといい。ローガンがいい夫、いい父親になるかどうか。ぼくたちは大家族の出身だ。弟や妹たちがときとしてどんなにいまいましいものか、よく知っている。ローガンに他人の面倒が見られるか？　安心して子どもを預けられる男だろうか？　ぼくのほうが安心できるんじゃないか？」

ガレンは説得がうまい。予想していたよりずっと。

「ぼくには安全と安定と安らぎがある。あの男には興奮と危険とリスクがある。ぼくはきみに結婚という形で権利を与えて保護する正式な約束を提供する。ローガンはそんなことは考えてもみないはずだ」

ガレンが身を乗り出し、エレガントな指先でわたしの手に触れた。個人的な絆《きずな》だ。

「ネバダ、ローガンとぼくが求めている女性像は正反対だ。ぼくは頭がよくて自信があって注意深い女性、自分で会社を作り上げた女性、忠誠心と品位を重んじる女性を求めている。ローガンが求めているのは、危険たっぷりの冒険に肩を並べて飛び込んでくれる戦士だ。人に恐れられる女性を求めている。下世話な言い方をすれば、あの男はそこに興奮するんだ。ぼくにイエスと言ってくれれば、いっしょにトップ企業を率いていける。その地位が約束する影響力や安定も手に入る。あの男といたら、きみは自分の祖母のようになる。どんな自分になりたいか、自分で決めなければならない。結局、大事なのは家族だ」

11

ガレンにデザートを勧められたけれど、わたしは断った。彼も無理強いしなかった。そのあとガレンはわたしを駐車場まで送り、車に乗り込むのを見守ってくれた。同じタイミングで都合よく〈モリーのパブ〉から男女三人が出てきて銀色のレンジローバーに乗り込んだが、ガレンはそれに気づかなかった。

わたしは走り出した。「バーンに電話をかけて」

車が電話をかけた。

「もしもし」いとこが答えた。

「無事よ。コーネリアスはどこ？」

「レストランを出たところだよ」

「ローガンは帰ってきた？」

「うん」いとこの声にはおもしろがっている響きがあった。「全員、車庫にいる」

「すぐに帰るわ。ちょっと寄り道してから」ガレンの言葉が引っかかっていた。結局、大事なのは家族。もしわたしが誰にも知られたくない恐ろしい秘密を持っていたとしても、家族にだけは打ち明けるだろう。オリヴィア・チャールズは〝超一流〟だった。彼女は家族を信頼したはずだ。ファイルはリンダの家のどこかにある。

道は意外なほどすいていた。リンダの家の前に車を駐《と》めるまで、護衛は車一台分あとからついてきた。わたしは外に出た。背後のレンジローバーのドアが開き、三人の男女が飛び出してきた。左頬にうっすら傷跡のある二十代前半のアジア系の男性、黒っぽい髪でまじめな顔つきの三十代の男性、そしてローガン直属のイージス使い、メローサ。

「どうしてローガンといっしょにオースティンに行かなかったの？」

「少佐があなたの身の安全が優先だと判断されたからです」メローサは答えた。「どうしてここに？」

「リンダの家を捜索したいから」

「もう捜索しました」三十代の男性が言った。

「それは知ってるけど」わたしは入口に向かった。

「だめです」メローサがわたしの前に走り出てきて道をふさいだ。「デラン？」

「了解」アジア人の男性がドアの前に立ち、暗証場号を打ち込んだ。指で押すとドアが開いた。彼は軽い足取りで中に入り、そこで立ち止まった。

わたしたちはしばらく待った。

「異常なし。無人だ」デランが言った。

彼は振り向いて照明のスイッチを入れた。わたしは室内に入った。中は片づいていた。床に血だまりはなく、ひっくり返ったクリスマスツリーは消えていた。

わたしはリビングルームで足を止めた。過去の会話の断片が記憶からよみがえった。

〝子どもたちにとってはすばらしい祖母だった。母はあの子たちを心から愛したわ〟

〝コンピュータにはない。家のどこかだ〟

〝だがオリヴィアは見抜いていて、カイルをかわいがっていた。カイルが描いた絵は全部、額に入れて飾っていたぐらいだ〟

〝結局、大事なのは家族だ〟

わたしはそばの壁の絵の前に立った。幹が触れ合うほど近くに並ぶ二本の木。絵の線は明らかに子どもが描いたもので、少し揺らいでいてつたないが、明るい緑と深い茶色が目を引く。太陽を浴びた葉群は輝くかのようだ。外に出て空気を吸い込み、木の幹を撫《な》でたくなる。これをオフィスの壁にかけたら、見るたびにほほえみが浮かぶだろう。

わたしは絵を壁から下ろした。なんでもない長方形の黒い木製の額で、どこの画材店でも買えそうなものだ。わたしはそれをそっと開き、額縁をばらばらにした。秘密の暗号も、裏板への書き込みもなく、裏板と絵の間に透明の紙がはさまっているわけでもない。重い水彩画の紙をはずし、光にかざしてみた。

絵の具と紙の繊維だ。もしわたしがこの謎に対してありえないようなスパイじみた答えを導き出したとしても、透明インクは跡を残す。ペンは紙の上に書いた跡が残るし、筆は紙にしみて模様を残す。水彩絵の具のｐＨはさまざまで、インクに反応してしまう危険がある。この絵は見た目どおり、ただの絵だ。

額縁に空洞がないかどうかたしかめようと、たたいてみた。固い木の音がしただけだ。

「何を探してるんです？」メローサがたずねた。

「見つかればわかるはずなんだけど」

「もっと何か見つからないか調べてきます」黒っぽい髪の男性が言った。

わたしは絵を床に置き、次の絵に移った。家と二人の大人と二人の子ども、そしてぼんやりした犬の絵だ。この犬は死んでいるのだろうか？　カイルは子犬がほしいのだろうか。壁から額をはずしたとき、黒っぽい髪の男性とデランが額を四つ持ってきた。二人は上階に行き、メローサとわたしは次の額縁をはずした。

三十分後、全部で二十四枚の絵が床に並んだ。すべての紙と木部を丹念に調べたが、何もなかった。

わたしは落胆で押しつぶされそうになった。あんなに確信があったのに。

あの絵はいかにも怪しかった。隠し場所としてはくりぬいた本といい勝負だ。自分の頭のよさに酔う者は、貴重品が目に見える場所に隠してあることにほくそ笑む。オリヴィア・チャールズならきっとそうするだろうと思っていた。カイルの絵を全部額装したのだから。

「ほかの場所も調べますか?」デランがきいた。

「今夜はやめておくわ」明日の朝、紫外線ライトを持ってもう一度調べに来よう。「帰りましょう」

護衛はおとなしくうちの倉庫の前の駐車場までついてきたあと、ローガンの本部へと帰っていった。わたしは車を駐め、外へ出て倉庫の裏にまわった。暗証番号を入力して中のドアを抜けていくより、こっちのほうが近道だ。

角を曲がると、車だったとおぼしきねじれた金属が道に落ちていた。何者かが車のフレームを取り、アルミホイルのようにつぶしてひねり、道に投げ捨てたかのようだ。おかしい。

前方のガレージのドアから黄色い明かりが道に差し、へこんだ金属の塊を照らし出していた。巨人が車を丸めてサッカーの練習でもしたみたいだ。

わたしは足を速めた。

車庫はほとんど空っぽだった。誰かが車両を片側に寄せ、真ん中を広く空けたらしい。コンクリートの床に、さっきより小さい金属のねじれた塊が散らばっている。祖母がロミオに寄りかかっている。ロミオは祖母のお気に入りの戦車だ。二週間ほど前にちょっと動かして以来、祖母はずっとロミオをいじくりまわしている。

内壁のそば、車庫の奥に、人の形をした闇のようにローガンが立ち、大きな二つのスクリーンでガレンの映像をじっと見つめていた。左側、スクリーンから一メートルほど離れたところにバーンが膝にキーボードを置いて座っている。右側にはバグが椅子を反対向きにしてまたがり、背もたれに寄りかかって腕に顎を置いている。バグのそばには母が座っていて、膝に祖母の編み物を置いている。床には毛布が二枚敷いてあり、そばに食べかけのポップコーンのボウルがある。妹たちもここにいたに違いない。

わたしは祖母のそばで足を止め、金属の塊のほうにうなずいてみせた。

「あの人がネバダのデートの様子を見てたら、壁がひしゃげ出したの。スクラップにしたい古い骨組みがあったから、これでどうぞって言ったのよ」

「カタリーナとアラベラは？」

「もう寝たわ。ネバダが冒険に出かけている間、うちはみんなで一日じゅう竜巻の避難訓練をしてたの。道の向こうの地下室まで走っていくのにみんな飽き飽きしたみたい。ご心配なく。あの子たち、中継は全部見たから。明日、いやというほど感想を聞かされるわよ」

思わず天を仰いだ。ティーンエイジャーの意見ほどいらないものはない。わたしはうなずいてローガンのそばに行った。「中継は見た？」

「ああ」その声は氷点下の冷たさだった。

「ガレンがさりげなく脅してきたところがとくに気に入ったわ」

「おれもそこは見た」

身を乗り出してローガンの顔を見た。ぞっとするほどドラゴンがむき出しだ。わたしはにやりとした。「何を考えてるの？」

「何も」

嘘《うそ》だ。「ガレン・シェーファーを殺すのはだめよ」

「物理的には殺せる。だが、その選択はしない。それに奴《やつ》を殺そうと思ったわけじゃない」

「もしあなたがガレンの家に乗り込んでいって五か所腕を折ったら、悪い評判が立つわ。わたしに仕事を頼もうという人がいなくなる」

「腕を折ろうとも思ってない。奴の会社をたたきのめして引き裂き、あいつの目の前で一部門ずつ売り払ってやろうと思ってる」

メキシコの虐殺王、マッド・ローガン。洗練された思慮深い危険人物。「わたしを脅す人を一人残らず破滅させるなんて無理よ」

「無理じゃない。もっとも、最初に二、三人たたきのめせば、あとの奴らは察するだろう。マデロ家の愚か者たちはわからなかったようだが」

「大丈夫よ。フランクとデイヴのおじいちゃんと仲よく話し合ったの。ちゃんとわかり合えたわ」

スクリーンではガレンが手を伸ばしてわたしの手に触れた。ローガンの腕の二頭筋がみるみるこわばった。背後で金属片が宙に浮き上がり、甲高い音できしみながらゆがみ、くしゃくしゃになった。

ローガンの心を溶かさなければならない。「ほら、あのアイコンタクトを見て。やさしくてしっかりした手の触れ合いは、短いけれど誠実さを印象づけるわ。ぼくは味方だ、ぼくがついている、全部まかせてくれ、と言っているみたい」

バグが振り向き、驚きの目でこちらを見た。

わたしはバグにウインクした。「ガレンは心の読み方がよくわかってる。生まれてからずっと嘘を見てくると、人の見方が独特になるの。彼は告白の引き出し方を知っている。相手に味方だと信じさせるのよ。ワインを選ぶのは苦手だというエピソードでまず人を惹《ひ》きつけて、そこからどんどん近づいていく。その誠実さと理性で相手の警戒心を解くの」

「それは魔力なのか？」バグがたずねた。

「いいえ、人間性よ。ガレンはプロの尋問官。でも、それはわたしも同じ」わたしは最高に感じのいい笑顔を見せた。「あなたの脳の中まで見通せるわよ、バグ」

バグが身震いする。「やめてくれ」

バーンが座ったまま笑った。ローガンは無表情のままだ。まだ足りないらしい。

「いいニュースは、ガレンは例の陰謀に関係していないから問題にならないということよ」

ローガンは聞こえたそぶりを見せない。

「ローガン、話したいことがあるの」

その顔はぴくりともしない。

「ローガン」わたしは彼の腕に触れた。

ローガンははっとしてこちらを向き、わたしを、わたしだけを見た。その効果は圧倒的だった。この瞬間、ローガンの世界にはわたししかいない。わたしはこういう彼を愛した。

「なんだ？」

「ブライアン・シャーウッドがアレキサンダー・スタームと共謀していると信じるたしかな理由があるの」

「くそっ」

「本当にね」

「なぜだ？」

「今の家族に満足できないの。娘は共感能力があるエンパスで、ブライアンの目から見れば役立たずも同然。カイルには魔力がなくて、ブライアンはそれを脅威と見なしている。

ブライアンは、〝超一流〟の優秀な薬草魔術家であり、シャーウッド一族の家長である自分に価値を感じているわ。生まれたときから自分が特別な存在だと知っていて、世間がそれを承知していることを普通だと思って育った。〝超一流〟の子どもをもうける能力に疑問符をつけられるのに耐えられないのよ。でもオリヴィア・チャールズが生きているうちは、あえて波風を立てる勇気はなかった。その後、妻が社会的につまはじきにされて、その存在を負担と思うようになったの」

ローガンは考え込んだ。「オリヴィアは死んだ。リンダと離婚すればいいだけの話じゃないか」

「エドワードが釘《くぎ》を刺したのよ。おまえには夫と父としての責任がある、その責任を放り出すなら、自分はバイオコア社を辞めて会社をおまえに託す、と。ブライアンに会社経営は無理。やり方がわからないから。もしエドワードが辞めたら、ブライアンの特権は消えてなくなるわ。自分が舵《かじ》を取れば会社が座礁するのは目に見えている。もう特別扱いはされないし、重要人物とも思われなくなる」

ローガンの目が暗くなり、表情が険しくなった。「だがリンダの身に何かあれば、自分は一人になれて好都合というわけだ」

「そのとおり。殺し屋を雇うのはリスキーだし、そもそもそんなあてもない。もし見つかったとしても、相手が覆面警官なら刑務所送りになってしまう。だけど、今回のやり方ならすべてが丸くおさまる。どこかの屋敷で待っている間に乱暴なお友達はほしいものを手に入れる。人質とファイルを交換するときが来たら、リンダは悲劇的な死に見舞われるというわけよ」

ローガンはうなずいた。「交換のときでなければ、その直後だ。子どもたちも巻き添えだろう」

「ええ。そのあと、ブライアンは誰にも事情を知られることなく新しい人生を始められる」

「そんなところだな。証拠は？」

「拉致があったのが、メモリアル・ドライブに面したたった三つの監視カメラのうち一つがとらえられる場所だってことがわかってる」バグが言った。

「誘拐の二日前にコーヒーショップでブライアンとスタームが会ってるのを確認したよ」バーンが口を開いた。「その夜、ブライアンとリンダが外出している間に、何者かがブライアンの個人情報を使ってホームコンピュータにアクセスしたのがわかってる」

「エドワード・シャーウッドに話を聞いたら、ブライアンとの会話のことを話してくれたわ。嘘はついていなかった。それから、誘拐犯が送ってきた耳はブライアンのものではなかったわ」

「リンダには言ったのか？」ローガンがたずねた。

「まだだけど、言うつもり。クライアントだし、彼女と子どもたちの身に危険が迫っているかもしれない」

「共感能力者なのに、どうしてそのことを感じ取れなかったの？」祖母がたずねた。

「最初のインタビューを聞き直してみたけど、リンダは一度もブライアンに愛されているとは言わなかったわ。夫は自分と子どもたちを気にかけていると言っただけ。リンダはブライアンの恨みを感じ取っていたのよ。わからないのは、そもそもどうして結婚したのかということ。リンダにはブライアンの財産は必要ないし、安定がほしかったとはいえ、ブライアンに抵抗できないほどの魅力があったとは思えないの」

「おれにはわかる」ローガンが言った。

「どうして？」

「母にきいてみた。リンダはＮＰＴＣのＷＣ変異型だ」

「それはどういう意味？」

「ＮＰＴＣはたんぱく質の一種ニューロプラスチンをコーディングする遺伝子だ。ＮＰＴＣ遺伝子の変種のいくつかは高い知性と関連がある。通常魔力は親から子へと受け継がれるが、そのレベルやタイプも遺伝性だ。だから有力一族が存在する」

　それは当然の話だ。両親が水使いなら、子どもも水使いになるだろう。多少の変化はあるけれど、能力が大きく変わることはない。二人の水使いの間に氷使いや霧使いが生まれることはある。でも、たとえば尋問者は生まれない。

「NPTCのWC変異型は予測不能だ。WCはワイルドカードを意味する。子どもは魔力を持つかもしれないし、持たないかもしれない。魔力も予測不能だ。リンダの子どもに魔力があれば、おそらく意思系だろう。エンパスかもしれないし、テレパス、予知者、コーディネイターの可能性もある。正確に予測するのは無理だ。父はリンダに賭けてみるつもりだった。うちの遺伝子ラインに自信があったからだ。おれの子どものうち少なくとも一人は強力な念動力を持つだろうし、念動力とテレパシーを兼ね備えた子どもを作れる女性がいるとしたら、それはリンダだった」

「でも普通、〝超一流〟は賭を嫌うわ。リンダのせいで遺伝子ラインが危うくなったかもしれない」

ローガンは顔をしかめた。「それはイエスでもありノーでもある。変異のチャンスに飛びつく有力一族もいるが、それが一族の家長となると話は別だ。家長は子どもに王座を継ぐことを求める。母の話では、オリヴィア・チャールズは娘のためにそれを求めた。だからこそおれを憎んだんだ。おれは婚約破棄でオリヴィアの完璧な計画を踏みにじった」

「ブライアンならすべてが揃《そろ》っていたのね」わたしは声に出して考えた。「有力一族の家長で、一族の収入を確保する成功企業を所有している。安定していて、安全を第一に考え、極端な感情のぶれでリンダを動揺させることもなく、プレッシャーに弱い。オリヴィアはバイオコア社に投資していたに違いないわ」

「〝超一流〟らしい考え方だ」ローガンの目には賛嘆があった。

わたしはうなずいた。「もしブライアンが足を踏みはずしたら、社会的経済的にプレッシャーをかけたでしょうね。オリヴィアは娘の身を守ろうとしていた」オリヴィアは心からリンダを愛していたに違いない。

母がため息をついた。「ローガン、あなたの世界はどうかしてるわ」

「たしかに」ローガンは静かに答えた。

「しかも今度は娘がその一員になるなんて」母は出ていった。

「すっかり遅くなっちゃったわね」祖母が言った。

「はいはい」わたしはうなるように言った。「もう寝ろってことね」

バーンは立ち上がってコンピュータの電源を落とした。スクリーンが暗転した。バグは椅子から跳び上がってぶらぶら外に歩いていった。ローガンがのぞき込むようにわたしの顔を見た。仮面がはがれ、コナーの素顔が現れた。頭上に夜空が広がる最上階の部屋のイメージが浮かんだ。それは一瞬の断片にすぎなかった。ローガンは頭に思い浮かべたとたんに消したのだろう。だけど、わたしには少しだけ見えた。

いっしょに帰ってほしい、というメッセージだ。

もちろんいっしょに帰るわ、コナー。

わたしはそっと彼に近づき、腕の中に入った。「疲れたし、足が痛いわ」

ローガンは低く笑った。「抱いて運ぼうか？」

彼ならできるし、頼めばそうしてくれるだろう。「いいえ。自分のイメージを壊したくないから」

わたしたちは車庫を出た。背後でドアがうなるように閉まった。

「自分のイメージ？」

「ガレンの話だと、わたしは若きヴィクトリア・トレメインだそうよ」

「よかったら金の御輿《みこし》を作らせようか？」

「いいわね」頭上には果てしなく夜空が広がっている。「リンダの家を捜索してみたの。誘拐犯の求めるものがカイルの描いた絵の中にあるに違いないと思ったから。でも、何もなかったわ」

「残念だな」

「タイムリミットは明日の四時。それなのに手がかりは何もない」

「ああ。しかし、一ついいことがある。あのろくでなしの命を心配してやる必要はない。奴らがブライアンを殺すことはないからだ」

「殺してくれたほうがありがたいぐらいだわ」

「物騒なことを言うじゃないか」

「最低の裏切りよ。浮気よりひどい。リンダの夫なのに、離婚を言い出す根性すらないなんて。オースティンのほうはどうだった?」

「アデ＝アフェフェ一族は考えておくと言っていた。その返事を引き出すのが精いっぱいだった」ローガンの声には落胆がにじんでいた。「物事がいつもうまくいくとは限らない」

「順調な一日とはいかなかったわね、二人とも」

「ああ」ローガンは黙り込んだ。「ガレンは一つだけ正しいことを言った。尋問者の才能を安定して子孫に引き継ぎたいなら、あいつの遺伝子の勝ちだ」

これこそが真実の愛だ。ガレンはこんな愛を目の前にしてもそれに気づかないだろう。

「それはアドバイスと受け止めるわ」

何もかもがうまくいかない。タイムリミットを目の前にして手がかりは何もない。スタームは見過ごしてはくれないだろう。なんらかの攻撃を仕掛けてくるに違いない。それなのに、こちらはあの男の魔力から身を守るすべをほとんど持たない。明日、わたしはリンダに夫が妻殺しを企《たくら》んでいた可能性が高いことを告げなければならない。邪悪な祖母はわたしをさらう計画を捨てていない。レオンは大人になったら暗殺者になりたいと思っている。テストの日がどんどん近づいてくる。

わたしはこれらすべてから解き放たれたかった。明日まで全部を棚上げにしたい。考え続けていたら内側から崩壊するビルみたいに崩れてしまいそうだ。

　わたしたちは二階への階段をのぼった。わたしは夜空の下の部屋を頭に思い浮かべた。広いベッド、裸のローガン、体にかかるその重み、鋼のように硬い筋肉、彼のまなざし、肌にしたたる彼の魔力のすばらしい感触、それが炎を燃え立たせて……。

「ネバダ」ローガンの声が尖《とが》った。

「何？」

「もっと急いでくれ」

　わたしは追われるままに階段をのぼった。踊り場でローガンがわたしをつかまえ、キスをした。男らしさとコーヒーの味わいを楽しみ、彼の肌のサンダルウッドの香りを吸い込み、彼の腕が体を包むのを感じる。ベルベットのような熱い魔力に首を撫でられたとき、世界のすべてがどうでもよくなった。


　朝はあまりにも早く来てしまった。

「そんなのは嘘よ」リンダの頬に赤い点が浮いた。

「残念だけど、本当よ。今、打ち明けたことにはすべて証拠と証言の裏づけがある。エドワードも証言してくれて、嘘はついていなかった」

　リンダは目をそらした。わたしたちは、誰にも聞かれないように二階のバルコニーに座っていた。リンダの顔に浮かぶむき出しの苦痛を見ると気分が悪くなった。この件にブライアンが関わっていることはもしかしたらリンダも知っているかもしれないし、知らなくても疑ってはいるだろうと半分思い込んでいた。でも、間違っていた。リンダは何も知らなかった。彼女はこの事実で一トンのれんがが落ちたに等しい衝撃を受けた。

「どうして？」リンダの声はひび割れていた。「どうしてわたしや子どもたちにこんな仕打ちを？」

「自分勝手でずるい人だからよ。大人はストレスや問題から逃げずに対処するものだわ。初めてブライアンが逃げ出したときに、その行動が周囲に心配をかけていると誰かが説教するべきだった。ところが逆に許してしまったから、パターンができたの。ブライアンは対決を怖がる人よ。あなたと子どもたちを殺すほうが、エドワードと向き合って離婚に対処するより簡単だった。あなたはエンパスだから、誰よりもブライアンのことを知っているはずよ」

「やめたの」リンダは憑《つ》かれたような目をしていた。

「やめたって、何を？」

「何年も前、カイルが生まれたあとに夫の心を読むのはやめたの。無関心に耐えられなかった。夫の無関心、夫の両親からの嘲笑、母の落胆。全部を閉め出したわ。そしてもう何年も力を使うことはなかったの」

魔力を使わないのは魂の一部を切り取るようなものだ。自分に対する、そして子どもたちに対するブライアンの真の感情を知ってしまい、リンダは深く傷ついただろう。

「安心して心を読めたのは、子どもたちと……子どもたちよ」

子どもたちとエドワードだ。リンダはもう少しでそう言いそうになった。

「子どもたちの感情を読むのに魔力は必要ないの。自分の子だもの。自分の中で育て、産んだ。わたしの一部であり、夫の一部でもある。それなのにあの子たちの死を願うなんて。子どもたちになんて言えばいいの？」

「わたしなら言わないわ」

リンダは真っ赤な目でこちらを見た。今にも泣き出しそうだ。「わたしは役立たずの魔力を持った期待はずれの娘よ。母は愛してくれたけれど、失望は隠せなかった。不安定な遺伝子のせいで誰からも求められない結婚相手で、夫から愛されない妻。子どもたちにちゃんとした遺伝子を渡せなかった母よ」

悲劇的な流れになってしまった。わたしはどう答えていいかわからなかった。

リンダが鼻をすすった。

わたしは立ち上がり、ティッシュペーパーの箱を渡した。

「あなたにエンパスの気持ちはわからないわ。おぞましい怪物を見る目で見られるのよ」

わたしは身を乗り出した。「ヴィクトリア・トレメインはわたしの祖母なの」

リンダはわたしがテーブルに毒蛇でも投げつけたみたいにあっけに取られた。

「今あなたが震え上がったのは、エンパスでなくてもわかる」わたしはにっこりした。

「わたし……そういうつもりじゃ……」

「初めてある男から無理やり秘密を引き出したとき、男は地面に丸くなって泣いたわ。歴戦の傭兵《ようへい》だったけど、怪我《けが》した子どもみたいに泣いてた。わたしが心を踏みにじったからよ。だからわたしたちには共通点があるというわけ。あなたは誰にとっても期待はずれなんかじゃない」

リンダは口を閉じ、他人に承認してもらう必要なんかないの」

「ええ」

リンダは口を閉じ、座り直した。「ローガンはブライアンの裏切りを知っているの？」

「ほかには？」

「わたしの家族、コーネリアス、バグ、エドワード、エドワードの警備主任」

「これからどうするの？」

「ブライアンのことには気づかないふりをして進めるわ。奴らが狙っているものを探し出さないと。見つからない限り、あるいはわたしたちが組織全体をつぶさない限り、あいつらはあきらめないでしょうね」

リンダは立ち上がった。「子どもたちに話さないと。父親は信頼できないと教えなきゃ」

「リンダ……」

リンダは行ってしまった。

とにかく役目は終わった。

わたしは気を取り直し、道の向こうの倉庫に向かった。タイムリミットまで数時間ある。時計が時を刻む音が聞こえるかのようだ。オリヴィアの秘密を見つけ出さなければならない。見つかるまで、リンダと子どもたちは安心できない。もしスタームが望みのものを手に入れられなければ、報復するだろう。ローガンはステーキハウスでスタームをもう少しで殺すところだった。スタームが黙っているはずがない。

リンダにとってすべてが悪い方向に向かっていた。この調査自体が悪い方向に向かっている。この件だけは正しい方向に向けなければならない。

家の中から耳に突き刺さるようなカタリーナの甲高い声が聞こえた。「そのことは話したくない！」

カタリーナは怒ると声の高さが跳ね上がる。

わたしは角を曲がった。

「カタリーナ！」アラベラが追いかけた。そのあとからマチルダが、さらにそのあとからふわふわの白い猫がついていく。マチルダがまだいたとは知らなかった。

「話したくないって言ってるでしょ！」カタリーナの部屋のドアがばたんと閉まった。

「意味がわかんない」アラベラがうなるように言った。

「どうしたの？」

「カタリーナったら、インスタグラムのアカウントを削除したの」

「なんで？」

「アレッサンドロ・サグレドのせい」アラベラは腰に両手をあてた。

「その人がカタリーナに何か言ってきたの？」もしカタリーナに不愉快なことを言ったのだとしたら、生きたまま皮をはいでやる。

「ううん」

「じゃあ、どうしたの？」

アラベラは携帯電話を取り出してわたしに突きつけた。「このルックスだよ！」

二十歳ぐらいのすばらしくハンサムな男の子の写真だった。角張った顎、豊かで形のいい唇、まっすぐな鼻筋、緑に近いヘイゼル色の目。高級店でのカットを感じさせるチョコレート色の髪。まだ人生に疲れた感じはないし、あどけなさが残るけれど、どこか険しい部分がのぞき始めた顔つきだ。彼はきれいな銀と青のマセラティに寄りかかって立っている。

「この人、インスタグラムで三人しかフォローしてないの」アラベラが言った。「その彼がカタリーナをフォローしたの。カタリーナは目が覚めたらフォロワーが六千人になってたからアカウントを削除したっていうんだよ。頭がどうかしてるでしょ！」

「カタリーナはこのお兄さんと結婚するの？」マチルダがまじめにたずねた。

ドアが開いてカタリーナが顔を出した。そしてアラベラに指を突きつけた。「よけいな口出ししないでよ、変態。マチルダ、あなたもよ」

カタリーナはまたドアをばたんと閉めた。

マチルダはドアを見てわたしを見ると、小さな銀の鈴が鳴るみたいに笑った。

「こんなことに付き合ってる暇はないわ」わたしは廊下を歩いていった。朝だからきっとバーンがキッチンにいて、二度目か三度目の朝食をとっているはずだ。

「ネバダ、なんとかしてよ！」アラベラが背後から怒鳴った。

「時間がない」

「こんな家族、大っ嫌い！」

「それはこっちのせりふ」

「あはは！」銀の鈴が鳴った。

バーンはキッチンに座ってシリアルをかき込んでいた。

「いっしょにリンダの家に行ってくれない？　何か見落としているかもしれないから、もう一度調べたいの。一人では行きたくないし、コーネリアスにも頼めない。コーネリアスを呼んだらゼウスを連れてくるから集中できないの。レオンもだめ。誰かを撃たないか見張ってなきゃいけないから。わたしはただ静かに考えたいの」

バーンは立ち上がってシリアルのボウルをシンクに置いた。「行こう」

リンダの家は静かだった。バーンとわたしは玄関からリビングルームに入った。タイル張りの床に足音が響く。分厚い雲の間からもれる日差しは弱々しかった。空気が重い。

「陰気だね」

「そうね」家の中は霊廟《れいびょう》みたいだ。

「どこを探す?」

「わからない。手分けしましょう」

わたしたちは二手に分かれた。わたしはキッチンに向かった。ローガンの部下がすでに調べ尽くしている。調査報告書は読んでいた。彼らは効率的で抜かりがない。でも、何か見落としているかもしれない。

まずは食料品室から始めた。一時間後、キッチンを調べ終わった。コーヒーはコーヒーだし、米は米で、砂糖の容器には砂糖しか入っていない。怪しいものが入った食料保存袋が隠されているわけでもない。戸棚の中に何かがテープで留められていることもなかった。貴重な時間を無駄にしている。だが、直感のすべてが探し物がこのどこかにあると告げていた。

「ネバダ?」バーンが呼んだ。

わたしはリビングルームに入った。バーンはカイルの絵を見下ろしている。わたしはその隣に立った。

「これは？」

「カイルが描いた絵。オリヴィア・チャールズが額に入れたの。もう調べたわ。透明インクも額縁の仕掛けもなし。ここに何か隠してあるに違いないと思っていたんだけど」

バーンはしゃがんでいちばん上の絵を手に取った。木立の並ぶカーブした道だ。

「この絵には何かあるわね。ずっと見ていたくなる何かが」

バーンは、背後の窓からの光が絨毯《じゅうたん》を明るく照らしている部屋の真ん中に歩いていき、絵を置いた。

「ほかのもくれる？」

わたしは拾い上げた絵の束から一枚選んで渡した。小さな海と、それに釣り合わないほど大きい海賊船だ。バーンは数歩下がり、絵を最初の一枚の左下に置いた。

「次」

公園で赤い風船を持ったかわいらしい怪獣が茂みから顔をのぞかせている絵、明るい黄色のスポーツカーがカーブを走る絵、雲と、透明に近い白の飛行船の絵。鎧《よろい》を着た騎士が馬で道を走る絵。バーンはそれを一枚目と黄色のスポーツカーの絵の間に置いた。道がつながった。

うなじの毛が逆立った。

わたしたちは絵を調べ、バーンは絵を一枚ずつ六かける四のます目に並べていった。並べ終えるとわたしたちは立って下がった。大きな弧を描いて一軒の家を迂回《うかい》する一本の道。その家は、郊外の邸宅、城、魔法の塔が一体となったものだ。右側に公園が、そのすぐ下に池が、左側には山がある。そして左下の隅、四枚の絵が一つになったところに、曲がりくねった木の横にXの字が浮き上がっている。

「地図だわ」わたしはつぶやいた。

「あの子は役立たずなんかじゃない」バーンが言った。「ぼくと同じ、パターンマスターだ」

オリヴィアはカイルに秘密の宝を与えた。カイルはそれを隠して地図を描いた。自分でも止められないからだ。オリヴィアはそれがわかったに違いない。わたしはカイルの人生で唯一彼を理解した人を奪うのに手を貸してしまった。

「わたしが愚かだった」

バーンがこちらを見た。

「わたしが子どもたちに話を聞けばよかったんだわ。ヴィンセントの件で子どもたちがおびえていたから、リンダにその役目をまかせてしまったの。感情を優先させたせいで目が曇ってしまったのよ」父がいつも入れ込みすぎるなと言っていたのはこのためだ。

「せっかく謎が解けたんだ。自分を責めるのはあとにして。海はプールだよ。シャベルが必要だ。きっと地面に埋めただろうから。海賊の宝は埋めるって決まってる」

わたしは携帯電話で地図を撮影した。物置にシャベルがあったので、それを持って深い木立になった敷地の奥へと歩いていった。茂みを抜けると小さな空き地があった。

空から冷たい雨が降ってきた。わたしは空き地を調べた。右手にはオークの巨木が枝を広げていて、左には切り株が二つと茂みがある。地面に掘り返した跡はない。

もしわたしが小さな男の子なら、宝物をどこに隠すだろう？

カイルは地図に木を描き込んだ。きっと大事な意味があるに違いない。

わたしはオークの巨木のまわりを歩いた。北側の幹に、小さな丸い穴が等間隔で二列並んでいる。

「これ、なんだろう？」

「これは木のぼり用の木だから、釘の跡よ。板を打ちつけていたのを抜いたんだわ」

バーンが助走をつけてジャンプした。両手で太い枝をつかみ、体を持ち上げる。

「何か見える？」

「中が空洞になってる。待ってて」

枝から飛び降りたバーンの手にはキャンバス地の袋があった。バーンがそれを地面に置き、わたしはそっと紐《ひも》をほどいた。プラスチックの宝箱が出てきた。古びた木材に似せて作られたものだ。ふたと本体の合わせ目にどくろがついていて、目に二本のプラスチックの剣が刺さっている。表面は小さなどくろで飾ってある。

　バーンは注意深く剣を抜き、箱を開けた。わたしは中のものを一つずつ取り出し、そっとキャンバスの上に置いた。スイスアーミーナイフ。金貨十枚が入った小さなベルベットの袋。三発の弾丸。黄色いスポーツカー。懐中電灯。ネックレスを入れておくような厚紙製の小さなジュエリーボックス。

　その箱を開けるとＵＳＢメモリがベルベットのクッションの上にのっていた。ふたの内側に、自信たっぷりの女性の筆記体で〝おばあちゃんの秘密〟と書いてある。

　わたしは箱を抱きしめた。泣きたい気分だった。


　ヒューストンの混雑の中、わたしは車を走らせた。

「暗号化されてる」バーンの指がノートパソコンのキーボードの上を飛ぶように走った。

「解ける？」

「時間がかかるな。市販の暗号化ソフトを使ったものじゃない。特注で作ったもので、すごくよくできてる」

「ローガンに電話をかけて」

　車が命令に従って電話をかけた。

「なんだ？」ローガンが出た。

「オリヴィア・チャールズのUSBメモリが見つかった。誘拐犯の要求に応えられるわ」

「何が入ってる？」

「暗号化されてるの。これから家に持ち帰るけど、今ちょうどバーンがうちのサーバーにアップロードしてる」

「いいぞ」

「それじゃ」わたしは一瞬躊躇《ちゆうちよ》した。迷う必要なんかない。「愛してる」

わずかに沈黙があった。「おれも愛してる」

わたしは電話を切ってにんまりした。メキシコの虐殺王がたった今、わたしを愛していると言った。何度聞いても飽きない。

「これが終わったらどうするの？」バーンがたずねた。

「なんのこと？」

「この緊急事態が終わったら、ネバダとローガンはどうするのかってこと」

「能力判定のテストを受けなきゃ」

「質問をはぐらかすつもりだね」

「何を知りたいの？」

「この危機を乗り越えたらネバダとローガンはどうなるのか。ローガンの家でいっしょに住む？　仕事はうちまで通う？　結婚の予定は？　ローガンと結婚したいと思ってる？」

これは予想外の質問だ。「バーンはフリーダおばあちゃんの影響を受けすぎよ。わたしがローガンの善意につけ込んで家に押しかけるのを心配してるの?」

「そうじゃなくて、なんの計画もないのを心配してるんだ。こういうことを全然考えてないみたいだけど、考えなきゃだめだよ。ぼくらのためじゃなくて自分のために。ネバダはどうしたいの?」

それなら答えは簡単だ。毎朝ローガンの隣で目覚めたい。彼はコナーにもなればマッド・ローガンにもなるだろうけれど、わたしはそれでかまわない。彼のすべてを愛しているのだから。

「どうなるかはわからない。今日一日を生きていくだけよ」

「ぼくらなら大丈夫。ネバダはうちのことは心配しなくていいんだ」

「どういう意味?」

「口座を確認した。これから仕事が一件も入らなくても、十カ月はやっていける残高がある。がんばれば一年もつかもしれない」

「そうね」

「お金の心配はしなくていいよ。ぼくらは一族としての守りを固められる。一族になることで家族にいろいろ必要になるからって、急いで何かに飛びつかなくてもいいんだ」

ガレン・シェーファーがあんなことを言っていたせいだ。「バーン、そうじゃないの。

わたしはローガンを愛してるのよ」

「それが心配なんだ」バーンは静かに言った。「ネバダに傷ついてほしくない」

「ありがとう。ローガンはわたしを傷つけないわ」

「ネバダとガレンがいっしょにいる映像を見ていたときのローガンを見てないからね。顔に感情がなくて冷たかった。無表情であそこに突っ立ったまま、金属片を粘土みたいにねじ曲げてた」

「ローガンは食事に行くなとは言わなかったわ。ガレンがうちのオフィスに入ってきたとき、ローガンは乗り込んできてガレンを投げ飛ばしたりもしなかった。ローガンはわたしのために行動を自制しているの。わたしを緩衝材にくるんで自分のねぐらに閉じ込めておきたいと思っていても、わたしがそんなことに耐えられないのを知っているのよ。新興の一族としてわたしたちに必要な選択肢を与えてくれる。わたしとガレンの映像を見たあと、遺伝子という点から見れば自分よりガレンのほうがいい選択だと繰り返したわ」

「ガレンのほうがいい選択なの？」

「いいえ。だって愛していないから。愛が関係なくても、ガレンじゃなくてローガンを選ぶわ。デイヴィッド・ハウリングの地下空間で裸のまま震えていたとき、ローガンはわたしのために犠牲になろうとした。死ぬ覚悟をしていたの。もしわたしとガレンが危機に陥ってどちらか一人しか助からないとしたら、ガレンは自分が生き残ったほうがいい理由を理屈で納得させて、わたしを見捨てると思う」

「それでも気をつけるに越したことはない」

もう手遅れだ。わたしは首までどっぷりつかっている。「そうね」

電話が鳴った。知らない番号だ。わたしは出た。

「ネバダ・ベイラーです」

「話がしたいそうね」洗練された女性の声が言った。「十五分後に〈タカラ〉で。もし来なかったら、わたしたちの関係はそういうことだと受け止めるわ」

電話は切れた。

「それ、もしかして……」バーンがまばたきした。

「ヴィクトリア・トレメインよ」ライナス・ダンカンは約束を守る。ヴィクトリアはわたしの行きつけの〈タカラ〉を選んだ。調べたのだ。〝あなたがどこで食事するか、何を注文するか知っている。すべてを調べ尽くした〟という意味だ。

わたしは口を閉ざし、高速道路から降りた。

「本気じゃないよね?」

「あの人は二度企んで、二度とも失敗した。話したいというなら話すわ」

「賢いやり方とは思えない」

「話さなければ同じことを続けるだろうし、それは困るの。妹たちもレオンもいずれは学校に行かなきゃならない。いつもの生活に戻らなきゃ。有力一族としての立場がわたしたちを守ってくれるけど、相手は本気よ。あの人に生活を破壊されたくないの」

「安全だって確信がある?」

「ライナス・ダンカンが手配してくれたんだから大丈夫。途中で降ろす?」

「いや、いい」バーンは携帯電話を取り出した。

「何するの?」

「バグに連絡。何が待ってるのか知っておきたい。バグにレストランの監視と援護を頼むよ」


ごちそうが食べたいとき、うちでは〈タカラ〉の寿司《すし》を持ち帰ることにしている。この店はアジアン・フュージョン料理をうたっているが、伝統的な日本食とプルコギがメニューにある。ローガンに初めてランチに誘われたとき、わたしはこの店を選んだ。それは〈タカラ〉が大きなショッピングプラザにあるからだ。交通量は多く、人が大勢いて、プライバシーはない。信用できない相手と会うにはぴったりの場所だ。

駐車場は三分の二ほど埋まっていたが、ヴィクトリアの車はすぐにわかった。人間の姿をしてスーツを着た猟犬がそばに立っているメルセデス、あれしかない。わたしは駐車場の逆の端に車を駐めた。

「いっしょに来る?」わたしはバーンにたずねた。

「やめとく。あの人はぼくに会いたいと思ってない。ここにいて、いつでも逃げられるようにエンジンをかけておくよ」

わたしはバーンにキーを渡して車を降りた。駐車場を歩いていくわたしをヴィクトリアのボディガードが見つめている。入口まで二十メートル。一歩踏み出すのがどんどん難しくなっていく。ようやく手がドアの取っ手を握った。着いた。

わたしは深呼吸をし、背筋を伸ばして〈タカラ〉に入った。

店内に客は一人しかいなかった。奥の窓際にヴィクトリア・トレメインが座っている。ローガンが選んだテーブルとほぼ同じ場所だ。仕立ての美しい黒のスーツを着ている。左肩には透けるように薄いターコイズブルーのショールをかけている。窓からの光を受けて輝いているのは本物の金の糸だろう。

店の女主人が笑顔を見せた。

「あのショールの女性と待ち合わせです」わたしは女主人に言った。

笑顔が少し薄れた。「どうぞこちらへ」

「大丈夫、見えますから」

わたしはテーブルまでつかつかと歩いていき、万が一に備えて魔法陣が描かれていないかどうか床をチェックした。

ヴィクトリア・トレメインが苦笑した。

「用心に越したことはないですから」わたしは椅子に座った。

ウエイターがやってきた。

「温かいお茶を二つ」ヴィクトリアはそう注文した。「ケトルを置いて、お湯を切らさないでちょうだい。孫娘と話があるから、邪魔しないで」

ウエイターは走らんばかりの勢いで戻っていった。

祖母、という言葉から思い出すのはフリーダおばあちゃんだ。ふわふわしたプラチナブロンドのカールと、気持ちの落ち着く機械油のにおい。わたしにとって祖母とは安全とぬくもりを意味する。両親とどんなにひどい喧嘩《けんか》をしても、フリーダおばあちゃんはいつも話を聞いてくれ、笑わせてくれた。

ヴィクトリア・トレメインはフリーダおばあちゃんとは正反対だ。フリーダおばあちゃんより背が高く、細身ではあるが頑丈な体つきだ。顔には皺《しわ》がある。リッチな年配女性と違い、整形手術もしていないし、幻覚の魔力を使ってもいない。ショートカットのヘアスタイルは巧みで、顔の鋭い線を際立たせている。その目を見たわたしは、見たことを後悔した。まさに父と同じ青だ。でも父の目はときとして厳しくなったが、親切心と笑いにあふれていた。ヴィクトリアの目は猛禽《もうきん》の目だ。彼女は悪い魔女ではなく年老いた女王だ。年齢とともに丸くなるのではなく、より危険に、容赦なく、非情になった。

「ジェイムズに似ていること」ヴィクトリアが言った。

「価値観も同じです」

「どんな価値観？」

「家族の面倒を見て、いい人間になろうとする」

「いい人間？」ヴィクトリアはほんの少し身を乗り出した。「教えて」

その話を始めたらしばらく終わらないだろう。「わたしと話したいと言いましたね。だから来ました」

「ベイラー一族というばかばかしい考えを捨ててほしいの。あなたはトレメイン一族の人間よ」

「違います。ほかには？」

「あなたにはコネもなく、資金もなく、人材もない上、自分の無知さ加減を知らない」

「学びます」

ウエイターが紅茶を持ってきてわたしたちの前に二つのカップを置いた。

「どれほど犠牲を払うと思う？　目の前の海がどれほど深いかあなたはわかっていない。わたしたちには血の絆《きずな》がある。この世界で信用できるのは血縁だけよ」

ウエイターは紅茶を注《つ》いで去っていった。

「海の深さなら知ってますよ。ローマ帝国にならって、いずれ独裁者になる目的でヒューストンの不安定化をもくろむ組織があることがわかっています。組織を率いる男がみずからシーザーと名乗っていることも、この陰謀がアダム・ピアースの一件から始まったことも。オリヴィア・チャールズとデイヴィッド・ハウリングがこの陰謀に荷担していて、ヴィンセント・ハーコートとアレキサンダー・スタームが関わっていることもわかっています。わたしがデイヴィッド・ハウリングの首を折る前、本人の口から聞きました。この組織はわたしの家族を何度も狙っています。わたしと妹たちを殺せという命令も出ている。アダム・ピアースが探す宝飾品のありかを突き止めるために、あなたがある青年の心にかけられた呪文を破ったことも知っています。シーザーの秘密をもらさないためにヴィンセント・ハーコートの心を呪文で封じたことも。あなたはこの陰謀に確実に関与している」

わたしは息をついた。

「だからわからないんですよ、わたしたちには血のつながりがあるから信じろと言われる理由が。いつから血のつながりが大事になったんですか？　わたしたちを殺すために真夜中に傭兵を差し向けたときか、ハウリングが高速道路を凍らせて後続車にいたわたしを事故死させようとしたときか、中心街でアダム・ピアースがわたしを焼き殺そうとしたときか、いつですか？」

ヴィクトリアが目を細めた。「頭のいい子ね」

わたしは紅茶を飲んだ。

「証拠はないわ」

「証拠なんていりません。ヴィンセントの心を封じたのは尋問者で、アメリカに尋問者の一族は三つしかない。ガレン・シェーファーと会ったとき、彼を容疑者からはずしました」

「ガレン・シェーファーの心をのぞいたの?」その声には疑いがあった。

「そんな必要はなかったわ。彼がみずからゲームを望んで、それに負けたから。ガレンは一族の繁栄と会社の成功を何よりも重視しているからこそ、陰謀には加わらないんです。現状に満足しているから。リン一族は政府からの仕事がほとんどだし」ある夜、ローガンと二人でベイラー一族の未来について話し合っていたとき、この都合のいい事実を教えてくれた。「監視の目がある中で陰謀に荷担するのはリスクが高すぎる。となると残りはあなたです。あなたなら条件に合う」

「条件があるというのね」

「ええ。陰謀に加わっているのは、少なくとも四代はさかのぼれる伝統と権力を誇る有力一族の出身者ばかりです。誰も現状に満足していない。ピアースはしがらみのない、法に縛られない世界を作り出そうとした。デイヴィッド・ハウリングは兄弟を倒して一族を乗っ取ろうとした。オリヴィア・チャールズは一人娘が遺伝子のせいで愛のない結婚に縛りつけられるのを見たくなかった。社会的には最高の地位にのぼりつめたのに、それでは足りなかった。リンダが遺伝子に関係なくエリート中のエリートを夫に選べるような立場を求めたんです。ヴィンセント・ハーコートはサディストで、一族から厳しく監視されていた。スタームのことはまだわからないけれど、きっと何か持っているはずだわ」

「では、わたしは？」その声はうわべはやさしかった。

「まだティーンエイジャーの一人息子に逃げられ、その後、子どもに恵まれることはなかった。後継者がいなければトレメイン一族はあなたとともに絶えるしかない」

ヴィクトリアの顔にはなんの表情も浮かんでいなかった。まるで岩から削り出したかのように無表情だ。

「あなたは一人息子を捜し出そうとして、失踪に関係したと思われる人々を尋問しました。でもそれはやりすぎで、やめざるをえなくなった。それでも息子を捜す自由がほしい。あらゆるデータベースや情報バンクへのアクセス権を求め、刑法や評議会のルールなんていうくだらない縛りのないところで関係者を尋問したいと考えた。あなたがしたことは国家への反逆です。父はそれを許さなかっただろうし、それはわたしも同じ。あなたと関わりたいという思いはいっさいありません」

わたしは立ち上がって背を向け、歩き出そうとした。

「真ん中の子はセイレーンよ」背後でヴィクトリアが言った。「あの子の祖父と同じ。だけど末っ子はセイレーンでも尋問者でもない、ほかの何かだわ。誰にも明かせない何かよ」

カタリーナとアラベラのことだ。わたしは振り向いた。

ヴィクトリアは椅子を指さした。「座りなさい」

わたしは座った。

「わたしは流産を十二回繰り返したの。血筋だから、あなたもいずれは心配することになるかもしれない。一世代に一人しか産めず、その子がちゃんと育つのを祈るしかないの。わたしは母の九度目の、そして最後の妊娠で生まれた子だった。母はわたしが十二歳のときに亡くなって、その二年後には父もあとを追ったわ。わたしはトレメイン一族として一人残された。わたしは子どもがほしかった。一族の未来のために必要だったの。でもほしいのは一人だけ。だから強い子でなければならなかった。弱い子は殺されるから。父親は〝超一流〟以外は考えられなかったから、わたしは熟慮の末、選んだ三人の〝超一流〟を丸め込み、誘惑し、金の力で従わせたの」

ヴィクトリアの手がかぎ爪のようにカップを握った。その目に古い苦痛が燃えていた。

「なぜ結婚しなかったんですか?」

「愛した男性は婚約後三週間で亡くなったからよ。その人はビデンテ一族の予知者だったけれど、自分の死は予知できなかった。狙ってきたのは仕事上のライバルで、わたしといっしょに劇場を出たところを撃たれたの」ヴィクトリアは手で頬を撫でた。「肌に血がついているのが見えなくなるまでずいぶんかかったわ。敵の最後の一人を殺したとき、血糊《ちのり》の幻も消えた」

「まさか一族全員を？」

「そうよ。夫も妻も子どもたちも犬も」

冷たい手が背筋をわしづかみにした。

「わたしにとって男は一人しかいなかった。でも、子どもを作るには父親が必要よ。十二回試したあと、体外受精という言葉に気づいたの。〝超一流〟に精子を提供させるのがどんなに難しいかわからないでしょう？　自分の貴重なDNAが手足を生やして世界に出ていくのが怖くてしかたがないのよ。男をベッドに誘い込んで、あなたがほしくてたまらないと都合のいい嘘をつくのは簡単でも、本当の目的を隠して試験管に射精させるのは無理だった。子どもをほしがっていることがわかってしまって、相手は逃げる。臆病者だからよ」

立ち去るべきだと思ったけれど、できなかった。知らなければならない。「それで、どうしたの？」

「最終的に一人見つけたの。昔はモルプ一族といったけれど、今は名前を変えたわ。きっとその名前が鼻についたんでしょう。記録局はカタリーナの才能をセイレーンと名づけて得意がっているようね。新しいジャンルを思いついた自分たちは頭がいいとでも思ってるんでしょうけど、あなたの祖父の一族は何世代も前から自分たちの魔力をそう呼んでいたのよ」

「どうやってその男性を説得したの？」

ヴィクトリアは顔をしかめた。「お金よ。一族からは勘当されていた。セイレーンで真の〝超一流〟なのに、悲惨なことにしかならないせいで能力を使うのを恐れていたの」

「セイレーンは女性にしか現れないと思ってた」

「あの人たちはそう思わせたいみたいだけれど、それは違う。たしかめたのだから、確実よ。父親のほうはハードルとしては低かったわ。問題は代理母。代理母も〝超一流〟が必要だった。〝一流〟以下なら子どもの魔力が低くなるリスクがあるし、流産も心配だった。〝超一流〟の代理母を見つけるのは不可能に近かったわ」

まさか、そんな。「たとえあなたでもそこまでするなんて」

初めてヴィクトリア・トレメインが笑顔を見せた。「ええ、そこまでしたの」

「どうやって？」

「脅迫と賄賂。目的どおりに相手を動かすために人が使ってきた、もっとも古い二つの方法よ」

わたしは恐怖を覚え、見つめることしかできなかった。

「あなたの父親は特別だっただけじゃない。唯一の存在だった。これからもあんな人は現れないわ。あなたの父親は三つの遺伝子を運んだの。自分自身には魔力は現れなかったけれど、それは予想していたこと。あの子の真価は、いずれ生まれる子どもたちにあった。遺伝子がその力を発揮することをわたしは一度も疑わなかったわ。けれどもあの子が継承者になるには学ばなければならないことがあった。わたしが死んだあとも生き残っていける実践的で有益なレッスンを受ける必要があったの。あの子はそれを嫌い、教え込もうとしたわたしを憎んだ」

今、聞いたことから判断すれば、そのレッスンは生やさしいものではなかったに違いない。「父は出ていったのね」

「そう。あの子を見くびっていたわ。あんな気骨があることなど外からはうかがい知れなかった。あの子は逃げる計画を立て、うまく逃げおおせた。わたしが全力を尽くしても見つけられないほど巧みに。わたしは誇らしかった。息子に出し抜かれたのだから」

「あなたは怪物だわ」

「いまわしい存在。そのほうが正確でしょう」

わたしはひるんだ。ヴィクトリアはまたほほえんだ。

「あなたもそう呼ばれた経験があるようね」

「そんなひどいことをしたなんて、信じられない」

「必要とあらばまたやるわ」

「なんですって？」

「結果をご覧なさい。ジェイムズは一人どころか三人も子どもを作った……三人よ！〝超一流〟ばかり、三人も。よくやったわ。トレメイン一族は続いていく。あとはあなたにわたしの世界観を授ければいいだけ。わたしがどんなに説得がうまいか、これまでの話でわかったでしょう。あなたはどうすれば納得してくれるかしら？」

「答えはノーよ」

「あなたはわたしの言うとおりになる」ヴィクトリアの魔力がわたしにつかみかかった。わたしはそれを振り払った。

「なるもんですか」

ヴィクトリアは笑った。声をあげて。「あなたはわたしがほしいと思ったものすべてを持っている」

携帯電話が鳴った。チェックするとバーンからのメッセージだ。〈すぐ逃げて〉

わたしは立ち上がった。

銃を構えた男が五人、店に入ってきた。「床に伏せろ」リーダーの男が言った。女主人が伏せた。左側で、カウンターの後ろにいた二人の寿司職人もすばやく伏せた。「手を見えるところに出せ」リーダーが言った。

撃たないところを見ると、生け捕りにしたいらしい。わたしは両手を上げ、ヴィクトリアをにらみつけた。「なんのつもり？」

　ヴィクトリアはわたしではなく男たちを見た。「これはどういうこと？」

「アレキサンダーからすまないとのことだ」リーダーが答えた。「この女が必要らしい。大義のために。あんたも理解してくれるだろうと言っていた」

「まあ、あなた、とんでもないわ。大義なんて関係ない、家族の話なのだから」

　ヴィクトリアが魔力を放った。わたしが相手を意思の力でつかまえるとき、魔力は万力と化し、網となって相手をとらえる。ヴィクトリアの魔力は刃となってリーダーを突き刺した。男が叫んだ。声が弱々しくなっていく。彼は白目をむいて倒れた。

　わたしはベビー・デザート・イーグルをつかんだ。

　その瞬間、リーダーの左隣の男が悲鳴をあげ、目をつかんだ。右の男が膝から崩れ落ち、頭から倒れた。

　四発撃ったところで、残り二人のターゲットがぴくりとも動かないことに気づいた。弾丸は二人の胸にあたった。二人はゆっくりと倒れた。五つの死体が床に転がっている。もう殺す相手は残っていない。

　そのとき、後ろから誰かに突き飛ばされた。わたしは前につんのめった。ガラスが割れる音がありえないほど大きく響く。わたしは割れた窓のほう、右側に銃を振り向けた。男がライフルを構え、撃とうとしている。フォード・エクスプローラーが駐車場から飛び出してきて男に激突した。男はぼろ人形のようにタイヤに轢《ひ》かれた。顔面蒼白《そうはく》のバーンが車で男の体を乗り越え、バックさせてまた轢いた。

ヴィクトリアを振り向くと、肩に黒いしみが広がっている。ヴィクトリアがわたしを突き飛ばしたのだ。わたしを狙った弾はヴィクトリアにあたった。

「救急車を呼ばなきゃ」

ヴィクトリアは顔をしかめた。「わたしは大丈夫。専任の医師がいるから」

「出血がひどい。すぐに診てもらわないと」わたしは９１１に電話をかけようとして携帯電話をつかんだ。「どうしてこんなことを？」

「孫娘だからに決まってるでしょう」

携帯電話は死んでいた。車でフル充電したはずなのに。

「待って……」ヴィクトリアの顔から血の気が引いていく。その目はわたしの背後を見つめている。

わたしは肩越しに振り返った。店内に闇が広がっている。入口から壁を這《は》いのぼり、空間を埋めていく。いにしえの闇にのみ込まれ、わたしは動けなくなった。

記録局のマイケルが店に入ってきた。しゃれたスーツ、タトゥーの入った首に映えるまばゆいほど白いシャツ。両手に青い炎が燃えている。

今日は葬儀に出席するギャングには見えない。二十一世紀の死に神だ。

「ルールは破っていないわ」ヴィクトリアは歯を食いしばった。額に汗がにじんでいる。何も起こらない。

わたしは魔力を逃すまいとしたが、それは流れ出ていった。闇が飛びかかってきて、魔力をのみ込んだ。痛い。あまりの痛みにあえぎがもれる。ああ、なんて痛いんだろう。

マイケルが携帯電話をかざした。画面の中で記録係がほほえんでいる。「いいえ、破りましたよ。間接的に二度、そして今回は公衆の面前で。あなたは罰を受けねばなりません。申し訳ないが」

マイケルが右手を上げた。青い炎が飛んできて、祖母の上ではじけた。

ヴィクトリア・トレメインが悲鳴をあげた。

青い炎が降り注ぐ。

ヴィクトリアは椅子から崩れ落ちて床に倒れた。ただ痛めつけるだけではない、殺そうとしている。

自分の声が聞こえた。「やめて！　お願いだからやめて！」

「マイケル」記録係が言った。

青い炎が退いた。ヴィクトリアは息を吸い込んだ。肌が灰色だ。

「やめろと言っているんですか、ミズ・ベイラー？」

「そうよ」

「なぜ？」

「わたしの祖母だから。わたしを救ってくれたから。祖母の死で一族の門出を飾りたくないから」

記録係は考え込んだ。「それは正式な要請と考えてよろしいかな？」

「ええ」

「記録局はそれを認めましょう。こちらが指定する場所と機会にあなたがこの貸しを返してくださるなら」

「そんな条件をのんではいけない」ヴィクトリアが絞り出すように言った。胸にあてた手の間から血がしたたっている。

「同意します」

「結構」記録係は言った。「ではミズ・ベイラー、テストでお会いしましょう」

携帯電話が暗転した。

マイケルが口を開いた。「あやまちだ」

彼は背を向け、闇を引き連れて帰っていった。

遠くでサイレンがうなりをあげ、近づいてきた。

駐車場に救急車が入ってきて急ブレーキをかけて止まった。救急隊員が走り出てきて、割れた窓からストレッチャーを持って入ってきた。

わたしはヴィクトリアのそばにしゃがんだ。「ヴィンセントの心を閉ざしている呪文の中をのぞき込んだら、そこにあるのはあなたの名前？」

「そうよ」

「逃げて。このまま進めばあなたをかばうことはできない」

ヴィクトリアは歯をむき出した。「逃げるには年を取りすぎたわ。あなたはすべきことをなさい」

携帯電話がふいにもとに戻り、けたたましく鳴った。バグだ。

「すぐに高速に乗れ！」バグが怒鳴った。

「どうしたの？」

どすんと音がして、カタリーナの声が響いた。「ヴィンセント・ハーコートがカイルとマチルダを誘拐したの！　マチルダを連れていったのよ！」

わたしは車を目指して走り出した。

12

「方角はどっち？」わたしは携帯電話に怒鳴った。

「西だ！」バグが答えた。

バーンは右に急カーブを切った。今は午前十一時。ラッシュアワーだ。バーンは混んだ車線に入った。車は時速五十キロに満たない速度でのろのろと進んだ。

アドレナリンが体を駆けめぐる。肌は熱く、体は引き金が引かれるのを待つ銃のように張りつめている。あの男は子どもたちを連れ去った。最低のうじ虫野郎だ。首をひねり落としてやる。

「何を探せばいい？」わたしは携帯電話をスピーカーモードにした。

「白いトラックだ」バグが答えた。

テキサスで二番目によくあるトラックだ。「それだけ？」

「今んとこ、横からの映像しかねえんだよ」

わたしは首を伸ばした。アドレナリンのおかげで澄み渡った視界が三台の白いトラックをとらえた。バグを怒鳴りつけても意味はない。バグはバグでベストを尽くしているのだから。

「どうしてそんなことになったの？」

「エドワードがリンダと話したいと言ってやってきたんで、カタリーナがガキどもを見てるって言ってくれたんだ。カイルもジェシカもマチルダも避難用の地下室で遊びたがってた。竜巻の避難訓練をするときにガキどもがびびらねえように、地下室に秘密基地を作ってやったからな。ジェシカがトイレに行きたいって言ったんでカタリーナが連れていって、あとの二人はカートが見てた。敵のくそ野郎は土を掘る化け物を召喚したらしい。その化け物が地下室の下にトンネルを造って床から飛び出してきて、カイルとマチルダを連れてっちまったんだ」

体が冷たくなった。「カートは？」

「だめだった」

くそっ、くそっ、なんてことだろう。カートがかわいそうだ。そしてレオンも。

「戻ってきたカタリーナがカートを見つけた。おれのところに知らせが来たときには、ヴィンセントの野郎はもうサム・ヒューストン通りに入ってた。高速道路までは追跡したんだが、そこで見失っちまった」

「本当に間違いない？」バーンがたずねた。

「窓から白猫が見えた」

マチルダはどこに行くにもあの猫といっしょだ。

「ローガンはどこ？」

「上を見ろ」バグが言った。

わたしはフロントガラス越しに見上げた。頭上低いところにヘリコプターが飛んでいる。

「トンネルを掘るのにしばらくかかったはずよ」わたしは考えを口に出した。「ヴィンセントは避難訓練の様子を見ていたのね。前もってトンネルを掘って、タイミングを計っていたに違いないわ」つまりヴィンセント・ハーコートかその仲間がこちらを監視していたか、内部に裏切り者がいるかどちらかだ。ローガンは気に入らないだろう。

「トラックを使うのはいい戦略だ」バーンが人ごとのように言った。

「そうね。ローガンを振りきるのは無理だとわかっていたから、あえてそうしなかったのよ」もしヴィンセントがヘリコプターを持っていたとしても、ローガンは必ず奴《やつ》を射程内にとらえるだろう。

「どうしてマチルダまで？」バーンがきいた。

「ジェシカがいなかったからよ。奴が送り込んだ化け物は、きっと男の子と女の子をさらってこいと命じられたんだわ」

じりじりと時間が過ぎていく。バーンは数センチ差で衝突を避けながら車列を縫って進んでいった。何か見つかったかどうか、バグに質問しても無駄だ。

「あいつ、うっかり相乗り専用レーンを使わないかしら？」

「ぼくなら使わないな」バーンが言った。「閉じ込められるよ」

相乗り専用レーンとそれ以外の車線は白い金属のポールで区切られている。相乗り専用レーンのほうが進みが速い。車が少なければ視界もきく。

ヘリコプターが左に曲がった。

「どうしたの？」わたしは携帯電話に言った。

「白いトラックが一台出口に向かった。カメラが窓際に白いものをとらえてる」バグの声が緊張でうわずっている。

「ぼくらも降りる？」バーンがたずねた。

出口に向かうか、直進するか？　高速道路を出て横道に入るのはいい戦略だ。ヴィンセントは追跡者の目から逃れられる。

「ネバダ？」

出口がすぐそこに迫ってきた。わたしがヴィンセントなら高速道路を降りるだろう。でも、ヘリコプターが頭上にいるなら降りない。危険すぎる。それに、もしそのトラックがヴィンセントのトラックならローガンが対処してくれるはずだ。

「答えがほしいんだけど」バーンが言った。

「降りない。このまま進んで」

　車はのろのろ進んでいく。ヒューストンにしても最悪だ。前方で工事でもしているか、事故でもあったに違いない。

「トラックがスピードを上げた」バグが言った。「今、追跡してる。もうすぐ映像が手に入る。あのトラックで間違いねえ」

　バグが間違いないと言うなら間違いない。地上で最強の視覚認識能力を誇る男なのだから。

ただ、どうもしっくりこない。

　前方に次の出口が迫ってきた。

　バーンがこちらを見た。わたしは首を振った。このまま進もう。

　わたしは走りたかった。パンチし、叫びたかった。だが、じっと座っているしかない。

　青い光が路肩を走り抜けていった。わたしは開いている窓から首を出した。ゼウスだ。

「バーン、ゼウスを追って！」

　バーンはハンドルを切って路肩に乗り上げ、怒声代わりのクラクションの嵐の中、ウエ
ストの高さがあるコンクリートの防護壁と車列との間を走り抜けた。

　ゼウスは太い足を上下に動かし、一跳ねごとに丸めた尻尾を伸ばしながら、高速道路を
疾走していく。首からは輝くコロナのように触手が立ち上がっている。絶対に忘れられな

い光景だ。

ゼウスは前に左にとジャンプし、中央車線を走る一台の車の上に飛び乗った。前足が滑る。一瞬よろめいたが、前に飛んで黒いトラックの後ろに飛びついた。バーンが急ブレーキを踏んだ。

ゼウスの毛が逆立ち、鼻筋に皺《しわ》が寄った。唇がまくれ上がり、カーブした短剣のような牙がむき出しになる。首のまわりの触手が真っ赤に脈打っている。魔力が炸裂《さくれつ》した。深紅の衝撃がトラックの運転席に噛《か》みつく。トラックは車線をはずれて青いホンダのシビックにぶつかった。シビックが車線から押し出されてわたしたちの車の前をふさいだ。黒いトラックは横滑りして路肩に乗り上げたが、牙をむくゼウスを乗せたまま走り去っていく。だめだ。

バーンはクラクションを鳴らした。シビックの女性は両手を振りまわしている。立ち往生だ。

「バグ、トラックは白じゃなくて黒のフォードよ！」わたしは窓から頭を出して怒鳴った。「そこ、どいて！」

女性は中指を立てた。

シビックの後ろの車がクラクションを鳴らした。女性は携帯電話を取り出した。くそっ。警官が来るまであそこに居座るつもりだ。

何かが車の上に飛び乗った。その重量に車体がきしむ。振り向くと、リアウインドウの向こうに黒っぽいものが見えた。天井が内側にへこむ。わたしは銃を取り出した。

毛むくじゃらの大きな手が屋根から下りてきたかと思うと、熊の腹が太陽をさえぎった。テディ軍曹が屋根から滑ってきて車の前に着地した。そしてシビックのほうへとのしのし歩いていった。

女性が携帯電話を取り落とした。

テディ軍曹はシビックに寄りかかって押した。車はずるずるともとの車線に戻った。テディ軍曹は助走をつけてこちらの車に飛び乗った。車がきしむ。テディ軍曹はそのまま屋根を滑って道に着地し、リアウインドウいっぱいに顔を突き出した。爪が金属を引っかく。ハッチバックが上がり、熊が中に乗り込んできた。後部シートを倒してぎりぎり入れる大きさだ。ふいに車の中が熊でいっぱいになった。

バーンはゆっくり振り返ってから目を真ん丸にしてわたしを見た。

「トラックが逃げるわ！」わたしはバーンに怒鳴った。「出して！」

バーンは身震いしてアクセルを踏み込んだ。車ががくんと前に飛び出し、路肩を走り出した。

前方でまた深紅の魔力が光った。

「バグ？」わたしは携帯電話を振りたい衝動に駆られた。「バグ？」

「……なんだ？」

「黒のフォードが高速道路のフライ・ロード出口のすぐ西で路肩を走ってる。見つけて」

少し間があった。「ドローンを飛ばした。ヘリコプターからそこまで数分だ」

高架にさしかかり、道がのぼり坂になった。今、道からはずれたらおしまいだ。

前方で黒のトラックが大きくよろめいてコンクリートの防護壁をこすり、跳ね返って車列にあたりそうになり、急停止した。ゼウスが中で身を伏せた。ヴィンセントはゼウスを振り落とそうとしている。

「中に子どもがいるのに」バーンがうなった。

「気にしているとは思えないわ」

爆竹のように銃声が響いた。怒った獣のうなり声がそれに応えた。

バーンは時速七十キロまでスピードを上げた。車体が右側のコンクリート防護壁にぶつかり、身の毛がよだつ金切り声をあげた。バーンは車をもとに戻した。

相手との距離が縮んでいく。

「もう逃がさないぞ」バーンが凶暴な顔で言った。

ウエストグリーン・ロードへの出口の標識が見えてきた。

「あそこから降りて」わたしは祈った。

トラックがクラクションを鳴らした。左右に分かれた車列の間をトラックが走り抜けていく。

「そんな」

バーンもクラクションを鳴らした。テディ軍曹が吠《ほ》えた。周囲の車が急ブレーキをかけて止まったので、わたしたちはヴィンセントのすぐあとを追った。あと十メートルに追いついたとき、相手がスピードを上げた。トラックは左側の車にぶつかり、跳ね返ってコンクリートの防護壁にあたった。わたしは心臓が止まりそうになった。

防護壁は壊れなかった。

トラックは見た感じ古く、荷台の後ろがなくなっている。おそらく盗難車だろう。盗難車には、パンクしても走行可能なランフラットタイヤなんて高価な代物はついていないはずだ。

「まっすぐ運転して」わたしはウインドウから身を乗り出した。

「子どものこと、気をつけて」バーンが言った。

「わかってる」

今タイヤを撃たなければ、どこかにぶつかって道をはずれてしまうだろう。わたしは右後方のタイヤを狙い、引き金を引いた。

銃声が響いた。

「あたった?」バーンがたずねた。

「あたった」

この程度の距離でスピードもそれほど出ていない。四〇口径の銃弾ならタイヤに穴をあけて、おそらく反対側から抜けるだろう。タイヤからはじょじょに空気が抜けていく。じりじりと時間が過ぎた。

タイヤがパンクした。トラックの速度が少し落ちた。

「黒いトラックを見つけたぜ」バグが言った。「中にガキどもがいる。繰り返す、中にガキどもがいる」

トラックの中で、また魔力が赤くはじけた。ゼウスが戦っているらしい。

次の出口が近づいてきた。ヴィンセントはまだ降りないつもりだ。

「ヘリコプターが到着する」バグが言った。

「何分後？」

「四分はかかる」

これから四分の間に何があってもおかしくない。一秒あればあの黒いトラックは何かにぶつかってコンクリートの防護壁を乗り越え、はるか下に落ちてしまうだろう。ひっくり返ってつぶれたトラックのイメージが脳裏をよぎる。そんなことをさせるわけにはいかない。

テディ軍曹が低いうなり声をあげた。

「これ以上スピードを上げたらまずいの。向こうが事故を起こすかもしれない」わたしは軍曹に言った。

「熊の言ってることがわかるの?」

「いいえ、勘よ。あの子たちを守らなきゃならない、あいつを追いかけなきゃならない、ってことだと思う」

電光掲示板にオレンジ色の文字が光った。〝前方出口封鎖中〟そのあとに〝右車線封鎖中〟と続いた。

まずい。

〝前方工事中〟

白とオレンジの工事用バリケードが前方に迫ってきた。トラックはプラスチックのバリケードをはね飛ばして、高架になっている出口車線に突っ込んでいった。ヴィンセントはいったい何をするつもりだろう?

トラックが右に急カーブを切って止まった。助手席のドアをこちらに向け、車線をふさいでいる。

男が一人、片手にマチルダを、もう片方の手に銃を持ってトラックから飛び降りた。マチルダは白猫を抱えている。

バーンはブレーキを踏み込んだ。車は滑りながら止まった。わたしは車が完全に停止す

の頭に銃を向けた。

「ガキの頭を吹き飛ばすぞ！」男はマチルダの頭に銃を向けた。「動くな！」

マチルダが猫を落とした。猫は一声鳴いて男の脚に飛びつき、這《は》いのぼった。男は叫び、猫を振り払おうともがいた。マチルダが地面に落ちた。猫は必死に男を攻撃しているが、男の動きが速すぎて銃の狙いをつけられない。ゼウスがトラックの後部から飛び出して男に襲いかかり、倒して押さえつけた。口が大きく開き、鋭い牙が男の首に食い込む。地面をたたいていた男の脚が動かなくなった。

ゼウスがこちらを振り向いた。鼻面が赤く染まっている。

テディ軍曹がわたしたちより先にトラックに突進した。

ゼウスがうなり、子猫でもくわえるようにマチルダのセーターをくわえると、わたしたちの脇を走り抜け、来た道を帰っていった。そのあとを白猫が追った。

わたしはトラックに走り寄った。バーンと同時にトラックの前に立つ。背後にヘリコプターが近づいてくる音がして、空気が震えた。

魔力が恐ろしいほどの奔流となって体にぶつかった。息を吸おうとしても吸えない。バーンとわたしは同時にあえいだ。

わたしは首を伸ばしてトラックの後ろを見た。テディ軍曹がうなりながら一歩ずつあとずさりしてくる。わたしがその視線の先を追うと、カイルの体をつかみ、魔力増幅の魔法陣の中に立つヴィンセントがいた。二人の背後で高架道路が二手に分かれている。どちらの道も工事用の車両とコンクリートの防護壁でふさがれている。逃げるには徒歩しかない。

ヴィンセントの頭上に闇がうごめいている。中に紫の稲妻が走るその黒い雲はどんどん大きくなっていく。一瞬紫に光ったかと思うと、雲が裂けた。巨人が現れた。毛はないがどこか人間に似たその巨人は、わたしたちの頭上高くそびえ立っている。蹄《ひづめ》のある足は黒いトラックより大きい。ダクトテープ色の肌、岩のような肩、その上にのっている丸い頭。前足には一メートルもあるかぎ爪がついている。鼻はなく、口代わりの大きな裂け目があるだけで、つり上がった赤い目は火が燃えているように光っている。

身長は二十メートル以上ありそうだ。

巨大な手が下りてきた。かぎ爪で死んだ誘拐犯を引っかけると、口の中に放り込んだ。骨がばきばきと音をたてる。巨人は車の海を見渡し、一歩踏み出した。高架道路が揺れた。巨人は車列を目指して歩いていく。わたしには何もできない。振り返ると、車の間を人が逃げていく。巨人が見ているのはその人々だ。大きな口が開き、気味の悪い甲高い吠え声が響いた。

乗り捨てられた車の上で、ローガンのヘリコプターがホバリングしている。マシンガンの音が短く炸裂した。銃弾が突き刺さったのに、巨人は気づきもしない。

ローガンがこの巨人に投げつけられるものはここにない。車を投げつけても、雄牛に小石をぶつけるようなものだ。

ヘリコプターが旋回して、高速道路の脇にある空き地と映画館〈シネマーク〉の建物があるほうへと向かった。

巨人は中央車線への合流を待っていた車を踏みつぶし、また吠えた。

「ネバダ！」バーンが叫んだ。「どうすればいい？」

わたしにはわからなかった。

「ネバダ！」

人生でこれほど無力に感じたことはない。

ローガンのヘリコプターから何かが落ちてきた。黒い光が地面にあたったかと思うと、はじけるように毛むくじゃらの巨大な姿が現れた。まさか、あれは……。

〈シネマーク〉のそばに怪物が降り立った。漆黒の毛におおわれたずんぐりした大きな体、かぎ爪の並ぶたくましい腕、丸い頭、体を守る甲羅。頭の両側には前に曲がった角が生えている。肉食動物の牙が並ぶ口。黄色く光る二つの丸い目。

「まずい！」バーンが吐き出すように言った。

人々は逃げる足を止め、あっけに取られて見上げた。誰もがあの映像を見ている。誰もが知っている。

わたしの妹、〝ケルンの野獣〟が耳をおおいたくなるような叫びをあげ、灰色の巨人につかみかかって高架道路から空き地に突き落とした。巨人は倒れた。道路が揺れる。〈シネマーク〉の看板の赤いCが落ちて壊れた。

巨人は反撃に転じ、アラベラにつかみかかった。アラベラは巨人の上に馬乗りになった。筋肉におおわれた毛むくじゃらの巨大な悪夢が、怒りを爆発させて殴り、たたきつけ、爪を立て、びちゃびちゃした肉片をそこらじゅうに投げ捨てている。アラベラに力を与えている恐ろしいまでの怒りが火山となって爆発した。もう誰にも止められない。

ママに殺される。全員が殺されるだろう。もう家には帰れない。

巨人は絶望の悲鳴をあげた。妹は巨人の首に腕をまわし、もう片方の腕で肩を押さえて首に噛みついた。見たくないのに目を背けることができない。牙が筋肉と腱《けん》を引き裂く。巨人は足をばたつかせているが、その勢いはどんどん弱まっていく。妹はついに首を噛みきり、頭を背後に投げ捨てて吠えた。

何十人もの人がその様子を携帯電話で録画している。

アラベラは座り込み、口にかぎ爪を入れて長い毛を一本引っ張り出した。吐き出し、口をゆがめ、また吐き出す。まるで腐った果物でも食べたみたいに鼻に皺を寄せている。

理性が働いている。何もかもコントロールされている。完全に我を忘れているわけではない。わたしは振り向いた。数メートル向こうで、ヴィンセントがあんぐり口を開けたまま凍りついている。

わたしは銃を上げた。ヴィンセントがそれに気づき、カイルを乱暴に前に引き寄せた。手に、映画用の小道具みたいな大きな銃を持っている。銃身が二十五センチはありそうだ。

ヴィンセントは銃をわたしに向けたまま、あとずさりをし始めた。

コンクリートの防護壁が滑るように動き、作業員が通路に使っていた狭い隙間をふさいだ。重機が歩道を滑ってきて防護壁に寄り添った。振り向かなくてもローガンが後ろから近づいてくるのがわかった。

ヴィンセントは真っ青になり、ちらっと背後をうかがった。そう、もはや逃げ場はない。

ローガンが隣に現れた。硬貨がいくつも彼の前に浮かんでいる。以前、ローガンが硬貨を銃弾のスピードで放つのを見たことがある。

硬貨は動かない。ローガンも同じ結論に達したらしい。スタームの手がかりを得るためにはヴィンセントを生きてとらえなければならない。

「そこから動くな」ヴィンセントが言った。

「終わりだ」ローガンが答えた。「銃を下ろせ」

「それ以上近づいたら撃つぞ」大きな銃の銃身が震えている。

「その銃はマグナムリサーチBFR。装塡《そうてん》時の重量は二キロ以上で、反動も大きい。両手で握ってしっかり構えないと撃てないわ。重さでもう手が震えてる。今、引き金を引いたら、狙いをはずして自分の頭を撃つのがおちよ」

ヴィンセントは銃を握り直したが、銃身は震えるばかりだ。

「ガキにあたるぞ」ヴィンセントが絞り出すように言った。

「あてないわ。わたしは射手魔術家だから」

ヴィンセントは銃を持ち直し、銃口をカイルの頭に押しあてた。

「その子がおまえを生かしてるんだ」ローガンが言った。その声は氷のように冷たかった。

「殺してみろ、おれがおまえをこの高架道路の上でゆっくり切り刻んでやる」

ヴィンセントは息をのんだ。

「道は二つある」ローガンが言った。「その子を放して生き残るか、手出しして死ぬかだ」

「早く決めて。あんたはカートを殺した。わたしはカートが好きだったの」

ヴィンセントがまた息をのみ、手を開いた。大きなリボルバーは音をたてて地面に落ちた。

「子どもを放せ」ローガンが言った。

ヴィンセントはカイルを強く引き寄せた。その目に狂気が光った。道の端に駆け寄って身を投げそうに見える。もし走り出したら、頭を撃たなければならない。それ以外の場所ではカイルに危険が及ぶ。

ローガンの声が鞭《むち》のように空気を切った。「いつまでも待つつもりはないぞ！」

ヴィンセントがカイルを放した。わたしは駆け寄ってきたカイルを抱き上げた。ローガンがつかつかとヴィンセントのほうに歩いていく。ヴィンセントは数歩下がり、両手を上げてやみくもにローガンに殴りかかった。パンチはローガンをかすりもしない。ローガンがさりげないと言っていいほどの軽さで手を伸ばした。その指がヴィンセントの手首をつかむ。ローガンがそのままひねると、ヴィンセントは体を二つ折りにして目に涙をためた。ローガンはもう片方の手で相手のシャツをつかみ、半分引きずるようにしてこちらに連れてきた。

視界の隅で、アラベラがこの下でカーブする出口車線に近づいていくのが見えた。見慣れた銀色のレンジローバーが止まった。妹は人間の大きさに縮んだ。裸体が怪物の血に染まっている。助手席のドアが開いて妹が乗り込むと、レンジローバーは北に向かって走り出した。

「ありがとう」わたしはローガンに言った。

「あとで話をしたい」

ローガンの部下がヴィンセントに手錠をかけてヘリコプターに乗せた。

バーンが車をバックさせた。テディ軍曹が中に乗り込む。

遠くからサイレンがいくつも聞こえ始め、だんだん近づいてきた。

ローガンの部下のレンジローバーが到着した。トロイが運転している。ローガンが後部座席のドアを開けてくれた。その顔を見れば、さっさと乗らなければ押し込むと思っているのがわかった。雷雲が集まりつつあり、わたしはこれからその中に飛び込むことになる。

バーンも嵐の前兆を読み取った。「ぼくはテディ軍曹を連れて帰るよ」

わたしは車に乗り込み、真ん中の席にカイルを座らせてシートベルトを締めた。ローガンが反対側に乗り込むと、トロイがアクセルを踏み、車は走り出した。

五分近くも沈黙が続いた。

「〝ケルンの野獣〟か?」ようやくローガンが口を開いた。

「そう」

「どういうことだ?」言葉がナイフのように切り込んできた。「どうして変身できるんだ? いつからで、これまで何度変身して、何人が知ってる?」

「変身できるのは、それが妹の魔力だからよ。赤ちゃんの頃からで、変身したのは合計十二回。知ってるのは家族と小児科の先生だけ」

「コントロールできるんだな」

「ええ。十一歳から十四歳までは危うかったけれど、じょじょに慣れていったわ。ホルモンが落ち着く頃には完全にコントロールできるようになる、と言っても嘘《うそ》にはならないと思う。たぶん二十歳ぐらいだと思うけれど」

「嘘にはならない、か……」ローガンの青い目は冷たく険しかった。「遺伝なのか?」

「ええ」

「きみの子どもにも同じ能力が現れる可能性があるのか?」

「ええ」

「どうして?」

「ヴィクトリア・トレメインは流産しがちな体質で、ある〝超一流〟の精子をお金で買い、自分の卵子に受精させてミーシャ・マルコットの胎内に入れたの。ミーシャ・マルコットはヨーロッパのどこかで薬で眠らされていて、代理母になれる唯一の〝超一流〟だった。わたしの父は尋問者の遺伝子を母親から、セイレーンの遺伝子を父親から、そしてどうやら〝ケルンの野獣〟の力を代理母から受け継いだらしいの。魔力は遺伝で決まるから、なぜそんなことが可能なのかわからない。ミーシャの遺伝子が父に受け継がれるはずはないのに。それでもわたしたちは父の娘。全員が父の遺産を受け継いだのよ」

ローガンはしばらくきつく目を閉じていた。さあ、これから頭が爆発するに違いない。

「ほかにおれに言っておきたいことは?」

「ヴィクトリア・トレメインも知っているって言うのを忘れていたわ。今日ヴィクトリアとランチをとったときに、本人が認めたの」

ローガンはじっとわたしを見ている。

「記録局がヴィクトリアを殺すためにマイケルを送り込んだんだけど、わたしがやめてと頼んだの。ヴィクトリアはわたしの祖母だし、わたしを殺そうとしたスタームの手下の弾を身代わりになって受けてくれたからよ。ヴィクトリアは肩から出血していて、わたしはマイケルが彼女を殺すのを黙って見ていることはできなかった。そのせいで記録局に借りができたわ」

ローガンの顔が一瞬にして冷たい仮面と化した。

「コナー……」

彼は片手をさっと上げた。わたしは黙り込んだ。どうやら時間が必要らしい。

ローガンはわたしを見て口を開いたが、何も言わずに閉じ、無言で首を振った。心の中で嵐が荒れくるっているようだ。

「言葉で言ってみて」カイルが助け船を出した。

ローガンはじろりとカイルをにらんだが、またわたしを見た。「身内を助けたのは親切なおこないだが、またあの女がきみを襲ったら、おれが殺す」

「わたしに手出しはしないわ。家族だから」

ローガンはうなり声に似た声をあげ、携帯電話を取り出した。

「記録係？　どうも。異常事態の発生により、ベイラー家のテストを前倒しでおこなうことを立会人として要求したい。ミズ・ベイラーとその家族には攻撃から守られる権利が早急に必要だ……そう、高速道路での事故の件だ……そのとおり」彼はわたしのほうを向いた。「アラベラも登録するな？　すると言ってくれ」

わたしはためらった。

「テストで自制心を証明できれば、きみの一族の〝超一流〟として連邦当局の追及をまぬがれられる。もしそれがなければ、公共危険法に基づいて監禁されるだろう」

「するわ」アラベラは大喜びだろう。

「彼女も登録する……テストは非公開で……助かる」

ローガンは電話を切り、別の番号にかけた。

「母さん？　一つ頼みがある。これから車で女の子を一人送り込むから、迎えに行くまで預かってくれないか？……いや、おれの隠し子じゃない。あとで説明する。ありがとう」

ローガンは電話を切ってわたしを見た。

「もうサプライズはやめてくれ。少なくともこれから十二時間は」

「やってみるわ」

「頼んだのは一つ」母はかんかんだった。「一つだけよ」

バーン、カタリーナ、わたしはキッチンに立っていた。祖母はテーブルに座り、真剣な顔で両手の上に顎をのせている。レオンは、わたしがヴィンセントを殺すのを許可しなかったことに腹を立てて出ていってしまった。

「あの子を隠すのがあなたたちの仕事だった。あの子に理性がないのを知っているのに、その仕事に失敗した」

わたしは待った。反論したってしょうがない。

母はわたしたちをにらんだ。「何か言うことはないの？」

わたしが口を開く前にカタリーナが言った。「ママがアラベラをヘリコプターに乗せたんじゃない」

母はまばたきした。カタリーナがアラベラとわたし以外の誰かと喧嘩《けんか》することはまずない。

「わたしはジェシカの面倒を見てたの。アラベラが家から飛び出してヘリコプターに乗ったのに、ママは止めなかった。わたしたち、どうすればよかったの？ テレパシーでおとなしくさせておけばよかった？ バーンとネバダは銃撃戦のさなかでもアラベラを止めなきゃならなかったの？」

母が何か言おうとした。

「無理よ」カタリーナが言った。「あの子のためにまわりが言い訳しなきゃならないなんて、もううんざり。アラベラは特別でストレスも大きいからって甘やかしてきたせいで、あの子はわがままを通すことに慣れちゃったのよ。あの子が五歳児みたいな行動をしても、ママはわたしたちがその尻ぬぐいをしろって言う。アラベラはもうそんな年じゃないわ。ママのお説教なんかこれ以上聞きたくない。もういや。これ本気だからね」

　カタリーナは背を向けて出ていった。どこかでドアがばたんと閉まった。テストが近づいているせいで、カタリーナはかりかりしている。

「この家族、どうなっちゃったのかしら……」祖母がつぶやいた。

「アラベラはママの教えを守ったのよ」わたしは母に言った。「変身して問題を片づけて、数百人の命を救い、もとに戻って去った。ぐずぐずしていたわけでもないし、見せびらかしたわけでも、カメラの前でポーズを取ったわけでもない。仕事をこなして消えたの」

「アラベラがヘリコプターに乗り込んだ時点で、もう止められなかった」バーンが言った。

　母が椅子に座り込んだ。ぐったりして、今まで見たことがないほど老けて見える。わたしは心臓を刺されたかのような気がして、母のそばに行って隣にしゃがんだ。「ママ?」

　母がうつろな目でこちらを見た。

「大丈夫だから」

　母は答えなかった。

「ママ?　怖いんだけど」

「どうしても無理なの」母は小声で言った。「できることはなんでもしてきたけど、あなたたち全員を守れない」

　わたしは母の手を取った。「大丈夫。守れると約束する」

「どうやって?」

「テストの日を前倒ししてもらったの。アラベラのテストは非公開で、少人数の立会人だけが参加する予定よ。テストでは自制心を試されるけど、それが問題ないのはわたしたち全員が知ってる。変身してもアラベラは自分を見失わない。ただしゃべれないだけ。うちが一族と認められれば、アラベラは新興一族保護法によって守られるわ」

母はわたしを見つめた。

「新興一族保護法では、一族の成員は従軍を強要されないし、犯罪をおこなった確実な証拠がない限り、連邦政府、州政府、地元当局に拘束されることもないんだ」バーンが言った。「うちが一族として認められたら、誰もアラベラには手出しできない」

母は聞こえているのだろうか。「ママ?」

「テストの前につかまったら?」

「つかまらないわ。アラベラは今、ローガンのお母さんといっしょにいる。警察はローガン一族の私有地には入れない。理由も証拠もないからよ」

「テレビで流れるわ」祖母が言った。

「流させておけばいい。ローガンとお母さんがあの子を守ってくれる。だから大丈夫よ」

携帯電話が鳴った。わたしは出た。

「邪魔してすいません」リベラの声だった。「あなたを迎える準備ができました」

「すぐ行くわ」

わたしは電話を切った。

「出かけるけど、また戻ってくる。心配しないで」そして母を抱きしめ、外に出た。道の向こうのローガンの本部まではほんの数秒だけれど、本部へは行かず、その後ろの平屋の建物に向かった。ローガンが買い取る前、そこにはプリントショップがあり、今でもその名残がある。正面の御影石《みかげいし》のカウンターにはローガンの部下の一人、長身の金髪女性がいた。わたしは彼女に会釈して通り過ぎ、重いドアを開けて広い長方形の部屋に入った。家具は取り払われ、灰色がかった黒の黒板塗料で塗装されている。部屋の真ん中の椅子に手錠でつながれたヴィンセントがいる。ヴィンセントはわたしを目にして見下すように笑った。もとの自分に戻ったらしい。

ドアのそばの壁際で、バグが二つのスクリーンを前に座っていた。椅子が何脚か並べてある。ローガン、ハート軍曹、リベラ、リンダが座っている。そしてマチルダを膝にのせたコーネリアスと、その隣にハリソン一族の家長ダイアナ。全員がヴィンセントを見つめている。

椅子の列とヴィンセントの間に二つのチョークがわたしを待っていた。

わたしは歩み寄って一つを手に取った。

「それでいったい何をするつもりだ？」ヴィンセントが言った。「使い方もろくに知らないくせに。おまえのことは全部知ってる。訓練も教育も受けてない」

わたしの魔力があふれ出した。

「死んだ父親と同じで、一族のはみ出し者だ。父親はどうしようもないくずの間抜けだった。おまえの家族は全員くずの間抜けだよ」

わたしは床に魔力増幅用のシンプルな魔法陣を描いた。

「やれやれ、目が見えないのか、それとも指でも折ったのか？　ローガン、代わりに描いてやれ。見てて情けない」

わたしは魔法陣の中に入って集中した。部屋が薄れていき、椅子に座っているヴィンセントの姿も薄れた。その頭の中にぼんやりした銀色の光が見える――呪文がわたしの魔力に反応しているのだ。

もっと近くで見たい。もっと深く潜り込みたい。オリヴィア・チャールズに攻撃されたときに潜ったのと同じぐらい深く。

「ネバダ？」ローガンが話しかけた。

「何？」わたしは光る部分に集中した。

「きみの家族が見たいと言っている。お母さん、妹たち、いとこたち、祖母たち」

「かまわないわ」

「祖母は二人ともだぞ」

その声に、現実世界に引き戻された。わたしは視線を上げた。右側でバグがデスクにノートパソコンをセットしている。その画面に、肩を包帯で巻き、贅沢《ぜいたく》な椅子に座ったヴィクトリア・トレメインが映っている。

背後で誰かがはっと息をのんだ。母だ。

「ええ」

わたしはしゃがんだ。もっと力がほしい。もう一つ最初の円に接する小さめの円を描き、さらに同じ大きさの円を二つ描いた。〝母と三つ子〟と呼ばれる四つの円だ。少し前、ローガンがこっそりくれた本でこれを見つけた。完璧なまでにシンプルな通常の魔力増幅円に比べてパワフルというわけではないが、練習したとき、この魔法陣のおかげで魔力が外科用のメスの正確さで研ぎ澄まされるのを感じた。祖母のかけた呪文を破り、なおかつ尋問に耐えられる理性をヴィンセントに残しておこうとするなら、メスの正確さが必要だ。

「この裏切り者め」ヴィンセントがヴィクトリアに言った。

祖母が深海の鮫《さめ》さながらにほほえんだ。

わたしは魔法陣に魔力を注ぎ込んだ。魔法陣が青白く脈打つ。澄みきった強い魔力の流れが跳ね返ってきた。わたしは呪文に意識を集中し、ほかのすべてが薄れるにまかせた。

明かりが薄暗くなる。

どんどん暗くなっていく。

あたりが暗くなるにつれ、ヴィンセントの心の中の光が明るくなった。光のもやの中に一つのパターンが浮かび上がる。光る銀の糸のように、細い線がちらちらまたたいている。わたしはさらに魔法陣に力を注いだ。部屋は真っ暗になった。銀色の細い線が浮かび上がった。

もう少し力がほしい。

「力を使いすぎているわ」リンダが言った。

「大丈夫、コントロールできる」ローガンが言った。

わたしは黒い穴の底で光る呪文に向かってどんどん落ちていった。

また力を注ぐ。

「ローガン！」どこか遠くでリンダの声がした。

「邪魔するのはやめてくれ」コーネリアスが小声で言った。

底に到達し、どうにか両足で着地した。目の前に呪文が光っている。純粋な力が薄いレースのように編み込まれた輝く魔法陣だ。そのあまりの複雑さにめまいがした。

どうやってほどけばいい？

複雑な回路を形成するパターンに沿って魔力が流れていく。流れを止めれば崩れるだろう。

円は一つではなく三つあり、重なり合っている。二番目の円の中に、真ん中を指さすように九つの三角形が並んでいる。もしヴィンセントの意思をねじ伏せようとしたら、いちばん上の円が真ん中に向かって崩れ、三角形が刃のように下向きになり、下の円を切り裂いて、呪文全体の力がその刃に流れ込むだろう。そして刃はヴィンセントの心に突き刺さる。とても無力化することのできない、天才的な罠《わな》だ。

この呪文を破るのは問題外だ。

パターンを変えてみようか？　もしかしたら破ることができるかもしれない……。

危険すぎる。

どこでこの呪文を破ったとしても、崩壊につながる。

デイヴィッド・ハウリングがわたしとローガンを魔法陣に閉じ込めたとき、ローガンはそれを描き換えた。呪文というのは基本的に一つの円だ。純粋な魔力が人の心に描き込んだ、複雑で理解しにくい円だ。わたしに描き換えられるだろうか？

体のどこか奥深くに鈍い痛みが響いた。魔力を使いすぎたのだ。でも、これからもっと必要になる。

「あの子には荷が重いわ」母の声が聞こえた。「あの……あの女が長年の経験をもとに作り上げたものを破れというんだから」

「そのとおりだ」

ガレンだ。誰が入れたのだろう？

「この男の心の中の呪文を感じる。度を越えて複雑だ。これは罠だが、ネバダにはそれを見抜くだけの経験がない」ガレンが言った。

「だけど、破れるんでしょう?」リンダがきいた。

「無理だ」ガレンが答えた。「あれは完璧な罠だ。完全に力が尽きてしまう前に引き戻したほうがいい」

「問題ない。ネバダは限度を知っている」ローガンが言った。

この呪文は複雑すぎて変更できない。輪の中に輪があり、魔力がからみ合っている。だが、変える必要はない。ヴィンセントの心を刃から守ればいいだけだ。

わたしは自分の魔力をかき集めた。体の中からわき上がった魔力を、銀色がかった青に輝く細い線へと伸ばしていく。それをいちばん下の円の下に滑り込ませ、編み始めた。ヴィンセントの父に力ずくのやり方が通用しなかったように、直接シールドを作ってもうまくいかない。この呪文はあまりにも多くの魔力があふれている。呪文が崩壊したら、そのエネルギーを誘導しなければならない。だから……そう、これならうまくいく。

「娘さんの命が惜しいならすぐやめさせるべきです」ガレンが言った。「この男を見てください。ほしいものさえ手に入れば、ネバダが死のうが生きようがどうでもいいんだ。ぼくはそうじゃない。彼女と結婚したいと思ってるんです」

「ネバダは自分が何をしているのかわかってるわ」母の声は冷たかった。ガレンが気に入らないのだ。

パターンはどんどん複雑になり、呪文の下で雪の結晶のように真ん中から広がっていく。頭がずきずきし始めた。魔力が少なくなってきた証拠だ。ここからは綱渡りになる。

「あなたたちは全員、頭がどうかしている」ガレンが言った。

「誰かその腑《ふ》抜《ぬ》けを黙らせてちょうだい」ヴィクトリアがぴしゃりと言った。

雪の結晶が完成した。うまくいくか、すべてを失うかだ。

わたしは魔力を刃の形にして、呪文のいちばん上の層を断ちきった。

暗闇がはじけ飛んだ。わたしは部屋の中に立っていて、目の前に輝く魔法陣が浮いている。床にチョークで描いていたのだ。九つの突起を持つ円が、らせん状に渦を巻いている。その上にヴィクトリアの魔法陣が本物の呪文のこだまのように薄ぼんやりと輝いている。

誰かが息をのんだ。

いちばん上の層が崩れ、花瓶の底の穴から砂や水がこぼれ落ちるように二番目の層に流れ込んだ。魔力が三角形を満たした。重みで三角形の頂点が下を向き、引き伸ばされて鋭い切っ先と化す。

二番目の層が崩れて三番目の上に流れ込んだ。切っ先が穴をあけ、わたしの描いた円に達した。切っ先が九つの突起に突き刺さり、銀色に燃え上がって魔力の流れを変えた。銀色の光が青い線をたどり、のみ込んでいく。崩壊した呪文の力を借りてわたしが描いたらせんが盛り上がり、どんどん上へと広がっていく。高く、明るく、花咲くように美しく。

ヴィンセントの心の中に、繊細な九枚の花びらを備え、魔力に満ちた異世界のカーネーションが花開いた。

それは長い間輝いていたが、やがて呪文の力を使い果たして消えた。

沈黙を破って、まがまがしい声が響いた。ヴィクトリアの笑い声だった。

わたしは振り向いた。ガレンが立っている。両手が震えている。彼はこちらをじっと見ていたが、背を向けて出ていった。

ローガンは笑顔だ。母の顔は誇らしげで、祖母はショックを受けた顔つきだ。カタリーナの顔には敬意があり、レオンは少しおびえ、バーンは何事もなかったように振る舞っている。リンダは無言で座っている。

わたしはヴィンセントに向き直った。ヴィンセントは唾をのみ込んだ。

わたしの魔力がはじけ、ヴィンセントを締め上げた。人のものとは思えぬ魔力にあふれる声が出た。

「ブライアン・シャーウッドはどこ？」

13

まばたきして目を開けると、見慣れた天井があった。ここはローガンの本部で、わたしは二階のソファに寝ていた。窓の外は暗い夜が広がっている。毛布が体を温かく包んでいる。ああ、本当に寝心地がいい。

尋問は予想どおりに進んだ。ヴィンセントは全部の質問に答えた。アレキサンダー・スタームはヒューストン近郊に牧場を持っている。ブライアン・シャーウッドはそこで時間をつぶしている。スタームたちは、オリヴィア・チャールズのファイルと引き換えにバイオコア社に資金援助をすると言ってブライアンに接触した。ブライアンがオリヴィアのファイルのありかを知らないことがわかると、ある取り引きを持ちかけた。ブライアンは誘拐の狂言に同意したが、見返りに求めたのは金ではなく、妻の死だった。ブライアンに接触する前、スタームとヴィンセントはカイルとジェシカの誘拐を考えていたが、リンダが心労でつぶれる恐れがあったのと、子どもをさらうリスクを考えてやめた。結局、ブライアンを選んだのは正解だった。リンダのことをよくわかっていて、どう脅せばいいかも知っている。夫を殺すと言えば、オリヴィアのファイルのありかも探り出せるはずだった。

リンダはファイルと人質の受け渡し場所で死ぬ計画になっていた。それが失敗した場合、ブライアンはリンダが悲劇的な自動車事故で命を落とすことを望んだ。ヴィンセントの話では、ブライアンは子どもたちが同乗していてもかまわなかったらしい。〝都合のいいほうで〟と言ったそうだ。

ヴィンセントはスタームにオリヴィアのファイルが〝非情に重要〟だと聞かされたが、その内容については何も知らなかった。そのファイルが見つからなければ、何もかもだめになるという印象を持ったという。どうしてもそのファイルが必要らしく、奴《やつ》らは手に入れるためならなんでもするつもりだった。計画はすべてスタームが取り仕切っているものの、リンダの家の襲撃だけは別で、あれはヴィンセントが主導権を握ろうとしてやったらしい。

スタームたちはエドワード・シャーウッドの動向を注視していたが、エドワードが一族の家長を宣言したとき、ブライアンが誘拐事件の一味であることがばれたと気づいた。別の人質が必要になったスタームたちは、ハイテク機器を使って竜巻の避難訓練の様子を監視し、子どもたちの居場所を把握した。ヴィンセントが召喚した怪物が二日間でトンネルを掘り、子どもたちをさらった。

すべてを聞いたリンダは、失礼するわと言い残して出ていった。

わたしがすべてを聞き出したあと、ヴィンセントは床にうずくまって泣いた。同情する気はなかった。わたしはひどく疲れていた。なんとか部屋を出て階段をのぼったのは覚えているけれど、そこからは空白だ。

そして今、ソファにいる。

キッチンから声が聞こえてきた。

「……もうわたしには誰もいない」リンダだ。「本当にひとりぼっちだわ。それがどんな感じかわかる？」

「ああ」ローガンが答えた。

起き上がらなければと思いつつも、わたしは横になったまま静かにしていた。二人はキッチンのカウンターのところに立っていた。ローガンの前にコーヒーのマグカップがある。少し疲れた顔で、隙のない身なりとは言えない。オフモードのドラゴンというところだ。わたしはこういう彼も好きだった。

リンダは細身の体が触れそうなほどローガンのそばに立った。わたしは嫉妬で胸が苦しくなった。この二人はお似合いだ。

「どうやって乗り越えればいいのかわからないわ」リンダが小声で言った。

「きみは母親にそう思い込まされたような弱虫じゃない。きみには耐える力がある。おれが助ける。見放したりはしない」

「ありがとう、息子を救ってくれて。本当に頼りにしているわ」

リンダはローガンに近づき、首に腕をまわして体を寄せ、唇にキスをした。

これはやりすぎだ。わたしはリンダの絶望に心を引き裂かれるような悲しみを感じると同時に、顔を殴りつけてやりたいとも思った。

ローガンは動かなかった。手をまわすこともなかった。押しやることもせず、ただじっと立っていた。

リンダが両手を下ろして離れた。「間違いだったわ」その声はかすれていた。

「ああ」

「コナー、どうして？」

ローガンの名前を呼んだというだけの理由で誰かを憎むなんておかしい。

リンダはローガンの顔を見つめた。「わたしたちは昔からの知り合いで、長い年月がある。共通点も多いわ。育った環境が同じで、友達も同じだった。わたしは美しい。互いを知り合う時間なんか必要ないはずよ」

それはどうも、リンダ。

「わたしならいい妻になる」

「おれには愛する人がいる」

「どうして彼女なの？　彼女の何が特別？　あなたと同じで暴力的だから？」

「おれは眠っていた。ネバダが目覚めさせてくれたんだ」

「わたしにはわからない」

「かまわない。わかる必要はない。きみのことも子どもたちのことも大事に思っている。でも、きみといっしょにはなれない。二人ともつらい思いをするはずだ」

リンダはローガンに背を向け、倒れるのを恐れるかのように両手でカウンターにつかまった。「あなたの言うとおりよ。あなたはすべてを舐《な》め尽くす炎と同じ。あなたにかかれば、わたしは燃え尽きて灰しか残らない」

ローガンは何も言わなかった。

リンダは首を振った。「わたしがほしいのは愛してくれる人だけなのに」

「きみを愛する人はいる。静かに、心から愛している。きみが気づいていないだけだ」

リンダがローガンを見た。「どういうこと？」

「もう隠れるのはやめるんだ。きみは〝超一流〟で、オリヴィアはいない。誰もきみを批判しない。力を使うんだ」

リンダは顎を上げた。「そうね」

二人はしばらく黙ったまま立ち尽くしていた。

「彼女と結婚するの？」

「申し込むつもりだ」

「いつ？」

「ネバダが一族として自立したら」

「本人は知っているの？」

「いや」

「断られたら？」

ローガンの声は自制されていてさりげなかった。「それまでだな」

「あなたらしくないわね。ほしいものは人も物も、すべてをなぎ倒してでも奪うのに」

「いつもなぎ倒すわけじゃない。こちらがよけるときもある」

「わたしの言う意味がわかっているくせに」リンダは後ろにもたれた。「どうして彼女が自立するまで待つの？」

「テストのとき、既存の有力一族との同盟や協力関係を問われるからだ」

「あなたの影響下にあるというイメージを避けたいのね」

ローガンはうなずいた。

「それは紳士的だと思うけれど、彼女には契約をじっくり検討する時間が必要だわ。経験がないし、一族として自立したら申し込みが殺到するはずよ。自分を見失ってしまうわ」

「契約はしない」

リンダは顔をしかめた。「婚前契約なしに結婚するつもり？」

「そうだ」

「正気を失ったの？　まだ三カ月しか知らない相手なのに」

「四カ月だ」

「あなたの個人資産は十億ドルを超えるのよ。それは一族の財産。一カ月で離婚を言い出されたらどうするの？　半分を渡すの？」

ローガンは答えなかった。

「遺伝子の相性はたしかめた？」

沈黙。

「コナー、そんなのはおかしいわ。あなたは一般人みたいな行動を取ろうとしている。あなたは一般人じゃない。一族の利益を守る立場よ」

「きみはあらゆるルールに従い、正しい道だけを選んできた。その結果どうなった？」

リンダはひるんだ。「ひどい言い方ね」

「ネバダがおれを選ぶか選ばないかという問題だ。おれは無理強いはしない。おれのもとを去ったらペナルティがあるような契約で縛るつもりはない。妊娠の時点で子どもたちが遺伝子チャートに完璧にのっとっているかどうかなんてどうでもいい。そういうことだ」

リンダがかすかな魔力を発散するのがわかった。

「ああ、コナー、あなたが正しいといいんだけれど。彼女に傷つけられず、あなたも彼女を傷つけないことを祈るわ」

リンダはローガンの頬にそっと触れると、去っていった。

ローガンはしばらくそのままで、冷めてしまったに違いないコーヒーを飲んでいた。マグカップを洗ってカウンターに置くと、彼はこちらに近づいてきて脇にしゃがんだ。

「やあ」

「おはよう」

「起きてたんだな」

「あなたは観察眼が鋭いって言ったかしら?」

ローガンはにっこりした。「いや」

「鋭いわ。探偵になるべきよ」

「どこまで聞いてた?」

「大事なことは全部」

ローガンはうなずいた。その顔からは何を考えているかはわからなかった。「そういうわけだ。手の内は全部見せた」

「そうかしら」わたしは起き上がった。

「というと?」

「本物のローガンからは何も言われていないわ」

ローガンは顔をしかめた。

「ドラゴンの声を聞きたいの」

「気をつけろ」

「ローガン一族の家長が何を求めているかはわかってる。ベイラー一族の未来に関する紳士的な警告は全部聞いたわ。自制しているところも見た。コナー、あなたが何を求めているのか知りたいの。あなたがほしいのは何？　わたしに言って」

ローガンの目の何かが変わった。それが何か突き止めるより先に、体重などものともせずに抱き上げられ、上へと運ばれていった。それならそれでかまわない。

ドアが開き、後ろで自動的に閉まった。わたしはベッドに投げ出された。ローガンの顔は荒々しく、青い目は貪欲だ。わたしは身震いした。

魔力がわたしをかすめ、服を引き裂いた。ローガンはTシャツとジーンズの残骸をつかんで放り投げた。ブラジャーも、そしてショーツもなくなった。警戒心と期待、そして興奮が全身にぴりぴりと走る。またたく間に腿の間が熱くなっていく。これからどうなるか、体は知っている。全身の細胞がそれを求めている。

ローガンが一糸まとわぬ姿になった。黄金色の肌の下のたくましい筋肉。こわばったもの。目が合ったとき、わたしは燃え上がりそうになった。その大きな体がわたしを閉じ込め、ベッドに釘《くぎ》づけにする。ローガンの手が頭の後ろにまわり、髪をつかんだ。わたしは息を詰めた。

唇が重なった。誘惑もやさしさもないキス。彼はわたしが自分のものだとばかりにキスをした。入り込んできた舌をわたしは味わった。コーヒーの残り香と、男らしい深い香り。思わず体が震える。わたしに対してできないことはないし、わたしも許すとわかっているキスだ。

唇が離れた。ローガンの目は暗く、野獣のようだ。腿の間の熱が液体と化す。ふいにわたしはあせりを感じた。

「おれを見ろ」その声はかすれていた。

わたしはローガンを見た。

「見たかったんだろう？　おれはここだ」

とても人間とは思えない、むき出しの男性の力、強烈な欲望、そしてダークな魔力。ローガンの周囲にその魔力がわき立っている。腕の筋肉は岩のように硬い。抱きしめられたら粉々になってしまいそうだ。ローガンがわたしを粉々にしたりしないのはわかっている。でもその力のすべてが一瞬にしてわたしを愛することだけに集中するのを見るのは、とてつもなく官能的だ。

わたしは全身をローガンに押しつけようとしたができなかった。押さえつけられているからだ。

「怖いか？」ドラゴンがきいた。

「いいえ」

「怖がるべきだ」

わたしはにっこりして魔力を放った。

ローガンの目が輝く。

彼の親指が唇を撫《な》でる。媚薬《びやく》と化した魔力の最初のしずくが胸の谷間にとろりと熱くしたたり落ちた。それに応えて神経が隅々まで燃え上がる。彼を中に感じたい。

手がヒップの丸みをつかんで探り、握り、引き寄せ、求める場所へと導いていく。高まりの先端が押しつけられるのがわかる。

魔力のしずくは二手に分かれ、胸の脇にまわって頂へとのぼり、肌を温めた。先端はたちまち冷たく硬くなり、熱い魔力におおわれた。快楽が体を貫いた瞬間、唇を封じられた。

わたしはその唇の下であえいだ。キスされる間にも魔力のしずくは胸の先端をもてあそび、快感の火花を散らして下へと動いていく。腹部の上を流れたそれは腿の間に入り込んだ。

舌となって敏感な部分を這《は》うそのしずくは、熱くなめらかな上に少しざらついてもいる。

待つのが苦しい。わたしはローガンの手に逆らい、体を押しつけようと全身に力を込めたが、少しも動かせなかった。

唇が離れる。ローガンの目にはすべてを焼き尽くす欲望が浮かんでいる。

「どうして怖がらなきゃいけないの？」

魔力のしずくが芯をつまみ、舌を這わせ、体の中にするりと入っては出ていく。なんという拷問だろう。ローガンが顔を寄せて左の胸の頂を吸った。わたしはもう少しでクライマックスに達しそうになった。

「もし誰かがきみを脅したら、そいつを殺す。きみが止めなければ、殺す前に拷問する」

「かまわないわ」なんとか受け止めよう。ローガンには絶対に変わらない部分がある。それは受け入れるしかない。

魔力がいっそう熱くなった。彼は右の胸に移った。今すぐ身を沈めてくれなければ、怒鳴りつけるか、すがるかしてしまいそうだ。

「きみがほかの男を見ると、そいつらを殺したくなる。きみがおれを裏切ったら、相手を殺すかもしれない。もうほかの男とデートはするな。理由がなんであれ許さない」

「いいわ。あなたももうほかの女からキスは受けないで」

舌が胸の先端を愛撫《あいぶ》する。右手が腿の間に割り込み、指が差し入れられる。頭がくらくらする。体は熱く重い。早く解き放たれたい。彼のすべてがほしい。

ローガンが野獣のような声をもらした。指が感じやすい部分を撫でる。わたしは身を震わせた。

「おれといっしょに住むんだ。二人のベッドでいっしょに寝る。毎晩」

「手を離して」

ローガンはわたしの腕から手を離した。わたしは左腕をローガンにまわし、右腕を下げて、なめらかな高まりを上下に撫でた。

ローガンがまた唇を重ね、わたしの手の中に突き入れた。

「ほかの女にあなたをコナーとは呼ばせない。わたしだけよ」

彼はにやりとした。歯をむき出した笑顔が恐ろしい。

「あなたはわたしのもの。誰にも渡さない」

「いいだろう。愛してる。人生でほしいのはきみだけだ。ネバダ、結婚してくれ」

わたしはローガンの唇に、顎にキスをし、耳元でささやいた。「ええ」

いっきに彼が押し入ってきて中を大きく満たした。受け入れられる以上の大きさだ。彼の魔力が波のごとく高まり、わたしをのみ込んでいく。クライマックスに体をわしづかみにされ、快感の中に世界のすべてが消えていく。純粋なクライマックスの瞬間がやがて永遠へとつながり、体がふわふわと漂っていく。クライマックスのこだまがローガンの体に伝わっていくのを感じながら、わたしはローガンを両腕に抱き、目を見つめた。快感が波となって体を揺らす。話すこともできない。

ようやく快楽の余波が抜けていった。ローガンはキスをして深く激しく貫き、荒々しく速いリズムを刻んだ。わたしは彼の動きに合わせた。やさしくも穏やかでもない。わたしたちらしく、燃えるように激しい。ふたたびクライマックスに襲われ、二人は快楽に結びつけられて強く抱きしめ合った。最後にローガンがすべてを解き放ったとき、わたしは心から満ち足りるのを感じた。


わたしたちはベッドで互いの腕の中にいた。気を失っていてもおかしくないのに、二人とも意識がはっきりしていた。ローガンの胸にもたれ、頭上の星空を眺める。彼の手がわたしの腕を撫でている。考え事をしているときに無意識にするしぐさだ。

「どうしてガレンを入れたの？」

「おれがどうしようもない自己中心的な男だからだ」

わたしはローガンを見て眉を上げた。彼はにっこりした。

「おれは何よりもきみといっしょにいたい。きみの身の安全、幸せ、二人の時間に関しては何も容赦しない」ローガンはにやりとした。「気が変わったというのは手遅れだぞ。もうイエスと言ったんだからな」

わたしはローガンにキスをした。「わたしの能力を見せびらかしたらガレンが逃げ出すって、どうして思ったの？」

「食事のときにあの男が言ったことを思い出した。きみのほうが自分より強いかどうかはわからない、と慎重な言い方をしていたんだ。それ以外の言葉からも、自分の立場に不安を抱いていることがうかがえた。たとえばオーガスティンのことを話したときもそうだ。あの男は力強い家長として見られたいと心から思っている。だから賭けてみたんだ。きみの真の力を知ったら、あいつは受け止めきれないだろうということに。読みは正しかった」

「わたしはガレンに興味なんかなかったのに」

「そして今後も絶対にない」ローガンは満足げなほほえみを見せた。

「怖い人」

「もうイエスと言ったんだからな」ローガンはまたそう言った。

「覚えてる」

「きみが寝ている間に記録係から電話があった。テストは明日の夜になったそうだ」

「わたしがヴィクトリアの孫娘だと思うと怖い？」

「いや」

「わたしに嘘《うそ》をつけないのは知ってるわね」

「知ってる」ローガンはわたしを抱き寄せた。

「わたしが年を取って皺《しわ》だらけになったとき、ホットだと思うかどうか、たずねたらどうする？」

「きみはいつだってホットだ。それにその頃には、おれだって年を取って皺だらけだ」

「結婚の意思を表明するか否かがどうしてそんなに大事なのか、まだよくわからないわ」

ローガンがわたしを抱きしめた。「きみがそう表明したら、二人の一族が結びつけられる。きみはおれの敵と味方をすべて受け継ぐ。テストのときに宣言された婚約はほぼ破られない。引き返すことはできない。おれとの結婚を拒んだとしても、ベイラー一族と聞けば誰もがローガン一族を思い出すだろう。きみにはできるだけ義務のない状態で一族を立ち上げてほしいんだ。テストで宣言する必要はない。むしろ何も言わないことを勧める」

ローガンは今もわたしに選択の自由を与えようとしてくれる。

「愛してる」

「おれもだ」

服の山の中で電話が鳴った。わたしは起き上がった。

ローガンはベッドから飛び降り、携帯電話を探しあてて出た。「なんだ?……すぐに行く」

「どうしたの?」

「アディヤミ・アデ＝アフェフェが下に来ている。危険が迫ってると言っているそうだ」

アディヤミ・アデ＝アフェフェはわたしと同年代の小柄な黒人女性だった。ローガンから最初に聞いたとき、彼女の一族について調べた。ナイジェリアのヨルバ一族の出身で、一族の名を翻訳すると〝風に授けられた王冠〟となる。アディヤミは白のブラウスとブルージーンズという姿だった。輝く灰色と青のシルクの〝ゲレ〟というスカーフを巻いて髪を隠している。世界を見つめる大きな茶色の目、細いフレームの眼鏡。笑ったら顔がぱっと明るくなると本能的にわかる。しかし今、彼女に笑顔はなかった。

「あなたは逃げなければいけない。この街の住人を避難させないと」

ハート軍曹、リベラ、バグ、ローガン、そしてわたしがアディヤミのまわりに集まった。

「何があった？」

「スタームが風を一箇所に集めているの。逃げなければ」

「アデペロの話では、きみは関わりたくないとのことだったが」ローガンが言った。

「父は検討すると言ったのよ。だから、わたしたちは検討した。個人的な戦争に協力する気はないけれど、これはそれより重大な事態よ」

「重大というと？」

アディヤミは鼻の眼鏡を押し上げた。「これまで見た中で最悪の竜巻。街のこの部分は破壊されるわ。街全体がだめになるかもしれない。誰も生き残れないと思う」

「竜巻の規模はＦ４？　それともＦ５？」リベラがたずねた。

「Ｆ５の竜巻は風速三百二十キロ以上」アディヤミがぴしゃりと言った。「今回のは風速四百八十キロを超えるわ。ビルを基礎から根こそぎにして、車を野球のボールみたいに投げ飛ばして、森をなぎ倒す。金属をへし折り、電力ケーブルを断ちきり、地下壕《ごう》をえぐる。

わかりやすく絵に描いたほうがいいかしら？」

わたしはドアから外に出た。空に黒く厚い雲が渦巻き、星を隠している。風が髪を乱す。

わたしは中に駆け戻った。

「奴と戦ってくれるのか？」ローガンがきいた。

アディヤミは肩をすくめた。「天候呪文は準備に時間がかかるわ。大気は地球を毛布のように包んでいて、どこまでも続いている。すべてがつながっているの。どこかで雨を降らせれば、本来雨が降るはずだった別の場所で干魃《かんばつ》が起きる。スタームは少なくとも一カ月前から天候パターンを操っていたに違いないわ。使われている呪文は複雑で、ちゃんと魔法陣を描くだけで何日もかかる。邪魔することはできても、止めることはできないでしょうね。こうなったら誰も止められない」彼女は両手をきつく握りしめた。「まさかあの男が本当にやるとは……すさまじい数の犠牲が出る。国に関わる緊急事態よ」

「どうして今なんだ？」リベラが言った。

少なくともその理由はわかる。「ファイルがわたしたちの手に渡ったのを知ったからよ。いずれ暗号を解読することは明白だし、ブライアンは交渉材料としての価値を失った。だからわたしたちを葬りたいの。全員が死んで街が廃墟《はいきょ》と化したら、誰も陰謀のことなど気にかけない。嵐の裏にいるのがスタームだということは証明できる？」

アディヤミは首を振った。「姿を見ない限り、無理。天候呪文もほかの呪文と同じで追跡不能よ。推測はできても、法廷にも評議会にも通用しない。早く決断したほうがいいわ。時間はどんどんなくなっていくから」

三人の男がローガンを見つめた。その顔に質問がはっきり浮かんでいる。どうする？

ローガンはアディヤミを見やった。「残り時間は？」

「一時間。もしかしたらわたしの力でさらに三十分稼げるかもしれない」

「先に攻撃しよう」ローガンの顔は荒々しかった。

リベラがにやりとした。

ローガンがこちらを振り向いた。「この件に関してベイラー家の立場は？」

家に戻って家族に確認しようか？

全員がこちらを見ている。ベイラー家の長は自分だということがじわじわと身にしみた。わたしが今、決めなければならない。「ベイラー家は戦場の中であれ外であれ、ローガン一族が必要とする援助を提供するわ」

ローガンがほほえんだ。「ありがとう。ハート、スタームの屋敷の設計図がほしい」

ハート軍曹が出ていった。

「リベラ、全員起床し、フル装備の上、十分後に車庫に集合。チームリーダーは作戦室へ」

リベラが走り出した。

「バグ、ミズ・アデ＝アフェフェを連れていって、作業に必要なものをすべて用意してくれ。それからダイアナ、コーネリアス、リンダ・シャーウッドに連絡だ」

ローガンはポケットから携帯電話を取り出した。

わたしは倉庫に向かった。背後でローガンが電話をかけている。「レノーラ、問題発生だ」

わたしは倉庫に駆け込んだ。十一時を過ぎたところで、キッチンの明かりがついている。

わたしはインターコムのボタンを押して言った。「全員今すぐキッチンに集まって」

二十秒後、母、祖母、バーン、レオン、カタリーナがこちらを見つめていた。

「スタームが嵐を作って、一時間後にヒューストンを襲わせるわ。何もかもが破壊される。この倉庫が持ちこたえられるかどうかわからない。唯一のチャンスは今すぐ奇襲をかけることよ。ローガンからわたしたちの意向をきかれたから、戦うと答えたわ」

テーブルのまわりに沈黙が流れた。

「戦わずに避難したい人がいるなら、今、申し出て」

誰も何も言わない。わたしはカタリーナを見た。妹はにやりと歯を見せた。こういう顔をするのはアラベラのほうだと思っていた。「行くわ」

「三番目のルール」レオンが言った。「ベイラー探偵事務所にルールは三つしかなく、三つ目のルールがいちばん重要だ。それは一日の終わりに胸を張って鏡の中の自分と向き合えることだ。

わたしはみんなの顔を見た。全員静かな決意をたたえてこちらを見ている。必要とあらばベイラーたちは戦略的後退も辞さないが、いざとなったら逃げずに戦う。

「バーン、データのバックアップは全部取ってある？」

バーンはうなずいた。「仕事の記録はサンフランシスコのサーバーに保管してある。個人の記録もだ。写真、書類のコピーも全部」

「じゃあ、この家が壊れることを想定して行動しましょう。全員、これがないと生きていけないっていうものを持ってきて。五分後にここにまた集まって、それからローガンの作戦会議に参加する」

カタリーナの顔にショックが浮かんだ。ようやく事態がのみ込めたらしい。

「でも、わたしたちの持ち物は全部ここにあるのよ。人生全部」カタリーナが言った。その声を聞いて、わたしは胸がつぶれそうになった。

母がにっこりした。「ただの物よ。また新しいのを買いましょう。さあ、行って。時間がないわ」

全員が散った。

わたしは自室へとはしごを駆け上がった。生まれてからのすべてがここにある。もし失敗したら、いや失敗しなくても、消えてしまうかもしれない。わたしはあたりを見まわした。小さいけど大事なものばかりだ。写真、本、ぬいぐるみの犬……どうしよう？　何を持っていけばいい？

あまりにも多すぎる。わたしは家族の写真をつかんだ。十年ぐらい前の写真で、父、母、祖母、妹たち、いとこたちが一枚におさまっている。額縁から取り出し、折りたたんでポケットに入れ、ドアへ向かった。

ちょっと待って。

わたしは振り返り、ひざまずいてベッドの下から弾薬箱を引っ張り出した。中で《エーゲ海の涙》が輝いている。わたしはチェーンを首にかけた――そこがいちばん安全に思えたからだ。そしてTシャツの中に美しい宝石を入れ、階下に向かった。

14

バグのコンピュータ・スクリーンは九つともすべてオンになっていた。バグは毒薬を調合する魔法使いさながらにその前に座り、三列ずつに並べられたスクリーンを眺めている。右の三つのスクリーンには、二重の壁で守られたマッシュルーム形のコンクリートの建物の空撮映像が映し出されていた。内側の壁は石造り、外側はフェンスで、おそらく電気が流れており、監視所が四箇所ある。カメラを取りつけた猛禽《もうきん》が突風を受けたため、映像がアングルを変えた。ハリソン一族が偵察部隊を送り込んだのだ。バグのドローンでも突風には対処できただろうが、スタームの部下に見つかって撃ち落とされたに違いない。

敷地内はクリスマスツリーのように明るかった。通電フェンスの外側五十メートルは工業用ライトであかあかと照らし出されている。その外側は真っ暗なのに、内側は昼間も同然だ。スタームは明らかに襲撃を警戒している。

中心の上二つのスクリーンは全体の概要図を示し、その下はメインとなる箇所を取り上げている。外側のフェンスは、通電フェンスと八人の護衛。内側の壁の中は、およそ百名収容の兵舎。中央のドームは二十八本の鉄の杭《くい》を地中に打ち込んだ強化コンクリート製で、地震、台風、竜巻に耐える力がある。

まさに要塞だ。スタームは近隣に牧場と建物をいくつか所有していたが、そちらは重要ではない。この要塞こそが戦いの場になる。

左下二つのスクリーンは温度、湿度、風速などの数字、そして気象観測用のレーダーからの情報が映し出されている。左上のスクリーンに映っているのはレノーラ・ジョーダンだ。まるでこれから戦場に乗り込む騎士のような顔つきだった。目から火を噴くことができたら、この部屋は燃えていただろう。彼女の背後で人が右往左往し、必死に電話で何か話している。

こちらの部屋も満員だった。コーネリアスとダイアナはソファに座り、リベラ、ハート軍曹、チームリーダーの三人はスクリーンの要塞を見つめている。わたしの家族は壁際に集まっている。リンダとまだ顔色の悪いエドワード・シャーウッドは右の椅子に座っている。さっき十分間の説明を受けたばかりだ。スタームの要塞は小さな軍隊も撃退できるだけの力がある。

強い魔力の流れを感じさせるドラムのかすかな音が漂ってくる。スクリーンの背後、ローガンが鍵の儀式をおこなった屋外のスペースで、アディヤミがリズムも激しく踊っている。その周囲で魔法陣が明るく輝いている。

「何分で着ける？」レノーラがうなるように言った。

「二十分」ローガンが答えた。「三十秒ごとに質問するのをやめてくれたら、もっと早く着く」

レノーラはローガンをにらんだ。

「少佐」バグが呼んだ。「アレキサンダー・スタームが連絡してきやがった」

「みんな、静かにしてくれ」ローガンの声が鞭《むち》のように空気を切った。

誰もが凍りついた。室内が静まり返った。

ワークステーションが全部キッチンのほうに向きを変えた。スタームが目にするのはキッチンだけだ。ローガンはキッチンカウンターのほうに歩いていった。コーヒーカップがキャビネットから飛び出し、その手に吸いついた。ローガンがコーヒーカップを手にカウンターに身を乗り出し、バグにうなずく。その姿は、誰もいない夜中のキッチンで一杯のコーヒーを楽しむ男のそれだった。

「ローガン」スタームがスクリーンから言った。「起こしたかな？」

「ああ」ローガンの声はさりげなかった。「最高の夢を見てたところだ。おれがおまえの喉に両手をまわし、おまえは命乞いをしていたよ。気の毒なほど哀れだった」

一瞬、沈黙があった。「それほどまでにわたしのことを考えていてくれたとは、予想外だ」

「そういうわけじゃない。で、おまえの望みはなんだ？」

「前から言っているとおり、オリヴィアのファイルだ」

ローガンは考え込むふりをした。「だめだ」

「そうつまらないことを言うな。代わりに何がほしい？」

「おまえの持っているものの中にはない」

スタームはため息をついた。「おまえがほしがらないものを山ほど持っているぞ。我が一族とおまえの一族が争えば、そっちが負けるのは歴史が示すとおりだ」

ローガンはにっこりした。わたしはうなじの毛が逆立った。

「やってみろ」

「そのつもりだ」スタームが言った。「膨大な数の人命と財産が失われるが、結局はわたしが勝つ。こちらには一つ単純なアドバンテージがある。おまえが破壊を発生させるだけなのに対し、わたしはそれをコントロールできる。戦略的にこちらが有利なのは明らかだ。そんなことはやめて、選択肢を話し合うのはどうだ？」

「おまえに選択肢はない」ローガンの声は険しかった。

「暗号を解いて、それからどうする？　レノーラ・ジョーダンに渡すのか？」

「それも考えた」

スタームが笑った。「何も変わらない。握りつぶされるだけだ。ジョーダンがあきらめなければ、あのくそ生意気な女もろとも闇に葬られるだけだ。何カ月も前から、あの女に身のほどを思い知らせる話が出ているからな」

わたしは思わず声をあげそうになり、片手で口を押さえた。

「それならおまえは何も心配せずにすむわけだ」

「評判以外はね。のんびりしていられないのはまさにそれが理由だ。そっちの専門家が暗号にかかりきりになっている間に、わたしがヒューストンを破壊するというわけだ」

「それでどんな得がある?」

「すべてが終わったあと、街は跡形もなくなる。それほどの規模の自然災害のあとに何が待っているかわかるか? 法も秩序もない。あるのは混乱だけだ。わたしを非難する者はいない。天候呪文は追跡できないからな。それどころか、おまえが街を破壊した確実な証拠が見つかる予定だ。愛らしいあだ名を持っているのはおまえのほうだからな、虐殺王とやら」

「おれの力で大気まで操れるとは知らなかったよ」

「嵐使いを雇って、街の破壊をごまかすために嵐を利用した、ということになるだろう。そういう惨事が起きると、人は物語を求める。戦争で受けた心の傷から回復せず、ついに頭がどうにかなった元ヒーローとして、おまえは物語の主人公にぴったりだ。泣けるじゃないか」

「この通話を録音していることは知ってるな?」

「それはいい。再生して何度も聞き直せば、わたしがなんとも思ってないことがわかるだろう。おまえのことはどうでもいい。理由は自分の胸にきいてみろ。答えがわかったら電話をかけてくれ。今夜はよく寝ることだ。眠れるかどうかは保証できないが」

「通話を切りやがった」バグが言った。

ローガンはレノーラのほうにうなずいてみせた。「全部聞こえたな?」

「ええ」レノーラはきびきびと答えた。「聞いたわ」

「あいつは時間稼ぎをしている」

「竜巻がヒューストンを襲うのをなんとしてでも阻止して。一時間で全市民を避難させるのは無理よ。向こうで会いましょう。言っておくけど、スタームはわたしに引き渡して。法はわたし。誰も法を無視することはできないわ」

レノーラのスクリーンが暗くなった。

「いいか、目標は相手の基地だ」ローガンが言った。「外壁には八人の護衛がいる。ここはまったく音をたてずに抜けたい。それは護衛を倒すことを意味する」

「問題ないわ」ダイアナが言った。

全員の目がダイアナに集まった。

「あの男は姪《めい》をさらった。そして街を破壊しようとしている」彼女は立ち上がった。

「協力を感謝する」ローガンが言った。

ダイアナはうなずいた。「ハリソン一族は現地で待っているわ。掘削に時間がかかるの」

ダイアナは出ていき、コーネリアスもあとを追った。

「外壁を制圧したら、今度は内壁だ」ローガンが続けた。「ここには宿舎があり、大勢の兵士がいる」

「わたしがやるわ」カタリーナが言った。

全員がカタリーナを見た。妹は青い顔で顎を上げた。

「中に入れてくれたら、わたしが全員を外に出す。その人たちを保護して、襲われる前にわたしを連れ出してくれるなら、わたしがやる」

ローガンがこちらを見た。わたしはうなずいた。カタリーナがやりたいというなら、できるだけ安全な方法でできるように手を貸そう。

「まかせてくれ」ローガンが言った。「メローサ」

メローサが前に出た。

「きみのチームでカタリーナを壁の内側に送り込み、脱出させてくれ。外に出たら即刻、ヘリコプターまたは車に乗り込ませること。最高レベルの意思系コントローラーに対応できる装備を用意し、手順を確認しろ。イヤープラグを装着し、直接目を見ないこと」

「了解」

「ドームはおれが担当する」ローガンが言った。「ハート、内壁を突破したらおまえが全員待避を命じろ」

「少佐」バグが言った。

右のスクリーンがアップになった。ドームと内壁の間の広い空間に、不思議な形の三つのものが見える。ローガンは目を細めた。

「もっと近づいてくれ」

三体がいっきに大きくなった。途中で動きを止めているその三体は、白っぽい金属、歯車、奇妙な形のプラスチックでできていた。一つは鰐《わに》の口を持った馬といった形で、もう一つはどこか犀《さい》に似ており、もう一つはかぎ爪と刃のような牙が虎を思わせた。

「大きさは?」チームリーダーの一人がたずねた。

「いちばんでかいのが八メートル弱」バグが答えた。

「芝生の飾りにしちゃ変だよね」レオンがつぶやいた。

ローガンの目が暗くなった。「あれは組み立てられたものだ。軍レベルの兵器で、〝超一流〟の人形使いが動かしてる」

「わたしたちが前に戦った金属の獣みたいなもの?」

その金属の獣というのは、工事現場にありそうなさまざまなパイプ、ボルト、金属片でできていた。ローガンが破壊するたびに四散しては、またもとの形に戻った。あのせいでローガンは押しつぶされそうになった。

「違う、あのほうがまだましだ」ローガンが答えた。「あれはその場で造ったものだが、これは設計されたものだ」

「動かすには〝超一流〟の人形使いが必要なんでしょう?」

ローガンは首を振った。「〝超一流〟が作って起動すれば、あとは〝平均〟以上の人形使いが動かせる」

「通常の武器で破壊しても、またもとに戻るんですか?」チームリーダーから疑問が出た。

「そうだ」ローガンが答えた。「ど真ん中に手榴弾《しゅりゅうだん》を投げ込んでも、一時的にばらばらになるだけで復元する」

「すげえ」レオンが目を輝かせた。

母が保護者らしい目でにらみつけた。

金属の獣はロボットではない。ロボットは部品の組み合わせであり、動力源を持ち、部品と部品が関わり合って動く。重要な部品を壊せば、全体が使い物にならなくなる。金属の獣は魔力でつなぎ合わされている。一部を破壊しても、それを魔力が補完して、ただもとに戻るだけだ。

「どうすれば倒せる?」わたしはたずねた。

「部品の数を限界値以下にすることだ。通常は全体の二十五パーセントから三十パーセントと言われている。それには三つの方法がある。部品を壊して再生できない距離に捨てるか、もとに戻れないように部品を隔離するかだ」

部品を切り離しても意味はない。ローガンが金属の獣と戦ったときに相手をばらばらにしたが、部品は彼にからみついてきて押しつぶそうとした。押し返しても押し返してもまた集まってくるのだ。もちろんあのときは〝超一流〟の人形使いがいた。今回はいないが、相手の数は一体ではなく三体だ。ローガンがテレキネシスで部品相手に野球ごっこをしている間も、じっとしていてはくれない。

「隔離するのがもっとも効率的だろう」ローガンが言った。「部品がもとに戻らないよう、じゅうぶんな重量を持ったものの下に埋めればいい」

「壁を破壊しましょう」チームリーダーの一人が言った。「しかるべき場所に爆薬を仕掛ければ、壁は粉々にならず、大きな破片となって壊れます。全部同じ大きさにするのは難しいですが、やってみますよ」

ローガンが顔をしかめた。「魔法陣とそれを描く時間が必要だ。それまであいつらを引き留めておかなければならない」

引き留める……。「あいつらにはターゲットの優先順があるの？　優先順の高いターゲットと低いターゲットを見分けられるのかしら？」

ローガンの顔から表情が消えた。「だめだ」

「見分ける能力がないということ？」

「いや、きみにそんなことをさせるつもりはない」

「たしかわたしはローガン一族の配下には入っていなかったはずだけど」わたしはローガンに笑顔を見せた。「だから自分の好きにできるわ。スタームがわたしを優先順位の高いターゲットと見なしているのはあなたも知ってるでしょう。優先順位がなくても、金属の獣を起動させる人形使いはわたしを知っているはずよ」

ローガンの青い目が暗くなった。「おれが戦略的に安全だと判断したことは何をしてもかまわない。この作戦の責任者はおれで、そのおれが危険すぎると言ってるんだ。きみを囮《おとり》に使うわけにはいかない」

「ローガン、わたしが言うことを聞かなかったらどうするつもり？　スタームとの戦いを拒絶する？」

「きみがスタームの要塞に行くのを物理的に阻止する」

「それはできないわ」カタリーナが静かに言った。

ローガンが怒れる雷雲のごとく体から魔力を発散している。魔力を感じ取る人々は、無意識のうちに渦巻く力と距離を置こうと、まっすぐ座り直した。ローガンの魔力が飛び出し、わたしの魔力の冷たい壁にぶつかった。

わたしたちはにらみ合った。室内の緊張感が高まる。

レオンが西部劇のメロディを口笛で吹いた。

ローガンはわたしを見つめながら腕組みした。「好奇心からきくが、どうやって死なないで時間を稼ぐつもりだ?」

「祖母にまかせる、っていう手を使うの」フリーダおばあちゃんが言った。

「ぼくも手伝おう」エドワード・シャーウッドが口を開いた。

全員が彼を見た。

「あなたは戦闘系の魔力使いじゃないわ」リンダがやさしく言った。「体もまだ回復していないのに」

「だが、〝超一流〟だ。そしてこの事件のすべては弟から始まった」エドワードは唇を引き結んだ。

「助かる」ローガンが言った。「その力を使わせてもらおう」

わたしは地面にしゃがみ込んだ。隣のローガンは銅像のように表情がない。数百メートル先にスタームの要塞が明るく浮かび上がっている。左手には要塞につながる唯一の道があり、通電フェンスの内側にゲートと監視所がある。右手には小さめの監視所、内壁の向こうの見えない場所にさらに二つある。

まるで刑務所みたいだ。

まわりではローガンの部下たちが闇夜の静かな影となって待機している。わたしは腕時計を見た。アディヤミがくれたタイムリミットまで十五分。風が強まり、空気には魔力が満ちている。

背後でコーネリアスが頭を垂れて立っていた。その背後でコーネリアスの兄であるブレイクとダイアナが静かに待っている。足元には八頭のジャガーが座り、底知れぬ目で暗闇を見守っている。その間に、群れに紛れ込んだ人の子のようにマチルダが座っている。どうして皆がこんな危険な場所にマチルダを連れてくることにしたのか、わたしにはわからない。わたしがたずねたら、ダイアナは無言でほほえんだだけだった。

エドワード・シャーウッドが平らな場所に一人で立っている。この五分、大きな包みから取り出した種を周囲にまいていた。

待つ以外に何もできない。

「本当にあの古い戦車を使うのか？」ローガンがきくのはこれで三度目だ。「もっといいのを持ってきてもいいんだが……」

「ちょっと！」祖母が指でローガンを突いた。「新しい戦車がいいとは限らないわよ」

時がじりじりと過ぎていく。

「アナグマたちが向こうに抜けた」コーネリアスがそう言って額の汗をぬぐった。

ジャガーが夜の中に走り出した。その上に二羽のふくろうが舞っている。ダイアナとブレイクが小さなタブレットをのぞき込み、ヘッドセットにしゃべりかけている。

コーネリアスがわたしの隣に座った。疲れた様子だ。

「ジャガーたちはアナグマが掘ったトンネルを通ってくれるかしら?」

「通常は無理だ。だが、頼めばなんでもやってくれる」

ライトに照らされた部分まで到達すると、ジャガーたちは忍び足になって音もたてずに進んだ。

また時間が過ぎていく。

「姿を見られたら?」

「見られない」コーネリアスが言った。「ジャガーとはもともと、〝一噛《か》みで殺す者〟という意味だ。窒息させるんじゃなく、一噛みで喉を貫くんだよ。あの顎は人間の頭蓋骨をも砕く。待ち伏せして獲物をとらえる猛獣として、完璧なんだ」

さらに一分が過ぎた。

「ジャガーが向こうに入った」コーネリアスが言った。

何も変化はない。こちらから見る限り、要塞に動きはなかった。

鷹《たか》のタロンがコーネリアスの腕に留まった。コーネリアスがエドワードを見ると、エドワードはうなずいた。コーネリアスはタロンに小さな袋を渡した。タロンはそれをくわえ、飛び立った。

配置につく時間が来た。わたしは立ち上がり、戦闘服を着た小チームに加わった。カタリーナの周囲を六人で固める。リベラが先頭、メローサがカタリーナの背後、そしてレオンが左だ。わたしは妹の右についた。

カタリーナは防弾ベストを見下ろした。ヘルメットをかぶっていると十二歳ぐらいにしか見えず、弱々しく頼りない。その目に浮かぶ不安を見て、わたしは胸をつかれた。

「本当にいいの？」わたしはもう五十回も同じ質問をしている。

「うん」

わたしはヘルメットをかぶった。

右側の遠くでエドワード・シャーウッドが背を伸ばし、両手を差し出した。周囲に白い草が芽吹いた。その茎が複雑な魔法陣を描いている。驚きだ。

じりじりと時間が過ぎていく。

「完了したわ」耳元でダイアナの声がした。

「チーム・アルファ、行くぞ」ハート軍曹が言った。

チームはいちばん近い監視所とそのゲートに向かって歩き出した。すべてを包み隠す暗闇は数秒で消えた。わたしたちはいきなり明るい光の中にいて、格好の的となった。妹は似合わないヘルメットをかぶって隣を歩いている。屋根に狙撃手がいたら、顔を正面から撃たれてしまう。

だめだ、そんなことを考えてはいけない。ただ進むだけだ。

わたしはできるだけ体でカタリーナをかばいながら走った。

頭に鼓動が響く。一、二、三……。

チームはゲートのそばにしゃがんだ。リベラが大きなワイヤーカッターを取り出した。

フェンスの向こうで、監視所のコンソールの上に護衛が一人倒れ込んでいるのが見えた。

窓に赤い血がついている。

ゲートが開いた。チームは壁に駆け寄り、ドアに向かった。チームの一人がドアに小さな爆発物を取りつけた。リベラが全員を押しとどめたので、わたしたちは壁に張りついた。

爆薬が爆竹のようにはじけた。

リベラがドアを確認した。銃声が沈黙を破った。どこかでサイレンが鳴っている。

リベラはレオンとメローサを指さし、ドアのほうにうなずいてみせた。

レオンが戸口に飛び出した。その背後にメローサがいて、魔力のシールドが降り注ぐ銃弾から二人を守っている。

「今だ！」レオンが声をあげた。

四発の銃声が重なった。

「クリア！」レオンが言った。

チームは一列になって狭い通路を歩いていった。両脇の監視所に人が倒れている。

女性兵士がカメラを取りつけたワイヤーを差し出して通路をチェックすると、それに応えるように銃声が響いた。彼女はカメラを引っ込めた。「長い通路。両側に部屋」

この通路が壁の全長を貫いているのだろう。

「マルコ、人数は？」リベラが怒鳴った。

年配の男性兵士が目を閉じた。「左側の部屋に三十六人、右側に約六十人」

壁の内側にいた兵士を全員集めてわたしたちを閉じ込めようとしているのだ。

カタリーナが血の気のない顔で壁際に立ち上がった。

小さな金属の塊が通路を転がってきた。

「手榴弾よ！」メローサが前に飛び出した。

わたしはカタリーナにおおいかぶさった。

メローサの前に青いスクリーンが広がった。爆発の衝撃が建物を揺らす。メローサが後ろに吹っ飛んだ。背中が熱い。破片が降り注ぐ。

メローサが床を転がって起き上がった。「くそっ」

ここで足止めだ。相手はこちらの何倍もいる。これ以上進めない。でも、じっとしているわけにはいかない。敵が圧倒的な火力で攻めてくるからだ。外に逃げたら撃たれるだろう。

「行きなさい」わたしはカタリーナに言った。

妹はわたしを押しのけて前に出た。両手が震えている。

「やるのよ。あなたならできる」

カタリーナの体に魔力が走った。わたしにはわかった。ストーブのぬくもりのようだ。

「ノイズキャンセリング、起動」リベラが命じた。

わたしには何も聞こえなかったが、たった今、ヘルメットのノイズキャンセリング・ソフトが兵士たちの耳に音を送り込んだはずだ。

カタリーナは通路に入った。メローサが青いシールドでカタリーナを守りながら、あとをついていく。わたしは息が止まりそうになった。猛烈な魔力だ。

銃弾が青いシールドにあたり、表面にさざ波が走った。カタリーナが口を開いた。体内から金色の光が差しているかのように肌が輝く。妹の手が上がり、魔力使いのポーズを取った。信じられないほど美しい声が建物内に響く。教会の鐘のように大きく、ささやきのように親密な声に、心臓が止まるほどの魔力があふれている。

「わたしのところに来なさい」

強すぎる。カタリーナは魔力を出しすぎている。

銃声がやんだ。

わたしはカタリーナの隣に行き、ローガンの兵士たちの視界から妹をさえぎった。

一人の男が通路に出てきた。男は銃を落とし、ヘルメットを脱ぎ捨て、妹の前にひざまずいた。

リベラがカタリーナを見ようと、こちらを凝視している。わたしは首を振った。

たくさんの男女が通路に出てきて、武器を捨ててひざまずいた。

「安全な場所に行きましょう」

「壁を向いて！」わたしは壁を指さして怒鳴った。ローガンの部隊は向きを変え、壁に顔を向けた。

わたしが一歩よけると、カタリーナはきびすを返し、横を通り過ぎて外に向かった。

敵は一列になり、ほほえみを浮かべながらぞろぞろとわたしたちのそばを通り過ぎていく。

「行って！」わたしはレオンに言った。

レオンは兵士たちの群れをかき分け、銃を構えてカタリーナのあとを追った。誰かがカタリーナに触れようとしたら撃つためだ。

中からどんどん人が出てくる。わたしはヘルメットの通信装置をたたいた。「ローガン、カタリーナは魔力を全開にしているわ。すぐに回収して。奴《やつ》らに手出しさせないで」

「カタリーナの安全は守る」落ち着いた声に、わたしは安心した。「約束する」

ローガンの部下が二人、列についていこうとした。マルコとメローサがその二人に飛びかかった。

列は野原を歩いていく。頭上では空が荒れ、稲妻が走っている。風が兵士たちの服を乱す。嵐が来るまで数分しかない。

最後の一人が壁を離れた。彼らは、巨大な砲を壁に向けて反対方向へと急ぐ車両とすれ違ったことにも気づかず、歩き続けた。ローガンの工兵部隊、チーム・ブラボーが車両のあとから走っていく。カタリーナは仕事をやり遂げた。今度はわたしの番だ。

わたしは建物から出た。リベラのチームがあとを追ってきた。

ロミオが金網フェンスを突き破って入ってきた。わたしはロミオに駆け寄ってよじのぼり、ハッチから中に入った。戦車の中は狭くて暗い。祖母に頼んでおいた武器を手探りする。手が重厚な冷たい金属にあたった。これだ。

ロミオが揺れた。

「行ける?」フリーダおばあちゃんが怒鳴った。

「行ける」

ロミオが震えながら火を噴いた。さらにもう一発。

「ほら、穴をあけたわよ!」祖母が笑った。戦車はがくんと進み出した。「古い戦車ですって? 古い戦車の威力を見せてやるわ」

わたしは銃をつかみ、ハッチから顔を出した。一瞬、明るい光で目が見えなくなった。背後に暗いバリアのように壁がそびえ立っている。まばたきすると、近くに巨大な馬に似た金属の塊がライトを受けて輝いているのが見えた。その目がエレクトリックブルーに光っている。それは口を開き、わたしの腕ほどもあるはさみのような歯を鳴らした。

やっぱりまずかったかもしれない。浅はかなアイデアだったのだろうか。

両手の中でグレネードランチャーが一トンほどの重さに感じられた。わたしは金属の馬に狙いをつけ、体に力を入れて引き金を引いた。擲弾《てきだん》が飛び出し、反動で体が揺れた。

擲弾は馬の胸にあたって爆発し、中心に穴をあけ、金属やプラスチックが周囲に飛び散った。馬がよろめいた。やった！

爆発で四散した部品が穴に引き寄せられ、傷を埋めた。だめだ。

「前進！」わたしは祖母に叫んだ。「前進して！」

ロミオはドームをまわるように進み出した。馬が歯をむき、金属のうなりをあげた。

まずい。

金属の馬は牙を鳴らし、こちらに向かってくる。

小さな戦車は最高速度で進んでいるが、これではスピードが足りない。馬がどんどん近づいてくる。

わたしはもう一発発射した。擲弾は腹の下と脚の一部を吹き飛ばした。馬がよろめいた。

その後ろから巨大な虎がカーブを曲がってくる。

「中に入って！」祖母が怒鳴った。

振り向くと、犀が反対側からこっちに向かってくるのがちょうど目に入った。

わたしは中に引っ込んだ。金属の獣が戦車に体あたりし、わたしは隔壁にぶつかった。ヘルメットが何か硬いものにあたって頭がくらくらした。視界がぼやける。

ロミオが震えた。祖母がまたミサイルを発射したのだ。

獣の牙が頭上のハッチから見える明かりをさえぎっている。金属の内臓が魔力で光っている。金属が金属を引き裂く甲高い音が耳をつんざいた。虎が戦車に飛び乗り、入り込もうとしている。

金属がきしむ。虎が車体を引き裂いている。

馬を撃ったとき、爆発で部品が吹き飛んだはずだったが、そうはならなかった。数メートル飛び散っただけで、またもとに戻っていた。魔力が爆発を押さえ込んだのだ。

わたしはまっすぐ上にグレネードランチャーを突き出し、獣の喉めがけて撃ち込むと、すばやく潜った。獣ががぶりと口を閉じ、もう少しで腕を噛みきられそうになった。

爆風が襲ってきたが、予想していたほどではなかった。ふいにハッチに光があふれた。

わたしは急いで起き上がった。虎は頭を失って地面に転がっていたが、その頭はもうもとに戻りつつある。犀が虎をよけてまわり込み、こちらに向かってくる。馬はもうすぐそこだ。

わたしは時間を稼ごうと撃ち続けた。さっき虎が噛みついた車体に深い裂け目ができている。また襲われたらおしまいだ。あの虎に追いつかれたら、この戦車は缶詰のように切り裂かれてしまうだろう。

爆発が空気を揺るがした。ドームのカーブを曲がると、壁がばらばらと崩れていくのが見えた。

わたしたちは芝生の上を駆け抜けた。小さな戦車と、それを追う三体の怪物。

馬が戦車に向かって飛んできた。目の前に巨大な牙が迫る。

わたしは馬の体内めがけて最後の擲弾を打ち込み、戦車の中に引っ込んだ。擲弾が爆発するえも言われぬ音が聞こえた。これで終わりだ。あとは手榴弾が三つある。わたしはそれをつかみ、ハッチから顔を出した。馬がよろめき、虎が先頭を走っている。

手榴弾のピンを抜いて投げる。虎はそれをよけ、かぎ爪を広げてジャンプした。

万事休す。おしまいだ。

崩れた壁の大きな破片が浮き上がり、横から虎に激突した。虎は破片に押しつぶされ、残った尻尾だけががれきの下でぱたぱたと動いている。二つ目の破片がその上にのった。

前方に、舗装道路の上に描いた魔法陣の中に立つローガンが見えた。空気をつかむように両手を上げている。

また壁の破片が浮き上がり、馬を押しつぶした。馬はがれきの下で動かなくなった。

ロミオはローガンの脇を走り過ぎていく。

背後から扉が追ってきた。大きな足で地面を蹴りながら巨体が突進してくる。

ローガンが両手を突き上げた。

壁が幅二十メートルにわたって震え出した。ローガンがその部分を切り出そうとしているのだ。しかし壁は崩れない。

戦車が止まり、向きを変えた。

「降りて！」祖母が命じた。

「なんですって？」

「降りなさい！」

わたしはハッチから体を引き上げ、ジャンプして草の上に転がった。ロミオは扉に向かって突進していく。

まさか、そんな……。

小さな戦車が金属の塊に突っ込んだ。扉はぎりぎりで戦車をよけ、ロミオの脇腹に全体重をかけた。戦車が転がった。扉は足で戦車を切り裂き、車体に穴をあけた。わたしは恐怖で頭が真っ白になった。あわてて戦車に走り寄る。それしかできることがなかったからだ。

視界が暗くなった。頭上で壁の一部がずれ、扉を横から倒して押しつぶした。

がれきの山が震え、はじけ飛んだ。その下から、もとの形に戻った扉が飛び出した。

そのとき、足元の地面が裂けた。何千本もの木の根が次々に顔を出し、魔力を受けてらせん状に空へと伸びて、犀の体にからみついていく。犀は払いのけようと身をよじったが、木の根は金属の部品をがっちりと巻き込み、なおも伸び続けて犀をおおい尽くそうとする。芝生が魔力で震えた。木の根が犀の体を浮き上がらせ、こぼれ落ちる部品をからめ取っていく。やがて巨大な木が枝を広げて芝生の上にそびえ立った。

信じられない。

祖母が顔を血だらけにしてロミオから這《は》い出してきた。そして壁の残骸に駆け寄った。空が裂けた。雲からじょうご形の竜巻がこちらに向かって下りてきた。時間切れだ。

「ネバダ！」ローガンが叫んだ。

わたしは振り向いた。ローガンがこちらに走ってくる。わたしも駆け出した。体がぶつかり、わたしは彼の腕に抱きしめられた。

風が消えた。周囲がふいに静まり返った。わたしは視線を上げた。ローガンの目がターコイズ色に輝いている。究極の力を呼び出したのだ。二人はゼロ空間に立っていた。この中には何も入ってこられない。ローガンはこうしていくつもの都市をがれきにしてきたのだ。

周囲では嵐が吹き荒れている。ドームのすぐ後ろに巨大な竜巻が現れた。

空気が壁となって襲いかかったが、ローガンの周囲のゼロ空間に断ちきられ、それ以上近づけない。その後ろで一つ、また一つと竜巻が天から地面に下りてくる。

恐ろしい光景だった。

二人を封じ込めている球体が脈動し、その余波で骨が震えた。目の前のドームにひびが入る。

また球体が脈動した。

ドームの頂点から破片がはがれ、崩れ出した。

ローガンは遠くを見ている。その体が上昇を始めた。

わたしは彼を強く引き寄せた。そうしないと、魔力を使い果たすまで止まらなくなるからだ。そのあとには何も残らず、ローガンの兵士たちもわたしの家族も逃げられない。皆、近くに集まりすぎている。

ローガンはどんどん上がっていく。

「コナー！　わたしを置いていかないで」

彼は両手できつくわたしを抱きしめている。足が地面から離れた。

またしても球体が脈動した。割れた卵のようにドームにひびが入る。

「コナー、愛してる。わたしのところに戻って。いっしょにいて」わたしはキスをした。

「置いていかないで」

ローガンはゆっくりと首をめぐらせてわたしを見た。その目は深い眠りから覚めたばかりのようにぼんやりしていた。やがて魔力にあふれたターコイズの泉に理解の色が広がった。

「おれはここだ」

四度目の脈動がドームを襲った。ドームははじけ飛び、破片が四散した。

その中にアレキサンダー・スタームが浮いていた。渦巻く風の柱の中で、髪を乱しながら両手を上げている。

スタームが両手を合わせた。竜巻が芝生を深くえぐりながらこちらに近づいてくる。竜巻がぶつかり、一瞬頭上に晴れ渡った空が見えた。やがて竜巻は通り過ぎていった。わたしたちはローガンの力に守られて球体の中で無事だった。

ローガンがスタームににやりとしてみせた。

スタームが歯をむき出す。二つ目の竜巻がわたしたちを襲ったが、そのまま通り過ぎていった。

スタームが何か言った。唇が動くのが見えたが、何を言っているのかはわからない。

深紅の魔力がはじけた。恐れを知らぬレノーラ・ジョーダンが堂々とした裸体で現れた。あえてテレポートを選んだのだ。驚きだった。

レノーラはスタームを見ると、両手を掲げた。

わたしの脚ほどもある太さの銀色の鎖が地面から飛び出し、スタームを宙にとどめていた竜巻を突き抜け、その体に巻きついた。スタームが苦痛に顔をゆがめて叫ぶ。鎖は体を締め上げ、引き倒した。スタームはレノーラの足元の地面にたたきつけられた。

レノーラは軽蔑もあらわにしばらくじっとスタームを見つめていたが、やがて片手を上げた。その体から魔力が大きな球となって広がる。ゼロ空間だ。レノーラはその中に立ち、足元にスタームを従えて待った。やがて明るく透明な竜巻が現れ、壁を超えてアディヤミ・アデ＝アフェフェをわたしたちの間に連れてきた。アディヤミは両手を掲げて踊り始めた。

速いリズムに合わせ、前かがみになったかと思うと背筋を伸ばし、踊り続ける。脚が動くにつれ、竜巻が力を失っていく。風の回転がのろくなり、やがて地面から離れて空に消えていった。雲が切れ、夜明けの光が差し込んだ。

アディヤミはにっこりして芝生の上に仰向けになり、眠りに落ちた。

芝生に刀剣が何本も刺さっている。竜巻がスタームのコレクションを巻き上げ、地面に植え込んだのだ。恐ろしいことにすべての剣が斜めになり、下向きに突き刺さっている。鋭利に変異した草花のようだ。

わたしはローガンに抱かれていた。彼がどうしても放そうとしないので、わたしたちはいっしょに芝生の上の様子を眺めた。

左には母がいて、祖母を手当てしようとしている。祖母のほうはそれをいやがっていた。

「大騒ぎしないでくれる?」祖母が母の手を押しやった。

「よけいなことは言わないで。血が出てるでしょう」

まわりではレノーラ・ジョーダンの部下が事件の処理にあたっていた。スタームは縛られ、猿ぐつわをはめられ、鎮静剤を打たれていた。レノーラは服を着ており、現場を歩きまわりながらきびきびと指示を飛ばしている。

スタームの兵士たちは手錠をかけられて座り込んでいた。その間を理性操作者が歩きまわり、穏やかで楽しい思いを投影していた。カタリーナは竜巻が襲ってくる直前にヘリコプターで脱出していた。何十人もの強面《こわもて》の傭兵《ようへい》たちがカタリーナを恋しがって泣くのを見て、レノーラ・ジョーダンは最後の手段として理性操作者を投入したのだ。

そこから数メートル離れたところで、リンダがかいがいしくエドワードの手当てをしていた。エドワードは自分が生み出した大木の幹にもたれて座っていた。あれほどの巨木を育てるために、持てる力をすべて出し尽くしたに違いない。リンダの顔には心配だけではなく、やさしさもあった。

ロミオがあけた穴から装甲車が出てきて止まった。ドアが開き、リベラが出てきた。リベラは助手席のドアを開け、礼儀正しく押さえた。ブライアン・シャーウッドが光の中に現れた。身長も体つきもエドワードと同じぐらいだ。広い肩、たくましい骨格、長い手足。

兄にそっくりなのに、何一つ似たところはなかった。

「リンダ」ブライアンが呼んだ。「ああ、リンダ。来てくれたのか」

リンダは振り返り、蛇でも見るような目で彼をにらみつけた。

「会いたかったよ!」ブライアンは妻に向かって歩き出した。裏切りがばれていることに気づいていない。

「誰も教えていないの?」わたしはささやいた。

「ああ」ローガンの笑顔が恐ろしかった。

リンダは立ち上がった。まっすぐに伸びた背筋、氷のような顔つきは、まさにあの母の娘だ。

「会いたかった?」リンダの声は氷点下の冷たさだった。

ブライアンは立ち止まった。「ああ」

「わたしもよ、ブライアン。あなたがいなくなって、本当に苦しかったわ」

ブライアンはまたおずおずと近づいた。「いいんだ。ぼくは無事だ。何もかもうまくいく」

「そうね」リンダはブライアンのほうに歩き出した。「あなたが帰ってきてくれてよかった。わたしが感じたすべてをあなたに教えてあげる」

数メートル離れていたわたしにも感じられるほど強く魔力がほとばしり出た。恐怖、パニック、絶望、不安、心配、心がつぶれる悲しみ、そして怒り。恐ろしいほどの怒りだ。それが体をかすめただけで、わたしは思わず叫びそうになった。

ブライアンは体を震わせた。彼は口をあんぐりと開け、膝をついた。

「やめろ、リンダ、やめてくれ！」

リンダは非情な顔つきで歩き続けた。「どうして逃げないの？　まだストレスが足りない？」

「頼む、頼む！」

「わたしと子どもたちを殺したかったんでしょう。子どもたちまで！　寝ているわたしを撃ち殺せばよかったのに。生かしておいたせいで、これからあなたは苦しむことになるのよ。ブライアン、わたしが感じたすべてを感じるがいいわ」

ブライアンの頬を涙が流れた。「やめろ！　このくそ女め！」

「だめよ」

ブライアンの顔が真っ赤になり、目が凶暴な色を帯びた。彼はすばやく立ち上がり、怒りに顔をゆがめ、リンダの喉に手をかけようと飛びかかった。エドワード・シャーウッドが太い剣を手にして前に立ちはだかった。刃が上がり、冷酷なまでに強い力で振り下ろされた。ブライアン・シャーウッドは服を血に染めて倒れた。エドワードがふたたび剣を振り上げ、弟の胸にまっすぐ突き刺し、鋭くひねった。

誰もが一言も発さずに立ち尽くした。

エドワードが背を起こした。その顔は、敵の死体を見下ろす中世の騎士のように感情がなかった。「シャーウッド一族は内部の抗争を解決した。これで一族の和を乱す者はいない」

エピローグ

テスト会場が目の前に広がっていた。縦六十メートル、幅が三十メートルの広々としたスペースで、周囲には何列も座席が設けられている。バーン、カタリーナ、アラベラ、わたしがその端に立っていた。中央の端に、審判の椅子のように演台が用意されている。そこに立っているのは記録係だ。左右にはそれぞれ椅子が三脚並んでいる。そこにテストの裁定人となる〝超一流〟が六人座っている。まず評議会の現議長、シルヴェスター・グリーン。その二席隣はハリス郡地方検事レノーラ・ジョーダン。驚くほど静かな表情だが、穏やかというよりは冷静沈着な顔だ。裁定人にはさまれて演台にいるのは、二人の立会人、ローガンとライナス・ダンカンだ。ローガンはあそこに立つ前に、わたしに必ずうまくいくと言ってくれた。

わたしはTシャツ越しに《エーゲ海の涙》に触れた。ずっと身につけているのだ。

母、祖母、レオンが、友人や家族のためにとってある反対側の椅子に座っている。非公開のテストを希望したため、家族以外の見学者はいない。うちの家族がこれを見逃すはずがない。腕に包帯を巻いた笑顔のフリーダおばあちゃんを含め、全員が揃《そろ》っている。

　レノーラの部下がスタームやその一味を逮捕し、救急隊員ががれきの下から祖母を引っ張り出している間に、バーンはオリヴィアのファイルの暗号を解いた。中にはオリヴィアが例の陰謀について知っていることすべてが記されていた。名前、詳細、大義のためにおこなわれた犯罪の数々。シーザーの正体以外、すべてが明らかになった。シーザーの正体だけはまだ謎のままだ。

　テストの直前、わたしはローガンと取り引きした。レノーラがヒューストンよりもアラベラの登録のほうを重視してくれるなら、陰謀に関する情報を引き渡そう、と。アラベラが〝超一流〟として登録されれば、ヒューストンは妹を連邦当局から守らなければならなくなる。レノーラは気に入らなかったようだが、了承してくれた。

　オリヴィアのファイルにはヴィクトリア・トレメインの名もあった。祖母に警告はしておいたし、わたしは自分の言葉を守る。ファイルにはなんの修正も加えられず、そのままレノーラに引き渡された。

　そして今、すべてはわたしたち四人にかかっている。

「無理」カタリーナが隣でつぶやき、一歩下がった。「できない」

　わたしは妹を抱きしめ、ローガンがかけてくれたのと同じ言葉をかけた。「必ずうまくいくわ」

「始めましょう」記録係がマイク越しに言った。「記録局はネバダ・フリーダ・ベイラーを召喚します。ここに来てテストを受けてください」

わたしは演台まで歩いていった。たかだか三十メートルほどなのに、とてつもなく長く感じられた。

「宣言してください」記録係が言った。

「わたし、ネバダ・フリーダ・ベイラーは、〝エレンコス〟、真実を求める質問者として認定されることを求め、ベイラー一族の成立を要請します」

「始める前にこの場で明らかにしておきたい、他の一族との提携や同盟はありますか？」

「はい。一族の形成にあたり、ベイラー家はハリソン一族と相互援助協定を結びます」

「記録します」記録係が言った。

「また、ローガン一族のコナー・ローガンとの婚約をここに発表します」

全員が背筋を伸ばしてローガンを見やった。知り合って初めて、ローガンの顔に衝撃が走るのがわかった。一瞬にすぎなかったけれど、たしかに見えた。わたしはこれから死ぬまであの表情を楽しく思い出すだろう。

ライナス・ダンカンが静かに笑っている。

「婚約にあたり、誰かに圧力をかけられたり脅迫されたりしましたか？」記録係が言った。

「いいえ。コナー・ローガンとの結婚に同意するのは、彼を愛しているからです」

「ローガン一族は婚約を認めますか?」

「はい」ローガンはまた冷静さの仮面をかぶった。「ネバダ・ベイラーを愛しており、結婚を求めています」

「記録します」記録係が答えた。「では、次に移りましょう」

アリーナに一人の女性が入ってきた。長身のアジア人で、わたしの母と同年代のようだ。女性は床に引かれた白い線の前で足を止めた。

「試験官の前に立ってください」記録係が指示した。

わたしは歩いていって白い線の手前で止まった。女性が両手を上げた。その心が厚いカーテンの後ろに隠れた。この人は尋問者であり、ガレンと同じ手法を使っている。しかし、ガレンの壁ほど厚くはない。

「ネバダ・ベイラー、真実か嘘《うそ》かを判断してください」記録係が言った。「試験官は登録されたエレンコスです。答えは口頭で一度だけです。気が変わったとしても、二度目の答えは考慮されません。わかりましたか?」

「はい」

「魔力を準備して。いいですか?」記録係が言った。

女性がうなずく。

わたしは彼女の守りの繭に魔力をからめ、内部へと触手を伸ばした。中まで入り込むのに触手は一つで足りた。あった。

「マイン・ブルーダー・ハット・アイネン・フント」女性が言った。

わたしの魔力がうずいた。言葉の意味は何一つわからなかったが、それは関係ない。

「嘘」

女性が驚いてまばたきした。そして繭にいっそう多くの魔力を流し込んだ。わたしは触手を少し強くした。

「イッヒ・ベジッツェ・アイン・ボート」

「真実」

「ローゼン・ズィント・マイネ・リープリングスブルーメ」

「嘘」

「裁定人は満足しましたか？」記録係が言った。

「いいえ」レノーラが答えた。「続けさせてください」

「嘘」わたしはレノーラに言った。

ライナス・ダンカンがきれいな白い歯を見せてまた笑った。

「わたしは四十二歳だ」年配の裁定人が言った。

「真実」見た感じはそれより十歳上だけれど。

「彼女の判断には満足した」シルヴェスター・グリーンが言った。「尋問の様子を見て最終的に判定したい」

記録係は試験官に頭を下げた。彼女は背を向けて出ていった。今度は、慎重に表情を隠した三十代の男性が現れた。わたしは魔力でそっと様子をたしかめた。男性の心は閉ざされ、かすかだがたしかな防護が施されている。

わたしは記録係を見た。「本人の意思に逆らって質問に答えるよう強制すると、心にトラウマが残ります」

「記録局はあなたの懸念を了解しました」記録係が言った。

「この男性の心には防護の壁が作られています。強い力で壊すことも可能ですが、記録局がチョークの使用を認めてくれるなら、心へのダメージを最小限に抑えつつ、答えを強制することができます」

「チョークはだめだ」四十二歳の裁定人が言った。

わたしは彼のほうを向いた。「残念です」

「時間稼ぎはやめたまえ」彼が言った。

わたしは集中し、魔力を短剣に変えて突き出した。壁にひびが入って割れた。これもヴィクトリア・トレメインの血のおかげだ。

魔力が飛び出し、男性の心をつかんだ。

「あなたの名前は?」

わたしの意思が男性の意思を押しつぶした。

「ベンジャミン・カーズ」

「この心の壁はあなたのものじゃない。ここに壁を作ったのは誰？」

「オーランド・ゴンザレス」

背後にざわめきが走ったが、わたしは振り向けなかった。

「理由は？」

「あなたの一族の成立を邪魔するためだ」

「どうして？」

「それは聞いていない」

わたしは振り返った。全員が一人の裁定人を見つめている。わたしに年齢を告げた男だ。

わたしはベンジャミン・カーズの心をつかんでいた手を離し、裁定人の心を締め上げた。

背後でベンジャミン・カーズが崩れ落ち、泣き出すのがわかった。

オーランドの心の壁はさっきより厚く強かった。突き刺しても崩れない。わたしは何度も襲いかかった。

オーランドは椅子から立ち上がり、よろよろとあとずさりした。

もう一度突き刺す。オーランドは反撃してきたが、今こうしておかないと、わたしのテストの正当性に疑問符がついてしまう。疑いを残すわけにはいかない。家族の命運がかかっているのだから。

また突き刺すとひびが入った。その隙間から魔力を流し込み、こじ開ける。

スタームとヴィンセント、そして死んだカートのことを考えた。胸に怒りが込み上げた。

わたしの圧力で裁定人の意思がはじけ飛んだ。

「なぜベンジャミンの心に壁を作った？」

緊張で相手の体が震えている。わたしは締め上げた。世界が揺らぐ。あまりにも短い時間で大量の魔力を使ってしまった。

家族を守ろうとするわたしの邪魔はさせない。どれほど嘲笑されても、いくつもの障害を押しつけられても、わたしは今日、一族を成立させる。

「答えなさい」

言葉が少しずつ出てきた。「壁を……作った……のは……コリーン・シェーファーに頼まれたからだ」

コリーン・シェーファーはガレンの母だ。

「なぜコリーンはわたしのテストの邪魔をする？」

「それは……自分の息子を……受け入れさせるためだ。おまえがテストに失敗すれば……おまえは無防備になる」

わたしはオーランドを解放した。あと一秒遅ければ、失神していただろう。

オーランドは床に倒れ込んだ。目から涙が流れている。

「テストの妨害は死の罪にあたる」記録係が言った。

マイケルがどこからともなく現れ、前に進み出た。彼はオーランドに手をかけて引っ張り上げ、連れていった。

「裁定人は満足しましたか？」記録係が言った。

肯定する言葉が重なった。

「ネバダ・ベイラーはテストの上、エレンコスとして認定されたことをここに宣言します。おめでとう、ミズ・ベイラー。座ってもかまいません」

まるで脚の筋肉が濡《ぬ》れた綿に変わってしまったみたいだ。わたしはなんとか椅子まで歩いていって座った。

「すごかったよ」右側のアラベラが耳元でささやいた。

「やったわね」カタリーナが左から声をかけてきた。

「記録局はバーナード・アダム・ベイラーを召喚します」

バーンは記録的なスピードで複雑なパターンを読み解いた。バーンはハイレベルの〝一流〟と判定された。

次はカタリーナだ。カタリーナは震える脚で白線のところに歩いていった。

アレッサンドロ・サグレドは、インスタグラムの写真に負けないハンサムだった。

「カタリーナ・ベイラー」記録係が言った。「〝超一流〟と認定されるためには、魔力を使ってアレッサンドロに白線を越えさせなければなりません。彼にそれを強制できなければ、もう一人、力の弱い魔力使いを用意しています」

妹は唾をのみ込んだ。ここからでもわかるほど震えている。

「いいですか?」

「やれるものならやってみてよ」アレッサンドロがにやりとした。

カタリーナは両手で顔をおおった。

大丈夫、できる。

「いいですか?」記録係が繰り返した。

「はい」カタリーナは両手を下ろし、アレッサンドロを見た。「あなた、イタリアに住んでるの?」

「そうだ」

「イタリアにはすてきなビーチがあるわね。昔、家族とフロリダのビーチに行ったことがあるの。海は透き通ってて、砂は白くて、何時間でも波に漂っていたくなる。水中には小さな魚が泳ぎまわっていて、手を伸ばすと触れそうになるの」

アレッサンドロの額に汗が噴き出した。

「ビーチは好き?」

「ああ」彼は歯を食いしばって答えた。

「わたしは泳ぐのが好き。一度ジェットスキーに挑戦しようとしたんだけど、嵐でだめになっちゃった。フロリダの嵐ってひどいの。イタリアにも嵐はある？」

「ある」

「こっちに来て教えてくれない？」

アレッサンドロは白線を越え、カタリーナのほうに歩き出した。

四人のスタッフがアレッサンドロに飛びかかった。彼は二人を投げ飛ばし、三人目の顔を殴った。

「ほんとにごめんなさい」カタリーナが言った。

「いいんだ」アレッサンドロはもがくのをやめた。「もう放してくれ。大丈夫だから」スタッフが手を離した。アレッサンドロは身震いし、記録係のほうを向いて言った。「この若いレディは〝超一流〟です」

「記録局はサグレド一族の助力に感謝します」

アレッサンドロは軽く会釈して出口に向かった。驚きだ。家族以外でカタリーナの魔力を振り払えた人を初めて見た。

カタリーナは〝超一流〟と認定された。戻ってきて隣に座った妹をわたしは抱きしめた。

今度はアラベラの番だ。白線へと歩いていくアラベラを、裁定人が穴があくほどじっと見つめている。アラベラは白いローブしか着ていない。その姿はとても小さく見える。

「記録局はあなたが理性を維持できるかどうかをテストします」記録係が言った。

天井から巨大な黒板が下りてきて、床からかなり高い場所で止まった。電柱ほどの太さがあるチョークが鎖でつながっている。

「変身したら、この黒板をひっくり返してください。裏にいくつか数式が書いてあるのでそれを解くこと。これができれば、あなたは真の〝超一流〟の変身者、メタモルフォシスであり、力のコントロールができると示したことになります」

「数学じゃないとだめですか？　小論文は？」

「数学は理性を試す究極のテストです」記録係が言った。

アラベラはため息をついた。「わかりました」

「ご自由に変身してください」

アラベラはローブを開いた。「見ないで」

記録係は視線を落とした。

妹の中から〝ケルンの野獣〟が現れた。

裁定人たちは凍りついた。息をのむ者、身動きできなくなる者。体を動かして椅子を後ろに下げようとする者。

毛むくじゃらの野獣は身震いし、黒板に歩み寄ってひっくり返した。

６７＋１３＝

７×１１＝

９８１÷８＝

アラベラはチョークで最後の数式を指し、振り向いて記録係を見た。

「がんばって」記録係が言った。

アラベラはため息をついた。最初の数式は問題なく解いたが、何回かかぎ爪を折って数えていた。二番目はあっという間に解いた。三番目は……。

「あんなの簡単よ」カタリーナが低い声で言う。「二年生のとき、寝てたって解けたわ」

黒板のスペースがなくなり、アラベラはしゃがみ込んで床に式を書き出した。

「学校で基礎は教えているはずなのに」裁定人の一人が言った。

「カリキュラムに問題はありません」別の裁定人が言った。

アラベラは床に〝この問題むかつく！〟と書いて計算を続けた。ようやく立ち上がって黒板に１２４と書き、記録係をにらんだ。カタリーナは片手をぴしゃりと顔にあてた。

「これでいいでしょう」ライナス・ダンカンが言った。「そうしないと一晩じゅう、ここに座っていなければならなくなる」

十五分後、ベイラー一族は意気揚々と記録局を出た。ついに勝った。空にもう雲はない。例の陰謀は断末魔にあえいでいる。これから三年、家族は安全に過ごせる。ローガンは結婚を申し込んでくれた。これから考えなければいけないことはいろいろある。引っ越しとか、新しい仕事の拠点とか、新しい地位にふさわしいものを揃えるためのお金とか。でも、今はまだ考えなくていい。

わたしはお祝いしたい気分だった。

家族全員で車のほうへ歩いていく。ローガンがこちらを見た。

「これからおれとドライブだ」

「どこへ？」

「二、三時間、郊外に出かけようと思ってた」

「郊外？」

「母の家だ」

「お母さんに会わせてくれるの？」

「母は会いたくてたまらないらしい。きみを連れていかないとおれの身が危なくなる。いっしょに来てくれるか？」ローガンは片手を差し出した。

「もちろん」わたしはその手を取った。未来に何が待ち受けているか、わたしは知らない。だけど、一人で立ち向かわなくていいことはわかっている。

コナーが笑顔を見せ、わたしたちはいっしょに車に向かった。

「正式な婚約祝いはどうする？」

「いらない」

「となると、指輪だけか」

「常識的な指輪ね」

「常識的というと？」

「仕事をしながら毎日つけられて、なくすのが怖いほど高価でないもの」

ローガンは何も言わなかった。

「わたしは本気よ。ぶどうみたいな大きさの珍しいダイヤモンドを買うのはやめて」

彼は笑った。わたしのドラゴンは本当に頭がどうかしている。

「本気だから！」

「わかってるよ」

このドライブは荒っぽいものになりそうだ。

ヴィクトリア・トレメインは、隣の男性を強く意識しながら庭園内の小道を歩いた。両側にばらが咲いている。ばらには興味がない。もっとシンプルで丈夫な花がいい。たとえばカーネーションのような。

「ここが刑務所にしては高級なのは、あなたも認めないわけにはいかないでしょうね」男が言った。

「たとえ見た目がカントリークラブでも、刑務所は刑務所よ」

「ずっと骨休めが必要だったのだから、休暇と思えばいい。おそらくそう長くはならないでしょう」

二人はのんびり歩いた。

「あなたの孫娘のせいで、ヒューストンに衝撃が走ったようだ」

ヴィクトリアはにっこりした。

「最後に聞いたところによると、家族で暮らす家を新築するようです。ローガン一族の郊外の屋敷から遠くないところに」

「家族のもとに帰るのに時間がかかるようじゃ困るでしょうからね」

「たしかに」

「この狂言を最初に言い出したあの小ずるい男はどうなったの？　ブライアン・シャーウッドとかいったかしら。兄に殺されたと聞いたけれど」

「そのとおりです。スタームの収集品の剣で、はらわたを抜き出されましたよ」

「抜き出されるほどの肝があったとも思えないわね」

「ヴィクトリア、なんと恐ろしいことを」

「しゃれた言いまわしじゃないかしら。奥方のほうは？」

「エドワードとリンダは婚約しました。会社を辞めて西海岸に移るようです。エドワードは果樹園でりんごを育てるらしい。リンダはぜひとも同行したいと言ったとか」

二人は歩き続けた。

「あなたは疑われているの？」

「いいえ。オリヴィアのファイルをもとに最後に何人か逮捕されましたが、わたしは自由の身だ。大義はまだ死んでいない。新たなローマ帝国を打ち立てますよ。時間はかかるでしょう。たぶん年単位で。それでも我々はやり遂げる」

「わたしは参加できないけれど」

「それは残念です」

「あなたに何をもらったところで満足できないわ」

「さあ、どうでしょう。気が変わるかもしれませんよ。ヴィクトリア、あなたもわたしと同じだ」彼はにやりとした。「人生をおもしろくするものを好む。我々は退屈を心から憎んでいますからね」

訳者あとがき

〈Hidden Legacy〉シリーズ第三巻『深紅の刻印』の新装版をお届けします。『蒼の略奪者』、『白き刹那』から続く本作で、ベイラー家の長女ネバダを主人公に据えた物語はついに大きな山場を迎えることになりました。

第一巻で厄介な人捜しから始まったストーリーはその後思いもよらぬ展開を見せ、ネバダは弱小探偵事務所の手には負えない巨大な陰謀に巻き込まれていきます。その陰謀が暴かれ、ついに首謀者が明らかに……というのがこれまでの大きな流れでした。

その間、ネバダは自分の力と向き合い、知識を得、経験を積んで〝ベイラー一族〟を背負って立つ覚悟を決め、家族もそれぞれに目覚めて頼もしく成長していきます。

また、一巻で衝撃的な出会いを果たした強烈な力の持ち主ローガンに対しては、ネバダは強く惹かれる気持ちと独立を守りたいプライドの間で揺れ続けます。とはいっても、ぐずぐずと自問自答に時間をかけないのがネバダのネバダらしいところ。大事な人であれば、それが自分より強いローガンであれ普段はうるさい妹であれ、体を張って守る。そこに迷いはありません。〝良心に恥じるところがあってはならない〟というベイラー家のルールを愚直に守り、ローガンの元フィアンセに嫉妬してしまう人間的な弱さを認めながらも、〝その弱さで行動を決めることはしない〟というすがすがしさです。

一人称の物語なのにもかかわらずそれを意識せずに読めるのは、作者がネバダの心の動きをくどくど書かない、ある意味ハードボイルドな文章運びのおかげではないかと思われます。ストーリーは行動、しぐさ、せりふの応酬でたたみかけるようにスピーディに進んでいきます。

それがいちばんよく出ていると感じるシーンの一つが、レオンが初めて自分の手でネバダを守った病院の駐車場での一幕です。銃撃戦の直後、ネバダがなんの前置きもなく〝五人よ〟とレオンに語りかけ、レオンだけでなく読者もきょとんとしてしまいます。その後のネバダの言葉で〝五人〟の意味を知り、直前の会話がよみがえると同時にレオンの気持ちの変化が想像できて、映画の脚本のような間の取り方に読者は心地よく翻弄されるというわけです。

本書では、シリーズタイトル〈Hidden Legacy〉――〝秘められた遺産〟が、ネバダの亡き父が両親と代理母から受け継ぎ、三人の娘たちへと分け与えた、まれな能力だったことが明らかになりました。けれども一つ、大きな謎が残されたままです――シーザーとは結局誰だったのか？

このあと〈Hidden Legacy〉シリーズは次女カタリーナへと受け継がれ、物語は『蒼玉のセイレーン』『翠玉のトワイライト』『紅玉のリフレイン』と続いていきます。ベイラー家の面々はもちろん、コーネリアス、オーガスティンなどこのシリーズに欠かせないキャラクターは健在ですし、本作の終盤で登場した一見〝王子さまキャラ〟のアレッサンドロ・サグレドもストーリーに大きく関わってきます。シーザーについては、本作エピローグの会話がのちのキーポイントともなりますので、ご興味のある方はぜひカタリーナ編ものぞいてみてください。

新装版に合わせるように、本書は二〇二四年タイム誌が選ぶ〝今すぐ読むべきロマンスベスト五十〟に選ばれました。シリーズ三巻目が選ばれたのは、〝ロマンスが最高潮に達した〟のが理由だとか。

ハッピーエンドが確約されたロマンスという枠組みに忠実に従いながらも、サスペンス、アクション、謎解きに魅力的なキャラクターと、読む人を引きつけて離さない多くの要素が盛り込まれた〈Hidden Legacy〉シリーズ。ロマンスの拡大枠として、日本でも引き続き幅広い読者に愛されることを願っています。

二〇二四年十月

仁嶋いずる

特 別 収 録

全世界を熱狂させた
“Hidden Legacy” シリーズ
〈ネバダ編〉と〈カタリーナ編〉をつなぐ
ブリッジ・ストーリー！

『ダイヤモンドの目覚め』
一部抜粋を
特別先行公開！

＊本書は『深紅の刻印』と『蒼玉のセイレーン』をつなぐ
中編『ダイヤモンドの目覚め』の一部を抜粋して先行掲載したものです。
本編のあとにお読みください。
『ダイヤモンドの目覚め』は2024年12月発売予定です。

プロローグ

ネバダ

誰だって家族をうるさいと思うときはある。うちはそれが普通より多いだけだ。わたしはキッチンテーブルでパンケーキを口に詰め込んでいた。テーブルの向こうから、いちばん下の妹のアラベラがじっとこちらを見ている。「ネバダはなんでここにいるの？　もう住んでるわけでもないのに」

昨日、わたしは正式にこの家を出た。これまでの九年間、自宅と事務所を兼ねたこの倉庫の二階にある部屋で過ごしてきた。家を出ることに決めたのは、今はほとんどコナー、またの名をマッド・ローガンといっしょにいるし、最近正式に婚約したからだ。引っ越しは驚くほどあっさり終わった。持ち物を増やしてこなかったので荷造りは一日もかからなかった。昨夜、ローガンの部下が荷物を運び出し、ヒューストン郊外にある彼の家に届けてくれた。フリーダおばあちゃんはちょっと泣いて、母は不機嫌そうなうなり声をあげていたので、二人の心が折れた場合に備え、その夜は道を隔てた向かいにあるローガンの本部に泊まった。

よけいな心配だった。

「ネバダに構わないで」母がアラベラに言った。「パンケーキ、三枚目なのよ」

「どういう意味？」アラベラがこっちを見た。

わたしは舌を突き出し、フォークでパンケーキを一切れ切り取った。

「ストレスで食べずにいられないのよ」フリーダおばあちゃんが口を出した。「あと五分でローガンが迎えに来るんだけど、この子は彼のお母さんに会うのが怖いの」

おばあちゃんたら、よけいなことを。パンケーキが喉に詰まり、急いでコーヒーを飲む。

「怖くなんかない」

わたしは震えるほど怖かった。認定テストの直後、母に会わせたいとローガンに言われて、わたしは三日ほしいと頼み込んだ。これ以上逃げられない。未来の義母と対面しなくては。

アラベラが横目でこっちを見ている。フリーダおばあちゃんは七十代でアラベラはまだ十五歳だけど、その瞬間、二人はそっくりに見えた。青い目、白っぽい髪――もちろんおばあちゃんのカールが白いのは年齢のせいだけれど。そして二人ともまったく同じ腹黒い顔つきをしている。

「新しいジーンズとお気に入りの緑のブラウスにしたんだね」アラベラが言った。

「それがどうしたの？」

妹のブロンドの頭がテーブルの下にもぐった。「足元はきれいなストラップサンダルで、爪も塗ってる」

「爪ぐらい塗れるわよ」仕事でときどき走る必要があるため、いつもはスニーカーだけど、サンダルも三足持っている。

「歯を磨いたほうがいいわ」フリーダおばあちゃんが言った。「息がコーヒー臭くなる」

しまった、歯ブラシはローガンの本部だ。

「二人ともやめなさい」母がたしなめ、こちらを向いた。「大丈夫だからね」

父が亡くなってからは、母が荒海に立つ不動の岩になってくれた。何が起きても母がそこにいて、なんとかしてくれる。そんな母の鎧《よろい》の奥を見通せるようになるまで、長い時間がかかった。去年はとくにそれを痛感した。でも今日、わたしは不動の岩を求め、しがみついた。

「ママが大丈夫って言ってるんだから大丈夫。アラベラはローガンのお母さんに会ったんでしょう？　どんな人か教えてよ」

アラベラはにっこりした。「ネバダがじたばたしてるの見るの好き」

携帯電話が鳴った。ローガンからメッセージだ。〈おもしろいものを見逃すぞ〉

〈おもしろいものって？〉

〈外に出てみろ〉

元の部屋に駆け上がって鍵をかけて閉じこもりたい、そう強く思った。でも二つの理由でできない。わたしは大人だし、元の部屋にはもう一人の妹のカタリーナが入っていて、事実上わたしのものではないからだ。

こんなに怖がるなんておかしい。わたしは訓練を積んだ私立探偵で、十年近い経験もある。ベイラー探偵事務所が今日あるのは、病気になった父の跡を継いだわたしがあらゆる困難を乗り越えて成功に導いたからだ。それだけじゃない。わたしは能力者として最も高いレベルにある〝超一流〟だ。父方の祖母も同じ力を持っていて、人はその名を聞いただけで震え上がる。わたしはその祖母や〝超一流〟の人々に真正面から立ち向かってきた。この一年、わたしは撃たれ、車で轢《ひ》かれ、燃やされ、テレポートされ、死の直前まで凍らされた。頭上にバスを落とされそうになり、理性を操るサイオニックに心を壊されそうになり、メキシコの虐殺王の名を持つコナー・ローガンに何度もノーを突きつけ、一歩も引かなかった。フィアンセの母親にだって立ち向かえるはずだ。

大丈夫、できる。

立ち上がり、皿をシンクに置き、母をハグし、ドアに向かう。

ガンメタル・グレーのレンジローバーが倉庫の正面に停まっていた。見るべきものを心得ている人がよく見ないかぎり、この車が装甲されているとはわからないだろう。

ローガンが車にもたれている。二万ドルのスーツを着た姿も、泥まみれのジーンズとTシャツという姿も見たことがある。何を着ていても彼はいつもワイルドな男らしさを漂わせている。何事にも乱されない落ち着きが伝わってくる。どんな事態が持ち上がっても、うろたえることなく事をおさめるだろう。百八十センチを超える長身とプロの格闘家のような大柄な体格もその印象を強めている。今日はジーンズとオリーブ色のTシャツという姿だ。日に焼けた肌と黒っぽい髪。ジャングルを歩く探検家さながらだ。

まずい。

わたしは立ち止まった。

「どうした?」

「ペアルックになってる」うなるように言う。

「それで?」

「着替えてくる」

ローガンに手をつかまれ、引き寄せられた。彼はダークブルーの目に笑いを浮かべ、頭を下げてキスした。ミントとコーヒーの味がするその唇がわたしを安心させた。大丈夫、心配ない、と。

「きみはすてきだ。それに戻ったらいちばんいいところを見逃す」

ローガンが左にほうにうなずいてみせた。そちらに目をやる。サファイアブルーのマセラティ・グランカブリオが道の端に停っている。その横、ちょうどわたしの――じゃなくて妹の部屋の窓の真下に、アレッサンドロ・サグレドが立っていた。

認定テストの直前に初めてアレッサンドロの写真を見たとき、初戦に挑む若き剣闘士みたいだと思った。肉眼で見るとその印象はいっそう強くなった。顔にはまだ幼さが残っているものの、すぐに消えるだろう。顔のラインはくっきりとして険しい。どんな表情であれ一つだけ変わらないのは――アレッサンドロにはとんでもないハンサムとして生きる呪いがかかっているということだ。

シャイで物静かな妹が窓から身を乗り出している。見るからに動揺している。

「だめよ!」カタリーナがきっぱりと言った。

「どうして?」アレッサンドロの口調にはかすかにイタリアのアクセントがあった。

「あなたの気持ちは本物じゃないから」

「誰が気持ちのことなんか話してる? ただドライブに行こうって誘ってるだけだ」アレッサンドロは太陽を受けて青く輝くマセラティのほうにうなずいてみせた。「車もあるし」

「だめ」

ほんの数日前、うちの家族は認定テストを受け、一族として認められるのに必要な最低二人の〝超一流〟がいることを証明した。テストを申請したのは、新興の一族に与えられる保護期間がどうしても必要だったからだ。わたしたち姉妹は〝超一流〟の裁定人たちの前で能力を実演してみせた。その際、カタリーナのテストの相手になったのがアレッサンドロだ。パワフルな〝超一流〟のメンタルディフェンダーである彼は、他者の魔力を無効化する力がある。妹が持っているのは、他人に自分を愛させる力だ。二人は白線をはさんで向かい合った。カタリーナが彼に家族で行ったフロリダ旅行の話をすると、それが終わるころにはアレッサンドロは白線を踏み越え、止めようとする四人の力に抵抗していた。

アレッサンドロはすぐ我に返ったが、妹は〝超一流〟と判定された。

「カタリーナの力は時間とともに薄れると思ったが」ローガンが小声で言った。

「そうよ。アレッサンドロがここに来たのは妹の魔力とは関係ないと思う。彼、テストの前に妹のインスタをフォローしたの」

ローガンの眉がかすかに上がった。「で、その情報のどこが重要なんだ？」

「彼は十代のあこがれの的だし、ヘラルドの有名人で、フォロワーは二百万人もいる。でもフォローしてるのはカタリーナを含めて四人。一夜にしてインスタの有名人になった妹はアカウントを消したの」

この世界で、〝超一流〟たちはセレブ中のセレブだ。〝超一流〟への異常なまでの興味を満たすために、専用のSNSがある――それがヘラルドだ。ヘラルドの参加者は、憶測、噂、二次創作を投稿する。若くて独身でとびきりハンサムなアレッサンドロ・サグレドは、〝超一流〟の追っかけを磁石のように引きつける。いっぽうでカタリーナはどんな形でも注目されるのが苦手だ。それには当然の理由がある。カタリーナの重荷を楽にするためならわたしはどんな犠牲もいとわない。魔力には代償がつきものだけど、妹はとくに運が悪かった。

「距離をとって」カタリーナが言った。「時間と距離を置けば薄れるから」

アレッサンドロはうなだれた。長めの茶色い髪が顔にかかる。「ペル・ラモール・デル・チェーロ！」

わたしはローガンのほうを向いた。「なんて言ったの？」

「さあね」

「きみの魔力の影響は受けてない。壁をよじ登って近づこうとしてるわけでもない。ちょっとドライブに行こうって誘いに来ただけだ」

長い沈黙があった。

アレッサンドロは首をかしげて窓を見つめた。ハイブランドのジーンズに身を包み、十七万ドルの駿馬《しゅんめ》を従えた現代のロミオだ。

沈黙が続いた。

「答えは出ると思うか？」ローガンがきいた。

「無理よ」

「あいつをあそこに立たせておくつもりなんだな？」

「そうじゃなくて、カタリーナの答えがノーってこと」わたしはローガンにほほえみかけた。「行きましょう。二人きりでもカタリーナにとってはつらいんだから、見物人はいないほうがいい」

「あの窓は嫌いだ」車に乗り込みながらローガンが言った。

道の向こうで、重そうな木製のコンテナが地面から数センチ浮き上がった。

「まさかそんなことしないわよね？」あのコンテナが地面から数センチ浮き上がったときのことは今でもはっきり覚えている。〝超一流〟のテレキネシスであるローガンは、道に立ったまま窓辺のわたしと口喧嘩《くちげんか》するのが気に入らなかった。そこで、わたしと直接話せるよう、自分の車庫にあったものの半分をうちの倉庫の壁際に積み上げた。「無駄だからやめて」

コンテナは着地した。ローガンは駐車場から車を出した。「伯爵も気の毒に」

ローガンのほうを見る。「どういう意味？」

「アレッサンドロは伯爵だ。サグレド伯だよ。十二世紀までさかのぼる古い家柄だ」

「カタリーナには言わないで」

妹は普通の人といっしょにいても緊張するたちだ。由緒ある一族出身の相手と会話しようとしたら卒倒してしまうだろう。一言言葉を選ぶだけでも、恥ずかしいことを言っていないか、目立たないか気にするに違いない。

アレッサンドロがハンサムな〝超一流〟で、誰もが知る十代のあこがれの的というだけでも大変なのに、そこに称号まで加わったら事態が悪くなるだけだ。

常緑樹のクッションの上にごつごつと広がる丘陵を大きく縫うように長い道が続いている。車はテキサス・ヒル・カントリーに向かって北西に走っていた。巨大な石灰岩が薄い表土から突き出し、地面は乾燥して見える。じめじめしたヒューストンから離れ、窓から外を見ていると、喉が渇いてきた。

「どうしてこの場所を選んだの？」

「母が言うには、丘陵が故郷を思い出させるらしい」ローガンが答えた。

「故郷って？」

「スペイン。バスク地方、ナバラのそばの山岳地帯だ。おれも行ったことがある。完全に同じというわけじゃないが、乾燥していてところどころ岩肌が見えるんだ。ここみたいに」

道が曲がり、カーブに沿ってなめらかに走る車の中から、家が見えた。丘の上にたつ美しい地中海風の屋敷。れんがの壁の間に並ぶ背の高い窓がきらめいている。カーブが続き、家がどんどんせまってくる……。

「気に入られなかったらどうしよう?」

「母はきみを気に入るよ。おれがきみを愛してるってこと以外どうでもいいが、母はきみを好きになるはずだ」

丘をのぼりきったところで、上に赤い瓦が並ぶ石壁に突き当たった。頑丈な金属のゲートがエントランスを守っている。近づいていくとゲートが開き、レンジローバーは美しく整えられた芝生の間の道をなめらかに進んでいった。その先にまたアーチ型のエントランスがあり、そこを抜けると中心に美しい噴水のある庭に出た。ローガンが車を止めた。

「大きな家ね」

「〈マウンテン・ローズ〉だ。広さは二千平米、寝室は十室、バスルームは十二。プールが二つ、テニスコート、庭、なんでも揃ってる」ローガンは顔をしかめた。「一度母にどうしてこんな大きな家が必要なのかたずねたことがある。母は、〝孫たちのため〟と答えた」

「あなたには兄弟姉妹はいないんでしょう?」

「ああ」ローガンは片手で屋敷の端から端までを指した。「母の部屋が一つ、おれたちの部屋が一つ――残り八室分の孫がおれたちの肩にのしかかってる」

「最高」わたしが心配しているのは肩じゃないけれど、ローガンにその話をしたら、また十分間ほどおかしな冗談を聞かされるはめになる。

わたしたちはそのままずっと座っていた。外に出たくない。

「怖いのか？」

人は毎日、時として十回以上も嘘をつく。ちゃんとした理由があることも多い。誰かが真実をねじ曲げるたびにわたしの魔力が警告を発する。だからわたしは以前からできるだけ嘘をつかないようにしてきたし、とくにローガンに対しては絶対に嘘は言わないことにしている。ローガンはわたしに嘘をつけないし、彼とは対等な関係でいたい。「ええ」

「大丈夫だ」彼は手を差し伸べ、わたしにキスした。それは安心させるための短いキスだったが、始まって半秒でローガンは気を変えた。その手がわたしの髪をつかむ。唇はサンダルウッドとミント、そしてコナーの味がした。その中に沈み込みながら、キスを返す。ローガンとのキスみたいなものはほかにない。不安はすべてかき消え、残るのは彼とわたし、その味わい、香り、手だけだ……。

唇が離れた。ローガンの青い目が暗くなる。その顔は、このままやめるつもりはないと言っている。

車の中でずっといちゃついているわけにはいかない。アローサ・ローガンは〝超一流〟だ。〝超一流〟にふさわしいセキュリティを備えた屋敷に住んでいる。つまり、このキスは屋敷内にある恐ろしいほど高精細な監視画面に映し出されているということだ。

わたしは車のドアを開けた。ローガンがこちらを見てにやりとした。二人は車から出た。屋敷の中も外に劣らずすばらしかった。ベージュとクリーム色のしっくいが繊細な渦を描く壁。見上げるような天井。床はトラバーチン大理石で、よくあるタイルではなく大きな板状のものを使っている。家具はローガンの家と同じく時代を超越したおもむきがある。でも直線を多用した地味と言っていいほど堅実なローガン宅の家具に対し、この家のソファや椅子は華やかだ。はっきりとした女性らしさが漂っている。

出迎える人はいなかった。変だ。パワーゲームを仕掛けられているのだろうか？　わたしを待たせて、立場をわきまえさせるつもり？　どっと緊張感が戻ってきた。

ローガンがキッチンに歩いていって大きな冷蔵庫を開けた。わたしはだめと言おうとしてやめた。わたしにとっては壮麗な屋敷だけどローガンにとっては母の家で、帰宅した子どもなら誰でもやるようにまっすぐ冷蔵庫に向かっただけだ。今朝、ドアを開けて倉庫に入ったとき、わたしも同じことをした。

「何か飲む？」

「何があるの？」

「スパークリングウォーター、アイスティー、ジュース……」

「アイスティーをもらえる？」

広々としたキッチンには、ダークブラウンのキャビネットと美しい花崗岩《かこうがん》のカウンタートップがあった。最新の家電も揃っている。こんろは料理バトル番組から抜け出してきたかのようだ。

ローガンが背の高いグラス二つにアイスティーを入れてくれた。アイランドカウンターの端にあるスツールに座ると、彼がグラスをこちらに押してよこした。わたしはそれを手に取り、飲んだ。

八室分の孫たちか。なるほど。

ローガンが一人っ子なのがいつも不思議だった。有力一族は中世の都市のように互いに争う。そして〝超一流〟の大半は跡継ぎとそのスペアを作ろうとする。でもローガンにはスペアがいない。彼だけだ。理由をきこうとしてずっと忘れていたけど、今それを口に出すのはいいタイミングとは思えない。

かすかな機械音が聞こえたので振り返った。モーター付きの車椅子に座った女性がキッチンに入ってきた。白いものが少しまじる黒っぽい髪、底知れない黒い目、浅黒い肌。美しい中年の女性だ。

この人が。

ローガンが女性に近づき、体をかがめて頬にキスした。「やあ、母さん」

女性は彼にほほえみかけた。二人はとてもよく似ている。

「冷蔵庫に牛肉の燻製《くんせい》があるわ」

「見たよ」

アローサがこちらを向いた。「いらっしゃい」

「こんにちは」わたしは思い出したように立ち上がり、少し前に出たが、それ以上どうしていいかわからず足を止めた。

「母さんが怖いから緊張してるんだ」ローガンがアローサに言った。

この裏切り者。ずっと忘れないから。

未来の義母は頭を振り上げ、笑った。


わたしたちは屋根のある二階のバルコニーに座った。ローガンはアローサのために紅茶をいれに行った。とうとう雨が降り始めたせいで、空気はさわやかだが冷たかった。

「あの子、車椅子のことを言ってなかったのね？」アローサがたずねた。

「ええ」

アローサはにっこりした。「ばかな子。あの子が三歳のときにこうなったの。あの子の父親が暗殺のターゲットになってね。一人でニューヨークのホテルにいるはずだったけど、悪い予感がしたからわたしも同行したの。二人とも死にはしなかった。大事なのはそれだけよ」

夫を守ろうとして怪我を負ったのだ。「お気の毒に」

「慣れたし、魔力のおかげでずいぶん楽よ。寒くない？」

「大丈夫です」

「寒そうに見えるわ。ほら」

アウトドアソファの隣にある大きな木製のチェストが開き、毛布が一枚こちらに漂ってきた。コナーと同じくアローサも〝超一流〟のテレキネシスだ。

「ありがとう」わたしは毛布にくるまった。

「ウィルの立場にある男性なら、わたしと別れてもおかしくなかったでしょうね。コナーは一人っ子で、家系をつないでいくためには一人に頼るのは危険なの。でもウィルはわたしを愛していたから今があるというわけ」

「ローガンから、政略結婚だったと聞きました」これは失言かもしれない。

アローサの目が光った。「そうなの？　コナーはわたしの父にひどく腹を立ててるから。そう、最初はその通りだった。うちの家族は一族として認定されていなかったの。ほとんどが〝一流〟や〝平均〟で、〝超一流〟なのは祖父だけ。家族は〝超一流〟が生まれるのを待ち望んでいて、わたしが〝超一流〟の認定を受けたときは親戚が盛大なパーティを開いてくれたわ。何百人も招待してね。ローガンの祖父であるわたしの父は娘にずいぶん期待をかけていて、結婚で家を出るのを許さず、配偶者を家族に取り込んで家名を継がせようと考えていたの。そしてさらに〝超一流〟を増やすために、できるだけたくさん子どもを作ることを期待した」

当然だろう。ラミレス家について調べたことがある。一族として認められるためには、三世代のうちに〝超一流〟を二人出さなければならない。アローサの祖父はアローサが生まれる前に亡くなったが、もしアローサの子どもが〝超一流〟と認定されれば、ラミレス家は一族成立の申請をすることができる。

アローサは肩にかけたショールを引き寄せた。「すべては計画済みだったけれど……そこにウィル・ローガンが現れたの。わたしの遺伝子特性が彼の求めるものに一致していたために、スペインまで会いに来たのよ。初めて会ったときのことを覚えてる。図書室で書架の整理をしていて、頭上に何冊か本を浮かせていたの。そこに通りかかった彼がドアロで足を止めて、わたしたちは無言で見つめ合った。あんな人は見たことがなかったわ」

そのときのことを思い出してアローサはほほえんだ。わたしにもそんな瞬間があった。初めて会ったとき、公園の中をこちらに向かって歩いてくるコナーをわたしはただ座って見つめていた。そして思った。いつかこんな人と出会えればどんなにいいだろうと。

「それから？」

「父は彼を拒絶した。ウィルにノーと言える人はそうはいないのよ。ウィルは三代目の〝超一流〟で、その魔力は桁外れだった。軍、民間、外国と取り引きがあって、世界の半分に貸しがあった。ある意味コナーは父親そっくりと言っても言いすぎではないわ」

わたしの経験からすると、コナーは自分が言う側でないかぎりノーを認めない。

「わたしが街に行くと、ウィルは偶然を装って近づいてきてね。言葉を交わして別れると、また出会った。そのあと何度もね。ウィルとの会話は楽なの。わたしたちは違っていたけれど、言葉は苦もなく出てきた。そのあとウィルはまた父に会いに来たわ。そのころには父もローガン一族を怒らせたらまずいことに気づいていて、うちから〝超一流〟を引き抜くならその穴埋めをしろと言ったの。そして目の玉の飛び出るような金額を提示した。ウィルはその場で小切手を書いたわ。それは彼が破産しかねない額だった」アローサの目が細くなり、そこに鋭く恐ろしい力がかいま見えた。全身に警戒心が走った。

「父はわたしを書斎に呼んで、おまえはウィルに買われたからいっしょに行けと言ったの。そしたらウィルがどう返事したかわかる？」

「いいえ」

「彼女自身に行きたいかどうかきかないのか、決めるのは本人なのに、と言ったの。父は、娘は家族のためになる道を選ぶだろうと答えた。父にはウィルの質問の意味がわからなかったのよ。全然ね」

わたしはローガンの意見に百パーセント賛成した。彼の祖父は好きになれない。「後悔したことはありますか？」

「一度も。わたしにとってはウィルがすべてだった。帰国したあと、彼の家族は財産の四分の三近くを譲り渡したことを決して喜ばなかった。ウィルのお父さまは一度わたしを〝ルイジアナ購入〟と呼んだほどよ。でもそんなことはどうでもよかった。彼が失ったものを、二人で力を合わせて築き直したの。わたしたちはすばらしいチームだった。わたしは愛されていたの、ネバダ。ほんの一握りの人しか経験しない愛を味わった。毎日ウィルが恋しいわ。目を覚まして、ベッドの隣にいると思って手を伸ばすことがあるけど、彼はいない。今も話しかけるのよ。庭にある両親の隣のお墓にね」

これがわたしの姿かもしれない。ローガンと結婚して数年経ったら、アローサと同じ立場で夫を恋しがっているかもしれない。〝超一流〟の世界は危険に満ちている。普通の人なら考え直すかもしれないが、わたしはコナーを求めすぎている。一週間だろうが五十年だろうが、いっしょに過ごせる時間があるならそれを手に入れたい。

「コナーを愛してる？」アローサがたずねた。

「ええ」考えるまでもなかった。

「子どもはどうするの？　あなたたちは遺伝子の相性がよくないかもしれない。そのことは気にならない？」

「彼の子どもがほしいし、その子が能力者であろうとなかろうと愛します」

再びアローサの目が鋭くなった。「コナー、あなた、そして子どもたちは一般人とは比べものにならないぐらい頻繁に危険にさらされることになる。あなたたちは〝超一流〟で、

〝超一流〟には独自のルールがあり、息子はこれまで手ごわい相手を敵にまわしてきた。もっと楽な人生を選ぶ女性もいるわ」

なるほど、でもアローサが言わんとすることには賛成できない。わたしは顔を上げた。

「わたしはテレキネシスではないですが、コナーや子どもたちに手出しできると思っている者がいたら、まずわたしの相手をしてもらいます。すぐに考え直すでしょうね。考え直すほどの理性がまだ残っていればの話だけど」

アローサはわたしの顔をしげしげと眺めた。「この結婚が気に入らないと言ったら？」

胸がどきりとした。わたしが恐れていたのはこれだ。「それは残念です。あなたのことは深く尊敬しているし、義理の娘として全力を尽くすつもりなのは変わりません。でも彼を愛しているし、結婚するつもりです」

ちょうどその瞬間を狙ったように、湯気の立つ紅茶のマグカップを三つのせたトレイを持って、コナーがバルコニーに出てきた。「ネバダの拷問は終わった？」

「気に入ったわ」アローサが答えた。

えっ？

「ネバダのこと、どうやってつかまえたの？」

「コナーはわたしを誘拐して、自宅の地下室の床に鎖で縛り付けたんです」

「何ですって？」

「誤解があったんだ」ローガンはそう言い、さっとこちらをにらんだ。自業自得なんだからしょうがない。

「全部聞かせてもらわなきゃ」アローサが言った。

「つまり、結婚式に出席するってことだね？」

「おかしなことをきくのね」

こうして未来の夫はまんまと母の思考の流れをそらし、新しい方向へと向けた。うまい手だ。

アローサはマグカップを浮かせて引き寄せ、一口飲んだ。「日取りは決めたの？」

「二週間後だ」

「問題外ね。親戚全員に知らせるだけで二週間かかる」

親戚？　親戚って誰？　わたしはコナーを見やった。「親戚はいないと思ってたけど」

「いいえ、いるのよ。コナーの祖父に、叔父が四人、叔母が二人、いとこが十四人、そのうち何人かは子どももいる。これには夫のほうの親戚は入っていないわ。ほとんどがわたし側の親戚で、スペイン在住よ。ローガンがあまり好まない人もいる」

わたしはコナーのほうを向いた。

「人を食い物にする奴らだ」そう言って彼は紅茶を飲んだ。「おれは質素な式にしたい」

「コナー・アンデル・ローガン」

まずい、ミドルネームが出た。よくない兆候だ。

「イニゴー伯父さんを呼ぼうと思ってたんだ。マッティン伯父さんも。好きな親戚だけ招待するのはどうだろう？　全員を呼ぶならケリーも呼ばなきゃいけなくなる」

これはずるい言い方だ。ケリー・ウォラーはコナーのいとこで、父方の血縁で生き残っているのはケリーとその息子だけだ。コナーは桁違いの力に恵まれたが、ケリーは能力者の家族に生まれたものの弱い力しかなかった。そして遺伝子ではなく愛のために結婚したせいで、両親から絶縁された。ケリーの立場からすればすべてを失ったも同然だ。夫と二人でなんとか生計をたてつつも、彼女は年下のいとこコナーがいつか大人になって自分を助けてくれるものと考えていた。ところがコナーは入隊し、戦いだけに集中するようになってしまい、ケリーは二度裏切られたと感じたらしい。

除隊したコナーがケリーに手を差し伸べようとしたとき、ケリーの嫉妬と恨みは殺意に変わっていた。そしてコナーと家族を憎むあまり、何度も彼を殺そうと試みた。目的を遂げるため、一人息子のギャビンを〝超一流〟の念火力の持ち主に差し出したほどだ。息子は非番の警官を殺すために利用され、今刑務所にいる。ギャビンが被害者の警官仲間から問答無用で射殺されるはめに陥らなかったのは、コナーの影響力と探偵としてのわたしの骨折りがあったからだ。

式にはたぶんギャビンとその父を招待することになるだろう。ローガン家の名を出せば、ギャビンは一日の外出許可が得られるはずだ。ケリーは法執行機関からも評議会からも追われる逃亡犯だ。もしケリーを見つけたら、わたしはその眉間にためらいなく銃弾を撃ち込む。身柄を確保しようとも話しかけようとも思わない。弾が尽きるまで撃ち続ける。

アローサがコナーを見た。「あなたはこの結婚式を予行だと思ってるの？ ネバダと離婚して、また結婚するつもり？」

ローガンは何かに強く集中するときの顔になった。いつもなら狙撃者を警戒する表情だ。

「違う」

義理の母の魔力がはじけ、わたしは椅子から転げ落ちそうになった。

「あなたは一人息子なのよ」アローサ・ローガンがずばりと言った。

愛情深い母は消えた。アローサの顔は険しくなり、目は鋭くなった。命令調のその声を聞いて、わたしはすぐさま従いたくなった。祖母ヴィクトリアも、アローサが相手では苦戦を強いられるだろう。

「もし幸運に恵まれれば、これがあなたの最初で最後の結婚式になる。これは正式な催しよ。花嫁はすばらしいドレスをまとい、あなたはタキシードを着る。あなたたちが一族全員と友人たちの前で誓いとキスを交わすのをわたしは見守るの。その瞬間、誇らしさで輝きながらね。その喜びを奪うことは許しません。あなたのお父さまに会ったとき、式がどんなにすばらしかったか話すつもりよ。わかったわね？」

メキシコの虐殺王、ヒューストンで最も恐れられる〝超一流〟は、男らしいその顎をなんとか動かし、唯一の答えを口にした。「わかったよ、母さん」

「よかった。日取りは三カ月先にしましょう。それだけあれば皆スケジュールを調整できるでしょう」アローサはこちらを向き、ぬくもりと明るさの戻った顔でほほえんだ。「ネバダ、本当に楽しみよ！　ドレスに髪に花。あなたにはいろいろ決めてもらわないとね」

1

二カ月と二週間後
カタリーナ

子どもたちをよけながら〈マウンテン・ローズ〉邸の廊下を歩くのは大変だ。ヘラルドで未来の義兄について読んだとき、コナー・ローガンは天涯孤独で、近い血縁は母といとこのケリー・ウォラーだけとあった。ケリーは親戚の数には入らないけど。

ヘラルドは嘘つきだ。

騒々しい子どもたちの群れがまっすぐこっちに向かってくる。

わたしはタブレットをぎゅっと胸に抱き寄せ、構えた。

子どもたちはくすくす笑いながらわたしの周囲を何度かまわり、廊下を駆け抜けていった。そのあとにユニコーンのぬいぐるみを抱いた女の子がとり残された。わたしは詰めていた息を吐いた。

地中海沿岸にたくさんいるローガンの親戚が、結婚式の参列のためにアローサの家に集まっている。わたしは子どもは好きだけど、今この家には十二歳未満の子どもが二、三十人いて、群れをなして動き回っている。この前この子ども集団と出くわしたときはタブレットを手からたたき落とされた。このタブレットは絶対に守らないといけない。結婚式関連のファイルが全部入っている。

その女の子と目が合った。たぶん五歳ぐらいで、茶色の髪と大きな黒っぽい目がすごくかわいい。小さなシルクの花飾りがついたラベンダー色のきれいなワンピースを着ている。もし母がこの年齢のわたしに同じ服を着せたら、五分で泥とエンジンオイルまみれになっただろう。五歳のわたしの遊び場は、戦車や野戦砲を修理するフリーダおばあちゃんの仕事場か外だったから。

「こんにちは。わたしはカタリーナ」

「ミア・ローサ・ガルシア・ラミレス・アロージョ・デル・モンテよ」

そうだ、前にも会ったことがある。いつもミセス・ローガンのうしろにくっついている子だ。ポーチにも書斎にもシアタールームにもついていく。ダイニングルームでもミセス・ローガンの隣に座りたがる。

ミア・ローサがユニコーンを差し出した。彼女と同じぐらいの大きさで、プラスチックでできたぶどうぐらいの大きさのきらきら光る青と銀の宝石がついている。

「この子、サファイアっていうの」

「かわいいね」

「真夜中の雲の中に住んでて、月光で角が光るんだよ」

ああ、これは『ジュエル・レジェンド』だ。神話の動物が出てくる子どもに人気のアニメ。わたしはもうそんな年じゃなかったけど、妹のアラベラはこのアニメの初期にはまった。しばらくは身の回りが全部『ジュエル・レジェンド』だった。ノートもバックパックも携帯電話のケースも……でも高校生になって熱は冷めた。

「わたし、きらきらガンがほしいの」ミア・ローサが少しアクセントのある口調で言った。

「えっ、何ガン？」

「きらきらをたくさんつけられる道具」

「ビダズラーのこと？」

ミア・ローサは何度もうなずいた。「そう。ママが使い走りのお姉さんに頼みなさいって」

使い走りか。ため息が出そうになる。「調べてみるね。ビダズラーを届けるときのために、お母さんの名前を教えて」

「テレサ・ローサ。どうもありがとう。でもママじゃなくてわたしにちょうだい」

すごい、ありがとうが言えるなんて。「わかった」

ミア・ローサは腰をかがめて軽くお辞儀すると、ユニコーンを引きずって子どもたちのあとを追いかけていった。

携帯電話が鳴った。メッセージに目をやる。アラベラからだ。〈今どこ？　すぐ来て！！〉。涙を滝のように流す加工をした赤ちゃんの動画がくっついている。わたしは走り出すのをがまんして急いだ。

ネバダがウエディングプランナーをクビにしたのが始まりだった。念のため言っておくと、これは一人目の話。

姉はふだんは完璧に物わかりのいい人だ。人間嘘発見器という立場が許すかぎり、という意味で。でも二週間前にサイモン・ナイチンゲールが失踪し、彼を捜し出すためナイチンゲール一族がうちの事務所を雇ったことで事情は変わった。うちは三カ月前に一族として登録したばかりで、小さな事務所はベイラー探偵事務所からベイラー一族探偵事務所に生まれ変わった。ナイチンゲール事件は新生事務所の初めての仕事だ。全ヒューストンのエリートがうちの動向をうかがっている。そのせいでネバダは少しぴりぴりしていた。少しじゃなくて、かなり。手が付けられないほどに。

一人目のウエディングプランナーがクビになったのはネバダと言い争いになったからだ。姉がこういうやり方にしたいと言うと、プランナーはそのやり方ができない理由を並べた。ほとんどは、〝超一流〟同士の結婚式ではそういうやり方はしないというのが理由だった。

最終的にプランナーは、これは実質あなたの結婚式ではなくローガン一族の結婚式なのだから、リハーサルディナーの前菜にチーズのディップを出したいとかいう〝ばかばかしいリクエスト〟で準備の邪魔するのはやめてと、ネバダに言い放った。プランナーはすみやかに屋敷の外へと連れ出された。

二人目がクビになったのは、嘘ばかりついていたからだ。全然うまくいっていないときでも順調だと言って花嫁の機嫌をとるのが彼女のやり方だった。このプランナーは細かいことに口出しされるのをいやがった。でも姉はとんでもない仕切り屋で、細部へのこだわりぶりは家族の中では伝説になっているぐらいだ。ネバダは何度も問題ないかどうか確認し、プランナーは、ネバダは嘘を見抜けると警告されていたにもかかわらず、万事順調だと繰り返した。ケータリングの選定でプランナーとミセス・ローガンが同意したかどうかネバダがずばり質問したとき、事態は急展開を迎えた。心配ないと十回も繰り返し言われ続けたネバダは、ついに爆発した。二人目のプランナーが必死の形相で十三センチヒールのまま自分の車に向かって走っていくのを見たとき、クビになったのがわかった。そのうしろから姉がポーチに飛び出してきて、怒鳴った。「これでも大丈夫なの？　ねぇ、大丈夫なの？」

結局三人目は雇わなかった。アラベラとわたしはテイクアウトを買って週末いっぱい家に引きこもり、ウエディングプランニングを扱ったリアリティ番組のエピソード十三話分と、自分勝手な花嫁が主人公のリアリティ番組を四シーズン分視聴したあと、自分たちでプランニングを引き受けることに決めた。そうしないと結婚式自体がなくなりそうだったからだ。

ローガンとお母さんはわたしたちにとても礼儀正しく接してくれるけど、残念ながら親戚のほうはわたしたちの立場がよくわかっていない。アラベラもわたしも〝超一流〟として登録されているものの、記録は封印されている。うちの一族はリッチじゃないのに、ローガンは億万長者だ。それにわたしが十八歳でアラベラが十六歳になったばかりなのもあって、上に立つ存在に思えないらしい。臨時雇いより少しましなだけの、〝雑用係を務める貧乏な親戚〟ぐらいに思っている。だからわたしは使い走りというわけだ。アラベラがどう思われているのかは知りたくもない。

これには困った。そうでなくてもこの贅沢《ぜいたく》で美しい屋敷にいると自分が不器用な侵入者に思える。ここはわたしの家じゃない。わたしの家は倉庫のロフトにある。この屋敷から出ていけるならなんでもするだろう。でも大事な姉のためだ。

結婚式をローガンの家でできたら、もっと楽だったのに。でもローガンとネバダはそっちの家を避難ゾーンと宣言し、隙を見てはそこに隠れてしまう。

廊下の角を曲がってその先の部屋に入ると、ネバダが台の上に立ってハイヒールと製作途中のウエディングドレスを試着していた。ドレスのほうはまだ青い線で印を入れたモスリンでしかない。二人のスタッフが姉の足元でドレスの裾にピンを留めていた。

アラベラは姉の前に立って腕組みしていた。ネバダもアラベラも金髪だけど、ネバダの髪はクローバーハニーの色に近く、アラベラの髪はとうもろこしの金色の毛に似ている。わたしは家族の中では母以外たった一人のブルネットだ。こうして見るとネバダとアラベラは本当によく似ている。顔を見なければ、アラベラはネバダの縮小コピーだ。

ふふふ、今度喧嘩したときはそう言ってやろう。きっといやがるはず。

「どうしたの?」そうたずねる。

「ネバダがブーケにライラックを入れたいって」

「いいんじゃない?」ネバダはカーネーションがいいと言ってるけど、きれいなピンクのライラックを足したっていい。別に問題はない。

「青だよ」アラベラが絞り出すように言った。「青のライラックがいいんだって」

絶対に無理だ。「ネバダ……」

「昨日フレンチライラックの茂みに隠れるはめになったんだけど、すごくきれいで香りもよかった。名前のラベルには〝ワンダーブルー:たくさんの花をつけ、豊潤な香りを漂わせる〟って書いてあったわ」

フレンチライラックのワンダーブルーを検索してみた。この青、血の気のない顔みたい。

「どうして茂みに隠れたの?」

「相手が撃ってきたんだって」アラベラが渋い顔で言った。

「撃たれてる最中にわざわざライラックの匂いを嗅いだの？」信じられない。

「そう。温室にいたんだけど、最高の隠れ場所だった」

わたしは理性に訴えることにした。姉は理性的な人だから。「春の結婚式がいいって言ったのはネバダよ。ネバダがピンク、白、明るいセージグリーンをテーマカラーに選んだの。結婚式に青は使わない」

「今使うことにしたの」

「花嫁のブーケに入れるのはピンクのカーネーション、ピンクのスイートピー、白いバラ、カスミソウよ」しかもネバダが一つに決められなかったからピンクのカーネーションは三種類だ。だいたいネバダは、ブーケはカーネーションにすると言ったときのブーケデザイナーの目に浮かんだパニックを見ていない。どうやらカーネーションはマッド・ローガンの結婚式で使うには高級感に欠けるらしい。気の毒なブーケデザイナーはあくまでランを勧めた。

「プラス青いライラックね」ネバダが言った。

「合わないよ」アラベラがうめいた。

わたしはセージ色の付き添い用ドレスを検索し、タブレットをネバダのほうに向けて画像をスクロールした。「花を見て。ピンクと白。ピンク。ピンク。白。ピンクと白」

「どうでもいい」ネバダが答えた。「わたしは青いライラックがいいの」

ああもう、ここから飛んでいってしまいたい。でも今すぐってわけにはいかない。

「とにかく、わたしはもうオフィスに戻るから」ネバダが言った。「何かあったらメッセージを送って」

「女王様はもう帰るって」と、アラベラ。

わたしは深々と膝を折ってお辞儀した。「ごきげんよう、陛下」

「二人とも嫌い」

「それはこっちのせりふ」アラベラがネバダに言う。

「結婚式の前から嫌いだった」

「こっちはネバダ嫌いがはやる前から嫌いだったもんね」

「出ていって！」ネバダがうなるように言った。

わたしは部屋から出た。

アラベラが追いかけてきた。「ライラックは無理だよ。テーマが台無しになる」

「わかってる」

「どうするつもり？」

「いったん忘れて、家に帰ろう」

「カタリーナ」女性の声がした。

声のほうを向くと、ネバダの未来の義母、車椅子のアローサ・ローガンがドア口から手招きしていた。

「二人きりで話せる？」

ああ、これは悪い予感がする。「もちろんです」

「外で待ってるね」アラベラが言った。

『ダイヤモンドの目覚め』本編へ続く

＊本書は、2018年4月にMIRA文庫より刊行された
『深紅の刻印』の新装版です。

mira

深紅《しんく》の刻印《こくいん》

2024年10月15日発行　第1刷

著　者　イローナ・アンドルーズ

訳　者　仁嶋《にしま》いずる

発行人　鈴木幸辰

発行所　株式会社ハーパーコリンズ・ジャパン
東京都千代田区大手町1-5-1
04-2951-2000（注文）
0570-008091（読者サービス係）

印刷・製本　中央精版印刷株式会社

ISBN978-4-596-71569-2